ROBERT JORDAN

FLUCHT DER SKLAVEN

Das Rad der Zeit
Sechsundzwanzigster Roman

Deutsche Erstausgabe

WILHELM HEYNE VERLAG
MÜNCHEN

HEYNE SCIENCE FICTION & FANTASY
Band 06/9203

Titel der Originalausgabe
WINTER'S HEART
3. Teil
Übersetzung aus dem amerikanischen Englisch von
Andreas Decker
Das Umschlagbild malte Tibor Szendrei/Agentur Kohlstedt
Die Innenillustrationen zeichnete Johann Peterka
Die Karte auf Seite 6/7 zeichnete Erhard Ringer

Umwelthinweis:
Dieses Buch wurde auf chlor- und säurefreiem Papier gedruckt.

2. Auflage

Deutsche Erstausgabe 10/2001
Redaktion: Ralf Oliver Dürr

http://www.heyne.de
Printed in Germany 2003
Umschlaggestaltung: Nele Schütz Design, München
Technische Betreuung: M. Spinola
Satz: Schaber Satz- und Datentechnik, Wels
Druck und Bindung: Ebner & Spiegel, Ulm

ISBN 3-453-18822-5

INHALT

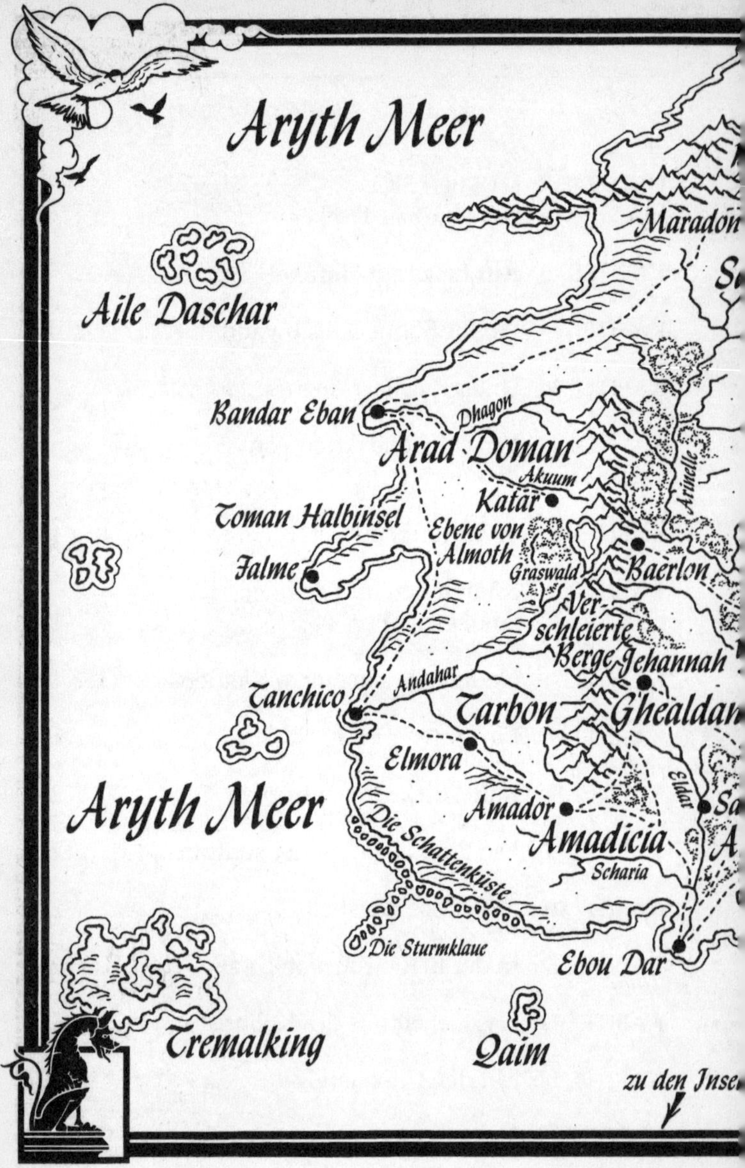

Aryth Meer
Maradon
Aile Daschar
Bandar Eban
Dhagon
Arad Doman
Akuum
Katar
Arinelle
Toman Halbinsel
Ebene von Almoth
Falme
Graswald
Baerlon
Verschleierte Berge
Jehannah
Andahar
Tanchico
Tarbon
Ghealda
Elmora
Eldar
Aryth Meer
Amador
Amadicia
Scharia
Die Schattenküste
Die Sturmklaue
Ebou Dar
Tremalking
Qaim
zu den Inse

Große Fäule
Das Verdorbene Land
s Verderbens
Schayol Ghul
Tarwin Paß
Chachin
Schol Arbela
Fal Dara
Niamh Paß
Kandor
Arafel
Fal Moran
Schienar
Aiel Wüste
Schwarze Hügel
Luan
Tar Valon
Brudermörders Dolch
Drachenberg
Gaelin
Jangai Paß
nach Rhuidean
Cairhien
ain Steppe
Alguenya
Braem Wald
Cairhien
Rückgrat
ndor
Caemlyn
Vier Könige
Aringill
der
Storn
Hügel von Kintara
Iralell
Lugard
Erinin
Welt
Murandy
Haddon Mirk
Far Madding
Stedding Schangtai
Cary
Tear
Ebenen von Maredo
Illian
Die Drachenfinger
Tear
Godan
Illian
Mayenne
er der Stürme
Cindaking
eerleute

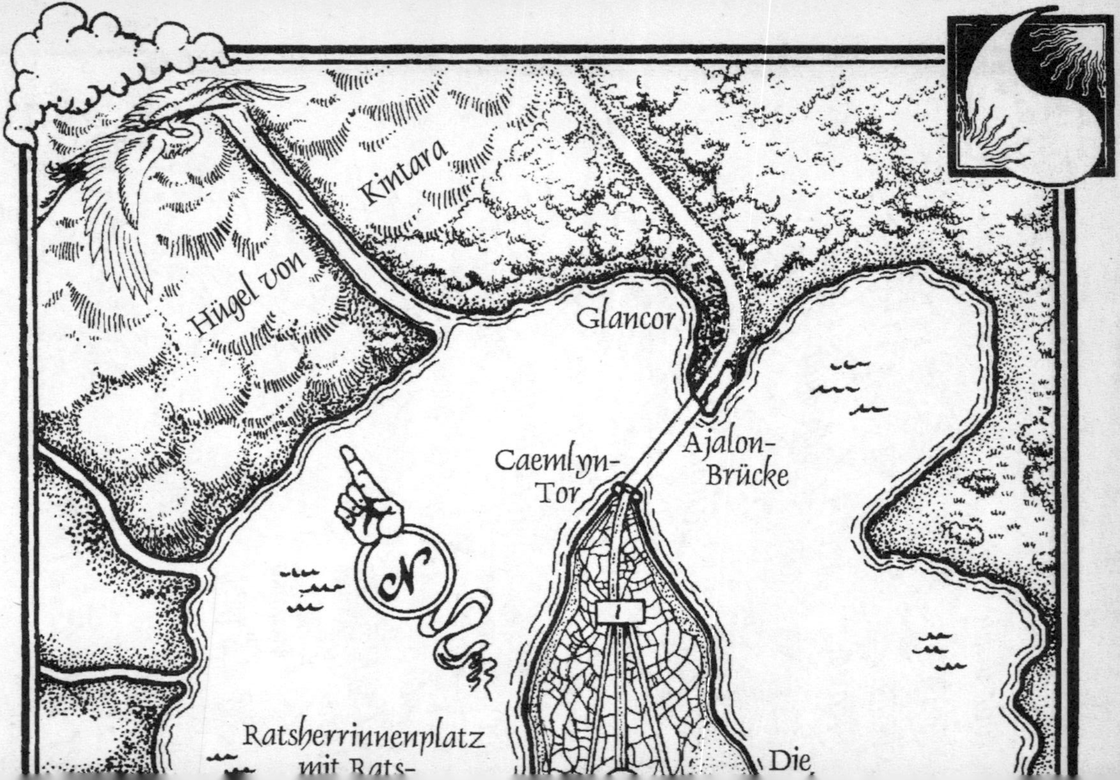
Hügel von
Kintara
Glancor
Caemlyn-
Tor
Ajalon-
Brücke
Ratsherrinnenplatz
mit Rats-
Die

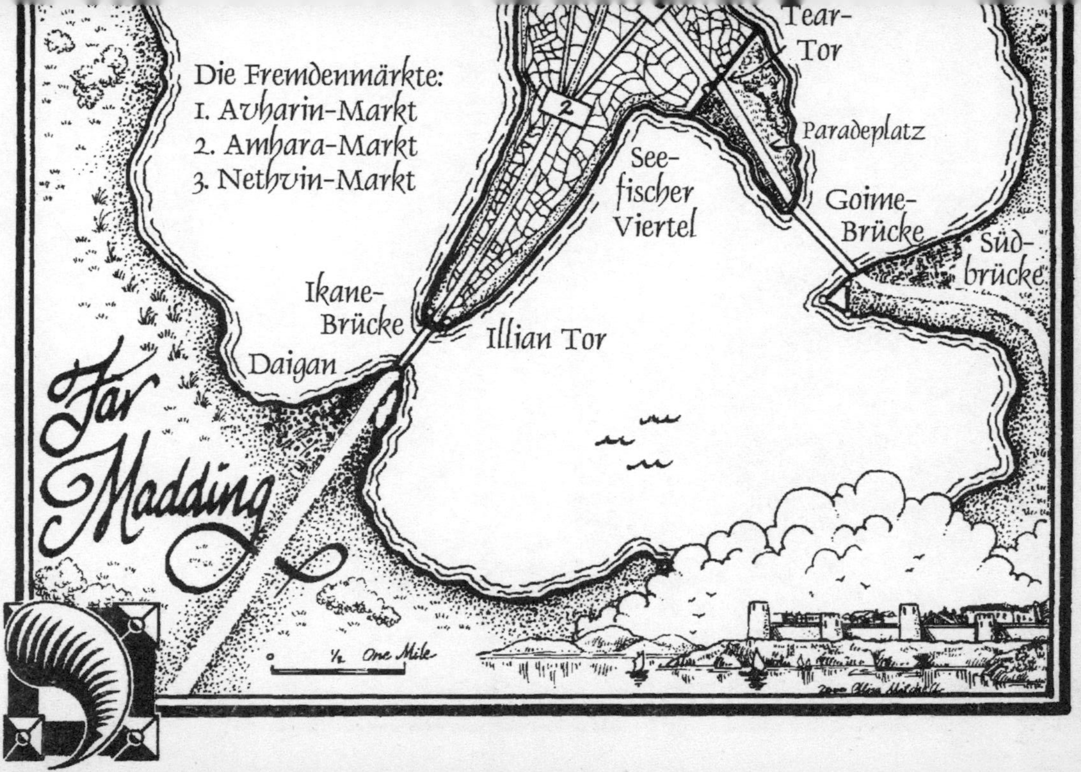
Far Madding
Die Fremdenmärkte:
1. Avharin-Markt
2. Amhara-Markt
3. Nethvin-Markt
Tear-Tor
Paradeplatz
See-fischer Viertel
Goime-Brücke
Süd-brücke
Ikane-Brücke
Illian Tor
Daigan
2
0 ½ One Mile

Ein Vorwort von Andreas Decker

Das Rad der Zeit dreht sich, Zeitalter kommen und vergehen und lassen Erinnerungen zurück, die zu Legenden werden. Legenden verblassen zu Mythen, und sogar der Mythos ist lange vergessen, wenn das Zeitalter ihres Ursprungs wiederkehrt.

Mit diesen Worten beginnt jede Chronik aus der Welt des Rades, eines Universums, in dem das Rad der Zeit und das Große Muster, das es webt, das oberste Prinzip sind.

Am Anfang steht eine Prophezeiung, die Prophezeiung des Drachen. Sie verkündet die Befreiung des Dunklen Königs, des Bösen schlechthin, und die Wiedergeburt Lews Therin Telamons, des Drachen, der einst vor Jahrtausenden sein Gefängnis versiegelte und dafür den höchsten Preis bezahlen musste. Sie berichtet von einem Mann, der sowohl der Vernichter als auch der Erlöser der Welt sein soll. Er kann die *Eine Macht* lenken, und er ist der Wiedergeborene Drache, der *Tarmon Gai'don* schlagen soll, die Letzte Schlacht gegen den Dunklen König.

Rand al'Thor ist der Wiedergeborene Drache.

Man schreibt das Dritte Zeitalter seit der Zerstörung der Welt. Wieder strecken der Dunkle König und seine Vertrauten, die Verlorenen, die ihm schon in tiefer Vergangenheit zur Seite standen, die Hand nach der Welt aus. Horden nichtmenschlicher Trollocs und Myrddraals überziehen das Land mit Verwüstung, gelenkt von den

Verlorenen, die nahezu unerkannt unter den Menschen wandeln, wo sie Unruhe schüren und Kriege auslösen.

Allein Rand al'Thor ist laut den Prophezeiungen dazu bestimmt, die Letzte Schlacht zu schlagen. Er beherrscht die *Eine Macht,* kann die Welt nach seinen Wünschen formen, und die Welt fürchtet ihn. Er hat treue Freunde um sich geschart, Nationen besiegt und Throne gestürzt. Er hat mächtige Feinde und zweifelhafte Verbündete, aber die größte Bedrohung ist die *Eine Macht.* Denn wie alle Männer, die sich der Macht bedienen, kämpft er gegen den Makel des Wahnsinns an, der die mystische Energie beschmutzt.

Wie die Eingeweihten wissen, besteht sowohl die *Eine Macht* als auch die Wahre Quelle, der sie entspringt, aus zwei widerstreitenden und sich dennoch ergänzenden Teilen: *Saidin,* der männlichen Hälfte, und *Saidar,* der weiblichen Hälfte. Die Energie versetzt einige wenige Menschen in die Lage, die Elemente Erde, Wind, Feuer, Wasser und Geist nach ihrem Willen zu beeinflussen und Heldentaten zu vollbringen. Im untergegangenen Zeitalter der Legenden nannte man diese Männer und Frauen Aes Sedai, was in der Alten Sprache ›Diener aller‹ bedeutet.

Als der Dunkle König, der im Augenblick der Schöpfung von dem Schöpfer des Universums außerhalb von Zeit und Schöpfung gefangen gesetzt wurde, aus seinem Gefängnis auszubrechen drohte und von Lews Therin Telamon, dem stärksten Aes Sedai seiner Zeit, besiegt wurde, geriet der triumphale Sieg zugleich zur verheerenden Niederlage. Im Augenblick der Versiegelung kam es zu einer Reaktion, die *Saidin,* die männliche Quelle der *Einen Macht,* mit einem Makel versah. Jeder Mann, der nach der Macht griff – was für ihn so natürlich war wie das Atemholen –, wurde wahnsinnig. Das hat sich bis auf den heutigen Tag nicht geändert.

Bei den meisten vollzieht sich das als schleichender Prozess. Bei Lews Therin Telamon, dem Drachen, war dies anders. Blindwütig in seinem Wahn, wandten er und seine Helfer sich mit der Macht gegen alle und jeden und schließlich gegen die Welt selbst. Erdbeben erschütterten das Land, Stürme fegten darüber hinweg, Vulkane brachen aus, der Ozean überschwemmte das Land. Reiche gingen unter, und ganze Völker starben.

Nach dem Neubeginn hat sich das Antlitz der Welt verändert. Nun benutzen nur noch die weiblichen Aes Sedai die *Eine Macht.* Sie haben die Weiße Burg gegründet, und seit jenen dunklen Tagen wachen sie unerbittlich darüber, dass sich kein Mann der *Einen Macht* bedient. Sie spüren sie auf und ›dämpfen‹ sie, schneiden sie vom Zugang zur Wahren Quelle ab, um Unheil zu verhindern.

Rand al'Thor hatte schon immer ein zwiespältiges Verhältnis zu den Aes Sedai, die von vielen als die wahren Herrscher der Welt gefürchtet und gehasst werden. Aber er ist der Wiedergeborene Drache, der wie kein Zweiter über die *Eine Macht* gebietet; er ist der *Car'a'carn* der Aiel, der Wüstennomaden, deren Clans ihm fast alle bis in den Tod ergeben sind; er ist der Begründer der Schwarzen Burg und der *Asha'man,* der Männer, die ungeachtet aller gegenteiligen Bemühungen gelernt haben, mit der *Einen Macht* umzugehen. Und er hat treue Verbündete, die in seinem Namen handeln, und Feinde, die ihn vernichten wollen.

So hat die Weiße Burg eine Proklamation veröffentlicht. Die Aes Sedai erkennen den Wiedergeborenen Drachen an und bieten ihm Schutz und Anleitung. Darüber hinaus wird jeder, der sich ihm ohne Erlaubnis der Burg nähert, mit einem Bannfluch belegt. Ein kluger Schachzug, denn in den Augen der Welt gilt Rand al'Thor nun endgültig als Marionette der Weißen Burg. Das verleiht jeglicher Opposition neuen Auftrieb, denn in vielen der Länder, die der Drache erobert hat, herrscht Unruhe. Er müsste den zahllosen Gerüchten und Lügen öffentlich entgegentreten, aber das kann er nicht. Denn er hält sich versteckt. Aus gutem Grund.

Eine Hand voll abtrünniger Asha'man hat den Drachen angegriffen und einen großen Teil des Palastes von Cairhien zerstört. Aber sie konnten entkommen. Attentäter sind gefährlich, aber ein Mann, der die Eine Macht lenkt, ist unberechenbar. Niemand ist vor ihm sicher, er kann immer und überall zuschlagen, in den Schatten verborgen oder aus großer Ferne.

Rand al'Thor will die Verräter stellen. Er will sie in die Falle locken, um diese Bedrohung endlich auszuschalten. Aber das sind nicht seine einzigen Beweggründe – vor allem treibt ihn die Sorge um geliebte Menschen an. Die Sorge um die drei außergewöhnlichen Frauen, die er liebt.

Elayne Trakand, die Tochter-Erbin des Löwenthrons von Andor und nach außen hin Aes Sedai, obwohl sie die Drei Eide noch nicht abgelegt hat.

Aviendha, die junge Aiel, einst eine Tochter des Speers, jetzt eine Weise Frau, die Elaynes Erstschwester geworden ist.

Min Farshaw, die bei manchen Menschen deren Aura wahrnimmt und daraus auf ihr Schicksal schließen kann.

Diese drei Frauen lieben denselben Mann, und sie haben etwas Unerhörtes getan. Sie sind alle zusammen mit Rand al'Thor den Behüterbund eingegangen. Nun ist er noch enger mit ihnen verbunden als je zuvor.

Dabei ist ihr Leben auch ohne den Wiedergeborenen Drachen nicht ungefährlich. Elayne kämpft um den Thron von Andor. Die Welt hält Königin Morgase für tot, die Machenschaften des Verlorenen Rahvin haben das Land verwüstet und an den Rand des Bürgerkriegs gebracht. Sie hat Anspruch auf den Thron, aber sie muss ihn gegenüber den anderen Adelsgeschlechtern auch durchsetzen. Und das ist schwieriger als gedacht. *Daes Dae'mar*, das Spiel der Häuser, ist im vollen Gange; Intrigen sind an der Tagesordnung. Ein Attentat hat sie bereits nur durch das beherzte Eingreifen eines Soldaten der Königlichen Garde überlebt und wird nun auf Schritt und Tritt beschützt. Aus Dankbarkeit hat sie ihren Lebensretter Doilin Mellar zum Hauptmann der neu geschaffenen Leibwache gemacht, die nach dem Willen ihrer Behüterin Birgitte nur aus Frauen besteht. Doch sie ahnt nicht, dass Mellar ein Schattenfreund ist, der nur auf den Befehl zum Zuschlagen wartet.

Da hat es Mat Cauthon, der Jugendfreund des Wiedergeborenen Drachen, schon leichter. Er weiß nicht nur, dass er von Feinden umgeben ist. Er sieht sie jeden Tag vor sich.

Mat sitzt noch immer in der Hafenstadt Ebou Dar fest, die von den Invasoren aus Seanchan erobert wurde. Als Geliebter der Königin Tylin von Altara lebt er im Palast, wo die neuen Herren der Stadt ein- und ausgehen. So wie die Hochlady Suroth, die die *Corenne* befehligt, die ›Wiederkehr‹, jene unvorstellbar große Flotte aus dem Kaiserreich, die die alte Heimat zurückerobern soll. Oder Egeanin Tamarath und der Schmuggler Bayle Domon, die in der Stadt auftauchen. Das Schicksal hat Egeanin, die Seanchanerin, die Nynaeve und Elayne in Tanchico einst einen Dienst erwies, und Bayle auf verrückte Weise aneinander geschmiedet; sie lieben sich, doch um sein Leben zu retten, musste sie ihn zu ihrem Sklaven machen. Egeanin ist für geleistete Dienste von Suroth in den Adelsstand erhoben worden und gehört nun zum seanchanischen Blut. Aber über ihr ziehen sich dunkle Schatten zusammen. Die gefürchtete Geheimpolizei des Kaiserreichs sieht in ihr die Mitschuldige am Tod von Hochlord Turak, dem Vorgänger Suroths, und es ist nur eine Frage der Zeit, bis die Folterknechte zuschlagen.

Und dann ist da noch die Adlige Tuon, die erst kürzlich eintraf und sich in auffälliger Weise um Mat bemüht. Keiner ahnt, dass die junge Frau in Wahrheit die Tochter der Neun Monde ist und damit die Erbin des Kaiserthrons. Sie ist gekommen, um dafür zu sorgen, dass der Wiedergeborene Drache noch vor *Tarmon Gai'don,* der Letzten Schlacht, das Knie vor dem Kaiserthron beugt.

Die Seanchaner haben ein eigenwilliges Verhältnis zu Frauen, die die Wahre Quelle berühren können. Sie fürchten und versklaven sie, machen sie zu *Damane,* was in der Alten Sprache ›Die Gefesselten‹ heißt. Sie werden von den *Sul'dam,* den ›Trägerinnen der Leine‹, beherrscht und als menschliche Waffen missbraucht. Diese *Sul'dam* haben die Fähigkeit, mithilfe eines Gerätes namens *A'dam* einer Machtlenkerin ihren Willen aufzuzwingen und sie zu beherrschen; sie selbst aber können die Macht angeblich nicht lenken.

In Ebou Dar haben die Seanchaner eine furchtbare Ernte an *Damane* eingefahren. Sie haben nicht nur die Windsucherinnen vom Meervolk an die Leine gelegt, sondern auch jede Aes Sedai, der sie habhaft werden konnten. Mit brutalsten Mitteln und Gehirnwäsche werden diese Frauen gebrochen, damit sie sich in ihr neues Dasein fügen.

Eigentlich wollte Mat nur aus den Fängen von Königin Tylin fliehen – was schon schwer genug ist, da die Königin ihren Geliebten nicht aus den Augen lässt –, aber das Schicksal will es wieder einmal anders. Bei den Vorbereitungen zur Flucht trifft er zwei Aes Sedai wieder, denen er sich verpflichtet fühlt. Teslyn Baradon wurde zur *Damane* gemacht und ist nun Sklavin der Seanchaner. Joline Maza und ihre Behüter konnten den Schergen bis jetzt entkommen und werden von der Besitzerin des Gasthauses *Zur Wanderin* versteckt; aber es ist nur eine Frage der Zeit, bis man sie entdeckt.

Mat verspricht ihnen, sie aus der Stadt zu schaffen, obwohl er genau weiß, auf welch gefährliches Spiel er sich einlässt. Sich aus der erdrückenden Umarmung der Königin zu befreien, ist heikel; *Damane* und Aes Sedai unter den Augen der Besatzer aus der Stadt zu schmuggeln, ein lebensgefährliches Unternehmen. Er hat nur einen Ver-

such, und wenn der misslingt, hilft ihm auch sein Glück nicht mehr …

Das Rad dreht sich, und die Letzte Schlacht rückt immer näher. Die Heere sammeln sich, und der Wiedergeborene Drache muss kämpfen, wenn die Welt kein zweites Mal untergehen soll.

KAPITEL 1

Aus heiterem Himmel

Der Amhara-Markt war einer von drei Plätzen in Far Madding, auf dem Ausländer Handel treiben durften, aber trotz des Namens sah der riesige Platz nicht im mindesten wie ein Marktplatz aus, da es weder Marktstände noch ausgestellte Waren gab. Ein paar Reiter und eine Hand voll geschlossener Sänften, die von bunt livrierten Trägern befördert wurden, bahnten sich ihren Weg durch eine kleine, aber geschäftige Menge, wie man sie in jeder größeren Stadt vorgefunden hätte. Hin und wieder sah man auch eine Kutsche mit zugezogenen Vorhängen. Die meisten Leute hüllten sich in ihre Umhänge, um sich vor dem morgendlichen Wind zu schützen, der von dem See kam, der die Stadt umgab, und es war eher die Kälte und weniger dringende Geschäfte, die sie zur Eile anhielt. Genau wie auf den anderen beiden Fremdenmärkten standen auch hier die hohen Steinhäuser der Bankiers, die den Platz säumten, Schulter an Schulter mit schiefergedeckten steinernen Gasthäusern, in denen die ausländischen Kaufleute logierten, gedrungenen, fensterlosen Lagerhäusern, in denen sich ihre Waren stapelten, und steinernen Ställen und von Mauern umgebenen Wagenhöfen. Far Madding war eine Stadt der Steinmauern und Schieferdächer. Zu dieser Jahreszeit waren die Gasthäuser bestenfalls zu einem Viertel gefüllt und die Magazine und Wagenhöfe nicht einmal das. Wenn der Frühling kam und mit ihm der Handel seine Wiedergeburt erlebte, würden die Kaufleute das Dreifache für jeden Raum zahlen, der noch zu finden war.

Auf dem runden Podest in der Mitte des Platzes stand die marmorne Statue von Savion Amhara; sie war zwei Spannen hoch und trug stolz ihre pelzgesäumten Gewänder und die komplizierte Amtskette um den Hals. Ihr Marmorgesicht blickte ernst unter dem Diadem der Ersten Ratsherrin, und ihre rechte Hand umklammerte fest den Griff eines Schwertes, dessen Spitze zwischen in Halbschuhen steckenden Füßen ruhte, während ihre erhobene linke Hand einen warnenden Finger in Richtung Tear-Tor streckte, das eine knappe Meile entfernt lag. Far Madding war von den Kaufleuten aus Tear und Illian und Caemlyn abhängig, aber der Hohe Rat misstraute allen Fremden und ihren korrumpierenden Sitten und Gebräuchen. Unter der Statue stand ein Straßenhüter in seinem Ledermantel, auf den rechteckige Metallplättchen aufgenäht waren und auf dessen linker Schulter eine Goldene Hand aufgenäht war. Er verscheuchte mit einer langen Holzstange graue Tauben mit schwarzen Flügeln. Savion Amhara war eine der drei am meisten verehrten Frauen in der Geschichte von Far Madding, allerdings war keine von ihnen weit über die Ufer des Sees hinaus bekannt. Zwei Männer aus der Stadt wurden in jedem bekannten Geschichtsbuch der Welt erwähnt, obwohl sie bei der Geburt des einen Aren Mador und bei der des anderen Fel Moreina geheißen hatte, aber Far Madding tat sein Bestes, Raolin Dunkelbann und Yurian Steinbogen zu vergessen. Auf eine sehr reale Weise waren diese beiden Männer der Grund, warum Rand al'Thor in Far Madding war.

Ein paar Leute auf dem Amhara-Markt sahen ihn an, als er an ihnen vorbeiging, aber niemand schenkte ihm einen zweiten Blick. Bei seinen blauen Augen und den bis zu den Schultern reichenden Haaren war es offensichtlich, dass er kein Einheimischer war. Hier trugen die Männer das Haar bis hinunter zur Taille, im Nacken entweder zusammengebunden oder von einer Klammer gehalten. Seine einfache braune Wollkleidung war jedoch unauffällig, kaum besser als die eines mäßig erfolgreichen Kaufmanns, und er war nicht der Einzige, der trotz des Seewindes ohne Umhang ging. Die meisten anderen waren gabelbärtige Kandori oder Arafelianer mit glockenverzierten Zöpfen oder Saldaeaner mit Habichtsnasen, Männer und Frauen, die das Wetter verglichen mit den Grenzlandwintern als mild empfanden, aber nichts an ihm deutete auf einen Grenzländer hin. Er weigerte sich einfach, sich von der Kälte berühren zu lassen, ignorierte sie, wie er eine Fliege ignoriert hätte. Ein Umhang wäre ihm möglicherweise in die Quere gekommen, falls sich eine Gelegenheit zum Handeln ergab.

Dieses eine Mal zog nicht einmal seine Größe Aufmerksamkeit auf sich. In Far Madding gab es viele große Männer, ein paar davon sogar Einheimische. Manel Rochaid war nur eine Handbreit kleiner als Rand, wenn überhaupt. Rand blieb ein gutes Stück hinter dem Mann, ließ Passanten und Sänften zwischen sie kommen und ihn manchmal sogar von ihnen verbergen. Er hatte sein Haar mit von Nynaeve besorgten Kräutern schwarz gefärbt, und er bezweifelte, dass der abtrünnige Asha'man ihn selbst dann erkennen würde, sollte er sich umdrehen. Genauso wenig wie er befürchtete, Rochaid aus den Augen zu verlieren. Die meisten Einheimischen trugen stumpfe Farben mit helleren Stickereien auf Schultern und Brust und die erfolgreicheren hatten vielleicht noch juwelenbesetzte Haarspangen, während die ausländischen Kaufleute einfache, schmucklose Kleidung bevorzugten, um nicht als übermäßig reich zu erscheinen, und ihre Leibwächter und Kutscher hüllten sich in grobes Tuch. Rochaids hellroter Seidenumhang stach ins Auge. Er stolzierte wie ein König über den Platz, die eine Hand locker auf den Schwertgriff gelegt, und der pelzverbrämte Umhang flatterte hinter ihm im Wind. Er war ein Narr. Der Umhang wie auch das Schwert zogen Blicke auf sich.

Sein gewachster und gezwirbelter Schnurrbart kennzeichnete ihn als Murandianer, der wie jedes normale menschliche Wesen hätte zittern müssen, und das Schwert … Ein Narr in jeder Hinsicht.

Der Narr bist du, diesen Ort zu betreten, hechelte Lews Therin wild in seinem Kopf. *Wahnsinn! Wahnsinn! Wir müssen hier weg! Wir müssen es!*

Rand ignorierte die Stimme, zog die eng anliegenden Handschuhe zurecht und verfolgte Rochaid in einem gleichmäßigen Tempo. Einige der auf dem Markt stationierten Straßenhüter beobachteten den Mann. Ausländer betrachtete man hier als Hitzköpfe und Unruhestifter und Murandianer hatten einen zweifelhaften Ruf. Ein Ausländer, der eine Waffe trug, erregte immer die Aufmerksamkeit der Hüter. Rand war froh, dass er sich entschieden hatte, sein Schwert bei Min im Gasthaus zu lassen. Sie schmiegte sich stärker in sein Bewusstsein als Elayne, Aviendha oder Alanna. Der anderen war er sich immer nur vage bewusst. Min schien in seinem Inneren zu leben.

Als Rochaid den Amhara-Markt verließ und tiefer in die Stadt hineinging, stoben Taubenschwärme von den Dächern auf, aber statt den unfehlbaren Sprung zu machen, der sie gewöhnlich in den Himmel getragen hätte, stießen die Vögel zusammen, und einige flatterten runter auf den Boden. Leute starrten, die Hüter eingeschlossen, die eben noch Rochaid so argwöhnisch betrachtet hatten. Der Mann warf keinen Blick zurück, aber es hätte keinen Unterschied gemacht, hätte er es gesehen. Er wusste auch so, dass Rand in der Stadt war, ohne den Einfluss eines *Ta'veren* sehen zu müssen, denn sonst wäre er nicht hier gewesen.

Rand folgte Rochaid auf die Straße der Freude, die eigentlich aus zwei breiten geraden Straßen bestand, die von einer genau abgemessenen Reihe blattloser Bäume mit grauer Rinde getrennt wurden, und lächelte. Rochaid und seine Freunde hielten sich vermutlich für besonders schlau. Vielleicht hatten sie die Karte der nördlichen Ebenen von Maredo gefunden, die verkehrt herum in den Regalen des Steins von Tear gestanden hatte, oder das Buch über die Städte des Südens, das in der Bibliothek des Aesdaishar-Palasts in Chachin falsch einsortiert war oder einen der anderen Hinweise, die er zurückgelassen hatte. Kleine Fehler, die ein Mann in Eile möglicherweise machte, aber zusammengenommen malten zwei oder drei einen Pfeil, der auf Far Madding zeigte. Rochaid und die anderen hatten ihn schnell erkannt, schneller als erwartet, oder sie hatten Hilfe dabei gehabt. Letztlich spielte es keine Rolle.

Er war sich nicht sicher, warum der Murandianer vor den anderen eingetroffen war, aber er wusste, dass sie alle, Torval und Dashiva, Gedwyn und Kisman, kommen und versuchen würden, das zu vollenden, was sie in Cairhien in den Sand gesetzt hatten. Schade, dass keiner der Verlorenen so dumm sein würde, hier auf ihn Jagd zu machen. Sie würden nur die anderen schicken. Er wollte Rochaid nach Möglichkeit töten, bevor der Rest eintraf. Selbst hier, wo sie alle die gleiche Ausgangsstellung hatten, würde es klüger sein, sich einen Vorteil zu verschaffen. Rochaid war seit zwei Tagen in Far Madding, fragte offen nach einem rothaarigen Mann und stolzierte umher, als hätte er keine Sorge auf der ganzen Welt. Der Mann hatte eine Menge Leute gefunden, die mehr oder weniger seiner Beschreibung entsprachen, aber er hielt sich noch immer für den Jäger und nicht den Gejagten.

Du hast uns hergebracht, damit wir hier sterben! stöhnte Lews Therin. *Es ist fast so schlimm wie der Tod,* hier *sein zu müssen!*

Rand zuckte unbehaglich mit den Schultern. Was Letzteres anging, stimmte er der Stimme sogar zu. Er würde genauso froh sein wie Lews Therin, wenn er diesen Ort wieder verlassen konnte. Aber manchmal blieb einem nur die Entscheidung zwischen schlecht und noch schlechter übrig. Rochaid war ein Stück vor ihm, beinahe in Reichweite. Allein das war jetzt von Bedeutung.

Die grauen, aus Steinen errichteten Läden und Gasthäuser, welche die Straße der Freude säumten, veränderten sich, je weiter sich Rand vom Amhara-Markt entfernte. Silberschmiede folgten auf Messerschmiede, die wiederum von Goldschmieden ersetzt wurden. Näherinnen und Schneider stellten Wolle statt bestickte Seidenstoffe und Brokat aus. Die Kutschen, die über die Pflastersteine ratterten, hatten jetzt Siegel auf die Türen gemalt und Gespanne aus vier oder sechs Pferden, die in Größe und Farben zusammenpassten, und viele Reiter saßen auf erstklassigen tairenischen Vollblütern oder ähnlich guten Tieren. Von Trägern transportierte Sänften wurden beinahe genauso zahlreich wie Fußgänger, und Leute in Livreen, die so hell waren wie jene der Träger, übertrafen die Zahl der Ladenbesitzer, die an Brust oder Schultern mit aufwendigen Stickereien versehene Mäntel trugen. Die Haarklammern der Männer waren nun mit Buntglas geschmückt oder gelegentlich mit Perlen oder kostbareren Edelsteinen, obwohl nur wenige Männer unterwegs waren, deren Frauen sich Juwelen leisten konnten. Allein der kalte Wind war derselbe und die Straßenhüter, die zu Dritt patrouillierten und aufmerksam nach Ärger Ausschau hielten. Es waren nicht so viele wie auf den Fremdenmärkten, aber sobald eine Patrouille aus der Sicht verschwand, tauchte eine andere auf, und dort, wo eine Straße, die größer als eine Gasse war, in die Straße der Freude mündete, gab es Wachtürme aus Stein, vor denen zwei Straßenhüter in Bereitschaft standen, falls der oben postierte Mann einen Unruhestifter erspähte. In Far Madding hielt man die Ordnung rigoros aufrecht.

Rand runzelte die Stirn, als Rochaid weiter die Straße entlangging. Konnte sein Ziel der Ratsherrinnenplatz sein, der sich in der Mitte der Insel befand? Es gab dort nichts bis auf die Ratsherrinnenhalle – ein Monument aus der Zeit vor fünfhundert Jahren, als Far Madding die Hauptstadt von Maredo gewesen war – und die Kontore der reichsten Frauen der Stadt. In Far Madding war ein reicher Mann jemand, dessen Frau ihm ein großzügiges Taschengeld zugestanden hatte oder ein Witwer, für den gesorgt worden war. Vielleicht traf sich Rochaid mit Schattenfreunden. Aber wenn dem so war, warum hatte der Mann gewartet?

Plötzlich überfiel ihn ein Schwindelgefühl und schlug wie eine Welle über ihm zusammen. Einen Augenblick lang stand ein undeutliches Gesicht vor seinem geistigen Auge, sodass er gegen einen Passanten taumelte. Der blonde Mann, der mit einer hellgrünen Livree bekleidet und größer als Rand war, rückte den großen Korb zurecht, den er trug, und wehrte Rand sanft ab. Sein sonnengebräuntes Gesicht wies auf der einen Seite eine lange, breite Narbe auf. Er senkte den Kopf, murmelte eine Entschuldigung und eilte weiter.

Rand richtete sich wieder auf und stieß einen lautlosen Fluch aus.

Du hast sie bereits vernichtet, flüsterte Lews Therin in seinem Kopf. *Jetzt hast du einen anderen, den du vernichten kannst, und das vor der Zeit. Ich frage mich, wie viele wir drei vor dem Ende töten werden.*

Halt den Mund!, dachte Rand wild, aber er erhielt nur gackerndes Gelächter zur Antwort. Es war nicht die Begegnung mit einem Aielmann, die ihn aufbrachte. Seit der Ankunft in Far Madding hatte er viele von ihnen gesehen. Aus irgendeinem Grund waren Hunderte von Aiel, nachdem sie die Wahrheit über ihre Geschichte erfahren hatten, hier gelandet und versuchten, dem Weg des Blattes zu folgen, obwohl sie nicht mehr darüber wussten, als dass sie lebenslang als *Gai'schain* dienen sollten. Er war nicht einmal wegen der Gleichgewichtsstörung besorgt oder wegen des unbekannten Gesichts, das er jedes Mal zur Hälfte erblickte, wenn sie ihn übermannte. Voraus ratterte eine von sechs Grauschimmeln gezogene Kutsche durch den Strom aus Sänften und dahineilenden Livrierten, und Männer und Frauen eilten in die Geschäfte und wieder hinaus, aber nirgendwo war ein roter Mantel in Sicht. Gereizt schlug er sich mit der behandschuhten Faust in die Handfläche.

Blindlings weiterzugehen wäre idiotisch. Hinterher lief er noch direkt in den Mann hinein oder wurde von ihm gesehen. Bis jetzt glaubte Rochaid, dass Rand keine Ahnung hatte, dass er in der Stadt war, ein Vorteil, der zu wichtig war, um ihn zu verschwenden. Er wusste, wo Rochaid seine Unterkunft hatte, eines jener Gasthäuser, die eigens für Ausländer reserviert waren. Er konnte morgen davor herumlungern und auf die nächste Gelegenheit warten. Vielleicht trafen die anderen ja während der Nacht ein. Er glaubte, es mindestens mit zweien von ihnen gleichzeitig aufnehmen zu können, möglicherweise sogar mit allen fünfen, aber das würde nicht ohne Aufsehen abgehen. Beim Kampf gegen alle fünf würde er Verletzungen davontragen, und bestenfalls würde er sein Schwert zurücklassen müssen, und das wollte er nur ungern. Es war ein Geschenk von Aviendha. Und schlimmstenfalls …

Ein pelzbesetzter Umhang, der im Wind flatterte, als er voraus um eine Ecke verschwand, blitzte auf, und er rannte darauf zu. Die Hüter vor dem dortigen Turm straffen die Schultern, der oben postierte Mann nahm seine Rassel vom Gürtel. Einer der Männer auf der Straße hob seine lange Keule, während sein Gefährte einen Fangstab von der Stelle nahm, wo er an den Stufen des Wachturms gelehnt hatte. Das gegabelte Ende war so geformt, ein Arm oder ein Bein oder einen Hals zu erwischen und festzuhalten, und der Stab selbst war mit Eisen beschlagen, um gegen jedes Schwert und jede Axt bestehen zu können. Sie verfolgten mit harten Augen jede seiner Bewegungen.

Er nickte ihnen zu und lächelte, dann blickte er ostentativ in die Seitengasse und betrachtete die dortige Menge. Kein flüchtender Dieb, nur ein Mann, der jemanden einzuholen versuchte. Die Keule wurde zurück an ihren Gürtelhaken gesteckt, der Fangstab wurde wieder an die Stufen gelehnt. Rand sah die Hüter nicht noch einmal an. Voraus erhaschte er einen erneuten Blick auf den Umhang und möglicherweise einen roten Mantel, als der Träger in die nächste Straße einbog.

Rand hob die Hand, als winke er jemandem zu, und eilte hinter dem Mann her, wich Leuten und den Karren der Straßenhändler aus. Hausierer mit Bauchläden voller Nadeln oder Bürsten versuchten mit ihren Rufen die Aufmerksamkeit der Passanten zu erregen. Hier trugen nur wenige Leute Schmuck und die Haare der Männer waren viel häufiger mit einer Schnur zusammengebunden als mit einer schlichten Spange. Diese Straßen waren bestenfalls eng und gewunden, ein wahlloses Labyrinth, in dem sich billige Gasthäuser und drei- oder vierstöckige Wohnhäuser über den Geschäften der Metzger, Kerzenmacher, Barbiere, Blechschmieden, Töpfern und Küfern auftürmten. Kutschen hätten nicht in diese engen Straßen gepasst und es gab auch keine Sänften oder Reiter und nur eine Hand voll livrierter Diener, die Körbe auslieferten, aber abgesehen von den Straßenhütern auf jeden herabsahen, dem sie begegneten. Selbst hier gab es die Patrouillen und Wachtürme.

Schließlich kam er nahe genug heran, um einen eingehenderen Blick auf den Mann werfen zu können, dem er folgte. Rochaid hatte endlich genug Verstand bewiesen, seinen Umhang zu schließen, um den roten Mantel und das nutzlose Schwert zu verbergen, aber es gab keinen Zweifel an seiner Identität. Tatsächlich schien er jetzt jedes Aufsehen vermeiden zu wollen, denn er schlich dicht an den Läden vorbei. Plötzlich sah er sich verstohlen um, dann schlüpfte er zwischen einem winzigen Korbmachergeschäft und einem Gasthaus, dessen Schild so dreckig war, dass der Name völlig verschmiert war, in eine Gasse. Rand hätte beinahe gegrinst und verschwendete keine Zeit, hinter ihm herzueilen. In Far Maddings Gassen gab es weder Straßenhüter noch Wachtürme.

Diese Gassen waren noch verwinkelter als die Straßen, die Rand gerade verlassen hatte, und bildeten ihre eigenen Labyrinthe, die sich durch jeden Häuserblock der Stadt schlängelten. Rochaid war bereits außer Sicht, aber Rand konnte das dumpfe Trampeln seiner Stiefel auf dem feuchten, steinigen Boden hören. Die Laute hallten zwischen den fensterlosen Steinwänden hin und her und vervielfältigten sich, bis er kaum noch sagen konnte, wo sie ihren Ursprung nahmen, aber er folgte ihnen und rannte Gassen entlang, die kaum breit genug für zwei Männer waren, die nebeneinander gingen. Wenn sie sich freundlich gesinnt waren. Warum war Rochaid in dieses Labyrinth gegangen? Was auch immer sein Ziel war, er wollte dort möglichst bald eintreffen. Aber er konnte nicht wissen, welche Gassen er nehmen musste, um von einem Ort zum anderen zu gelangen.

Plötzlich wurde sich Rand bewusst, dass die einzigen Stiefel, die er hörte, seine eigenen waren, und er blieb wie angewurzelt stehen. Stille. Von seinem Standort konnte er drei weitere schmale Gassen sehen, die vor ihm abzweigten. Kaum atmend strengte er die Ohren an. Und dann hörte er aus der nächsten Gassenmündung ein leises Scheppern, als hätte jemand im Vorbeigehen einen Stein gegen eine Mauer getreten. Am besten, er brachte es hinter sich und tötete den Mann.

Rand bog um die Ecke in die Gasse. Rochaid wartete bereits auf ihn.

Der Murandianer hatte den Umhang zurückgeschlagen und beide Hände auf dem Schwertgriff. Der Friedensbund von Far Madding webte Griff und Scheide mit einem feinen Drahtnetz zusammen. Ein schmales, wissendes Lächeln lag auf seinen Lippen. »Ihr wart so leicht anzulocken wie eine Taube«, sagte er und fing an, das Schwert zu ziehen. Der Draht war durchtrennt und dann so hingebogen worden, dass er bei einem flüchtigen Blick unversehrt erschien. »Lauft, wenn Ihr wollt.«

Rand lief nicht. Stattdessen machte er einen Schritt nach vorn, schlug mit der linken Hand auf Rochaids Schwertgriff und klemmte die Klinge ein, noch während sie zur Hälfte in ihrer Scheide steckte. Der Mann riss überrascht die Augen auf, aber er hatte noch immer nicht begriffen, dass die Zeit, die er mit seiner hämischen Bemerkung verschwendet hatte, ihn das Leben kosten sollte. Er wich zurück, versuchte freien Raum zu gewinnen, um die Waffe ziehen zu können, aber Rand folgte jeder seiner Bewegungen geschmeidig, hielt das Schwert fest, drehte sich aus der Hüfte heraus und trieb die gekrümmten Fingerknöchel hart in Rochaids Kehle. Knorpel knirschte laut und der Renegat dachte nicht länger daran, irgendjemanden töten zu wollen. Er stolperte mit weit aufgerissenen Augen zurück, riss beide Hände an den Hals und unternahm verzweifelte Bemühungen, Luft durch die zerschmetterte Luftröhre einzusaugen.

Rand setzte zum tödlichen Schlag an, direkt unterhalb des Brustbeins, da ertönte hinter ihm ein leises Geräusch, und plötzlich nahm Rochaids spöttische Bemerkung eine ganz neue Bedeutung an. Rand stieß den Mann mit der Handkante zu Boden und ließ sich aus diesem Schlag heraus auf ihn fallen. Kraftvoll geschwungener Stahl prallte klirrend gegen eine Steinmauer, ein Mann fluchte. Rand verwandelte den Sturz in eine Rolle vorwärts und riss Rochaids Schwert aus der Scheide, während er sich über die Schulter abrollte. Rochaid stieß einen schrillen, gurgelnden Schrei aus, während Rand wieder hochkam und in geduckter Stellung herumwirbelte.

Raefar Kisman stand da und starrte ungläubig auf Rochaid; die Klinge, mit der er Rand hatte aufspießen wollen, steckte nun in der Brust des Murandianers. Blut sprudelte aus Rochaids Mund, er grub die Absätze in den Boden und beschmutzte seine Hände mit Blut, da er den scharfen Stahl umklammerte, als könnte er ihn aus seinem Leib ziehen. Kisman war von durchschnittlicher Größe und blass für einen Tairener; abgesehen von dem Schwertgürtel war seine Kleidung so unauffällig wie Rands. Solange er diesen unter dem Umhang versteckte, hätte er in Far Madding überall hingehen können, ohne aufzufallen.

Seine Verzweiflung währte nur einen Augenblick. Im gleichen Moment, als Rand mit dem Schwert in beiden Händen auf die Beine kam, riss Kisman die Klinge aus dem Leib und hatte für seinen sich windenden Komplizen keinen Blick mehr übrig. Er beobachtete Rand und seine Hände an dem langen Schwertgriff verlagerten nervös ihre Position. Zweifellos gehörte er zu jenen, die so stolz darauf waren, die Macht als Waffe benutzen zu können, dass er die Ausbildung mit dem Schwert sträflich vernachlässigt hatte. Rand hatte sie nicht gering geschätzt. Rochaid zuckte ein letztes Mal, lag dann still da und starrte mit weit aufgerissenen Augen in den Himmel.

»Zeit zu sterben«, sagte Rand leise, aber als er sich vorwärts bewegte, ertönte hinter dem Tairener ein nicht enden wollendes Rasseln, dem noch weitere folgten. Die Straßenhüter.

»Sie verhaften uns beide«, flüsterte Kisman. Es klang verzweifelt. »Wenn sie uns neben einer Leiche finden, hängen sie uns *beide* auf! Das wisst Ihr!«

Er hatte Recht, zumindest in gewisser Weise. Wenn die Wächter sie hier fanden, würden sie beide in den Verließen unterhalb der Ratsherrinnenhalle landen. Noch mehr Rasseln ertönten. Die Hüter mussten bemerkt haben, dass drei Männer nacheinander in die Gasse geschlüpft waren. Vielleicht hatten sie sogar Kismans Schwert gesehen. Rand nickte zögernd.

Der Tairener wich vorsichtig zurück, und als er sah, dass Rand keinerlei Anstalten machte, ihm zu folgen, stieß er das Schwert in die Scheide und rannte mit wehendem Umhang los.

Rand warf das geborgte Schwert auf Rochaids Leiche und rannte in die andere Richtung. Aus dieser Richtung ertönten noch keine Rasseln. Mit etwas Glück würde er wieder auf der Straße sein und in der Menge untertauchen können, bevor er entdeckt wurde. Er hatte andere Dinge als die Schlinge zu fürchten. Um dem Henker zu entgehen, musste er bloß die Handschuhe ausziehen und die Drachen auf den Armen zeigen, davon war er überzeugt. Aber der Rat hatte verkündet, dass er Elaidas seltsame Proklamation anerkannte. Sobald er in einer Zelle steckte, würde er dort auch bleiben, bis ihn die Weiße Burg abholen ließ. Also rannte er so schnell, wie er nur konnte.

Kisman tauchte in der Menge unter und stieß einen Seufzer der Erleichterung aus, als drei Straßenhüter in die Gasse liefen, aus der er gerade gekommen war. Er hielt den Umhang fest, um das Schwert zu verbergen, und passte sich an den Verkehrsstrom an. Nur nicht die Aufmerksamkeit eines Hüters erregen. Zwei von ihnen passierten ihn; sie hatten einen Gefangenen gefesselt und in einen großen Sack gesteckt, den sie an einem quer über die Schultern gelegten Stab trugen. Nur der Kopf des Mannes ragte heraus; sein Blick war wild und irrte umher. Kisman erschauderte. Sollten seine Augen zu Asche verbrennen, das hätte er sein können! Er!

Er war ein Narr gewesen, sich überhaupt von Rochaid dazu überreden zu lassen. Eigentlich hatten sie warten sollen, bis alle eingetroffen waren; sie waren einer nach dem anderen in die Stadt gekommen, um jede Aufmerksamkeit zu vermeiden. Rochaid hatte den Ruhm begehrt, derjenige zu sein, der al'Thor tötete. Der Murandianer war von dem Verlangen verzehrt worden, sich als besserer Mann als al'Thor zu beweisen. Jetzt war er tot, und um ein Haar wäre Raefar Kisman mit ihm gestorben, und das machte ihn sehr wütend. Er wollte eher Macht als Ruhm, vielleicht Tear vom Stein aus regieren. Vielleicht auch mehr. Er wollte unsterblich werden. Dies hatte man ihnen versprochen, das stand ihm zu. Ein Teil seiner Wut rührte daher, dass er sich nicht einmal sicher war, ob sie al'Thor tatsächlich töten sollten. Der Große Herr wusste, dass *er* es wollte – er würde erst wieder ruhig schlafen, wenn der Mann tot und begraben war! – trotzdem …

»Tötet ihn«, hatte der M'Hael befohlen, als er sie nach Cairhien schickte, aber die Tatsache, dass sie aufgeflogen waren, hatte ihn mindestens genauso verstimmt wie ihr Versagen. Far Madding sollte ihre letzte Chance sein; das hatte er deutlich zum Ausdruck gebracht. Dashiva war einfach verschwunden. Kisman wusste nicht, ob er geflohen war oder ob der M'Hael ihn getötet hatte, und es war ihm auch egal.

»Tötet ihn«, hatte Demandred später befohlen, aber er hatte hinzugefügt, dass es besser wäre, wenn sie starben, statt sich erneut dabei erwischen zu lassen. Egal von wem, selbst vom M'Hael, als wäre ihm Taims Befehl unbekannt.

Und noch geraume Zeit später hatte Moridin gesagt: »Tötet ihn, wenn es sein muss, aber bringt vor allem seine sämtlichen Besitztümer. Damit werdet ihr eure früheren Fehler wieder gut machen.« Der Mann behauptete, einer der Auserwählten zu sein, und niemand war so verrückt, so eine Behauptung in die Welt zu setzen, wenn es nicht stimmte, doch ihm schienen al'Thors Besitztümer wichtiger zu sein als sein Tod, der Mord an ihm eine zufällige Beigabe und eigentlich unnötig.

Kisman hatte nur diese beiden Auserwählten kennen gelernt, aber sie hatten ihm Kopfschmerzen bereitet. Sie waren schlimmer als Cairhiener. Vermutlich konnte das, was sie nicht sagten, einen Mann schneller töten als ein von einem Hochlord unterzeichneter Befehl. Nun, sobald Torval und Gedwyn eintrafen, konnten sie einen Plan schmieden …

Plötzlich verspürte er einen Stich im rechten Arm, und er starrte verblüfft auf das Blut, das sich auf seinem Umhang ausbreitete. Es fühlte sich nicht wie ein tiefer Schnitt an und kein Beutelschneider würde seinen Unterarm aufgeschlitzt haben.

»Er gehört mir«, flüsterte hinter ihm ein Mann, aber als er sich umdrehte, waren da nur die Passanten zu sehen, die die Straße bevölkerten und ihren Geschäften nachgingen. Die wenigen, die den dunklen Fleck auf seinem Umhang bemerkten, schauten rasch zur Seite. An diesem Ort wollte niemand auch nur mit der geringsten Gewalttätigkeit in Verbindung gebracht werden. Sie waren richtig gut darin, das zu ignorieren, was sie nicht sehen wollten.

Die Wunde pochte, brannte viel stärker als im ersten Augenblick. Kisman überließ den Umhang dem Wind und drückte die linke Hand auf den blutigen Schnitt in seinem Ärmel. Der Arm fühlte sich geschwollen und heiß an. Entsetzt starrte er seine rechte Hand an, die sich schwarz verfärbte und aufquoll wie eine Leiche, die eine Woche alt war.

Er rannte blindlings los, stieß Leute zur Seite, warf sie zu Boden. Er wusste nicht, was mit ihm geschah, wie es geschehen war, aber er war sich sicher, wie es enden würde. Es sei denn, er schaffte es aus der Stadt heraus, jenseits des Sees, oben in die Berge. Dann hatte er eine Chance. Ein Pferd. Er brauchte ein Pferd! Er musste es versuchen. Man hatte ihm versprochen, er würde ewig leben! Überall waren nur Leute, die zu Fuß gingen, und sie machten ihm Platz. Er hörte das Rasseln der Straßenhüter, aber das konnte genauso gut sein Blut sein, das in seinen Ohren pochte. Alles wurde dunkel. Sein Gesicht traf auf etwas Hartes und er wusste, dass er gefallen war. Sein letzter Gedanke war, dass die Auserwählten entschieden hatten, ihn zu bestrafen, aber er hätte nicht sagen können, aus welchem Grund.

Als Rand den Schankraum der *Krone von Maredo* betrat, saßen nur wenige Männer an den runden Tischen. Trotz des vielversprechenden Namens war es nur ein bescheidenes Gasthaus mit zwei Dutzend Kammern in den beiden darüberliegenden Etagen. Die verputzten Wände des Schankraums waren gelb gestrichen, und die Männer, die an den Tischen bedienten, trugen gelbe Schürzen. Wenn man von draußen hereinkam, verliehen die beiden Kamine an beiden Enden des Raums ihm eine gewisse Wärme. Die Schlagläden waren verriegelt, aber die Lampen an den Wänden erhellten das Zwielicht. Die Gerüche aus der Küche versprachen ein schmackhaftes Mittagessen mit Fisch aus dem See. Rand hätte es ungern versäumt. Die Köche in der *Krone von Maredo* waren sehr gut.

Er entdeckte Lan allein an einem Tisch, mit dem Rücken zur Wand. Die geflochtene Lederschnur, die Lans Haar zurückhielt, rief bei einigen der Männer schräge Blicke hervor, aber er weigerte sich, das *Hadori* auch nur für kurze Zeit abzunehmen. Er erwiderte Rands Blick. Als Rand mit dem Kopf auf die Treppe im rückwärtigen Teil des Raums wies, verschwendete er keine Zeit mit fragenden Blicken; er stellte seinen Weinbecher ab, stand auf und ging zur Treppe. Sogar nur mit dem kleinen Messer am Gürtel sah er gefährlich aus, aber daran konnte man nichts ändern. Mehrere Männer sahen in Rands Richtung, aber aus irgendeinem Grund schauten sie schnell zur Seite, wenn er ihre Blicke erwiderte.

In der Nähe der Küche blieb Rand an der Tür zu dem Frauenraum stehen. Männern war hier der Zutritt nicht gestattet. Abgesehen von den paar Blumen, die man auf die gelben Wände gemalt hatte, war der Frauenraum auch nicht viel aufwendiger als der Schankraum, allerdings waren die Lampenständer und die Kamingitter ebenfalls gelb bemalt. Die gelben Schürzen der weiblichen Bedienungen unterschieden sich in nichts von denen der Männer im Schankraum. Frau Nalhera, die schlanke, grauhaarige Wirtin, saß an demselben Tisch wie Min, Nynaeve und Alivia, und sie alle unterhielten sich bei einer Tasse Tee und lachten viel.

Der Anblick der ehemaligen *Damane* ließ Rand die Zähne zusammenbeißen. Nynaeve behauptete, die Frau hätte darauf bestanden, sie zu begleiten, aber er konnte sich nicht vorstellen, dass es überhaupt jemanden gab, der erfolgreich bei ihr auf etwas bestehen konnte. Sie wollte Alivia aus irgendeinem geheimen Grund dabei haben. Seit er Elayne verlassen und sie abgeholt hatte, benahm sie sich sehr geheimnisvoll, so als würde sie mit aller Mühe daran arbeiten, eine Aes Sedai zu sein. Die drei Frauen hatten sich hochgeschlossene Gewänder in der Mode von Far Madding besorgt, deren Oberteile und Schultern mit gestickten Blumen und Vögeln übersät waren und bis ans Kinn reichten, obwohl Nynaeve manchmal über sie meckerte. Zweifellos hätte sie das derbe Tuch von den Zwei Flüssen dem feineren hiesigen Stoff vorgezogen. Der rote Punkt des Ki'sain auf ihrer Stirn zog alle Blicke auf sich, doch als hätte das nicht ausgereicht, hatte sie sich mit genug Schmuck behängt, um zu einer Audienz der Königin zu gehen. Da waren ein schmaler goldener Gürtel und eine lange Halskette und jede Menge Armreifen, die mit hellblauen Saphiren und ihm unbekannten polierten grünen Steinen besetzt waren, und an jedem Finger ihrer rechten Hand steckte ein passender Ring. Ihr Großer Schlangenring war irgendwo verborgen, um keine Aufmerksamkeit zu erregen, aber der Rest sorgte für zehnmal so viel. Die meisten Leute hätten den Ring einer Aes Sedai nicht erkannt, wenn sie ihn gesehen hätten, aber jeder konnte sehen, dass in diesen Edelsteinen eine Menge Geld steckte.

Rand räusperte sich und senkte den Kopf. »Frau, ich muss oben mit dir sprechen«, sagte er. Und fügte gerade noch rechtzeitig hinzu: »Wenn es dir gefällt.« Er konnte es nicht dringenderer machen, nicht, wenn er den Anstandsformen genügen wollte, aber er hoffte, dass sie nicht länger blieben. Vielleicht taten sie es ja doch, und wenn auch nur, um der Wirtin zu demonstrieren, dass sie nicht unter seiner Fuchtel standen. Aus irgendeinem Grund schienen die Menschen in Far Madding tatsächlich dem Glauben anzuhängen, dass auswärtige Frauen sprangen, wenn es ihre Männer ihnen befahlen!

Min drehte sich auf ihrem Stuhl herum und grinste ihn an, wie sie es jedes Mal tat, wenn er sie seine Frau nannte. Sie war in seinem Kopf gegenwärtig und das Gefühl kündete von Wärme und Freude, und plötzlich sprühte es vor Belustigung. Sie fand ihre Situation in Far Madding sehr amüsant. Ohne den Blick von ihm zu wenden, beugte sie sich zu Frau Nalhera herüber und sagte etwas mit leiser Stimme, das die ältere Frau vor Lachen gackern und Nynaeve gequält das Gesicht verziehen ließ.

Alivia stand auf und sah nicht einmal annähernd wie die unterjochte Frau aus, die er Taim übergeben hatte. All diese gefangen genommenen *Damane* und *Sul'dam* waren eine Bürde gewesen, und er hatte aufgeatmet, als er sie endlich losgeworden war. Ihr blondes Haar wies weiße Strähnen auf und in ihren Augenwinkeln gab es feine Fältchen, aber in diesen Augen loderte jetzt ein wildes Feuer. »Nun?«, sagte sie gedehnt und starrte auf Nynaeve herunter, aber irgendwie ließ sie das Wort zugleich wie eine Kritik und einen Befehl klingen.

Nynaeve schenkte der Frau einen finsteren Blick und nahm sich reichlich Zeit, um aufzustehen und die Röcke zu glätten, aber immerhin stand sie auf.

Rand wartete nicht länger, sondern eilte nach oben. Lan stand oben an der Treppe, gerade außerhalb der Sicht des Schankraums. Rand erstattete leise einen knappen Bericht über das, was geschehen war. Lans steinernes Gesicht regte sich nicht.

»Wenigstens einer von ihnen ist erledigt«, sagte er und wandte sich dem Zimmer zu, das er sich mit Nynaeve teilte. »Ich packe unsere Sachen.«

Als Min endlich das Zimmer betrat, das Rand mit ihr bewohnte, war er damit beschäftigt, ihre Kleider aus dem hohen Schrank zu holen und in den Reisekorb zu stopfen. Nynaeve und Alivia folgten ihr.

»Beim Licht, so ruinierst du bloß unsere Sachen«, rief Min aus und drängte ihn mit der Schulter von dem Korb fort. Sie packte Kleidungsstücke wieder aus, faltete sie sauber zusammen und legte sie neben seinem friedensgebundenen Schwert aufs Bett. »Warum packen wir?«, fragte sie, ließ ihm aber keine Zeit für eine Antwort. »Frau Nalhera meinte, du würdest nicht so mürrisch sein, wenn ich dir jeden Morgen ein paar Schläge mit der Rute verpasse.« Sie lachte und schüttelte einen der Mäntel aus, die sie hier nicht trug. Er hatte ihr versprochen, ihr neue zu kaufen, aber sie weigerte sich, die bestickten Mäntel und Kniebundhosen zurückzulassen. »Ich habe ihr gesagt, ich würde es mir überlegen. Lan gefällt ihr sehr.« Plötzlich sprach sie mit verstellter schriller Stimme weiter und äffte die Wirtin nach. »Ich sage es ja immer, ein ordentlicher, ruhiger Mann ist auf jeden Fall einem hübschen Gesicht vorzuziehen.«

Nynaeve schnaubte verächtlich. »Wer will schon einen Mann, der durch Reifen springt, wann immer man will?« Rand starrte sie an, Min blieb der Mund offen stehen. Das war doch genau das, was Nynaeve mit Lan veranstaltete, und Rand konnte einfach nicht begreifen, wieso der Mann das überhaupt mitmachte.

»Ihr denkt zu viel über Männer nach, Nynaeve«, sagte Alivia. Nynaeve runzelte die Stirn, aber statt etwas zu erwidern, stand sie einfach da und spielte an einem ihrer Armreifen herum, einem seltsamen Schmuckstück, von dem sich flache Goldketten über ihren linken Handrücken bis zu Ringen an allen vier Fingern spannten. Die ältere Frau schüttelte den Kopf, als wäre sie enttäuscht, keine stärkere Reaktion hervorgerufen zu haben.

»Ich packe, weil wir abreisen müssen, und zwar schnell«, sagte Rand hastig. Nynaeve war im Augenblick still, so seltsam das auch war, aber wenn ihr Gesicht noch eine Spur dunkler wurde, würde sie an ihrem Zopf zerren und so lange herumbrüllen, dass stundenlang keiner auch nur ein Wort dazwischenschieben konnte.

Bevor er mit dem Bericht zu Ende war, den er bereits Lan gegeben hatte, hörte Min auf, Sachen zu falten und fing an, ihre Bücher in den zweiten Reisekorb zu verstauen, und zwar so hastig, dass sie darauf verzichtete, sie wie gewöhnlich mit Umhängen zu polstern. Die beiden anderen Frauen starrten ihn an, als hätten sie ihn noch nie zuvor gesehen. Für den Fall, dass sie nicht so rasch begriffen wie Min, fügte er ungeduldig hinzu: »Rochaid und Kisman haben mich in einen Hinterhalt gelockt. Sie wussten, dass ich ihnen folge. Kisman ist entkommen. Wenn er dieses Gasthaus kennt, könnten er und Dashiva und Gedwyn und Torval hier auftauchen, vielleicht in zwei oder drei Tagen, vielleicht auch in einer Stunde.«

»Ich bin nicht blind«, sagte Nynaeve, die ihn noch immer anstarrte. Ihre Stimme war leidenschaftslos; protestierte sie nur der Form halber? »Wenn du willst, dass es schnell geht, solltest du Min helfen, statt wie ein Wollkopf herumzustehen.« Sie starrte ihn noch einen Augenblick länger an, dann schüttelte sie den Kopf, bevor sie das Zimmer verließ.

Alivia schloss sich ihr an, verharrte jedoch und starrte Rand finster an. Nein, sie hatte wirklich nichts Demütiges mehr an sich. »Auf diese Weise könntet Ihr den Tod finden«, sagte sie missbilligend. »Ihr habt noch zu viel zu tun, um jetzt schon zu sterben. Ihr müsst uns helfen lassen.«

Er sah ihr stirnrunzelnd nach, wie sie die Tür hinter sich schloss. »Hast du bei ihr irgendwelche Bilder gesehen, Min?«

»Ich sehe sie ständig, aber nicht von der Art, die du meinst; es ist nichts, was man verstehen kann.« Eines der Bücher ließ sie die Nase rümpfen und sie legte es zur Seite. Es war ziemlich unwahrscheinlich, dass sie auch nur einen Band ihrer nicht gerade kleinen Bibliothek zurückließ. Zweifellos beabsichtigte sie, dieses bei der ersten Gelegenheit zu lesen. Sie steckte ihre Nase stundenlang in diese Bücher. »Rand«, sagte sie langsam, »du hast all das getan, einen Mann getötet und dich einem anderen entgegengestellt, und ich … Rand, ich habe *nichts* gefühlt. Durch den Bund, meine ich. Keine Furcht, kein Zorn. Nicht einmal *Besorgnis!* Nichts.«

»Ich war nicht wütend auf ihn.« Kopfschüttelnd packte er wieder Kleider in den Reisekorb. »Er musste getötet werden, das war alles. Und warum sollte ich Angst haben?«

»Oh«, sagte sie leise. »Ich verstehe.« Sie beugte sich wieder über die Bücher. In dem Bund war es ganz still geworden, als wäre sie tief in Gedanken versunken, aber dann kämpfte sich ein winziger Faden der Sorge durch die Stille.

»Min, ich verspreche, ich werde nicht zulassen, dass dir etwas geschieht.« Er wusste nicht, ob er dieses Versprechen einhalten konnte, aber er würde es versuchen.

Sie lächelte ihn an, es war beinahe schon ein Lachen. Licht, sie war wunderschön. »Das weiß ich, Rand. Und ich werde nicht zulassen, dass dir etwas geschieht.« Liebe flutete durch den Bund wie die Glut der Mittagssonne. »Aber Alivia hat Recht. Du musst uns irgendwie helfen lassen. Wenn du uns diese Burschen beschreibst, können wir vielleicht Erkundigungen einziehen. Du kannst jedenfalls nicht die ganze Stadt allein durchsuchen.«

Wir sind tot, murmelte Lews Therin. *Tote sollten in Ruhe in ihren Gräbern ruhen, aber das tun sie nie.*

Rand nahm die Stimme in seinem Kopf kaum wahr. Plötzlich wurde ihm bewusst, dass er Kisman und die anderen gar nicht beschreiben musste. Er konnte sie so gut zeichnen, dass jeder die Gesichter erkennen würde. Dabei hatte er in seinem ganzen Leben noch nicht gezeichnet. Aber Lews Therin konnte es. Das hätte ihm Angst einjagen müssen. Das hätte es wirklich.

Isam schritt den Raum ab und musterte das allgegenwärtige Licht des *Tel'aran'rhiod.* Das Bett war zwischen zwei Blicken zerwühlt und ordentlich gemacht. Die Bettdecke verwandelte sich von geblümt zu dunkelrot und wurde dann zu einer Steppdecke. Das Vergängliche verwandelte sich hier immer und er nahm es kaum noch bewusst wahr. Er konnte das *Tel'aran'rhiod* nicht so benutzen wie die Auserwählten, aber das war der Ort, an dem er sich am freiesten fühlte. Hier konnte er sein, wer auch immer er sein wollte. Der Gedanke ließ ihn kichern.

Er blieb neben dem Bett stehen, zog vorsichtig die beiden vergifteten Dolche und trat aus der unsichtbaren in die wache Welt. Dabei wurde er zu Luc. Es erschien passend.

In der wachen Welt war das Zimmer dunkel, aber das einzige Fenster ließ genug Mondlicht herein, dass Luc die Umrisse der beiden Menschen sehen konnte, die unter ihren Decken schliefen. Ohne zu zögern rammte er in jeden einen Dolch. Sie erwachten mit einem leisen Aufschrei, aber er riss die Klingen heraus und stach immer wieder zu. Das Gift machte es unwahrscheinlich, dass einer von ihnen genug Kraft gehabt hätte, um so laut zu schreien, dass man sie außerhalb des Zimmers gehört hätte, aber er wollte diesen Mord auf eine Weise zu seinem Werk machen, wie es das Gift allein niemals bewirkt hätte. Nachdem er jeweils eine Klinge zwischen Rippen gerammt hatte, hörten sie bald auf zu zucken.

Er wischte die Dolche an der Bettdecke sauber und schob sie mit der gleichen Sorgfalt, mit der er sie gezogen hatte, in die Scheiden zurück. Man hatte ihm viele Fähigkeiten verliehen, aber Immunität gegen Gift oder andere Waffen waren nicht darunter. Dann zog er einen Kerzenstummel aus der Tasche und blies gerade genug Asche von den Holzscheiten im Kamin, dass er den Docht entzünden konnte. Er sah sich immer gern die Leute an, die er tötete, und wenn es nicht bei der Tat ging, dann eben hinterher. Er hatte es vor allem bei den beiden Aes Sedai im Stein von Tear genossen. Der Unglaube auf ihren Gesichtern, als er wie aus dem Nichts vor ihnen auftauchte, das Entsetzen, als sie erkannten, dass er nicht gekommen war, um sie retten – Erinnerungen, die er in Ehren hielt. Das war Isam gewesen, nicht er, aber die Erinnerungen waren deshalb nicht weniger kostbar. Keiner von ihnen bekam oft die Gelegenheit, eine Aes Sedai zu töten.

Er prägte sich die Gesichter des Mannes und der Frau auf dem Bett einen Augenblick lang ein, dann drückte er die Kerzenflamme aus und steckte die Kerze zurück in die Tasche, bevor er wieder ins *Tel'aran'rhiod* trat.

Sein gegenwärtiger Patron wartete schon auf ihn. Es war ein Mann, dessen war er sich sicher, aber Luc konnte ihn nicht ansehen. Es war nicht so wie bei den schleimigen Grauen Männern, die man einfach nicht wahrnahm. Er hatte mal einen von ihnen getötet, in der Weißen Burg. Sie hatten sich kalt und leer angefühlt. Es war, als hätte man eine Leiche getötet. Nein, dieser Mann hatte etwas mit der Macht getan, so dass Lucs Blick von ihm abglitt wie Wasser von Glas. Selbst aus den Augenwinkeln betrachtet, war er nur ein Schemen.

»Das Paar in diesem Zimmer wird für alle Zeiten schlafen«, sagte Luc, »aber der Mann war kahlköpfig und die Frau grauhaarig.«

»Schade«, sagte der Mann, und die Stimme schien in Lucs Ohren zu schmelzen. Er würde sie nicht erkennen, wenn er sie ohne die Tarnung hörte. Der Mann musste einer der Auserwählten sein. Von den Auserwählten abgesehen wussten nur wenige, wie er zu erreichen war, und keiner der Männer konnte die Macht lenken oder hätte es gewagt, ihm Befehle zu erteilen. Man bat um seine Dienste. Nur der Große Herr nicht und in letzter Zeit auch die Auserwählten. Aber keiner der Auserwählten, die Luc kannten, hatte jemals solche Vorsichtsmaßnahmen getroffen.

»Soll ich es erneut versuchen?«, fragte Luc.

»Vielleicht. Wenn ich es Euch sage. Vorher nicht. Vergesst nicht, zu keinem ein Wort darüber.«

»Wie Ihr befehlt.« Luc verbeugte sich, aber der Mann schuf bereits ein Wegetor, ein Loch, das sich auf eine verschneite Waldlichtung öffnete. Er war verschwunden, bevor sich Luc wieder aufgerichtet hatte.

Es war wirklich eine Schande. Er hatte sich so darauf gefreut, seinen Neffen und die Schlampe zu töten. Aber wenn er freie Zeit hatte, machte es immer Spaß, auf die Jagd zu gehen. Er wurde zu Isam. Isam tötete Wölfe noch lieber als Luc.

KAPITEL 2

Wo die Sonne verschwand

Mit der einen Hand versuchte Shalon, den ungewohnten Umhang festzuhalten, während sie sich gleichzeitig bemühte, nicht von dem ungewohnten Sattel zu fallen; sie stieß ihrem Pferd unbeholfen die Fersen in die Flanken und folgte Harine und ihrem Schwertmeister Moad durch die Öffnung in der Luft, die von dem Stallhof des Sonnenpalastes ... Sie wusste nicht genau, wohin sie führte, auf jeden Fall war es ein langer freier Platz – nannte man so etwas nicht eine Lichtung? Sie glaubte schon –, eine Lichtung, die größer als das Deck eines Springers war und die zwischen Hügeln voller verkümmerter Bäume lag. Sie erkannte nur die Kiefern, die zu klein und verkrüppelt waren, als dass man sie zu etwas anderem als Teer und Terpentin hätte verarbeiten können. Von den anderen Bäumen wiesen die meisten kahle graue Äste auf, die Shalon an Knochen denken ließen. Die Morgensonne schwebte direkt über den Baumwipfeln, und die Kälte schien hier noch durchdringender zu sein als in der Stadt, die sie gerade hinter sich gelassen hatte.

Shalon hoffte, dass das Pferd keinen Fehltritt machte und sie auf die Felsen schleuderte, die sich dort erhoben, wo der Schnee nicht das am Boden verfaulende Laub bedeckte. Sie traute Pferden nicht. Im Gegensatz zu Schiffen hatten Pferde einen eigenen Willen. Sie waren hinterhältige Biester, auf die man draufklettern musste. Und Pferde hatten Zähne. Wann auch immer ihr Reittier durch die Nüstern schnaubte, zuckte sie zusammen und tätschelte seinen Hals und gab beruhigende Laute von sich. Zumindest hoffte sie, dass die Bestie sie beruhigend fand.

Cadsuane hingegen saß ohne sichtbare Anstrengung auf einem großen Pferd mit schwarzer Mähne und Schweif und hielt das Gewebe des Wegetors aufrecht. Sie hatte keine Probleme mit Pferden. Sie kannte keine Probleme. Ein plötzlicher Windstoß hob den dunkelgrauen Umhang an, der das Hinterteil ihres Reittieres bedeckte, aber es gab keinerlei Anzeichen, dass sie die Kälte überhaupt wahrnahm. Der goldene Haarschmuck um ihren dunkelgrauen Haarknoten geriet in Bewegung, als sie den Kopf drehte, um Shalon und ihre Begleitung zu beobachten. Sie war eine ansehnliche Frau, die aber in der Menge nicht weiter aufgefallen wäre, wenn man einmal davon absah, das ihr glattes Gesicht nicht zu den Haaren passte. Doch wenn man sie erst näher kennen lernte, war es schon zu spät.

Shalon hätte viel dafür gegeben, sehen zu können, wie man dieses Gewebe erschuf, selbst wenn das bedeutet hätte, sich in Cadsuanes Nähe begeben zu müssen, aber man hatte ihr erst nach Vollendung des Wegetors erlaubt, den Stallhof zu betreten, und ein an die Rahnock angeschlagenes Segel lehrte einen weder, wie man ein Segel setzen musste, noch wie man es herstellte. Sie kannte nur den Namen. Als sie an der Aes Sedai vorbeiritt, mied sie den Blick, aber sie spürte ihn. Der Blick dieser Frau ließ ihre Zehennägel sich krümmen und nach einem Halt suchen, den die Steigbügel nicht boten. Sie sah keinen Fluchtweg und doch hoffte sie durch das Studium der Aes Sedai einen zu finden. Sie wusste nur wenig über die Schwestern; sie war die Erste, die dies zugegeben hätte. Vor ihrer Reise nach Cairhien war sie einer Einzigen begegnet, und wenn sie an sie gedacht hatte, dann nur, um dem Licht dafür zu danken, nicht auserwählt worden zu sein, eine von ihnen zu werden. Aber bei Cadsuanes Gefährtinnen gab es Strömungen tief unter der Oberfläche.

Tiefe, starke Strömungen konnten alles verändern, was an der Oberfläche offensichtlich erschien.

Die vier Aes Sedai, die unmittelbar nach Cadsuane hindurchgeritten waren, warteten zusammen mit drei Behütern auf ihren Pferden auf der einen Seite der Lichtung. Zumindest war Shalon davon überzeugt, dass Ihvon der Behüter der wilden Alanna war, und Tomas gehörte zu der pummeligen kleinen Verin, aber sie glaubte, den auffallend jungen Mann, der sich dicht an die dicke Daigian hielt, im schwarzen Mantel eines Asha'man gesehen zu haben. Aber dann konnte er wohl kaum ein Behüter sein, oder? Eben war nur ein Junge. Doch wenn die Frau ihn ansah, schien ihr ohnehin übertriebener Stolz noch weiter anzuschwellen. Kumira, eine angenehm aussehende Frau mit blauen Augen, deren Blick messerscharf werden konnte, wenn sie etwas interessierte, saß etwas zur Seite geneigt im Sattel und musterte Eben so intensiv, dass es ein Wunder war, dass er nicht in Stücke geschnitten auf dem Boden lag.

»Lange mache ich da nicht mehr mit«, knurrte Harine und trat ihr Pferd mit den bloßen Fersen, damit es in Bewegung blieb. Die mit Brokat geschmückte gelbe Seide unterstützte ihre Bemühungen, im Sattel sitzen zu bleiben, genauso wenig, wie es Shalons blaue Seide tat. Sie schwankte umher, jede Bewegung des Tiers ließ sie rutschen und bei jedem Schritt verlor sie beinahe den Halt. Der Wind frischte auf, spielte mit den Enden ihrer Schärpe und ließ ihren Umhang flattern, aber sie hielt es für unter ihrer Würde, die Kleidung zu kontrollieren. Auf den Schiffen wurden Umhänge nur selten benutzt; sie waren im Weg und konnten Arme und Beine in genau dem Augenblick behindern, in dem man sie fürs Überleben brauchte. Moad hatte ihn abgelehnt und verließ sich auf seinen gesteppten blauen Mantel, den er auch in der größten Kälte auf See trug. Nesune Bihara ritt in bronzefarbenes Tuch gekleidet durch das Wegetor und blickte sich um, als wollte sie alles auf einmal in sich aufnehmen, dann kam Elza Penfel, die aus irgendeinem Grund ein mürrisches Gesicht machte und den pelzgesäumten Umhang eng um sich zog. Keine der anderen Aes Sedai schienen große Anstrengungen zu machen, sich vor der Kälte zu schützen.

»*Vielleicht* begegne ich dem Coramoor, sagt sie«, murmelte Harine und zerrte an den Zügeln, bis ihr Pferd auf die Seite der Lichtung zuschritt, die jener entgegengesetzt lag, auf der sich die Aes Sedai versammelten. »Vielleicht! Und sie bietet einem diese *Möglichkeit* an, als wäre es ein Privileg.« Harine musste keine Namen nennen; wenn sie das Wort »sie« auf eine Weise in den Mund nahm, die an den Stich einer Qualle denken ließ, dann konnte sie nur eine Frau meinen. »Ich habe das Recht dazu, es ist ausgehandelt worden! Sie verweigert mir das vereinbarte Gefolge! Ich muss meine Segelherrin zurücklassen und meine Diener!« Erian Boroleos kam voller Anspannung durch die Öffnung, als würde sie ein Schlachtfeld erwarten. Ihr folgte Beldeine Nyram, die nicht mal wie eine Aes Sedai aussah. Beide trugen Grün, Erian von Kopf bis Fuß, Beldeine in den Schlitzen an Ärmeln und Rock. Hatte das etwas zu bedeuten? Vermutlich nicht. »Soll ich mich dem Coramoor wie ein Decksmädchen nähern, das ihrer Segelherrin die Ehre erweist?« Wenn mehrere Aes Sedai zusammen standen, war die glattgesichtige Alterslosigkeit deutlich zu erkennen, selbst wenn das Haar weiß war, konnte man unmöglich sagen, wer zwanzig Jahre oder gar doppelt so alt war, und Beldeine sah einfach wie ein zwanzigjähriges Mädchen aus. Und das sagte einem genauso wenig wie ihre Röcke. »Soll ich etwa selbst mein Bettzeug auslüften und mein Leinen waschen? Sie schießt das Protokoll einfach in den Wind! Ich werde es nicht erlauben! Schluss damit!« Das waren alte Klagen, die sie seit dem vergangenen Abend, als Cadsuane ihre Bedingungen gestellt hatte, falls sie sie begleiten wollten, ein

Dutzend Mal geäußert hatte. Diese Bedingungen waren streng gewesen, aber Harine war keine andere Wahl geblieben, als ihnen zuzustimmen, was die Verbitterung nur noch größer machte.

Shalon hörte nur mit halbem Ohr zu, nickte und murmelte die nötigen Erwiderungen. Natürlich stimmte sie ihr zu. Ihre Schwester erwartete Zustimmung. Die Aes Sedai beanspruchten jedoch den Hauptteil ihrer Aufmerksamkeit. Sie beobachtete sie verstohlen. Moad tat so, als würde er nicht zuhören, aber er war ja auch Harines Schwertmeister. Bei jedem anderen war Harine scheinbar so fest wie ein nasser Knoten, aber sie ließ Moad so viel Spielraum, dass jedermann hätte denken können, der grauhaarige Mann mit den harten Augen sei ihr Geliebter, vor allem, da sie beide verwitwet waren. Das heißt, sie hätten es vielleicht gedacht, wenn sie Harine nicht kannten. Harine würde sich niemals einen Geliebten nehmen, der einen geringeren Rang als sie einnahm, was natürlich zur Folge hatte, dass sie sich jetzt keinen mehr nehmen konnte. Als sie ihre Pferde in der Nähe der Bäume zum Stehen brachten, stützte Moad einen Ellbogen auf den hohen Knauf seines Sattels, legte eine Hand auf den langen, mit Schnitzereien verzierten Elfenbeingriff seines Schwerts, das hinter seiner Schärpe steckte, und betrachtete die Aes Sedai und die Männer, die sie begleiteten, ohne jede Zurückhaltung. Wo hatte er gelernt, ein Pferd zu reiten? Er sah doch tatsächlich so aus, als würde er sich wohl fühlen. Sein Rang war auf den ersten Blick zu erkennen; selbst wenn er nicht sein Schwert und den dazu passenden Dolch trug, waren da noch immer die acht schweren Ohrringe und die Art und Weise, wie die Schärpe geknotet war. Gab es bei den Aes Sedai keine vergleichbaren Methoden? Konnten sie wirklich so schlecht organisiert sein? Angeblich war die Weiße Burg wie ein mechanischer

Apparat, der Throne in sich aufnahm und sie nach seinem Willen umformte. Natürlich schien die Maschine jetzt kaputt zu sein.

»Ich sagte, wo hat sie uns hingebracht, Shalon?«

Harines Stimme war wie eine eiskalte Rasierklinge und sie trieb das Blut aus Shalons Gesicht. Unter einer jüngeren Verwandten zu dienen war niemals einfach, aber Harine machte es noch schwieriger. Im Privaten war sie mehr als nur kühl, und in der Öffentlichkeit war sie dazu fähig, eine Segelherrin an den Füßen aufhängen zu lassen, ganz zu schweigen von einer Windsucherin. Und seit diese junge Küstengebundene namens Min ihr gesagt hatte, dass sie eines Tages die Herrin der Schiffe sein würde, war sie noch schlimmer geworden. Sie warf Shalon einen missbilligenden Blick zu und hob ihr goldenes Riechkästchen, als wollte sie einen unangenehmen Geruch überdecken, dabei machte die Kälte das Parfüm unbrauchbar.

Schnell schaute Shalon zum Himmel und versuchte, den Sonnenstand zu bestimmen. Sie wünschte sich, ihr Sextant wäre nicht auf der *Weißen Gischt* eingeschlossen – die Küstengebundenen durften niemals einen Sextanten zu Gesicht bekommen, geschweige denn seinen Einsatz verfolgen –, aber sie war sich sowieso nicht sicher, ob er eine Hilfe gewesen wäre. Diese Bäume mochten kurz sein, trotzdem konnte sie keinen Horizont ausmachen. Ziemlich genau im Norden wuchsen die Hügel zu Gebirgen an, die schräg von Nordosten nach Südwesten führten. Sie vermochte nicht einzuschätzen, wie hoch sie waren. Für ihren Geschmack ging es in dieser Landschaft viel zu sehr auf und ab. Trotzdem wusste jede Windsucherin, wie man grob schätzte. Und wenn Harine Informationen verlangte, erwartete sie auch, welche zu bekommen.

»Ich kann nur schätzen, Herrin der Wogen«, sagte sie. Harines Kiefermuskeln spannten sich, aber keine Windsucherin würde eine Schätzung als exakte Position ausgeben. »Ich glaube, wir befinden uns drei- oder vierhundert Meilen südlich von Cairhien. Genaueres kann ich nicht sagen.« Jede grüne Schülerin, die mit einem Messstab eine so ungenaue Position benannte, wäre für den Stock des Decksmeisters vornübergebeugt worden, aber als Shalon hörte, was sie da sagte, erstarrte ihre Zunge. Für ein Schiff unter vollen Segeln bedeuteten hundert an einem Tag zurückgelegte Meilen einen guten Schnitt. Moad schürzte nachdenklich die Lippen.

Harine nickte langsam und schaute durch Shalon hindurch, als könnte sie Schiffe sehen, die unter vollen Segeln durch mithilfe der Macht geschaffene Löcher in der Luft glitten. Dann würden ihnen die Meere wahrlich gehören. Sie schüttelte sich, beugte sich zu Shalon herüber, und ihr Blick schien sich in dem ihren festzukrallen. »Ihr müsst das in Erfahrung bringen, ganz egal, was es kostet. Sagt ihr, dass Ihr mich ausspionieren werdet, wenn sie es Euch beibringt. Wenn das Licht es will und Ihr sie überzeugen könnt, tut sie es womöglich. Oder Ihr kommt vielleicht nahe genug an eine der anderen heran, um es zu erlernen.«

Shalon fuhr sich mit der Zunge über die Lippen. Sie hoffte, dass Harine ihr Zusammenzucken entgangen war. »Ich habe sie schon einmal zurückgewiesen, Herrin der Wogen.« Sie hatte eine Erklärung gebraucht, warum die Aes Sedai sie eine Woche lang festgehalten hatten, und eine Version der Wahrheit war ihr am aussichtsreichsten erschienen. Harine wusste alles. Bis auf das Geheimnis, das Verin ihr entlockt hatte. Bis auf die Tatsache, dass Shalon sich bereiterklärt hatte, Cadsuanes Bedingungen zu erfüllen, um dieses Geheimnis weiterhin zu hüten. Mochte das Licht ihr gnädig sein, sie bereute Ailil, aber sie war so einsam gewesen, dass sie viel zu weit herausgesegelt war, bevor ihr das klar geworden war. Bei Harine gab es keine abendlichen Unterhaltungen bei mit Honig gesüßtem Wein, um die langen Monate erträglicher zu machen, die sie von ihrem Ehemann Mishael getrennt war.

Bestenfalls würden noch viele Monate vergehen, bevor sie wieder in seinen Armen liegen konnte. »Bei allem Respekt, warum sollte sie mir jetzt glauben?«

»Weil Ihr das Wissen haben wollt.« Harine ließ die Hand durch die Luft sausen. »Die Küstengebundenen glauben immer an Habgier. Ihr werdet ihnen natürlich ein paar Dinge erzählen müssen, um Eure ehrlichen Absichten zu beweisen. Ich werde jeden Tag entscheiden, was es sein wird. Vielleicht kann ich sie in die Richtung steuern, in der ich sie haben will.«

Brutale Finger schienen sich in Shalons Kopfhaut zu graben. Sie hatte vorgehabt, Cadsuane so wenig zu erzählen, wie es nur eben ging, und das auch nur so selten wie möglich, bis sie eine Gelegenheit gefunden hatte, sich von ihr zu befreien. Wenn sie jeden Tag mit der Aes Sedai sprechen und – und was noch schlimmer war – ihr ins Gesicht lügen musste, würde die Frau mehr aus ihr herausbekommen, als sie wollte. Mehr, als Harine wollte. Viel mehr. Das war so sicher wie der Sonnenaufgang. »Verzeiht mir, Herrin der Wogen«, sagte sie mit jedem Funken an Ehrerbietung, den sie aufzubringen imstande war, »aber falls ich das sagen darf, werde ich …«

Sie unterbrach sich, als Sarene Nemdahl herangeritten kam und vor ihnen das Pferd zügelte. Die letzten Aes Sedai und Behüter waren durch das Tor gekommen und Cadsuane hatte es verschwinden lassen. Corele, eine dünne, aber hübsche Frau, lachte und warf ihre schwarze Haarmähne zurück, während sie sich mit Kumira unterhielt. Merise, eine hoch gewachsene Frau, deren Augen von einem noch helleren Blau waren als Kumiras, und einem mehr als hübschen Gesicht, das streng genug war, um selbst Harine aufmerken zu lassen, dirigierte mit scharfen Gesten die vier Männer, die sich um die Packpferde kümmerten. Alle anderen ergriffen die Zügel. Anscheinend machten sich alle bereit, die Lichtung zu verlassen.

Sarene war wunderschön, allerdings minderte der fehlende Schmuck ihr Aussehen genauso wie das schlichte weiße Kleid, das sie trug. Die Küstengebundenen schienen überhaupt keinen Sinn für Farben zu haben. Sogar ihr dunkler Umhang war mit weißem Fell gesäumt. »Herrin der Wogen, Cadsuane, sie hat mich gebeten ... mir befohlen, Eure Helferin zu sein«, sagte sie und neigte ehrerbietig den Kopf. »Ich werde Eure Fragen beantworten, sofern ich das kann, und Euch bei den Bräuchen helfen, so gut ich mich in ihnen auskenne. Mir ist bewusst, das Euch meine Anwesenheit möglicherweise Unbehagen bereitet, aber wenn Cadsuane befiehlt, müssen wir gehorchen.«

Shalon lächelte. Sie bezweifelte, dass die Aes Sedai wusste, dass auf einem Schiff eine Helferin das darstellte, was bei den Küstengebundenen eine Dienerin war. Harine würde vermutlich lachen und wissen wollen, ob die Aes Sedai Leinentücher vernünftig waschen konnte. Es würde erfreulich sein, sie in guter Stimmung zu sehen.

Doch statt zu lachen versteifte sich Harine auf ihrem Sattel, als wäre ihr Rückgrat zu einem Hauptmast geworden, und die Augen quollen hervor. »Ich verspüre kein Unbehagen!«, fauchte sie. »Ich ziehe es nur vor ... Fragen jemand anderem zu stellen ... Cadsuane. Ja. Cadsuane. Und ich muss weder *ihr* noch sonst jemandem gehorchen! Niemandem! Außer der Herrin der Schiffe!« Shalon runzelte die Stirn; es sah ihrer Schwester nicht ähnlich, so durcheinander zu klingen. Harine holte tief Luft und sprach dann in energischerem Tonfall weiter, obwohl es sich in gewisser Weise genauso seltsam wie zuvor anhörte. »Ich spreche für die Herrin der Schiffe des Atha'an Miere und verlange den mir zustehenden Respekt! Ich verlange ihn, habt Ihr das verstanden? Ja, ist das klar?«

»Ich kann sie bitten, jemand anderen zu bestimmen«, sagte Sarene zweifelnd, als würde sie nicht erwarten, dass ihre Bitte etwas ändern würde. »Ihr müsst wissen, dass sie mir an jenem Tag ganz genaue Anweisungen gegeben hat. Aber ich hätte nicht meine Beherrschung verlieren sollen. Da habe ich versagt. Gefühle zerstören jegliche Vernunft.«

»Ich weiß, wie man Befehle befolgen muss«, knurrte Harine und duckte sich im Sattel zusammen. Sie sah aus, als wäre sie bereit, sich jeden Augenblick auf Sarene zu stürzen. »Ich heiße es gut, wenn Befehle befolgt werden!«, kreischte sie beinahe. »Allerdings kann man Befehle, die ausgeführt worden sind, auch wieder vergessen. Man muss sie nicht mehr erwähnen. Versteht Ihr mich?« Shalon starrte sie von der Seite an. Wovon sprach sie da? Welche Befehle hatte Sarene ausgeführt und warum wollte Harine, dass sie in Vergessenheit gerieten? Moad machte keine Anstrengungen, sein Stirnrunzeln zu verbergen. Dann wurde sich Harine seiner Aufmerksamkeit bewusst und ihre Miene verfinsterte sich.

Sarene schien es nicht zu bemerken. »Ich weiß nicht, wie man absichtlich etwas vergessen soll«, sagte sie langsam und legte die Stirn in Falten. »Ich nehme an, Ihr meint, dass wir so tun sollten. Ist das richtig?« Die mit Perlen geschmückten Zöpfe, die aus ihrer Kapuze baumelten, stießen klirrend zusammen, als sie den Kopf über diese Dummheit schüttelte. »Also gut. Ich werde Eure Fragen so gut beantworten, wie ich kann. Was wollt Ihr wissen?« Harine seufzte lauthals. Shalon hätte es für Ungeduld halten können, aber sie glaubte, es war Erleichterung. Erleichterung?

Ob Harine nun erleichtert war oder nicht, sie wurde wieder sie selbst, von Selbstbeherrschung erfüllt und befehlsgewohnt, und sie versuchte den Blick der Aes Sedai zu erwidern, als wollte sie diese dazu zu bringen, dass sie ihren senkte. »Ihr könnt mir sagen, wo wir sind und wo wir hinreisen«, verlangte sie zu wissen.

»Wir sind in den Hügeln von Kintara«, sagte Cadsuane, die plötzlich vor ihnen erschien; ihr Pferd stieg auf die

Hinterbeine, ließ die Hufe durch die Luft wirbeln und versprühte Schnee. »Und wir reiten nach Far Madding.« Sie hielt sich nicht nur im Sattel, sie schien das Aufbäumen des Tieres nicht mal zu bemerken!

»Ist der Coramoor in Far Madding?«

»Angeblich soll Geduld eine Tugend sein, Herrin der Wogen.« Obwohl Cadsuane den Titel benutzte, der Harine zustand, lag kein Respekt in ihrem Benehmen. Nicht der geringste. »Ihr reitet mit mir. Versucht nicht, zurückzufallen. Es wäre unerfreulich, wenn ich Euch wie Kornsäcke transportieren müsste. Sobald wir in der Stadt sind, werdet Ihr schweigen, bis ich Euch zu sprechen erlaube. Ich werde nicht zulassen, dass Ihr durch Unwissenheit Probleme schafft. Ihr werdet Sarene Euch führen lassen. Sie hat Ihre Befehle.«

Shalon erwartete einen Wutausbruch, aber Harine beherrschte sich, obwohl es sie offensichtlich viel Mühe kostete. Sobald sich Cadsuane abgewandt hatte, murmelte sie wütend vor sich hin, biss aber die Zähne zusammen, als sich Sarenes Pferd in Bewegung setzte. Offensichtlich sollte keine Aes Sedai hören, was sie zu sagen hatte.

Wie sich herausstellte, bedeutete mit Cadsuane zu reiten, hinter ihr herzureiten, und zwar zwischen den Bäumen vorbei nach Süden. Alanna und Verin ritten zwar neben der Frau, aber als Harine den Versuch unternahm, sich zu ihnen zu gesellen, machte ein Blick von ihr klar, dass sonst niemand willkommen war. Shalon erwartete eine Explosion, die nicht kam. Stattdessen bedachte Harine aus irgendeinem Grund Sarene mit einen finsteren Blick und riss ihr Pferd herum, um zwischen Moad und Shalon zu reiten. Sie unternahm keine Anstrengung, Sarene, die auf Shalons anderer Seite ritt, noch irgendwelche Fragen zu stellen, sondern beschränkte sich darauf, die vor ihr befindlichen Frauen finster anzuschauen. Hätte Shalon sie nicht besser gekannt, hätte sie gesagt, dass in diesen Blicken eher Trotz als Wut lag.

Shalon wiederum war heilfroh, schweigen zu können. Ein Pferd zu reiten war schon schwierig genug, ohne sich gleichzeitig unterhalten zu müssen. Davon abgesehen wusste sie plötzlich, warum sich Harine so seltsam verhielt. Sie versuchte bestimmt, bei den Aes Sedai die Wogen zu glätten. Das musste es sein. Harine zügelte ihr Temperament nie, wenn es nicht unbedingt nötig war. Die Anstrengung, die die Kontrolle sie jetzt kostete, musste sie innerlich förmlich brodeln lassen. Und wenn ihre Bemühungen nicht das gewünschte Ergebnis brachten, würde sie Shalon in einen Kessel stecken und kochen. Der Gedanke daran verursachte Shalon Kopfschmerzen. Sie konnte nur hoffen, dass das Licht sie leitete und ihr half; es musste eine Möglichkeit geben, wie sie vermeiden konnte, ihre Schwester auszuspionieren, ohne dass man ihrer Wangenkette sämtliche Ehrenauszeichnungen abriss und sie sich auf einen Springer abkommandiert fand, dessen Segelherrin darüber brütete, warum sie niemals höher aufgestiegen war und die ihre Wut darüber an jedermann ausließ. Genauso schlimm wäre es gewesen, wenn Mishael ihr Ehegelübde als gebrochen erklärte. Es *musste* eine Möglichkeit geben.

Manchmal drehte sie sich auf ihrem Sattel um und warf einen Blick auf die hinter ihr reitenden Aes Sedai. Von den Frauen vor ihr war mit Sicherheit nichts zu lernen. Gelegentlich wechselten Cadsuane und Verin ein paar Worte, aber sie steckten dabei die Köpfe zusammen und sprachen zu leise, um belauscht werden zu können. Alanna schien das, was vor ihnen lag, kaum erwarten zu können; sie blickte ununterbrochen nach Süden. Ein paar Mal ließ sie ihr Pferd ein paar Schritte schneller ausschreiten, bevor Cadsuane sie mit einem leisen Wort zurückholte, dem sie mit wildem Blick oder einer mürrischen Grimasse zögernd gehorchte. Cadsuane und Verin schienen um die Frau besorgt zu sein. Cadsuane strich fast auf die gleiche Art über ihren Arm, wie Shalon den

Hals ihres Pferdes tätschelte, und Verin strahlte sie an, als würde sie sich von einer Krankheit erholen. Was Shalon nichts sagte. Also dachte sie über die anderen nach.

Wenn man auf einem Schiff aufsteigen wollte, reichte es nicht, nur die Winde Weben oder das Wetter vorhersagen oder die Position bestimmen zu können. Man musste die Absicht lesen können, die zwischen den Worten eines Befehls verborgen lag, und imstande sein, kleine Gesten und Veränderungen im Gesichtsausdruck zu interpretieren. Man musste erkennen, wer sich wem unterwarf, selbst wenn es kaum merklich war, denn Mut und Fähigkeiten ließen einen nur bis zu einem gewissen Punkt aufsteigen.

Nicht weit hinter ihnen ritten vier Frauen – Nesune, Erian, Beldeine und Elza – in einer kleinen Gruppe, obwohl sie nicht zusammengehörten, sondern lediglich den gleichen Platz einnahmen. Weder sprachen sie miteinander noch sahen sie sich an. Sie schienen einander nicht besonders zu mögen. Shalon setzte sie in Gedanken in das gleiche Boot wie Sarene. Die Aes Sedai gaben vor, dass sie alle unter Cadsuane vereint waren, aber das entsprach offensichtlich nicht der Wahrheit. Merise, Corele, Kumira und Daigian saßen in einem anderen Boot, das von Cadsuane gelenkt wurde. Manchmal schien Alanna in dem einen und dann wieder in dem anderen Boot zu sein, während Verin in gewisser Weise zwar zu Cadsuanes Boot gehörte, aber nicht darin saß. Vielleicht schwamm sie nebenher, während Cadsuane ihre Hand hielt. Und wäre das nicht allein schon seltsam genug gewesen, war da noch die Sache mit dem erwiesenen Respekt.

Seltsamerweise hatte es den Anschein, als würden die Aes Sedai Stärke in der Macht Erfahrung oder Fähigkeiten vorziehen. Ihre Rangordnung gründete sich auf Stärke, wie bei Decksmatrosen, die sich in Küstentavernen prügelten. Natürlich beugten sie sich alle Cadsuane, doch bei den anderen gab es Merkwürdigkeiten. Den Regeln ihrer eigenen Hierarchie zufolge bekleideten einige der Frauen aus Nesunes Boot eine Position, auf der sie von einigen aus Cadsuanes Boot Respekt erwarten konnten, aber obwohl ein paar von ihnen dies durchaus zum Ausdruck brachten, benahmen sie sich dabei, als würden sie einem Höhergestellten gegenüberstehen, der ein ernstes, allgemein bekanntes Verbrechen begangen hatte. Der Hierarchie nach übertraf Nesune alle im Rang – von Cadsuane und Merise einmal abgesehen –, doch sie verhielt sich Daigian – welche die unterste Sprosse der Leiter einnahm – gegenüber auf eine Weise, als würde sie trotzig zu diesem Verbrechen stehen, und die anderen in ihrem Boot verhielten sich genauso. Alles lief sehr unauffällig ab, ein leicht erhobenes Kinn, eine leise gewölbte Braue, ein Verziehen der Lippen, aber für ein beim Aufstieg auf den Schiffen geübtes Auge war es unverkennbar. Vielleicht würde ihr nichts davon helfen, aber wenn sie schon Werg zupfen musste, dann ging das nur, indem sie einen Faden fand und zog.

Der Wind frischte auf; die Böen drückten den Umhang gegen ihren Rücken und ließen ihn zu ihren beiden Seiten emporflattern. Sie nahm es kaum wahr.

Die Behüter stelten möglicherweise einen weiteren Faden dar. Sie bildeten den Abschluss, verborgen hinter den Aes Sedai, die hinter Nesune und den anderen drei ritten. Eigentlich hatte Shalon erwartet, dass zwölf Aes Sedai von mehr als sieben Behütern begleitet werden würden. Angeblich hatte jede Aes Sedai mindestens einen Behüter, wenn nicht noch mehr. Sie schüttelte gereizt den Kopf. Natürlich abgesehen von der Roten Ajah. Sie war nicht völlig unwissend, was die Rote Ajah betraf.

Aber die Frage war nicht, wie viele Behüter, sondern ob sie *alle* Behüter waren. Sie war sich ziemlich sicher, den ergrauten alten Damer und den so hübschen Jahar in schwarzen Mänteln gesehen zu haben, bevor sie sich plötzlich mit den Aes Sedai zusammengetan hatten. Zu diesem Zeitpunkt war sie nicht willens gewesen, sich die

Schwarzmäntel genauer anzusehen, und um der Wahrheit die Ehre zu geben, war ihre Aufmerksamkeit mindestens zur Hälfte von der hübschen Ailil in Beschlag genommen gewesen, aber sie *war* sich sicher. Und wie auch immer Eben da hineinpasste, sie war sich fast sicher, dass die beiden anderen jetzt Behüter waren. Fast sicher. Jahar sprang genauso schnell wie Nethan oder Bassane, wenn Merise mit den Fingern schnippte, und der Art nach zu urteilen, wie Corele Damer anlächelte, war er entweder ihr Behüter oder ihr Bettwärmer, und Shalon konnte sich nicht vorstellen, dass eine Frau wie sie einen fast kahlen alten Mann mit einem lahmen Bein in ihr Bett holte. Sie wusste bestimmt nicht viel über die Aes Sedai, aber sie war überzeugt, dass es keine akzeptierte Praxis war, mit Männern, welche die Macht lenken konnten, den Bund einzugehen. Falls sie beweisen konnte, dass sie es getan hatten, würde sich das vielleicht als das Messer erweisen, das scharf genug war, um sich von Cadsuane freizuschneiden.

»Diese Männer können die Macht jetzt nicht mehr lenken«, murmelte Sarene.

Shalon fuhr so schnell auf dem Sattel herum, dass sie sich mit beiden Händen an der Mähne des Pferdes festhalten musste, um nicht herunterzufallen. Der Wind wehte den Umhang über ihren Kopf und sie riss ihn wieder herunter, bevor sie sich richtig aufsetzen konnte. Sie kamen zwischen den Bäumen hervor. Unter ihnen befand sich eine breite Straße, die in einem weiten Bogen südwärts aus den Hügeln zu einem See führte, der vielleicht eine Meile entfernt am Saum einer mit braunem Gras bewachsenen Ebene lag, die sich bis zum Horizont erstreckte. Der See, der im Westen mit einem schmalen Schilfrand an sie angrenzte, war eine klägliche Entschuldigung für ein Gewässer, kaum länger als zehn Meilen und nicht mal so breit. In seiner Mitte erhob sich eine Insel, die, so weit es Shalon überblicken konnte, von hohen, mit Türmen übersäten Mauern umgeben und von einer Stadt eingenommen wurde. Sie erfasste das alles mit einem Blick, während sie zugleich Sarene anstarrte. Es war fast so, als hätte die Frau ihre Gedanken gelesen. »Warum können sie die Macht nicht lenken?«, fragte sie. »Habt Ihr …? Habt Ihr sie … gedämpft?« Sie glaubte, das war wohl das richtige Wort, aber das sollte die Männer doch angeblich umbringen. Sie war immer der Meinung gewesen, dass es eine seltsame Methode war, um Hinrichtungen aus irgendeinem Grund sanfter zu machen.

Sarene blinzelte und Shalon erkannte, dass die Aes Sedai mit sich selbst gesprochen hatte. Sie musterte Shalon einen Augenblick lang, während sie Cadsuane den Abhang hinunter folgten, dann richtete sie den Blick wieder auf die Stadt auf der Insel. »Euch fallen Dinge auf, Shalon. Es wäre besser, wenn Ihr das, was Euch an den Männern aufgefallen ist, für Euch behalten würdet.«

»Dass sie Behüter sind?«, sagte Shalon leise. »Habt Ihr sie deshalb binden können? Weil Ihr sie gedämpft habt?« Sie hoffte, ein Geständnis entlocken zu können, aber die Aes Sedai sah sie lediglich an. Sie schwieg, bis sie den Fuß des Hügels erreichten und hinter Cadsuane auf die Straße einbogen. Die Straße war breit, der Boden vom vielen Verkehr fest zusammengestampft, aber sie hatten sie für sich allein.

»Es ist nicht unbedingt ein Geheimnis«, sagte Sarene schließlich und nicht sehr bereitwillig für etwas, das kein Geheimnis war, »aber es ist auch nicht weithin bekannt. Wir sprechen nicht oft von Far Madding, von den Schwestern einmal abgesehen, die hier geboren wurden, und selbst die kommen nur selten zu Besuch. Aber Ihr solltet Bescheid wissen, bevor Ihr dort eintretet. Die Stadt hat ein *Ter'angreal* in ihrem Besitz. Vielleicht sind es auch drei *Ter'angreale*. Das weiß keiner. Man kann sie genauso wenig studieren, wie man sie fortbringen kann. Sie müssen während der Zerstörung der Welt erschaffen worden sein, als die Furcht vor wahnsinnigen Machtlenkern alltäglich war. Aber einen solchen Preis für Sicherheit zu zahlen …« Die mit Perlen verzierten Zöpfe, die bis zu ihrer Brust baumelten, klirrten gegeneinander, als sie voller Unglauben den Kopf schüttelte. »Diese *Ter'angreale*, sie kopieren ein *Stedding*. Das heißt, zumindest in den wichtigen Dingen, fürchte ich, obwohl ich vermute, dass ein Ogier das anders sehen würde.« Sie seufzte traurig.

Shalon starrte sie ungläubig an und warf Harine und Moad einen verwirrten Blick zu. Warum sollten Fabeln einer Aes Sedai Furcht einflößen? Harine öffnete den Mund, gab dann aber Shalon ein Zeichen, die offensichtliche Frage zu stellen. Sollte sie auch mit Sarene Freundschaft schließen, um ihren Kurs zu glätten? Shalons Kopf schmerzte. Aber sie war ebenfalls neugierig.

»Und welche Dinge sind das?«, fragte sie behutsam. Glaubte die Frau wirklich an fünf Spannen große Leute, die Bäumen etwas vorsangen? Und da gab es noch etwas mit Äxten, oder? Hier kommen die Aelfinn, um dein Brot zu stehlen; hier kommen die Ogier, um dir den Kopf abzuschlagen. Licht, das hatte sie nicht mehr gehört, seit Harine mit Puppen gespielt hatte. Da ihre Mutter auf den Schiffen aufgestiegen war, hatte man ihr die Aufgabe übertragen, Harine zusammen mit ihrem ersten Kind großzuziehen.

Sarenes Augen weiteten sich überrascht. »Das wisst Ihr wirklich nicht?« Ihr Blick glitt zu der vorausliegenden Inselstadt. Ihrem Gesichtsausdruck nach zu urteilen war sie im Begriff, die Bilge zu betreten. »Innerhalb des *Stedding* kann man die Macht nicht lenken. Man kann nicht einmal die Wahre Quelle fühlen. Kein draußen gewobenes Gewebe hat einen Einfluss auf das, was drinnen ist, obwohl das keine Rolle spielt. Tatsächlich gibt es hier zwei *Stedding*, eines in dem anderen. Das größere beeinflusst Männer, aber wir werden das kleinere betreten, bevor wir die Brücke erreichen.«

»Ihr werdet dort nicht die Macht lenken können?«, fragte Harine. Als die Aes Sedai nickte, ohne den Blick von der Stadt zu nehmen, umspielte ein schmales, frostiges Lächeln Harines Lippen. »Vielleicht können wir uns über die Instruktionen unterhalten, nachdem wir ein Quartier bezogen haben.«

»Ihr lest die Philosophie?« Sarene sah überrascht aus. »Die Theorie der Instruktionen, heutzutage hält man nicht viel davon, aber ich war immer der Meinung, dass man daraus viel lernen kann. Eine Unterhaltung wird nett sein, um mich von anderen Dingen abzulenken. Falls uns Cadsuane Zeit lässt.«

Harine fiel der Unterkiefer herunter. Sie starrte die Aes Sedai an und vergaß, sich am Sattel festzuhalten, und nur Moads schneller Griff verhinderte, dass sie herunterfiel.

Shalon hatte Harine niemals die Philosophie erwähnen hören, aber ihr war es egal, worüber ihre Schwester sprach. Sie starrte Far Madding an und schluckte schwer. Sie hatte natürlich gelernt, jemanden einzuhüllen, damit diese Person nicht die Macht benutzen konnte, und sie war im Laufe ihrer Ausbildung auch selbst eingehüllt worden, aber selbst eingehüllt konnte man noch immer die Quelle fühlen. Wie würde es sein, sie nicht fühlen zu können? So als würde man die Sonne aus der Sicht verlieren, sie aber direkt am Rande des Sichtfelds lauern? Wie würde es sein, wenn die Sonne verschwand?

Während sie sich dem See näherten, war sie sich der Quelle bewusster, als sie es seit jenem ersten Mal der Freude, als sie diese berührt hatte, gewesen war. Sie konnte nur mühsam verhindern, nicht von ihr zu trinken, aber die Aes Sedai würden das Licht sehen und vermutlich auch den Grund dafür kennen. Sie würde sich oder Harine nicht auf diese Weise beschämen. Auf dem Wasser tummelten sich viele kleine Boote, von denen keines länger als sechs oder sieben Spannen war; einige holten Netze ein, andere krochen langsam mithilfe langer Ruder dahin. Der windbewegten Dünung nach zu urteilen, die über die Oberfläche rollte und manchmal in schaumigen, an Brandung erinnernde Fontänen gegeneinander prallte, wären Segel genauso sehr ein Hindernis wie eine Hilfe gewesen. Dennoch schienen die Boote beinahe etwas Vertrautes zu sein, auch wenn sie nicht einmal annähernd mit den schnittigen Vier- oder Acht- oder Zwölfsitzern vergleichbar waren, wie die Schiffe des Meervolks sie mit sich führten. Ein winziger Trost inmitten all dieser Merkwürdigkeiten.

Die Straße mündete auf einer Landzunge, die eine halbe Meile oder mehr in den See hineinragte, und plötzlich verschwand die Quelle. Sarene seufzte, gab aber durch nichts anderes zu erkennen, dass sie es bemerkt hatte. Shalon befeuchtete sich die Lippen. Es war nicht so schlimm, wie sie befürchtet hatte. Sie fühlte sich … leer, aber das konnte sie ertragen. Wenn sie es nicht zu lange ertragen musste. Der böige und kapriziöse Wind, der versuchte, ihre Umhänge zu stehlen, fühlte sich plötzlich viel kälter an.

Am Ende der Landzunge befand sich auf der einen Seite zwischen der Straße und dem Wasser ein Dorf aus grauen Steinhäusern mit schiefergedeckten Dächern. Frauen, die mit großen Körben vorbeieilten, blieben beim Anblick der Reiter stehen. Mehr als nur eine griff sich an die Nase, während sie starrte. Shalon hatte sich fast an diese Art von Blicken gewöhnt. In Cairhien. Aber ihre Aufmerksamkeit wurde von dem Festungswerk gegenüber dem Dorf angezogen, einem Berg aus dicht verfugten Steinen, der fünf Spannen in die Höhe wuchs und auf dessen Ecktürmen Soldaten durch die Visiere ihrer Helme spähten. Einige hielten offen gespannte Armbrüste. Weitere behelmte Soldaten strömten aus einem eisenbeschlagenen Tor in unmittelbarer Nähe der Brücke, Männer mit Rüstungen, deren Panzer aus rechteckigen Schuppen zusammengesetzt waren und die als Abzeichen ein goldenes Schwert auf der linken Schulter trugen. Einige trugen Schwerter am Gürtel, andere hielten lange Speere oder Armbrüste. Shalon fragte sich, ob sie wohl damit rechneten, dass sich die Aes Sedai den Weg freikämpften. Ein Offizier mit einer gelben Feder am Helm bedeutete Cadsuane anzuhalten, dann ging er auf sie zu und nahm den Helm ab. Mit grauen Strähnen durchsetztes Haar flutete bis zur Taille auf seinen Rücken. Er hatte ein hartes, mürrisches Gesicht.

Cadsuane beugte sich tief auf ihrem Sattel herab, um ein paar leise Worte mit dem Mann zu wechseln, dann zog sie einen fetten Geldbeutel unter einer Satteltasche hervor. Er nahm ihn entgegen, trat zurück und winkte einen der anderen Soldaten heran, einen großen, knochigen Mann, der keinen Helm trug. Er hielt ein Schreibbrett und sein im Nacken zusammengebundenes Haar reichte ebenfalls bis zur Taille. Er neigte respektvoll den Kopf, bevor er sich nach Alannas Namen erkundigte und ihn sorgfältig und mit zwischen die Zähne geklemmter Zunge niederschrieb, wobei er die Feder oft in die Tinte eintauchte. Der mürrische Offizier stand da, den Helm auf die Hüfte gestützt, und musterte die anderen hinter Cadsuane ausdruckslos. Der Geldbeutel hing an seinen Fingern, als hätte er ihn vergessen. Er schien sich nicht darüber bewusst zu sein, dass er mit einer Aes Sedai gesprochen hatte. Vielleicht war es ihm auch egal. Hier unterschied sich eine Aes Sedai durch nichts von einer anderen Frau. Shalon erschauderte. Hier unterschied auch sie sich durch nichts von einer normalen Frau, während der Dauer ihres Aufenthalts war sie ihrer Fähigkeiten beraubt. Beraubt.

»Sie schreiben die Namen aller Ausländer auf«, sagte Sarene. »Die Ratsherrinnen wissen gern, wer in der Stadt ist.«

»Vielleicht würden sie eine Herrin der Wogen ohne Bestechung einlassen«, sagte Harine trocken. Der knochige

Soldat, der sich von Alanna abwandte, zuckte wie jeder Küstengebundene beim Anblick von Shalons und Harines Schmuck zusammen, bevor er auf sie zukam.

»Euer Name, ehrenwerte Frau, wenn Ihr so freundlich wärt?«, sagte er höflich zu Sarene und neigte wieder den Kopf. Sie sagte ihn ihm, ohne zu erwähnen, dass sie eine Aes Sedai war. Shalon ließ es ebenfalls bei ihrem Namen bewenden, aber Harine gab auch ihre Titel an, Harine din Togara Zwei Winde, Herrin der Wogen vom Clan Shodein, Außerordentliche Botschafterin der Herrin der Schiffe des Atha'an Miere. Der Bursche blinzelte, dann biss er sich auf die Zunge und beugte den Kopf über das Schreibbrett. Harine runzelte die Stirn. Wenn sie jemanden beeindrucken wollte, dann erwartete sie auch, dass er beeindruckt war.

Während der knochige Mann schrieb, drängte sich ein stämmiger Soldat mit Helm, an dessen Schulter eine Ledertasche hing, zwischen Harines und Moads Pferd. Hinter den Stäben seines Visiers verzerrte eine wulstige Narbe, die das ganze Gesicht hinunterverlief, seinen Mund zu einem höhnischen Grinsen, aber er verneigte sich durchaus respektvoll vor Harine. Und dann versuchte er, Moad das Schwert abzunehmen.

»Ihr müsst das erlauben oder Eure Klingen bis zur Abreise hier lassen«, sagte Sarene schnell, als der Schwertmeister dem stämmigen Mann die Scheide vorenthielt. »Cadsuane hat für diese Vergünstigung bezahlt, Herrin der Wogen. In Far Madding darf kein Mann mehr als ein Gürtelmesser tragen, es sei denn, die Waffe ist friedensgebunden, dass sie nicht gezogen werden kann. Selbst diese Mauerwachen dürfen von ihrem Posten kein Schwert mitnehmen. Stimmt das nicht?«, fragte sie den dürren Soldaten, und er erwiderte, dies sei richtig und es sei auch gut so.

Mit einem Schulterzucken zog Moad das Schwert aus der Schärpe, und als der Bursche mit der Narbe auch den

Dolch mit dem Elfenbeingriff verlangte, gab er auch diesen ab. Der Mann schob sich den langen Dolch hinter den Gürtel, holte eine Rolle aus feinem Draht aus der Tasche und wickelte das Schwert geschickt in ein Netz ein. Gelegentlich hielt er inne, um eine Siegelpresse aus dem Gürtel zu ziehen und eine kleine Bleischeibe um die Drähte zu falten, aber er hatte schnelle, geübte Hände.

»Die Namensliste wird an die anderen beiden Brückenposten weitergegeben«, fuhr Sarene fort, »und die Männer müssen die ungebrochenen Drähte vorzeigen, andernfalls werden sie festgehalten, bis ein Magistrat entscheidet, dass kein weiteres Verbrechen verübt wurde. Und selbst wenn keines geschehen ist, besteht die Strafe in einer hohen Geldbuße und Peitschenhieben. Die meisten Ausländer hinterlegen ihre Waffen vor dem Betreten der Stadt, um das Geld zu sparen, aber das würde bedeuten, dass wir auch auf dieser Brücke wieder abreisen müssten. Das Licht allein weiß, welche Richtung wir einschlagen wollen, wenn wir wieder gehen.« Sie warf Cadsuane einen Blick zu, die anscheinend Alanna davon abhalten musste, allein über die lange Brücke zu reiten, und fügte beinahe flüsternd hinzu: »Zumindest hoffe ich, dass das ihre Beweggründe sind.«

Harine schnaubte. »Das ist doch albern. Wie soll er sich verteidigen?«

»Gute Frau, in Far Madding besteht für keinen Mann die Notwendigkeit, sich verteidigen zu müssen.« Die Stimme des stämmigen Mannes war heiser, aber er klang nicht spöttisch. Er verkündete das Offensichtliche. »Dafür sorgen die Straßenhüter. Würde man zulassen, dass jeder Mann ein Schwert trägt, wenn er will, dann hätten wir hier bald so schlimme Zustände wie überall anderswo. Ich habe gehört, wie es da zugeht, gute Frau, und das wollen wir hier nicht haben.« Er verbeugte sich vor Harine und schritt die Reihe weiter ab, gefolgt von dem Mann mit dem Schreibbrett.

Moad untersuchte kurz Schwert und Dolch, deren Griff und Scheide sorgfältig eingewickelt waren, dann schob er sie zurück an Ort und Stelle, wobei er darauf achtete, seine Schärpe nicht mit den Siegeln zu zerreißen. »Schwerter erhalten erst dann einen Nutzen, wenn der Verstand versagt«, sagte er. Harine schnaubte erneut. Shalon fragte sich, wo der Bursche seine Narbe wohl herhatte, wenn Far Madding so sicher war.

Hinter ihnen ertönten Protestrufe von den anderen Männern, aber sie wurden schnell zum Verstummen gebracht. Vermutlich von Merise. Darauf hätte Shalon jede Wette abgeschlossen. Manchmal ließ diese Frau Cadsuane locker erscheinen. Ihre Behüter waren wie die abgerichteten Wachhunde, die Amayar benutzte, bereit, auf einen Pfiff loszuspringen, und sie zögerte nicht, die Behüter der anderen Aes Sedai herumzukommandieren. Kurz darauf waren alle Schwerter friedensgebunden und die Packpferde nach verborgenen Waffen durchsucht. Sie ritten auf die Brücke und die Hufe klapperten über den Stein. Shalon versuchte sich jede Einzelheit zu merken, nicht so sehr aus Interesse, sondern um sich von dem abzulenken, was fehlte.

Die Brücke war flach und so breit wie die hinter ihr liegende Straße; an den Seiten ragten niedrige Steinbrüstungen in die Höhe, die einen Wagen daran hindern würden, in die Tiefe zu stürzen, Angreifern aber keinen Schutz boten, und sie war lang, mindestens eine Dreiviertelmeile, und so gerade wie ein Pfeil. Gelegentlich fuhr eines der Boote unter ihr hindurch, was unmöglich gewesen wäre, hätten sie Masten gehabt. Riesige Türme flankierten das mit Eisen beschlagene Stadttor – Sarene erklärte ihnen, dass es sich um das Caemlyn-Tor handelte –, wo Wächter mit dem goldenen Schwert auf der Schulter die Köpfe vor den Frauen neigten und die Männer misstrauisch beäugten. Die dahinterliegende Straße …

Völlig sinnlos, hier aufmerksam alles beobachten zu

wollen. Die Straße war breit und gerade und wurde von zwei- oder dreistöckigen Steinhäusern gesäumt; die Straße war voller Menschen und Karren, und alles schien zu verschwimmen. Die Quelle war verschwunden! Shalon wusste, dass sie wieder da sein würde, wenn sie diesen Ort verließ, und beim Licht, sie wollte auf der Stelle umkehren. Wie lange würde es wohl dauern, bevor sie dies konnte? Möglicherweise hielt sich der Coramoor in der Stadt auf, und Harine wollte auf dem schnellsten Weg zu ihm, vielleicht wegen dem, was er darstellte, vielleicht weil sie glaubte, er würde ihr helfen, zur Herrin der Schiffe aufzusteigen. Bis Harine abreiste und Cadsuane sie von der Übereinkunft entband, saß Shalon hier fest. Hier, wo es keine Wahre Quelle gab.

Sarene redete wie ein Wasserfall, doch Shalon bekam kaum ein Wort mit. Sie überquerten einen Platz mit einer großen Frauenstatue in der Mitte, aber Shalon schnappte nur ihren Namen auf, Einion Avharin, obwohl Sarene ihr berichtete, warum die Frau in Far Madding berühmt war und warum ihre Statue auf das Caemlyn-Tor zeigte. Eine Reihe blattloser Bäume teilte die Straße jenseits des Platzes. Sänften und Kutschen und Männer in Schuppenrüstungen kämpften sich durch die Menge, aber sie nahm sie nur wie durch einen Schleier wahr. Zitternd zog sie sich in sich selbst zurück. Die Stadt verschwand. Die Zeit verschwand. Alles verschwand außer der Angst, nie wieder die Quelle spüren zu können. Shalon war sich nie zuvor bewusst gewesen, welchen Trost sie aus ihrer unsichtbaren Gegenwart geschöpft hatte. Sie war immer da gewesen, hatte unvorstellbare Freuden versprochen, ein Leben, das so reich war, dass alle Farben verblassten, wenn die Macht aus ihr wich. Und jetzt war die Quelle selbst nicht mehr da. Sie war weg. Das war alles, dessen sie sich bewusst war, dessen sie sich bewusst sein konnte. Sie war weg.

KAPITEL 3

Unter Ratsherrinnen

Jemand schüttelte Shalons Arm. Es war Sarene und die Aes Sedai sprach zu ihr. »Es ist dort drin«, sagte Sarene, »in der Ratsherrinnenhalle. Unter der Kuppel.« Sie zog die Hand zurück, holte tief Luft und ergriff die Zügel. »Der Gedanke, dass der Effekt schlimmer ist, weil wir so nahe sind, ist lächerlich«, murmelte sie, »aber so fühlt es sich nun einmal an.«

Shalon beherrschte sich mühsam. Die Leere würde nicht verschwinden, aber sie zwang sich, sie zu ignorieren. Doch in Wahrheit fühlte sie sich wie ein entkerntes Obststück.

Sie befanden sich auf einem gewaltigen Platz – sie nahm an, dass man es einen Platz nannte, obwohl er kreisrund war –, der mit weißen Steinen gepflastert war. In der Mitte erhob sich ein großer Palast, ein rundes Gebäude, das bis auf die hohe blaue Kuppel, die wie ein halbierter Ball aussah, völlig weiß war. Die oberen beiden Etagen unterhalb der Kuppel wurden von kannelierten Säulen umgeben und ein beständiger Strom Menschen floss die breiten weißen Steintreppen hinauf und hinab, die an beiden Seiten zur zweiten Etage führten. Abgesehen von einem hohen, weit geöffneten Bronzetor bestand das Erdgeschoss nur aus weißem Stein, aus dem man doppelt lebensgroße, mit Diademen geschmückte Frauen herausgemeißelt hatte. Zwischen ihnen befanden sich weiße Steingarben aus Korn und Tuch, deren lose Enden im Wind zu flattern schienen, aufgestapelte Barren, die vermutlich Gold, Silber oder Eisen symbolisieren sollten, und Säcke, aus denen Münzen und Edelsteine rieselten. Unter den Füßen der Frauen, in einem umlaufenden Fries, fuhren viel kleinere Steinfiguren Wagen und bedienten Essen und Webstühle. Die Menschen hier hatten ein Monument geschaffen, das ihre Erfolge im Handel verkündete. Das war idiotisch. Wenn Menschen auf die Idee kamen, dass man in Handelsdingen besser als sie war, wurden sie nicht nur eifersüchtig, sie wurden stur und versuchten, lächerliche Geschäfte durchzusetzen. Und manchmal blieb einem keine andere Wahl, als dies zu akzeptieren.

Ihr wurde bewusst, dass Harine sie stirnrunzelnd ansah, und sie richtete sich im Sattel auf. »Verzeiht mir, Herrin der Wogen«, sagte sie. Die Quelle war weg, aber sie würde zurückkehren – natürlich würde sie das! –, und sie hatte ihre Pflicht zu erfüllen. Sie schämte sich, dass sie ihrer Furcht nachgegeben hatte, doch die Leere blieb. O mein Licht, diese Leere! »Es geht mir wieder besser. Ich werde mich von jetzt an bemühen.« Harine nickte bloß; sie runzelte noch immer die Stirn und Shalons Kopfhaut juckte. Wenn Harine auf die erwartete Standpauke verzichtete, dann nur, weil sie etwas Schlimmeres im Sinn hatte.

Cadsuane ritt geradewegs über den Platz und durch das offene Tor der Ratsherrinnenhalle in einen großen Raum mit hoher Decke, der ein im Inneren des Gebäudes liegender Stallhof zu sein schien. Ein Dutzend Männer in blauen Mänteln, die neben Sänften kauerten, auf deren Türen ein goldenes Schwert und eine goldene Hand aufgemalt waren, schauten bei ihrer Ankunft überrascht auf. Das galt auch für die Männer in blauen Westen, die gerade ein Gespann von einer Kutsche mit dem Schwert-und-Hand-Siegel abschirrten, und jene, die den Steinboden mit großen Besen kehrten. Zwei weitere Stallburschen führten Pferde in einen breiten Korridor, der nach Heu und Dung roch.

Ein dicker, glatt rasierter Mann in mittleren Jahren eilte

über die Pflastersteine heran, verneigte sich ununterbrochen und rieb sich die Hände. Wo die anderen Männer das lange Haar im Nacken zusammengebunden hatten, benutzte er eine kleine Silberspange, und sein blauer Mantel war offensichtlich aus gutem Tuch. Schwert-und-Hand waren groß auf die linke Brustseite aufgestickt. »Vergebt mir«, sagte er mit einem öligen Lächeln. »Ich will Euch nicht beleidigen, aber ich fürchte, Ihr habt die falsche Richtung eingeschlagen. Das hier ist die Ratsherrinnenhalle und …«

»Sag der Ersten Ratsherrin Barsalla, dass Cadsuane Melaidhrin sie sprechen will«, unterbrach Cadsuane ihn, als sie abstieg.

Das Lächeln des Mannes flackerte und seine Augen weiteten sich. »Cadsuane Melaidhrin? Ich dachte, Ihr wärt …!« Er verstummte, als ihr Blick plötzlich gefror, dann hustete er in die Hand und setzte sein schmieriges Lächeln wieder auf. »Verzeiht mir, Cadsuane Sedai. Erlaubt Ihr mir, Euch und Eure Begleiterinnen in einen Warteraum zu führen, wo man Euch willkommen heißt, während ich der Ersten Ratsherrin Bescheid sage?« Seine Augen weiteten sich leicht, als er diese Begleiterinnen näher betrachtete. Offensichtlich konnte er Aes Sedai erkennen, zumindest, wenn sie in einer Gruppe beisammen waren. Shalon und Harine ließen ihn blinzeln, aber für einen Küstengebundenen verfügte er über Selbstkontrolle. Er starrte sie nicht an.

»Ich erlaube dir, dass du zu Aleis rennst, so schnell dich deine Füße tragen, und ihr mitteilst, dass ich da bin, Junge«, erwiderte Cadsuane, löste den Umhang und warf ihn quer über den Sattel. »Sag ihr, dass ich in der Kuppel bin und nicht den ganzen Tag Zeit habe. Und? Hopphopp!« Diesmal flackerte das Lächeln des Mannes nicht, es wurde kränklich, aber er zögerte nur einen Augenblick, bevor er losrannte und den Stallburschen zurief, sich um die Pferde zu kümmern.

Doch Cadsuane hatte ihn aus den Gedanken gestrichen, sobald sie ihm ihre Befehle erteilt hatte. »Verin, Kumira, Ihr kommt mit mir«, verkündete sie energisch. »Merise, haltet alle zusammen und zum Aufbruch bereit, bis ich … Alanna, kommt zurück und steigt vom Pferd. Alanna!« Zögernd lenkte Alanna ihr Pferd vom Tor weg und stieg mit finsterer Miene ab. Ihr schlanker Behüter Ihvon beobachtete sie besorgt. Cadsuane seufzte, als wäre ihre Geduld so gut wie am Ende. »Wenn es sein muss, setzt Euch auf sie drauf, um sie hier zu behalten, Merise«, sagte sie und übergab ihre Zügel einem kleinen, drahtigen Stallburschen. »Ich will, dass alle zum Aufbruch bereit sind, wenn ich mit Aleis fertig bin.« Merise nickte und Cadsuane wandte sich dem Stallburschen zu. »Er braucht nur etwas Wasser«, sagte sie und gab ihrem Pferd einen zärtlichen Klaps. »Ich habe ihn heute nicht scharf geritten.«

Shalon war mehr als erleichtert, ihr Pferd einem Stallburschen ohne Anweisungen übergeben zu können. Es wäre ihr egal gewesen, wenn er die Kreatur getötet hätte. Sie wusste nicht, wie weit sie benommen geritten war, sie fühlte sich, als hätte sie jede der vielen hundert Meilen von Cairhien bis hier im Sattel gesessen. Ihr Fleisch fühlte sich genauso zerknittert an wie ihre Kleidung. Plötzlich fiel ihr auf, dass Jahars hübsches Gesicht bei den Männern fehlte. Verins Tomas, ein stämmiger, grauhaariger Mann, der genauso hart wie die anderen aussah, führte das Packpferd, das Jahar benutzt hatte. Wohin war der junge Mann verschwunden? Merise schien über seine Abwesenheit jedenfalls nicht besorgt zu sein.

»Diese Erste Ratsherrin«, knurrte Harine und ließ Moad ihr beim Absteigen helfen. Sie bewegte sich genauso steif wie Shalon. Er war einfach vom Pferd gesprungen. »Ist das hier eine wichtige Frau, Sarene?«

»Man könnte sagen, sie ist die Herrscherin von Far Madding, allerdings nennen die anderen Ratsherrinnen sie die Erste unter gleichen, was auch immer das bedeuten mag.« Sarene gab ihr Pferd einem Stallburschen; sie sah völlig frisch aus. Vielleicht war sie zuvor über dieses *Ter'angreal* bestürzt gewesen, das die Quelle gestohlen hatte, aber jetzt war sie die personifizierte kühle Erhabenheit, wie eine Eisskulptur. Der Stallbursche stolperte über seine eigenen Füße, als er ihr Gesicht sah. »Einst war die Erste Ratsherrin die Beraterin der Königinnen von Maredo, aber seit Maredos … Auflösung betrachten sich die meisten Ersten Ratsherrinnen als die natürlichen Erben von Maredos Herrschern.«

Shalon wusste, dass ihre Kenntnisse in der Geschichte der Küstengebundenen so unzulänglich waren wie ihre Geographiekenntnisse über alles, was sich jenseits der Küste befand, aber von einer Nation namens Maredo hatte sie noch nie gehört. Harine schien das jedoch zu reichen. Falls diese Erste Ratsherrin hier herrschte, musste die Herrin der Wogen des Clan Shodein sie kennen lernen. Harines Würde verlangte nicht weniger. Entschlossen humpelte sie über den Stallhof zu Cadsuane.

»O ja«, sagte die unerträgliche Aes Sedai, bevor Harine überhaupt den Mund aufmachen konnte. »Ihr werdet mich ebenfalls begleiten. Und Eure Schwester. Aber Euer Schwertmeister nicht. Ein Mann in der Kuppel wäre schlimm genug, aber ein Mann mit einem Schwert würde ausreichen, um den Ratsherrinnen Krämpfe zu bescheren. Ihr habt eine Frage, Herrin der Wogen?« Harine machte den Mund so schnell zu, dass ihre Zähne deutlich hörbar aufeinander schlugen. »Gut«, murmelte Cadsuane. Shalon stöhnte. Das würde die Laune ihrer Schwester nicht verbessern.

Cadsuane führte sie breite, blau geflieste Korridore entlang, die mit hellen Wandteppichen geschmückt waren und von vergoldeten Kandelabern mit funkelnden Spiegeln erhellt wurden. Diener in Blau starrten sie zuerst an und verbeugten sich dann hastig nach der Art der Küstengebundenen, als sie vorbeirauschten. Sie führte sie lange, geschwungene weiße Steintreppen hinauf, die bis auf die Stellen, an denen sie die helle Wand berührten, frei standen. Cadsuane rauschte daher wie ein Schwan, aber mit einer Geschwindigkeit, die die Schmerzen in Shalons Beinen zu einem Brennen anfachte. Harines Gesicht erstarrte zu einer hölzernen Maske, die die Anstrengung des Treppensteigens verbarg. Selbst Kumira schien etwas überrascht zu sein, obwohl Cadsuanes Tempo ihr nichts auszumachen schien. Die rundliche kleine Verin eilte an Cadsuanes Seite daher und lächelte Harine und Shalon gelegentlich über die Schulter an. Manchmal glaubte Shalon, Verin zu hassen, aber in diesem Lächeln lag weder Spott noch Heiterkeit, sondern nur Aufmunterung.

Cadsuane führte sie eine letzte, von Wänden umschlossene Wendeltreppe hinauf, und plötzlich standen sie auf einer Galerie mit einem vergoldeten Geländer, die die ganze … Einen Augenblick lang starrte Shalon mit offenem Mund. Über ihr erhob sich eine blaue Kuppel, die an ihrer höchsten Stelle einhundert Fuß oder höher war. Sie wurde von nichts gestützt außer sich selbst. Shalons Unwissenheit über die Küstengebundenen erstreckte sich nicht nur auf Geografie und Geschichte – und Aes Sedai –, sondern auch auf Architektur; tatsächlich wusste sie mit Ausnahme von Cairhien so gut wie nichts über die Küstengebundenen. Sie wusste, wie man die Baupläne für einen Springer zeichnen musste und wie er dann gebaut wurde, aber sie konnte sich nicht einmal annähernd vorstellen, wie man so etwas hier bauen sollte.

Auf der Galerie gab es drei weitere mit weißen Steinen abgesetzte Torbogen wie der, durch den sie gerade gekommen waren, hinter denen sich Treppen verbargen. Sie waren allein, und das schien Cadsuane zu erfreuen, obwohl sie lediglich nickte. »Kumira, zeigt der Herrn der Wellen und ihrer Schwester Far Maddings Wächter.« In der großen Kuppel warf ihre Stimme ein leises Echo. Sie zog Verin ein Stück zur Seite und die beiden steckten die Köpfe zusammen. Was sie zu flüstern hatten, warf kein Echo.

»Ihr müsst Ihnen verzeihen«, sagte Kumira leise zu Harine und Shalon. Selbst das rief ein leises Geräusch hervor, wenn auch kein richtiges Echo. »Das muss schwierig sein, selbst für Cadsuane.« Sie strich sich mit den Fingern durch ihr kurzes braunes Haar und schüttelte den Kopf, damit es wieder in die alte Form fiel. »Die Ratsherrinnen sind selten erfreut, Aes Sedai zu sehen, vor allem Schwestern, die hier geboren wurden. Ich glaube, sie würden gern so tun, als gäbe es die Macht nicht. Nun, ihre Geschichte gibt ihnen ausreichend Grund dazu, denn die letzten zweitausend Jahre hatten sie die Möglichkeit, diese Illusion zu untermauern. Aber wie dem auch sei, Cadsuane ist Cadsuane. Sie erblickt nur selten einen aufgeblähten Kopf, ohne sich dazu zu entscheiden, ihm die Luft rauszulassen, selbst wenn er eine Krone trägt. Oder das Diadem einer Ratsherrin. Ihr letzter Besuch liegt über zwanzig Jahre zurück, während des Aiel-Krieges, aber ich vermute, jene, die sich daran erinnern, werden sich unter ihren Betten verstecken wollen, wenn sie von ihrer Ankunft erfahren.« Kumira gab ein leises Lachen von sich. Shalon verstand nicht, was es da zu lachen gab. Harine verzog die Lippen, aber es ließ sie aussehen, als hätte sie Magenschmerzen.

»Ihr wollt den … Wächter sehen?«, fuhr Kumira fort. »Vermutlich ein Name, der so gut wie jeder andere ist, schätze ich. Es gibt da nicht viel zu sehen.« Sie trat vorsichtig an das vergoldete Geländer und schaute darüber hinweg, als hätte sie Angst herunterzufallen, aber dann nahmen ihre blauen Augen wieder den üblichen scharfen Ausdruck an. »Ich würde alles dafür geben, ihn untersuchen zu können, aber das ist natürlich unmöglich. Wer weiß, was er außer dem, was wir längst wissen, sonst noch tun könnte?« In ihrer Stimme lag genauso viel Ehrfurcht wie Bedauern.

Shalon hatte keine Höhenangst, und sie drückte sich neben der Aes Sedai an das aufwendig geschmiedete Eisen, da sie sehen wollte, was die Quelle gestohlen hatte. Nach kurzem Zögern gesellte sich Harine zu ihnen. Zu Shalons Überraschung bestand die Höhe, die Kumira Unbehagen bereitete, aus kaum mehr als zwanzig Fuß. Unter ihnen erstreckte sich ein glatter Boden, dessen blaue und weiße Fliesen ein kompliziertes Labyrinth ergaben, das ein rotes, von einem gelben Rand umgebenes Oval einschloss. Unter der Galerie saßen drei Frauen in Weiß auf Stühlen, die die Kuppelwand berührten und in gleichmäßigen Abständen voneinander um die Fläche aufgestellt waren. Neben jeder Frau war eine anscheinend aus von Schlieren durchzogenen Kristallen bestehende Scheibe mit einem Durchmesser von einer vollen Spanne in den Boden eingelassen. In der Scheibenmitte war ein langer, schmaler Keil aus klarem Kristall eingelassen, der auf den Mittelpunkt des Raums zeigte. Die undurchsichtigen Scheiben wurden von Metallringen eingefasst und wiesen Markierungen wie von einem Kompass auf, allerdings wurden die Striche zwischen den großen Markierungen zusehends kleiner. Shalon war sich nicht sicher, aber sie hatte den Eindruck, als wäre der ihr am nächsten befindliche Ring mit Zahlen beschrieben. Das war alles. Keine monströsen Gebilde. Sie hatte sich etwas Gewaltiges und Schwarzes vorgestellt, das das Licht verschluckte. Sie umfasste das Geländer fester, um ihre Hände am Zittern zu hindern, und sie drückte die Knie durch, damit sie still dastand. Was sich auch immer dort unten befand, es *hatte* das Licht gestohlen.

Das leise Geräusch von Halbschuhen verkündete die Ankunft neuer Personen auf der Galerie, die durch die gleiche Türöffnung kamen, die sie benutzt hatten. Es handelte sich um ein Dutzend lächelnder Frauen mit hoch gestecktem Haar und wehenden blauen Seidenroben, die reich mit goldenen Stickereien versehen waren und hinter ihnen über den Boden schleiften. Sie trugen sie wie ärmellose Mäntel über den Gewändern. Diese Leute wussten, wie man seinen Rang zur Schau stellte. Jede der Frauen hatte einen großen Anhänger in der Form jenes goldgesäumten roten Ovals, der an einer Kette aus schweren goldenen Gliedern baumelte; das gleiche Emblem wiederholte sich an der Vorderseite eines schmalen Diadems aus Gold. Bei einer der Frauen bestanden die roten Ovale aus Rubinen statt Emaille, und der Goldreif über ihren Brauen lag beinahe unter Saphiren und Mondsteinen verborgen; am rechten Zeigefinger trug sie einen schweren goldenen Siegelring. Sie war hoch gewachsen und erhaben, das schwarze Haar war hoch gesteckt und zu einer Kugel geformt; obwohl ihr Haar großzügig von weißen Strähnen durchsetzt war, war ihr Gesicht faltenfrei. Die anderen Frauen waren groß, klein, stämmig, dünn, hübsch und unscheinbar; keine von ihnen war jung, aber jede strahlte Autorität aus. Doch sie hob sich durch mehr als ihre Edelsteine von ihnen ab. In ihren großen dunklen Augen lagen Leidenschaft und Weisheit, und von ihr ging mehr als nur Autorität aus; hier war jemand, der zu befehlen gewohnt war. Man brauchte Shalon nicht sagen, dass das die Erste Ratsherrin war, aber die Frau verkündete es trotzdem.

»Ich bin Aleis Barsalla, Erste Ratsherrin von Far Madding.« Ihre honigsüße Stimme war tief für eine Frau und sie schien eine Proklamation zu verkünden und Beifall zu erwarten. Sie hallte durch die Kuppel. »Far Madding heißt Harine din Togara Zwei Winde, Herrin der Wogen des Clans Shodein und Außerordentliche Botschafterin der Herrin der Schiffe des Atha'an Miere willkommen. Möge das Licht Euch erleuchten und Wohlstand bescheren. Euer Kommen erfreut jedes Herz in Far Madding. Ich begrüße die Gelegenheit, mehr über das Atha'an Miere zu erfahren, aber Ihr müsst von Eurer beschwerlichen Reise ermüdet sein. Ich habe Euch in meinem Palast

Quartiere zuweisen lassen. Wenn Ihr Euch ausgeruht und gegessen habt, können wir uns unterhalten, zu unserem gegenseitigen Nutzen, wenn es dem Licht gefällt.« Die anderen Frauen hoben die Röcke und machten einen kleine Verbeugung.

Harine neigte leicht den Kopf; in ihrem Lächeln lag eine Spur von Zufriedenheit. Hier war endlich jemand, der ihr den nötigen Respekt erwies. Außerdem war es bestimmt hilfreich, dass sie nicht ihren und Shalons Schmuck anstarrten.

»Anscheinend sind die Boten vom Tor so schnell wie eh und je, Aleis«, sagte Cadsuane. »Und für mich gibt es kein Willkommen?« Aleis' Lächeln flackerte einen Augenblick lang, und bei einigen der anderen verschwand es sogar völlig, als sich Cadsuane neben Harine stellte. Die freundlichen Mienen, die aufrecht erhalten wurden, sahen gezwungen aus. Eine hübsche Frau mit ernster Miene ging sogar so weit, dass sie die Stirn runzelte.

»Wir sind Euch dankbar, dass Ihr die Herrin der Wogen hergebracht habt, Cadsuane Sedai.« Aber die Erste Ratsherrin klang nicht gerade dankbar. Sie richtete sich zu ihrer vollen Größe auf und sah starr geradeaus, und zwar über Cadsuanes Kopf hinaus statt in ihr Gesicht. »Ich bin sicher, wir finden eine Möglichkeit, Euch vor Eurer Abreise das Ausmaß unserer Dankbarkeit wissen zu lassen.«

Sie hätte ihre abweisende Haltung nicht deutlicher zum Ausdruck bringen können, aber die Aes Sedai lächelte die größere Frau an. Es war nicht unbedingt ein höhnisches Lächeln, aber es war auch nicht im mindesten amüsiert. »Es kann durchaus sein, dass meine Abreise noch in weiter Ferne liegt, Aleis. Ich danke Euch für das Angebot einer Unterkunft und nehme an. Ein Palast auf den Hügeln ist selbst dem besten Gasthaus vorzuziehen.« Die Augen der Ersten Ratsherrin weiteten sich erstaunt, dann kniff sie sie entschlossen zusammen.

»Cadsuane muss bei mir bleiben«, verkündete Harine,

bevor Aleis etwas sagen konnte, und es gelang ihr tatsächlich, die Worte nicht ganz erstickt klingen zu lassen. »Wo sie nicht willkommen ist, bin ich es ebensowenig.« Das war ein Teil der Abmachung gewesen, die man ihr aufgezwungen hatte, falls sie Cadsuane begleiten wollten. Bis sie sich mit dem Caramoor vereinigten, mussten sie dorthin gehen, wohin sie es befahl, und sie in jede Einladung mit einschließen, die sie erhielten. Letzteres war als keine große Sache erschienen, vor allem, wenn man es mit dem Rest verglich, aber offensichtlich hatte die Frau genau gewusst, wie man sie hier empfangen würde.

»Das muss Euch nicht entmutigen, Aleis.« Cadsuane beugte sich vertraulich zu der ersten Ratsherrin vor, aber sie senkte ihre Stimme nicht. Das Echo der Kuppel verstärkte ihre Worte. »Ich bin sicher, Ihr habt keine schlechten Angewohnheiten mehr, die ich korrigieren müsste.«

Das Gesicht der Ersten Ratsherrin wurde blutrot und hinter ihrem Rücken tauschten die anderen Ratsherrinnen fragende Blicke aus. Einige betrachteten sie wie aus einem neuen Blickwinkel. Wie erlangten sie ihre Stellung und wie verloren sie sie? Es waren zwölf, Aleis nicht mitgezählt, aber die Ersten Zwölf unter den Segelherrinnen wählten die Herrin der Wogen, und die Ersten Zwölf unter den Herrinnen der Wogen wählten die Herrin der Schiffe. Darum hatte Harine die Worte des seltsamen Mädchens geglaubt; sie gehörte den Ersten Zwölf an. Darum und weil die beiden Aes Sedai behauptet hatten, dass die Visionen des Mädchens der Wahrheit entsprachen. Eine Herrin der Wogen und selbst die Herrin der Schiffe konnte abgesetzt werden, wenn auch nur aus genau bestimmten Gründen, so wie erwiesener Unfähigkeit oder wenn sie den Verstand verlor, und die Ersten Zwölf mussten zu einem einstimmigen Ergebnis kommen. Unter den Küstengebundenen schienen die Dinge anders geregelt zu werden, und oftmals schlampig. Aleis' Augen, nun fest auf Cadsuane gerichtet, waren sowohl voller Hass als auch gehetzt. Vielleicht konnte sie die zwölf Blicke in ihrem Rücken spüren. Die anderen Ratsherrinnen stellten sie auf den Prüfstand. Aber falls sich Cadsuane dazu entschieden hatte, sich in die politischen Affären dieses Ortes einzumischen, lautete die Frage, warum sie es getan hatte. Und warum so plump?

»Ein Mann hat gerade die Macht benutzt«, sagte Verin plötzlich. Sie hatte sich nicht zu den anderen gesellt und schaute zehn Schritte entfernt über das Geländer. Die Kuppel ließ ihre Stimme weit tragen. »Habt Ihr in letzter Zeit viele Männer die Macht lenken lassen, Erste Ratsherrin?«

Shalon schaute in die Tiefe und blinzelte. Die eben noch durchsichtigen Keile waren jetzt tiefschwarz, und statt zum Herzen des Raums zu zeigen, hatten sie sich alle in die gleiche Richtung gedreht. Eine der Frauen war aufgesprungen und beugte sich vornüber, um zu bestimmen, wo der schmale schwarze Keil auf der Markierung hinzeigte, und die anderen beiden Frauen eilten bereits auf einen Torbogen zu. Plötzlich verstand Shalon. Jede Windsucherin konnte mühelos triangulieren. Irgendwo hinter der Tür war eine Karte, und bald würde darauf die Position des Mannes eingezeichnet sein, der die Macht gelenkt hatte.

»Bei einer Frau wären sie rot, nicht schwarz«, sagte Kumira beinahe flüsternd. Sie stand noch immer ein Stück vom Geländer entfernt, aber sie hielt sich mit beiden Händen daran fest und beugte sich vor, um alles sehen zu können. »Es warnt und lokalisiert und verteidigt. Und was sonst noch? Die Frauen, die es geschaffen haben, würden mehr gewollt haben, vielleicht haben sie sogar noch ganz andere Dinge benötigt. Nicht zu wissen, was es sonst noch vermag, könnte schrecklich gefährlich sein.« Sie klang nicht ängstlich. Sie klang aufgeregt.

»Ich schätze, es ist ein Asha'man«, sagte Aleis ruhig und löste den Blick von Cadsuane. »Sie können uns nicht belästigen. Sie dürfen die Stadt betreten, so lange sie sich an die Gesetze halten.« So beherrscht sie auch war, einige der hinter ihr stehenden Frauen tuschelten wie frisch gebackene Decksmädchen, die zum ersten Mal unter Küstengebundenen waren. »Vergebt mir, Aes Sedai. Far Madding heißt Euch willkommen. Ich fürchte, ich kenne Euren Namen nicht.«

Verin starrte noch immer auf den Boden der Kuppel. Shalon warf einen erneuten Blick über das Geländer und blinzelte, als sich die schwarzen Keile veränderten. Im einen Augenblick waren sie schwarz und wiesen nach Norden, im nächsten waren sie wieder glasklar und zeigten auf die Mitte des Labyrinths. Sie drehten sich nicht; zuerst waren sie das eine, dann das andere.

»Ihr dürft mich Eadwina nennen«, sagte Verin. Shalon konnte kaum ihre Überraschung verbergen. Kumira blinzelte nicht einmal. »Denkt Ihr an die Geschichte, Erste Ratsherrin?«, fuhr Verin fort, ohne aufzusehen. »Guaire Amalasans Belagerung von Far Madding dauerte drei Wochen. Am Ende war es eine üble Sache.«

»Ich bezweifle, dass sie etwas über *ihn* hören wollen«, sagte Cadsuane scharf, und aus irgendeinem Grund sah mehr als nur eine Ratsherrin unbehaglich aus. Wer, beim Licht, war dieser Guaire Amalasan? Der Name schien vage vertraut, aber Shalon konnte ihn nicht unterbringen. Offensichtlich ein küstengebundener Eroberer.

Aleis sah Cadsuane an und ihre Lippen wurden schmal. »Die Geschichte betrachtet Guaire Amalasan als einen bemerkenswerten General, Eadwina Sedai, der vielleicht gleich nach Artur Falkenflügel kommt. Wie kommt Ihr auf ihn?«

Shalon war noch nie Zeugin geworden, dass eine der Aes Sedai aus Cadsuanes Gefolge ihre beiläufigen Warnungen nicht genauso schnell befolgte wie ihre Befehle, aber Verin ignorierte sie dieses Mal. Sie schaute nicht auf. »Ich dachte nur daran, dass er die Macht nicht benutzen konnte, und doch zerquetschte er Far Madding wie eine überreife Pflaume.« Die stämmige kleine Aes Sedai verstummte, als wäre ihr gerade etwas in den Sinn gekommen. »Wie Ihr wisst, hat der Wiedergeborene Drache Heere in Illian, Tear, Andor und Cairhien. Ganz zu schweigen von den vielen Zehntausenden von Aiel. Sehr wild, diese Aiel. Ich frage mich, wie Ihr es so ruhig aufnehmen könnt, dass seine Asha'man Euch ausspionieren.«

»Ich glaube, Ihr habt ihnen genug Angst eingejagt«, sagte Cadsuane energisch.

Verin wandte sich mit weit aufgerissenen Augen von dem vergoldeten Geländer ab, ein runder, überraschter Küstenvogel. Sogar ihre pummeligen Hände flatterten wie Flügel. »Oh. Ich wollte nicht … O nein. Der Wiedergeborene Drache wäre sicherlich schon längst gegen Euch marschiert, wenn er das im Sinn hätte. Nein, ich nehme an, die Seanchaner … Ihr habt von ihnen gehört? Was wir aus Altara und weiter westlich hören, ist überaus schrecklich. Sie scheinen alles vor sich herzutreiben. Nein, ich nehme an, dass sie für seine Pläne viel wichtiger sind als die Eroberung Far Maddings. Es sei denn, natürlich, Ihr tut etwas, um ihn zu verärgern oder seine Anhänger aufzuscheuchen. Aber ich bin sicher, Ihr seid viel zu intelligent, um dies zu tun.« Sie sah sehr unschuldig aus. In die Ratsherrinnen kam Bewegung, Wellen, die kleine Fische an der Oberfläche machten, wenn unter ihnen ein Löwenfisch vorbeischwamm.

Cadsuane seufzte, ihre Geduld war nun sichtlich erschöpft. »Falls Ihr über den Wiedergeborenen Drachen diskutieren wollt, Eadwina, dann müsst Ihr das ohne mich tun. Ich will mir das Gesicht waschen und einen Schluck heißen Tee trinken.«

Die Erste Ratsherrin zuckte zusammen, als hätte sie Cadsuanes Anwesenheit völlig vergessen, so unmöglich das auch erschien. »Ja. Ja, natürlich. Cumere, Narvais, würdet Ihr bitte die Herrin der Wogen und Cadsuane Sedai in meinen … Palast begleiten und es ihnen dort bequem machen?« Die kleine Pause war das einzige Zeichen des Unbehagens, das sie sich bei dem Gedanken, Cadsuane in ihrem Haus zu haben, anmerken ließ. »Ich möchte mich noch mit Eadwina Sedai unterhalten, falls ihr das nichts ausmacht.« Von den meisten Ratsherrinnen gefolgt, rauschte Aleis die Galerie entlang. Verin sah plötzlich alarmiert und unsicher aus, als sie sie bei den Armen nahmen und sie förmlich mit sich schleiften. Shalon glaubte die Überraschung oder das Unbehagen genauso wenig wie die zuvor zur Schau gestellte Unschuld. Sie glaubte jetzt zu wissen, wo Jahar war. Sie wusste nur nicht, warum.

Die Frauen, die Aleis angesprochen hatte – die hübsche, die Cadsuane mit dem Stirnrunzeln bedacht hatte, und eine schlanke grauhaarige Frau –, fassten die Bitte der Ersten Ratsherrin als Befehl auf, was es vermutlich auch gewesen war. Sie breiteten die Roben aus, machten eine halbe Verbeugung und fragten Harine, ob sie die Güte hätte, sie zu begleiten, und verkündeten in blumigen Redewendungen ihre Freude, sie begleiten zu dürfen. Harine hörte mit mürrischem Gesicht zu. Sie hätten vor ihr Rosenblätter ausstreuen können, aber die Erste Ratsherrin hatte sie ihren Untergebenen überlassen. Shalon fragte sich, ob es wohl eine Möglichkeit gab, ihrer Schwester aus dem Weg zu gehen, bis sie sich wieder beruhigt hatte.

Cadsuane sah nicht zu, wie Verin mit Aleis ging, zumindest nicht offen, aber ihr Mund verzog sich zu einem flüchtigen Lächeln, als sie im nächsten Torbogen der Galerie verschwanden. »Cumere und Narvais«, sagte sie unvermittelt. »Ihr seid doch bestimmt Cumere Powys und Narvais Maslin? Ich habe von Euch gehört.« Das riss ihre Aufmerksamkeit von Harine. »Es gibt Maßstäbe, die jede Ratsherrin erfüllen sollte«, fuhr Cadsuane in strengem Tonfall fort, nahm jede von ihnen am Ärmel und drehte sie rechts und links von sich zur Treppe. Die beiden tauschten besorgte Blicke und ließen sie gewähren; Harine hatten sie anscheinend völlig vergessen. An dem Durchgang blieb Cadsuane noch einmal stehen, um zurückzusehen, aber weder zu Harine noch zu Shalon. »Kumira? Kumira!«

Die Aes Sedai zuckte zusammen und riss sich mit einem letzten, sehnsuchtsvollen Blick über das Geländer los, um Cadsuane zu folgen. Was Harine und Shalon keine andere Wahl ließ, als sich ihr ebenfalls anzuschließen, wollten sie nicht zurückgelassen werden und selbst den Weg finden. Shalon schoss hinter den anderen her und Harine war nicht weniger schnell. Cadsuane hielt die Ratsherrinnen fest, führte den Weg die Wendeltreppe hinunter an und sprach leise auf sie ein. Da sich Kumira zwischen ihr und den dreien befand, konnte Shalon kein Wort verstehen. Cumere und Narvais versuchten zu sprechen, aber Cadsuane gestattete keiner von ihnen mehr als ein paar Worte, bevor sie erneut loslegte. Sie schien ganz ruhig und nüchtern zu sein. Ihre Begleiterinnen machten langsam einen nervösen Eindruck. Was, beim Licht, hatte Cadsuane nur vor?

»Macht Euch dieser Ort zu schaffen?«, fragte Harine plötzlich.

»Es ist, als hätte ich meine Augen verloren.« Die Wahrheit dieser Worte ließ Shalon erbeben. »Ich fürchte mich, Herrin der Wogen, aber so lange es das Licht will, kann ich meine Furcht kontrollieren.« Licht, sie hoffte es zumindest. Sie musste es schaffen.

Harine nickte und warf den vor ihr gehenden Frauen stirnrunzelnd einen Blick zu. »Ich weiß nicht, ob es in Aleis' Palast eine Badewanne gibt, die groß genug für uns ist, dass wir zusammen baden können, und ich bezweifle, dass sie mit Honig gesüßten Wein haben, aber wir werden schon etwas für uns finden.« Sie wandte den Blick von Cadsuane und den anderen und berührte unbeholfen Shalons Arm. »Als Kind habe ich mich vor der Dunkelheit gefürchtet, und du hast mich nie allein gelassen, bis die

Angst weg war. Ich werde dich auch nicht allein lassen, Shalon.«

Shalon übersah eine Stufe und konnte gerade eben noch verhindern, Hals über Kopf die Treppe hinunterzustürzen. Seit Harine zur Segelherrin aufgestiegen war, hatte sie Shalon nicht mehr in der Öffentlichkeit beim Namen genannt. Und so freundlich war sie auch unter vier Augen schon zuvor nicht mehr gewesen. »Danke«, sagte sie. »Harine«, fügte sie mit einiger Mühe hinzu. Ihre Schwester tätschelte ihren Arm und lächelte. Harine hatte keine Übung im Lächeln, aber der unbeholfene Versuch verriet Wärme.

Allerdings konnte man das nicht von dem Blick sagen, den sie den vor ihnen gehenden Frauen zuwarf. »Vielleicht kann ich hier ein echtes Geschäft machen. Cadsuane hat ihren Ballast verlagert, also fährt sie bereits mit Schlagseite. Shalon, wenn du ihr näher kommst, musst du den Grund dafür herausfinden. Am liebsten würde ich Aleis' Eckzahn an einer Kette tragen … mich einfach wortlos stehen zu lassen, aber nicht um den Preis, dass Cadsuane den Coramoor irgendwie in Schwierigkeiten bringt. Du musst es herausfinden, Shalon.«

»Ich glaube, für Cadsuane ist das Intrigenschmieden so natürlich wie das Atmen«, erwiderte Shalon mit einem Seufzen, »aber ich werde es versuchen, Harine. Ich werde mein Bestes tun.«

»Das hast du doch immer getan, Schwester. Und das wirst du auch immer tun. Das weiß ich.«

Shalon seufzte erneut. Es war viel zu früh, die neu gefundene Zuneigung ihrer Schwester auf die Probe zu stellen. Ein Geständnis würde möglicherweise Vergebung zur Folge haben, vielleicht aber auch nicht, und sie hätte es nicht überlebt, auf einen Schlag ihre Ehe und ihre Stellung zu verlieren. Aber zum ersten Mal, seit Verin ihr in unmissverständlichen Worten Cadsuanes Bedingungen klargemacht hatte, wenn sie ihr Geheimnis bewahren wollte, fing Shalon an, über ein Geständnis nachzudenken.

KAPITEL 4

Verschiedene Arten von Behüterbund

Rand saß mit untergeschlagenen Beinen und an der Wand lehnend auf dem Bett seines Zimmers im *Haupt der Ratsherrin* und spielte auf der mit Silber eingefassten Flöte, die ihm Thom Merrilin vor so langer Zeit geschenkt hatte. Einem Menschenalter. Dieses Zimmer mit seinen geschnitzten Wandpaneelen und den Fenstern, die auf den Nethvin-Markt hinausschauten, war besser als das, aus dem sie in der *Krone von Maredo* ausgezogen waren. Die neben ihm aufgestapelten Kissen waren mit Entendaunen gefüllt, das Bett verfügte über einen bestickten Baldachin und Vorhänge, und der Spiegel über dem Waschständer hatte keine einzige Blase. Der Sims über dem steinernen Kamin wies sogar einfaches Schnitzwerk auf. Es war das Zimmer eines wohlhabenden ausländischen Kaufmanns. Er war froh, dass er daran gedacht hatte, beim Aufbruch in Cairhien genug Gold mitzunehmen. Er war es einfach nicht gewöhnt, viel davon in der Tasche zu haben. Für den Wiedergeborenen Drachen wurde alles zur Verfügung gestellt. Allerdings hätte er sich mit der Flöte irgendein Nachtlager verdienen können. Die Melodie hieß *Klage einer langen Nacht* und er hatte sie nie zuvor im Leben gehört. Lews Therin schon. Es war wie mit den Fertigkeiten im Zeichnen. Eigentlich, fand Rand, hätte ihm das Angst einjagen oder ihn wütend machen sollen, aber er saß einfach da und spielte, während Lews Therin weinte.

»Licht, Rand«, murmelte Min, »willst du bloß dasitzen

und auf diesem Ding rumblasen?« Ihre Röcke wirbelten umher, während sie auf dem geblümten Teppich auf und ab schritt. Der Bund mit ihr und Elayne und Aviendha fühlte sich an, als hätte es ihn schon immer gegeben. Als hätte er nie etwas anderes gewollt. Er atmete und er war mit ihnen verbunden; das eine war so natürlich wie das andere. »Sollte sie ein falsches Wort sagen, das jemand aufschnappt, wenn sie es bereits gesagt hat … Ich werde nicht zulassen, dass dich jemand für Elaida in eine Zelle schleift!« Alannas Bund hatte sich noch nie so angefühlt. Zwar hatte er sich im Grunde nicht verändert, doch seit jenem Tag in Caemlyn erschien er zusehends stärker als Eindringling, wie ein Fremder, der über seine Schulter blickte, Sand in seinen Stiefeln. »*Musst* du das spielen? Es treibt mir Tränen in die Augen und verschafft mir gleichzeitig eine Gänsehaut. Wenn sie dich in Gefahr bringt …!« Sie riss eines ihrer Messer aus seinem Versteck in dem lose fallenden Ärmel und drohte damit.

Er nahm die Flöte von den Lippen und sah schweigend zu ihr herüber. Ihr Gesicht rötete sich, dann knurrte sie plötzlich und schleuderte die Klinge in den Boden, wo sie zitternd stecken blieb.

»Sie ist hier«, sagte er und zeigte mit der Flöte in eine Richtung. Unbewusst drehte er das Instrument und zeichnete Alannas Weg damit ganz genau nach. »Sie wird bald da sein.« Sie war am Vortag in Far Madding eingetroffen, und er verstand nicht, warum sie bis jetzt gewartet hatte. Alanna war ein Gewirr aus Gefühlen in seinem Kopf, nervös und misstrauisch, besorgt, entschlossen und vor allem zornig. Ein kaum gezügelter Zorn. »Wenn du lieber nicht dabei sein willst, kannst du …« Min schüttelte energisch den Kopf. Direkt neben Alannas Bund lag das Bündel, das Min darstellte. Auch in ihm brodelte es vor Sorge und Wut, aber jedes Mal, wenn sie ihn ansah, strahlte die Liebe wie ein Signalfeuer auf und durchdrang es. Manchmal auch einfach nur so, wenn sie ihn nicht ansah. Furcht schimmerte ebenfalls hindurch, obwohl sie sie zu verbergen suchte.

Er setzte die Flöte wieder an die Lippen und begann mit *Der betrunkene Hausierer.* Das war fröhlich genug, um die Toten aufzumuntern. Lews Therin knurrte ihn an.

Min musterte ihn mit verschränkten Armen, dann riss sie abrupt an ihrem Kleid und rückte es auf den Hüften zurecht. Mit einem Seufzer senkte er die Flöte und wartete. Wenn eine Frau grundlos ihr Kleid richtete, war das mit einem Mann zu vergleichen, der die Schnallen seiner Rüstung fester zog und den Sattelgurt überprüfte; sie wollte einen Sturmangriff reiten, und man würde wie ein Hund niedergemacht, wenn man die Flucht ergriff. In Min war die Entschlossenheit jetzt genauso groß wie in Alanna, Zwillingssonnen, die in seinem Hinterkopf aufglühten.

»Wir werden nicht mehr über Alanna sprechen, bis sie hier ist«, sagte sie entschieden, so als hätte er auf diesem Thema bestanden. Entschlossenheit und noch immer Furcht, die jetzt stärker als zuvor war, ununterbrochen niedergetrampelt wurde und wieder in die Höhe sprang.

»Aber natürlich, Frau, wenn du es so möchtest«, erwiderte er und senkte den Kopf in der Art, wie es in Far Madding Sitte war. Sie schnaubte laut.

»Rand, ich mag Alivia. Das tue ich wirklich, selbst wenn sie Nynaeve in den Wahnsinn treibt.« Mit einer in die Hüfte gestützten Faust beugte sich Min vor und richtete den Zeigefinger genau auf seine Nase. »Aber sie wird dich töten.« Sie spie jedes Wort aus.

»Du hast gesagt, sie würde mir dabei helfen zu sterben«, sagte er ganz ruhig. »Das waren deine Worte.« Wie würde es sich wohl anfühlen, wenn er starb? Da würde Trauer sein, sie verlassen zu müssen und Elayne und Aviendha. Trauer über den Schmerz, den er ihnen bereitet hatte. Vor dem Ende hätte er gern noch einmal seinen Vater gesehen. Davon abgesehen war er beinahe zu dem

Schluss gekommen, dass der Tod eine Erlösung sein würde.

Der Tod ist *eine Erlösung,* sagte Lews Therin inbrünstig. *Ich* will *den Tod. Wir verdienen den Tod!*

»Mir beim Sterben zu helfen ist nicht dasselbe, wie mich zu töten«, fuhr Rand fort. Mittlerweile war er richtig gut darin, die Stimme zu ignorieren. »Es sei denn, du hast deine Meinung über das geändert, was du gesehen hast.«

Min warf verzweifelt die Hände in die Höhe. »Ich habe gesehen, was ich gesehen habe, und das habe ich dir erzählt, aber der Pfuhl des Verderbens soll mich verschlucken, wenn ich darin einen Unterschied erkenne. Und ich kann einfach nicht begreifen, warum du glaubst, dass es ihn tatsächlich gibt!«

»Min, früher oder später muss ich sterben«, sagte er geduldig. Das hatten ihm jene gesagt, denen er glauben musste. Wenn du leben willst, musst du sterben. Für ihn ergab das noch immer keinen Sinn, aber es stellte eine unverrückbare Tatsache dar. Er musste sterben, genau wie es scheinbar in den Prophezeiungen des Drachen stand. »Ich hoffe, es wird nicht bald sein. Jedenfalls will ich das nicht. Es tut mir Leid, Min. Ich hätte niemals zulassen dürfen, dass du mit mir den Bund eingehst.« Aber er war nicht stark genug gewesen, es ihnen abzuschlagen, genauso wenig wie er stark genug gewesen war, um sie von sich zu stoßen. Er war zu schwach, um das zu tun, was getan werden musste. Er musste im Winter trinken, bis das Herz des Winters wie der Mittag eines Sonnentags aussah.

»Hättest du dich geweigert, hätten wir dich gefesselt und es trotzdem getan.« Er kam zu dem Schluss, dass es besser war, sie nicht zu fragen, wie sich das von dem unterschieden hätte, was Alanna getan hatte. Sie sah darin auf jeden Fall einen Unterschied. Sie kniete sich aufs Bett und nahm sein Gesicht in beide Hände. »Rand al'Thor, du wirst mir jetzt zuhören. Ich lasse dich nicht sterben. Und wenn du es trotzdem schaffst, nur um mir eins auszuwischen, folge ich dir und hole dich zurück.« Plötzlich schob sich starke Belustigung durch den Ernst, den er in seinem Kopf fühlte. Ihre Stimme nahm eine spöttische Strenge an. »Und dann bringe ich dich an diesen Ort, um hier zu leben. Ich werde dich zwingen, dir das Haar bis zur Taille wachsen zu lassen und Haarspangen mit Mondsteinen zu tragen.«

Er lächelte sie an. Sie konnte ihn noch immer zum Lächeln bringen. »Ich habe noch nie von einem Schicksal gehört, das schlimmer als der Tod ist, aber ich glaube, das könnte es durchaus sein.«

Jemand klopfte an der Tür und Min erstarrte. In einer stummen Frage formten ihre Lippen Alannas Namen. Rand nickte und zu seiner Überraschung stieß ihn Min auf die Kissen und warf sich auf seine Brust. Sie wand sich und hob dann den Kopf, und ihm wurde klar, dass sie versuchte, ihr Bild in dem Spiegel über dem Waschtisch zu sehen. Endlich fand sie eine Position, die ihr gefiel; sie lag halb auf ihm drauf, eine Hand in seinem Nacken und die andere neben ihrem Gesicht auf seiner Brust. »Herein«, rief sie.

Cadsuane betrat den Raum und blieb stehen, ihr Blick richtete sich auf das Messer, das im Boden steckte. Mit dem Gewand aus feinem dunkelgrünen Tuch und dem von einer Silberbrosche gehaltenen pelzbesetzten Umhang hätte sie durchaus als erfolgreiche Kauffrau oder Geldverleiherin durchgehen können, obwohl die goldenen Vögel, Fische, Sterne und Monde, die von dem eisengrauen Haarknoten auf ihrem Kopf baumelten, für beide zu protzig gewesen wäre. Sie trug ihren Großen Schlangenring nicht, was vermuten ließ, dass sie sich bemühte, nicht zu viel Aufsehen zu erregen. »Habt ihr Kinder euch gestritten?«, fragte sie nachsichtig.

Rand konnte beinahe spüren, wie Lews Therin ganz still wurde, so wie eine Bergkatze, die sich in den Schatten duckte. Lews Therin hütete sich vor dieser Frau fast genauso sehr wie er auch.

Min kämpfte sich mit knallrotem Gesicht auf die Füße und glättete wütend die Röcke. »Du hast gesagt, sie wäre es!«, sagte sie anklagend in dem Augenblick, in dem Alanna eintrat. Cadsuane schloss die Tür.

Alanna warf Min einen Blick zu und tat sie als unwichtig ab, während sie sich auf Rand konzentrierte. Ohne den Blick von ihm abzuwenden, nahm sie den Umhang ab und warf ihn über einen der beiden Stühle, die es in dem Raum gab. Ihre Hände legten sich auf die dunkelgrauen Röcke und verkrallten sich in dem Stoff. Auch sie trug keinen Aes Sedai-Ring. Von dem Augenblick an, in dem ihr Blick auf ihn fiel, strömte Freude durch ihren Bund. Der Rest war immer noch da, die Nervosität und der Zorn, aber dass sie Freude empfand, damit hätte er nie gerechnet!

Er blieb liegen, wo er war, ergriff die Flöte und spielte damit. »Sollte ich überrascht sein, Euch zu sehen, Cadsuane? Ihr taucht viel zu oft dort auf, wo ich Euch nicht sehen will. Wer hat Euch das Schnelle Reisen beigebracht?« Es konnte nur das gewesen sein. Im einen Augenblick war Alanna ein vager Gedanke an der Schwelle seines Bewusstseins gewesen, im nächsten erblühte sie in seinem Kopf zu voller Stärke auf. Zuerst hatte er gedacht, sie hätte das Schnelle Reisen gelernt, aber als er jetzt Cadsuane sah, wusste er es besser.

Alanna presste die Lippen aufeinander und selbst Min sah missbilligend aus. Die Gefühle, die von der einen durch den Behüterbund flossen, waren sprunghaft; bei der anderen war es jetzt nur noch Wut, in die sich Entzücken mischte. Warum verspürte Alanna *Freude?*

»Wie ich sehe, habt Ihr noch immer keine besseren Manieren als eine Ziege«, sagte Cadsuane trocken. »Mein Junge, ich glaube kaum, dass ich Eure Erlaubnis brauche, um meinem Geburtsort einen Besuch abzustatten. Und was das Schnelle Reisen anbelangt, es geht Euch nichts an, was ich wo gelernt habe.« Sie löste den Umhang, steckte die Brosche in ihren Gürtel, wo sie schnell bei der Hand war, und legte ihn sich über den Arm, und zwar auf eine Weise, als wäre er viel wichtiger als Rand. Ihre Stimme nahm einen gereizten Unterton an. »Auf die eine oder andere Weise habt Ihr mir eine Menge Reisegefährten aufgehalst. Alanna war so begierig, Euch wiederzusehen, nur ein Herz aus Stein hätte sich weigern können, sie nicht mitzunehmen, und Sorilea hat gesagt, dass einige der anderen, die Euch den Treueid geleistet haben, zu nichts zu gebrauchen seien, bis man ihnen erlauben würde, Alanna zu begleiten, also habe ich Nesune, Sarene, Erian, Beldeine und Elza auch mitgebracht. Ganz zu schweigen von Harine und ihrer Schwester und ihrem Schwertmeister. Sie wusste nicht, ob sie in Ohnmacht fallen, schreien oder jemanden beißen sollte, als sie herausfand, dass Alanna Euch suchen wollte. Und dann sind da noch drei von Euren schwarzbemäntelten Freunden. Ich weiß nicht, wie dringend sie Euch sehen wollen, aber sie sind auch hier. Nun, jetzt, da wir Euch gefunden haben, kann ich Euch ja die Meervolkfrauen und die Schwestern schicken, damit Ihr Euch um sie kümmert.«

Rand sprang mit einem unterdrückten Fluch auf die Beine. »Nein! Haltet sie von mir fern!«

Cadsuanes dunkle Augen wurden schmal. »Ich habe Euch schon einmal wegen Eurer Ausdrucksweise ermahnt; ich werde es nicht noch einmal tun.« Sie sah ihn noch einen Augenblick lang stirnrunzelnd an, dann nickte sie, als würde sie glauben, dass er sich die Lektion zu Herzen nehme. »Nun, was bringt Euch auf die Idee, Ihr könntet mir sagen, was ich zu tun habe, mein Junge?«

Rand kämpfte mit sich. Er konnte hier keine Befehle geben. Er hatte Cadsuane noch nie irgendwo etwas befehlen können. Min behauptete, dass er die Frau brauchte, dass sie ihm etwas beibringen würde, das er lernen musste, aber wenn überhaupt machte ihn das nur noch misstrauischer, was ihre Person betraf. »Ich will meine Angelegenheiten hier zu Ende bringen und in aller Ruhe abreisen«, sagte er schließlich. »Wenn Ihr ihnen schon Bescheid sagt, dann sorgt wenigstens dafür, dass sie verstehen, warum ich es mir nicht leisten kann, dass sie sich in meiner Nähe aufhalten, ehe ich zur Abreise bereit bin.« Die Frau sah ihn mit hochgezogener Augenbraue erwartungsvoll an, und er holte tief Luft. Warum musste sie immer alles so schwierig machen? »Ich würde es zu schätzen wissen, wenn Ihr keiner von ihnen verratet, wo ich bin.« Dann fügte er zögernd, sehr zögernd hinzu: »Bitte.« Min atmete aus, als hätte sie die Luft angehalten.

»Gut«, sagte Cadsuane nach einem Augenblick. »Ihr habt Manieren, wenn Ihr es nur versucht, selbst wenn es Euch aussehen lässt, als hättet Ihr Zahnschmerzen. Ich schätze, ich kann für den Moment Euer Geheimnis bewahren. Nicht alle von ihnen wissen, dass Ihr in der Stadt seid. Ach ja. Ich sollte Euch sagen, dass Merise mit Narishma den Behüterbund eingegangen ist. Corele hat Damer und der junge Hopwil gehört zu Daigian.« Sie sagte es, als wäre es eine Nebensächlichkeit, die sie leicht hätte vergessen können.

Diesmal machte er sich nicht die Mühe, leise zu fluchen, und Cadsuanes kraftvolle Ohrfeige renkte ihm beinahe den Kiefer aus. Schwarze Flecken tanzten vor seinen Augen. Eine der anderen Frauen keuchte auf.

»Ich habe es Euch gesagt«, sagte Cadsuane gelassen. »Keine Warnungen mehr.«

Min machte einen Schritt auf sie zu, doch er schüttelte kaum merklich den Kopf. Es half ihm, die Flecken zu verscheuchen. Er hätte sich gern den Kiefer gerieben, aber er hielt seine Hände an den Seiten. Er musste sich dazu zwingen, den Griff um die Flöte zu lockern. Was Cadsuane anging, hätte der Schlag genauso gut niemals stattgefunden haben können.

»Warum sollten Flinn und die anderen sich bereit erklären, den Bund einzugehen?«, verlangte er zu wissen.

»Fragt sie, wenn Ihr sie seht«, entgegnete sie. »Min, ich glaube, Alanna will eine Zeit lang mit ihm allein sein.« Sie wandte sich zur Tür, ohne auf Mins Erwiderung zu warten, und fügte dann hinzu: »Alanna, ich warte unten im Frauenraum. Lasst Euch nicht zu viel Zeit. Ich will zurück auf die Höhen. Min?«

Min starrte Alanna finster an. Sie starrte Rand finster an. Dann warf sie die Hände in die Luft und stapfte leise vor sich hin schimpfend hinter Cadsuane aus dem Raum. Sie warf die Tür hinter sich ins Schloss.

»Mit deinem eigenen Haar hast du mir besser gefallen.« Alanna verschränkte die Arme unter den Brüsten und musterte ihn. In dem Bund rangen Zorn und Freude miteinander. »Ich hatte gehofft, dass es besser sein würde, so nahe bei dir zu sein, aber du bist noch immer wie ein Stein in meinem Kopf. Selbst aus dieser Entfernung kann ich kaum sagen, ob du aufgebracht bist oder nicht. Aber egal, es ist besser, hier zu sein. Ich mag es nicht, so lange von einem Behüter getrennt zu sein.«

Rand ignorierte sie und die überschäumende Freude, die durch den Bund floss. »Sie hat nicht gefragt, was ich in Far Madding will«, sagte er leise und starrte auf die Tür, als könnte er Cadsuane durch das Holz hindurch sehen. Sie musste sich doch sicher danach fragen. »Du hast ihr gesagt, dass ich hier bin, Alanna. Nur du kannst es gewesen sein. Was ist mit deinem Eid geschehen?«

Alanna holte tief Luft, und es verging ein Augenblick, bevor sie darauf antwortete. »Ich bin mir nicht sicher, ob Cadsuane überhaupt etwas an dir liegt«, fauchte sie. »Ich halte den Schwur, so gut ich kann, aber du machst es einem sehr schwer.« Ihre Stimme verhärtete sich, durch den Bund floss mehr Zorn. »Ich schulde einem Mann die Lehnstreue, der verschwindet und mich zurücklässt. Wie soll ich dir da dienen? Aber was noch viel wichtiger ist, was hast du getan?« Sie überquerte den Teppich und starrte zu ihm hoch; in ihren Augen loderte Wut. Er war mehr als ein Fuß größer als sie, aber es schien ihr egal zu sein. »Du hast etwas getan, ich weiß es. Ich war drei Tage lang ohne Bewusstsein! Was hast du getan?«

»Wenn ich schon einen Bund eingehen muss, dann nur mit jemandem, dem ich dazu die Erlaubnis gegeben habe.« Er konnte ihre Hand gerade noch abfangen, bevor sie in seinem Gesicht landete. »Ich bin für heute genug geschlagen worden.«

Sie starrte mit gebleckten Zähnen zu ihm hoch, als wäre sie bereit, ihm die Kehle durchzubeißen. Der Bund beförderte jetzt nur noch Zorn und Empörung, so messerscharf wie ein Dolch. »Du hast zugelassen, dass jemand anders mit dir den Bund eingeht?«, fauchte sie. »Wie kannst du es wagen! Wer auch immer sie ist, ich werde sie vor Gericht sehen! Ich werde sie mit *Ruten* auspeitschen lassen! Du gehörst mir!«

»Weil du mich *genommen* hast, Alanna«, sagte er kalt. »Falls noch mehr Schwestern davon erfahren sollten, würde man dich mit Ruten auspeitschen.« Min hatte ihm einst gesagt, dass er Alanna vertrauen konnte, dass sie die Grüne und vier andere Schwestern »in seiner Hand« gesehen hatte. Auf eine seltsame Art und Weise vertraute er ihr tatsächlich, aber er befand sich auch in Alannas Hand, und das wollte er nicht. »Gib mich frei und ich bestreite, dass es jemals passiert ist.« Er hatte nicht einmal gewusst, dass das überhaupt möglich war, bis Lan ihm von Myrelle und ihm erzählt hatte. »Gib mich frei und ich befreie dich von deinem Eid.«

Die brodelnde Wut, die durch den Bund floss, ließ nach, ohne ganz zu verschwinden, aber ihr Gesicht wurde ruhig und ihre Stimme beherrscht. »Du tust mir weh.«

Das wusste er. Er konnte den Schmerz in ihrem Handgelenk durch den Bund fühlen. Er ließ sie los und sie massierte das Handgelenk ausgiebiger, als es wegen der

Schmerzen, die er gefühlt hatte, notwendig gewesen wäre. Sie setzte sich auf den zweiten Stuhl, schlug die Beine übereinander und rieb sich weiterhin das Gelenk. Sie schien nachzudenken.

»Ich habe daran gedacht, dich freizugeben«, sagte sie schließlich. »Ich habe davon geträumt.« Sie stieß ein klägliches Lachen aus. »Ich habe sogar Cadsuane gebeten, den Bund an sie weitergeben zu dürfen. Ein Zeichen, wie verzweifelt ich war, um so eine Bitte zu stellen. Wenn jemand dich unter Kontrolle halten kann, dann Cadsuane. Aber sie hat sich geweigert. Sie war außer sich, dass ich es vorschlug, ohne dich zu fragen, aber selbst wenn du dich einverstanden erklärt hättest, hätte sie es nicht getan.« Sie breitete die Hände aus. »Also gehörst du mir.« In ihrem Gesicht regte sich keine Miene, aber als sie das sagte, loderte die Freude wieder auf. »Auf welche Weise auch immer ich dich bekommen habe, du bist mein Behüter. Ich trage eine Verantwortung, die genauso stark ist wie der Eid, den ich schwor, dir zu gehorchen. Genauso stark. Also werde ich dich nicht freigeben und irgendjemand anderen überlassen, bis ich weiß, dass sie dich auf die richtige Weise kontrollieren kann. Wer hat sich mit dir verbunden? Wenn sie fähig ist, gebe ich dich frei.«

Allein die Vorstellung, Cadsuane hätte seinen Bund übernehmen können, jagte Rand eine Gänsehaut über den Rücken. Alanna war nie dazu fähig gewesen, ihn mithilfe des Bundes zu kontrollieren, und er glaubte auch nicht, dass es überhaupt eine Schwester gab, die es konnte, aber er würde niemals das Risiko eingehen, es gerade bei dieser Frau darauf ankommen zu lassen. Licht!

»Wie kommst du darauf, dass ich ihr egal bin?«, verlangte er zu wissen, statt Alannas Frage zu beantworten. Vertrauen oder nicht, niemand würde dies erfahren, solange er es verhindern konnte. Was Elayne, Min und Aviendha getan hatten, mochte zwar durch das Burggesetz legitimiert sein, aber wenn herauskam, dass sie auf diese Weise mit ihm verbunden waren, hatten sie von den anderen Aes Sedai Schlimmeres als eine Bestrafung zu befürchten. Er setzte sich auf die Bettkante und drehte die Flöte in seinen Händen. »Nur weil sie meinen Bund nicht haben wollte? Vielleicht sind ihr die Konsequenzen nicht so gleichgültig wie dir? Sie ist in Cairhien zu mir gekommen und auch dann noch geblieben, als es außer mir keinen Grund dafür mehr gab. Soll ich ernsthaft glauben, sie wollte ihre Freunde besuchen, während ich zufällig hier bin? Sie hat dich nach Far Madding gebracht, damit sie mich finden konnte.«

»Rand, sie wollte jeden Tag wissen, wo du bist«, sagte Alanna, »aber ich bezweifle, dass es in Seleisin einen Hirten gibt, der sich nicht fragt, wo du bist. Die ganze *Welt* will das wissen. Ich wusste, dass du im tiefen Süden bist, dass du dich seit Tagen nicht von der Stelle gerührt hattest. Als ich herausfand, dass sie und Verin herkommen, musste ich sie auf den Knien anflehen, mich mitkommen zu lassen. Aber ich hatte keine Ahnung, dass du in der Stadt bist, bis ich oben in den Hügeln über der Stadt aus dem Tor trat. Davor dachte ich, ich müsste den halben Weg bis nach Tear Reisen, um dich zu finden. Cadsuane hat es mir auf dem Weg hierher beigebracht, also glaube nicht, du könntest mir in Zukunft so leicht aus dem Weg gehen.«

Cadsuane hatte Alanna das Schnelle Reisen beigebracht? Das verriet noch immer nicht, wer es Cadsuane gezeigt hatte. Andererseits spielte es keine Rolle. »Und Damer und die beiden anderen haben zugelassen, das sie gebunden werden? Oder haben die Schwestern es auf die gleiche Weise vollbracht, wie du dich mit mir verbunden hast?«

Ihre Wangen röteten sich, aber ihre Stimme blieb ruhig. »Ich habe gehört, wie Merise Jahar gefragt hat. Er hat zwei Tage gebraucht, um einzuwilligen, und sie hat ihn nicht unter Druck gesetzt. Ich kann nicht für die anderen sprechen, aber wie Cadsuane schon sagte, du kannst sie ja fragen, wenn du willst. Rand, du musst eines wissen, diese Männer hatten Angst, zu deiner ›Schwarzen Burg‹ zurückzukehren.« Ihre Lippen verzogen sich angewidert, als sie diesen Namen aussprach. »Sie hatten Angst, dass man sie beschuldigt, an dem Angriff auf dich teilgenommen zu haben. Wenn sie einfach geflohen wären, hätte man sie als Deserteure gejagt. Soweit ich weiß, lautet dein Befehl doch so, oder? Wo hätten sie sonst hingehen können außer zu den Aes Sedai? Und es ist gut, dass sie es getan haben.« Sie lächelte, als hätte sie gerade etwas Wunderbares gesehen, und ihre Stimme wurde aufgeregt. »Rand, Damer hat eine Methode entdeckt, wie man jemanden von einer Dämpfung Heilen kann! Licht, ich kann dieses Wort aussprechen, ohne dass mir die Zunge erstarrt. Er hat Irgain und Ronaille und Sashalle Geheilt. Sie haben dir die Treue geschworen, genau wie die anderen auch.«

»Was meinst du damit – wie die anderen auch?«

»Ich meine, all die Schwestern, die von den Aiel festgehalten wurden. Sogar die Roten.« Sie klang, als könnte sie es noch immer nicht glauben, was durchaus richtig war, aber Unglaube verwandelte sich in Eifer, als sie beide Füße auf den Boden stellte, sich vorbeugte und ihn fixierte. »Jede von ihnen hat den Eid geleistet und die Strafe akzeptiert, die du Nesune und den anderen auferlegt hast, den ersten fünf, die den Schwur geleistet haben. Cadsuane vertraut ihnen nicht. Sie hat nicht erlaubt, dass auch nur eine von ihnen einen Behüter mitbringt. Ich muss zugeben, dass ich zuerst unschlüssig war, aber ich glaube, dass *du* ihnen vertrauen kannst. Sie haben einen Eid auf dich geschworen. Du weißt, was das für eine Schwester bedeutet. Wir können keinen Eid brechen, Rand. Das ist nicht möglich.«

Sogar die Roten. Es hatte ihn überrascht, als die ersten fünf Gefangenen ihm Gehorsam schworen. Elaida hatte sie geschickt, um ihn zu entführen, und sie hatten es auch getan. Er war sich sicher gewesen, dass es damit zu tun hatte, dass er *Ta'veren* war, aber das hatte nur die Wahrscheinlichkeit geändert, hatte dafür gesorgt, dass das, was nur einmal in einer Million Fälle passierte, zur Realität wurde. Schwer zu glauben, dass eine Rote auf einen Mann, der die Macht lenken konnte, einen Treueid schwor, ganz egal unter welchen Umständen.

»Rand, du brauchst uns.« Sie stand auf und bewegte sich, als wollte sie auf und ab schreiten, aber dann blieb sie stehen und betrachtete ihn. Ihre Hände glätteten die Röcke, als wäre sie sich nicht bewusst, was sie tat. »Du brauchst die Unterstützung der Aes Sedai. Ohne sie wirst du jede Nation erobern müssen und darin warst du bis jetzt nicht besonders erfolgreich. Du magst ja der Ansicht sein, dass die Rebellion in Cairhien ihr Ende gefunden hat, aber nicht jeder ist davon begeistert, dass Dobraine zu deinem Verwalter ernannt wird. Falls Toram Riatin wieder auftauchen sollte, könnten sich ihm eine Menge Unzufriedener anschließen. So wie wir gehört haben, sitzt Hochlord Darlin gemütlich im Stein und wird als dein Verwalter in Tear angekündigt, aber die Rebellen strömen nicht aus dem Haddon Mirk an seine Seite. Was Andor angeht, wird Elayne Trakand vielleicht verkünden, dass sie dich unterstützt, sobald sie auf dem Thron sitzt, aber sie hat deine Soldaten aus Caemlyn herausmanövriert, und ich trage ein Glöckchen am Hals, wenn sie sie nach einer erfolgreichen Thronbesteigung in Andor bleiben lässt. Die Schwestern können dir helfen. Elayne wird auf uns hören. Die Rebellen in Cairhien und Tear werden zuhören. Die Weiße Burg beendet seit dreitausend Jahren Kriege und Rebellionen. Dir mag der Vertrag missfallen, den Rafela und Merana mit Harine abgeschlossen haben, aber sie haben alles erreicht, was du haben wolltest. Licht, Mann, lass uns dir helfen!«

Rand nickte langsam. Dass ihm die Aes Sedai den Gehorsam schworen war bloß als eine Möglichkeit erschienen, die Menschen mit seiner Macht zu beeindrucken. Die Furcht, dass sie ihn für ihre eigenen Zwecke einspannten, hatte ihn für alles blind gemacht. Er gab das nicht gern zu. Er war ein Narr gewesen.

Ein Mann, der jedem vertraut, ist ein Narr, sagte Lews Therin, *und ein Mann, der niemandem vertraut, ist ein Narr. Wir sind alle Narren, wenn wir lange genug leben.* Er klang beinahe wie ein geistig gesunder Mensch.

»Geh zurück nach Cairhien«, sagte er. »Richte Rafela und Merana aus, ich will, dass sie mit den Rebellen in Haddon Mirk sprechen. Sag ihnen, sie sollen auch Bera und Kiruna mitnehmen.« Von Alanna abgesehen waren das die vier anderen, denen er Min zufolge vertrauen konnte. Was hatte sie über die fünf Frauen gesagt, die Cadsuane mitgebracht hatte? Dass jede von ihnen ihm auf ihre Art dienen würde. Das reichte nicht, noch nicht. »Ich will Darlin Sisnera als meinen Statthalter und die von mir erlassenen Gesetze sollen bestehen bleiben. Alles andere können sie bei den Verhandlungen weggeben, solange sie nur die Rebellion beenden. Und danach … was ist?«

Alannas Miene hatte sich verdüstert und sie war wieder auf den Stuhl gesunken. »Es ist nur, dass ich diesen ganzen weiten Weg gereist bin, und du schickst mich sofort wieder weg. Es ist vermutlich besser so, da dieses Mädchen hier ist.« Sie seufzte. »Du hast keine Vorstellung davon, was ich in Cairhien durchgemacht habe, wie ich den Bund nur gerade genug verhüllt habe, um zu verhindern, dass mich das, was ihr beiden treibt, die ganze Nacht wach hält. Das ist viel schwieriger, als ihn vollständig zu verhüllen, aber ich mag es nicht, die Verbindung mit meinen Behütern völlig zu verlieren. Doch zurück nach Cairhien zu gehen wird fast genauso schlimm sein.«

Rand räusperte sich. »Das ist mein Wille.« Über gewisse

Dinge sprachen Frauen viel offener als Männer, das hatte er mittlerweile gelernt, aber es war immer noch ein Schock, wenn sie es dann taten. Er hoffte, dass Elayne und Aviendha den Bund verhüllten, wenn er Min liebte. Wenn sie zusammen im Bett lagen, existierte nichts mehr außer ihr, genau wie es bei Elayne gewesen war. Und mit Sicherheit wollte er sich nicht mit Alanna darüber unterhalten. »Möglicherweise bin ich hier fertig, wenn du in Cairhien alles erledigt hast. Wenn ich nicht … wenn nicht, kannst du hierher zurückkehren. Aber du musst von mir fernbleiben, bis ich etwas anderes sage.« Selbst mit dieser Einschränkung blühte in ihr die Freude wieder auf.

»Du wirst mir nicht verraten, mit wem du den Bund eingegangen bist, oder?« Er schüttelte den Kopf und sie seufzte. »Ich sollte jetzt besser gehen.« Sie stand auf, nahm den Umhang und legte ihn sich über den Arm. »Im besten Fall ist Cadsuane nur ungeduldig. Sorilea hat sie ermahnt, wie eine Mutterglucke auf uns aufzupassen, und das tut sie auch. Auf ihre Weise.« An der Tür blieb sie für eine letzte Frage stehen. »Warum bist du hier, Rand? Cadsuane mag es ja egal sein, aber mir nicht. Wenn du willst, behalte ich es für mich. Ich habe es nie geschafft, mich länger als nur ein paar Tage in einem *Stedding* aufzuhalten. Warum solltest du freiwillig hier bleiben, wo du nicht einmal die Quelle fühlen kannst?«

»Vielleicht ist es für mich nicht so schlimm«, log er. Ihm wurde klar, dass er es ihr hätte sagen können. Er glaubte ihr, dass sie es für sich behalten würde. Aber sie sah ihn als ihr Behüter und sie war eine Grüne. Keine Erklärung konnte sie dazu bringen, dass er sich all dem allein stellte, aber in Far Madding konnte sie sich nicht besser verteidigen als Min, vielleicht sogar noch weniger. »Geh, Alanna. Ich habe genug Zeit verschwendet.«

Sobald sie den Raum verlassen hatte, rutschte er auf dem Bett herum, bis er mit dem Rücken wieder an der Wand lehnte, dann saß er da und spielte mit der Flöte herum. Er dachte nach. Min hatte gesagt, dass er Cadsuane brauchte, aber sie war an ihm lediglich als Kuriosität interessiert. Eine Kuriosität mit schlechten Manieren. Irgendwie musste er ihr Interesse wecken. Aber wie, beim Licht, sollte er das machen?

Mit einiger Mühe kämpfte sich Verin auf dem Hof von Aleis' Palast aus ihrer Sänfte. Sie war einfach nicht dafür gebaut, in diese Dinger zu passen, aber in Far Madding stellten sie das schnellste Transportmittel dar. Kutschen wurden früher oder später von den Menschenmassen aufgehalten, und an einige der Orte, zu denen sie wollte, kamen sie erst gar nicht heran. Der feuchte Wind vom See wurde kälter, als sich das Zwielicht herabsenkte, aber Verin ließ zu, dass er ihren Umhang flattern ließ, während sie zwei Silberpfennige aus dem Geldbeutel heraussuchte und sie den Trägern gab. Natürlich durfte sie das eigentlich nicht, da es sich um Aleis' Jungen handelte, aber Eadwina würde das nicht wissen. Sie hätten das Geld nicht annehmen dürfen, aber das Silber verschwand im Handumdrehen in ihren Mänteln, und der jüngere der beiden, ein ansehnlicher Bursche in mittleren Jahren, machte vor ihr sogar eine anmutige Verbeugung, bevor sie die Sänfte aufnahmen und in Richtung Remise losliefen, ein niedriges Gebäude, das in einer Ecke der Vordermauer stand. Verin seufzte. Ein Junge in seinen mittleren Jahren. Es hatte nicht lange gedauert, bis sie das Gefühl hatte, Far Madding niemals verlassen zu haben. Damit musste sie vorsichtig umgehen. Es könnte gefährlich sein, vor allem, falls Aleis oder die anderen ihre Täuschung entdeckten. Vermutlich war die Anordnung für Verin Mathwins Exil niemals außer Kraft gesetzt worden. In Far Madding verhielten sich alle still, wenn eine Aes Sedai mit dem Gesetz in Konflikt geriet, aber die Ratsherrinnen hatten keinen Grund, die Aes Sedai zu fürchten, und aus eigenen Gründen hielt die Weiße Burg bei den seltenen Gelegenheiten still, wenn sich eine Schwester einer vom Gericht verhängten Auspeitschung gegenübersah. Verin hatte nicht die Absicht, der neueste Grund für die Burg zu sein, still zu halten.

Natürlich war Aleis' Palast nicht mit dem Sonnenpalast oder dem Königlichen Palast von Andor zu vergleichen, auch nicht mit anderen Palästen, in denen Könige und Königinnen residierten. Er war ihr persönliches Eigentum, das nichts mit ihrer Position als Erste Ratsherrin zu tun hatte. Zu beiden Seiten wuchsen andere Paläste in die Höhe, mal größer und mal kleiner, die jedoch alle von hohen Mauern umgeben wurden. Nur am Ende nicht, wo die Höhen – der einzige Punkt der Insel, der einem Berg nahe kam – in einer steilen Klippe zum Wasser hinabstürzten. Allerdings war der Palast nicht mal klein. Die Frauen der Barsallas waren bereits im Handel und in der Politik tätig gewesen, als die Stadt noch Fel Moreina geheißen hatte. Beide Stockwerke des Palastes wurden von hohen Säulengängen umgeben und der weiße Marmorwürfel bedeckte den größten Teil des von einer Mauer umgebenen Anwesens.

Sie fand Cadsuane in einem Wohnzimmer, das einen schönen Ausblick auf den See geboten hätte, wären die Vorhänge nicht zugezogen gewesen, um die Wärme des Feuers in dem großen Marmorkamin im Raum zu behalten. Ihr Nähkörbchen stand auf einem kleinen Beistelltisch mit Intarsien, der neben ihren Stuhl gerückt worden war, und sie arbeitete ganz ruhig mit Nadel und Stickreifen. Sie war nicht allein. Verin faltete ihren Umhang zusammen, legte ihn über die Lehne eines Polsterstuhls und setzte sich auf einen anderen, um zu warten.

Elza schien sie kaum wahrzunehmen. Die Grüne mit der für gewöhnlich so freundlichen Miene stand vor Cadsuane auf dem Teppich und schaute grimmig drein; ihr Gesicht war gerötet, und ihre Augen funkelten. Elza war sich ihrer Position unter den Schwestern immer deutlich bewusst, vielleicht sogar zu sehr. Um Verin zu ignorieren und vor allem Cadsuane zur Rede zu stellen, musste sie ganz schön aufgeregt sein. »Wie konntet Ihr sie gehen lassen?«, verlangte sie zu wissen. »Wie sollen wir ihn ohne sie finden?« Ah, darum also ging es.

Cadsuanes Kopf blieb über den Stickreifen gebeugt und ihre Nadel machte weiterhin kleine Stiche. »Ihr könnt warten, bis sie zurückkehrt«, sagte sie seelenruhig.

Elza ballte die Fäuste. »Wie könnt Ihr so gleichgültig sein?«, sagte sie. »Er ist der Wiedergeborene Drache! Dieser Ort könnte eine Todesfalle für ihn sein! Ihr müsst ...!« Sie verstummte mitten im Satz, als Cadsuane einen Finger hob. Mehr tat sie nicht, aber bei ihr reichte das vollständig.

»Ich habe mir Eure Tirade lange genug angehört, Elza. Ihr dürft gehen! Sofort!«

Elza zögerte, aber sie hatte keine Wahl. Mit gerötetem Gesicht machte sie einen kleinen Knicks, wobei sie den Stoff ihrer Röcke in den noch immer geballten Fäusten hielt, aber selbst wenn sie aus dem Wohnzimmer hinausstolzierte, so tat sie es doch ohne zu zögern.

Cadsuane legte den Stickreifen auf den Schoß und lehnte sich zurück. »Macht Ihr mir einen Tee, Verin?«

Unwillkürlich zuckte Verin zusammen. Die andere Schwester hatte nicht einmal in ihre Richtung geschaut. »Natürlich, Cadsuane.« Auf einem der Seitentische stand ein übertrieben verzierter silberner Teekessel auf einem vierbeinigen Gestell und war glücklicherweise noch immer heiß. »War es klug, Alanna gehen zu lassen?«, fragte sie.

»Ich konnte sie wohl kaum daran hindern, ohne den Jungen mehr wissen zu lassen, als er soll, oder?«, erwiderte Cadsuane trocken.

In aller Ruhe goss Verin Tee in eine Tasse aus dünnem blauen Porzellan. Es war kein Meervolk-Porzellan, aber es handelte sich um gute Qualität. »Könnt Ihr Euch denken, warum er ausgerechnet nach Far Madding gekommen

ist? Ich habe beinahe meine Zunge verschluckt, als mir klar wurde, dass der Grund, warum er mit dem Herumspringen aufgehört hat, darin bestehen könnte, dass er hier ist. Wenn es etwas Gefährliches ist, sollten wir vielleicht versuchen, ihn aufzuhalten.«

»Verin, er kann tun, was sein Herz begehrt, egal was, wenn er nur lange genug lebt, um Tarmon Gai'don zu erreichen. Und so lange ich an seiner Seite sein kann, um ihm beizubringen, wie man wieder lacht und weint.« Sie schloss die Augen, rieb sich die Schläfen mit den Fingerspitzen und seufzte. »Er verwandelt sich in Stein, Verin, und wenn er nicht wieder lernt, dass er ein Mensch ist, könnte der Sieg in der Letzten Schlacht nicht viel besser als eine Niederlage sein. Die junge Min hat ihm gesagt, dass er mich braucht; so viel habe ich aus ihr herausbekommen, ohne ihren Verdacht zu erregen. Aber ich muss darauf warten, dass er zu mir kommt. Ihr seht doch, wie grob er mit Alanna und all den anderen umspringt. Es wird schon schwer genug sein, ihn zu unterrichten, wenn er darum bittet. Er widersetzt sich jeder Führung, glaubt, er müsste alles selbst tun und erlernen, und wenn ich ihn nicht dafür arbeiten lasse, wird er gar nichts lernen.« Ihre Hände fielen auf den Stickreifen auf ihrem Schoß. »Ich scheine heute Abend in einer mitteilsamen Stimmung zu sein. Ungewöhnlich für mich. Falls Ihr diesen Tee jemals fertig eingegossen habt, werde ich möglicherweise noch mehr preisgeben.«

»Oh, ja, natürlich.« Hastig füllte Verin eine zweite Tasse und schob die kleine Phiole ungeöffnet zurück in ihre Gürteltasche. Es war gut, sich Cadsuane endlich sicher sein zu können. »Nehmt Ihr Honig?«, fragte sie so gedankenverloren, wie sie zustande brachte. »Ich kann mir das einfach nicht merken.«

KAPITEL 5

Erwartungen

Als Elayne zusammen mit Egwene über die braun verfärbte Dorfwiese von Emondsfelde ging, erfüllten sie die Veränderungen mit Trauer. Egwene schien von ihnen verblüfft zu sein. Als sie in *Tel'aran'rhiod* erschienen war, baumelte ein langer Zopf auf ihrem Rücken; sie trug ausgerechnet ein einfaches Wollkleid und derbe Schuhe, deren Spitzen bei jedem Schritt unter ihren Röcken hervorschauten. Elayne vermutete, dass sie diese Art von Kleidung getragen hatte, als sie noch in den Zwei Flüssen lebte. Jetzt hing ihr dunkles Haar über die Schultern, gehalten von einer kleinen Haube aus feiner Spitze, und ihre Kleidung war so kostbar wie Elaynes. Das Oberteil aus dunklem Blau wies genau wie der Kragen und der Rocksaum und die Ärmelaufschläge silberne Stickereien auf. Silbern verzierte Samtslipper ersetzten die derben Schuhe. Elayne musste sich konzentrieren, um zu verhindern, dass sich ihr grünes Reitgewand – vielleicht auf peinliche Weise – veränderte, aber bei ihrer Freundin waren die Veränderungen zweifellos bewusst entstanden.

Sie hoffte, dass Rand Emondsfelde noch immer lieben konnte, aber es war nicht länger das Dorf, in dem er und Egwene aufgewachsen waren. Hier in der Welt der Träume gab es keine Menschen, dennoch war Emondsfelde nun offensichtlich eine richtige Stadt, sogar eine blühende Stadt, in der fast jedes dritte Haus aus Stein errichtet war. Einige waren sogar drei Stockwerke hoch und es waren mehr Dächer mit Ziegeln in allen Farben des Regenbogens gedeckt als mit Stroh. Einige Straßen waren mit glatten, genau passenden Ziegeln gepflastert, die noch neu und nicht abgetreten waren, und um die Stadt wuchs sogar eine dicke Steinmauer mit Türmen und eisenbeschlagenen Toren empor, die einer Grenzland-Stadt zur Ehre gereicht hätte. Außerhalb der Mauer gab es Säge- und Getreidemühlen, eine Eisengießerei und große Webereien sowohl für Wolle als auch für Teppiche; in ihrem Schutz reihten sich Läden von Möbeltischlern, Töpfermeistern, Näherinnen, Scherenschleifern und Gold- und Silberschmieden aneinander, von denen viele mindestens genauso gut wie die Caemlyns waren, obwohl einige der Dekore aus Arad Doman oder Tarabon zu stammen schienen.

Die Luft war kühl, aber nicht kalt, und es gab keinerlei Anzeichen für Schnee auf dem Boden, zumindest nicht im Augenblick. Hier stand die Sonne genau im Zenit, allerdings hoffte Elayne, dass es in der wachen Welt noch immer Nacht war. Sie wollte noch etwas echten Schlaf mitbekommen, bevor sie sich dem Morgen stellen musste. In den letzten paar Tagen war sie immer müde gewesen; es gab einfach so viel zu tun und so wenige Stunden. Sie waren hergekommen, weil es unwahrscheinlich erschien, dass sie hier von einem Spion entdeckt wurden, aber Egwene war stehen geblieben, um sich die Veränderungen des Ortes anzuschauen, in dem sie geboren worden war. Und Elayne hatte außer Rand ihre eigenen Gründe, sich Emondsfelde genau anzusehen. Das Problem – *eines* der Probleme – war nur, dass in der wachen Welt eine Stunde verging, während man in der Welt der Träume fünf oder zehn verbrachte, doch es konnte auch genauso gut anders herum sein. Möglicherweise war es in Caemlyn bereits Morgen.

Egwene blieb an der Einmündung zum Dorfplatz stehen und blickte zurück zu der breiten Steinbrücke, die sich über den schnell breiter werdenden Fluss spannte; er entsprang einer Quelle, die stark genug aus einem aus dem Boden hervorragenden Felsen schoss, um einen Mann von den Füßen zu reißen. In der Mitte des Dorfplatzes erhob sich eine Marmorsäule, in die man überall Namen eingemeißelt hatte, die von zwei hohen Fahnenmasten auf Steinpodesten flankiert wurde. »Ein Schlachtendenkmal«, murmelte sie. »Wer hätte sich solch ein Ding in Emondsfelde vorstellen können? Obwohl Moraine behauptet hat, dass an dieser Stelle einst eine große Schlacht geschlagen wurde, in den Trolloc-Kriegen, als Manetheren unterging.«

»Es stand in den Geschichtsbüchern, die ich studiert habe«, sagte Elayne leise und betrachtete die leeren Fahnenmasten. Die im Augenblick leeren Masten. Sie konnte Rand hier nicht fühlen. Oh, er war noch immer genauso sehr in ihrem Kopf wie Birgitte, ein felsengleicher Knoten aus Gefühlen und körperlichen Empfindungen, der jetzt, da Rand weit weg war, sogar noch schwerer zu deuten war, doch hier im *Tel'aran'rhiod* vermochte sie nicht zu sagen, in welcher Richtung er sich befand. Sie vermisste dieses Wissen, so geringfügig es auch war. Sie vermisste ihn.

Banner erschienen an den Fahnenmasten und blieben gerade lange genug, um einmal müde zu flattern. Lange genug, um einen roten Adler sichtbar werden zu lassen, der über ein blaues Feld flog. Nicht *einen* roten Adler: der Rote Adler. Als sie diesen Ort einmal mit Nynaeve im *Tel'aran'rhiod* besucht hatte, hatte sie geglaubt, ihn gesehen zu haben, später dann aber entschieden, dass es ein Irrtum gewesen war. Meister Norry hatte sie aufgeklärt. Sie liebte Rand, aber falls jemand an dem Ort seiner Jugend versuchte, Manetheren aus seinem uralten Grab wiederauferstehen zu lassen, würde sie das zur Kenntnis nehmen müssen, so sehr ihn das auch schmerzen würde. Dieses Banner und dieser Name verkörperten noch immer genug Macht, um Andor zu bedrohen.

»Ich habe von Bode Cauthon und anderen Novizinnen aus der Heimat von den Veränderungen gehört«, fuhr Egwene fort und betrachtete die um den Dorfplatz stehenden Häuser stirnrunzelnd, »aber davon war keine Rede.« Die meisten der Häuser waren aus Stein. Neben dem gewaltigen Steinfundament eines viel größeren Hauses stand eine winzige Schenke, aus deren Mitte eine prächtige Eiche wuchs, aber auf der anderen Seite des Fundaments war etwas, das wie eine viel größere Schenke aussah, so gut wie fertig gestellt, und über dessen Tür hing bereits ein Schild mit der Aufschrift *Die Bogenschützen.* »Ich würde gerne wissen, ob mein Vater noch Bürgermeister ist. Geht es meiner Mutter gut? Meinen Schwestern?«

»Ich weiß, dass du morgen das Heer abrücken lässt«, sagte Elayne, »wenn es nicht schon Morgen ist, aber sobald du Tar Valon erreicht hast, wirst du doch sicherlich ein paar Stunden Zeit finden, um ihnen einen Besuch abzustatten.« Das Schnelle Reisen machte solche Dinge einfach. Vielleicht sollte sie selbst jemanden nach Emondsfelde schicken. Wenn sie herausgefunden hatte, wem sie eine solche Mission anvertrauen konnte. Falls sie jemanden entbehren konnte, dem sie vertraute.

Egwene schüttelte den Kopf. »Elayne, ich musste Frauen, mit denen ich aufgewachsen bin, eine Prügelstrafe verabreichen lassen, weil sie nicht glauben, dass ich der Amyrlin-Sitz bin, oder weil sie der Meinung sind, dass sie die Regeln brechen können, weil sie mich kennen.« Plötzlich lag die Stola mit den sieben farbigen Streifen auf ihren Schultern. Bis sie sie mit einer Grimasse bemerkte und verschwinden ließ. »Ich glaube nicht, dass ich mich Emondsfelde als Amyrlin stellen könnte«, sagte sie traurig. »Noch nicht.« Sie rief sich zur Ordnung und ihre Stimme nahm einen energischeren Tonfall an. »Das Rad dreht sich und alles verändert sich. Ich muss mich daran gewöhnen. Ich werde mich daran gewöhnen.« Sie hörte sich beinahe so an wie Siuan Sanche, so wie sich Siuan in Tar Valon angehört hatte, bevor sich alles veränderte. Stola oder nicht, Egwene klang wie der Amyrlin-Sitz. »Bist du sicher, dass ich dir nicht ein paar von Gareth Brynes Soldaten schicken soll? Wenigstens genug, um Caemlyn zu sichern?«

Plötzlich umgab sie funkelnder Schnee, der bis zu ihren Knien reichte. Schnee, der die Dächer mit leuchtend weißen Hauben versah. Das war nicht das erste Mal, dass so etwas geschah, und die beiden Frauen weigerten sich einfach, sich von der plötzlichen Kälte berühren zu lassen, statt sich Umhänge und wärmere Kleider vorzustellen.

»Vor dem Frühling wird keiner gegen mich ins Feld ziehen«, sagte Elayne. Heere reisten im Winter nicht, es sei denn, sie hatten den Vorteil des Schnellen Reisens auf ihrer Seite, so wie es bei Egwenes Heer der Fall war. Der Schnee verhinderte jede Bewegung, und dort, wo er schmolz, trat der Schlamm an seine Stelle. Diese Grenzländer hatten ihren Marsch nach Süden vermutlich unter der Annahme begonnen, dass es in diesem Jahr keinen Winter geben würde. »Außerdem wirst du jeden Mann brauchen, wenn du Tar Valon erreichst.«

Es war keine Überraschung, dass Egwene lediglich zustimmend nickte, ohne das Angebot zu wiederholen. Obwohl sie den ganzen vergangenen Monat große Anstrengungen in der Rekrutierung neuer Männer unternommen hatten, verfügte Gareth Bryne noch immer nicht über mehr als die Hälfte der Soldaten, die er seiner Aussage zufolge brauchte, um Tar Valon zu erobern. Laut Egwene war er bereit, mit dem anzufangen, was er hatte, aber es bereitete ihr offensichtlich Sorgen. »Ich muss harte Entscheidungen treffen, Elayne. Das Rad webt, wie es das Rad will, aber ich bin diejenige, die entscheiden muss.«

Rasch stapfte Elayne durch den Schnee und warf die Arme um Egwene, um sie zu umarmen. Das heißt, am Anfang stapfte sie. Als sie die andere Frau an sich zog, verschwand der Schnee, ohne auch nur eine feuchte Stelle auf ihren Kleidern zu hinterlassen. Die beiden stolperten, als würden sie miteinander tanzen, und wären beinahe gefallen.

»Du wirst die richtigen Entscheidungen treffen«, sagte Elayne und lachte, obwohl ihr nicht dazu zumute war. Egwene fiel nicht in ihr Lachen ein.

»Ich hoffe es«, sagte sie ernst, »denn was auch immer ich entscheide, Menschen werden deswegen sterben.« Sie tätschelte Elaynes Arm. »Nun, du verstehst diese Art von Entscheidungen, nicht wahr? Wir beide müssen zurück in unsere Betten.« Sie zögerte, bevor sie weitersprach. »Elayne, wenn dich Rand wieder besucht, dann musst du mich wissen lassen, was er gesagt hat, ob er dir einen Hinweis gibt, was er vorhat oder wo er hinwill.«

»Ich werde dir sagen, was ich weiß, Egwene.« Elayne verspürte einen Stich der Schuld. Sie hatte Egwene alles erzählt, oder zumindest fast alles, aber sie hatte ihr verschwiegen, dass sie Rand mit Min und Aviendha verbunden hatte. Das Burggesetz verbot nicht, was sie getan hatten. Das hatte die gründliche Befragung Vandenes ergeben. Ob man es aber gestatten würde, war keineswegs sicher. Doch ein von Birgitte rekrutierter Söldner aus Arafel hatte gesagt: »Was nicht verboten ist, ist erlaubt.« Das klang fast so wie eines von Linis alten Sprichwörtern, obwohl sie bezweifelte, dass ihre alte Amme jemals so nachsichtig sein würde. »Du beunruhigst ihn, Egwene. Ich meine, mehr als sonst. Ich weiß es. Warum?«

»Dafür habe ich meine Gründe, Elayne. Die Augen-und-Ohren berichten sehr besorgniserregende Gerüchte. Ich hoffe, es sind nur Gerüchte, aber wenn sie es nicht sind …« Jetzt war sie wirklich der Amyrlin-Sitz, eine kleine schlanke junge Frau, die so stark wie Stahl und so gewaltig wie ein Berg erschien. In ihren dunklen Augen lag Entschlossenheit. »Ich weiß, dass du ihn liebst. Ich liebe ihn auch. Aber ich versuche nicht, die Weiße Burg zu Heilen, nur damit er die Aes Sedai wie *Damane* an die Leine legen kann. Schlaf gut und träume etwas Schönes,

Elayne. Schöne Träume sind viel wertvoller, als die Menschen wissen.« Und sie war verschwunden, zurückgekehrt in die wache Welt.

Einen Augenblick lang stand Elayne da und starrte auf die Stelle, wo Egwene gestanden hatte. Wovon hatte sie gesprochen? Rand würde das niemals tun! Und nur wenn er es aus Liebe zu ihr tat, er würde es nicht tun! Sie stieß den steinharten Knoten im hinteren Teil ihres Bewusstseins an. Da er so weit weg war, leuchteten die goldenen Adern nur in der Erinnerung. Er würde das sicher nicht tun. Voller Sorge kehrte sie aus dem Traum zurück in ihren schlafenden Körper.

Sie brauchte Schlaf, aber sie war noch nicht richtig in ihrem Körper, als auch schon Sonnenlicht auf ihre Lider fiel. Welche Stunde war es? Sie hatte Termine wahrzunehmen, Pflichten zu erfüllen. Sie wollte einen Monat lang schlafen. Sie rang mit der Pflicht, aber die Pflicht siegte. Vor ihr lag ein arbeitsreicher Tag. Jeder Tag war ein arbeitsreicher Tag. Sie öffnete die Augen; sie fühlten sich an, so als hätte sie überhaupt nicht geschlafen. Dem Winkel des durch das Fenster einfallenden Lichts nach zu urteilen, war Sonnenaufgang schon lange vorbei. Sie hätte einfach hier liegen bleiben können. Pflicht. Aviendha bewegte sich im Schlaf und Elayne stieß sie fest in die Rippen. Wenn sie schon wach sein musste, dann sollte Aviendha auch nicht herumtrödeln dürfen.

Aviendha erwachte mit einem Ruck und reckte sich nach dem Messer, das auf dem kleinen Tisch neben dem Bett lag. Bevor ihre Hand den dunklen Horngriff berührte, ließ sie sie zurückfallen. »Etwas hat mich geweckt«, murmelte sie. »Ich dachte, eine Shaido würde … sieh dir die Sonne an! Warum hast du mich so lange schlafen lassen?«, wollte sie wissen und kroch auf allen vieren aus dem Bett. »Nur weil ich bei dir bleiben darf« – die Worte kamen einen Augenblick lang gedämpft, als sie sich das vom Schlaf zerknitterte Unterhemd über den

Kopf streifte – »heißt das nicht, dass Monaelle mich nicht mit der Rute schlägt, wenn sie mich für faul hält. Willst du den ganzen Tag liegen bleiben?«

Stöhnend kroch Elayne aus dem Bett. Essande wartete bereits an der Tür zum Ankleidezimmer; sie weckte Elayne nie, es sei denn, Elayne dachte daran, es zu befehlen. Elayne ergab sich der beinahe stummen Hilfe der weißhaarigen Frau, während sich Aviendha allein anzog, aber ihre Schwester machte Essandes Stille wieder wett, indem sie lachend Kommentare abgab. So dass sie sich wieder wie ein Baby fühlen musste, da sie doch ein anderer anzog, oder dass sie möglicherweise vergaß, wie man sich allein anzog und jemanden brauchte, um sie anzukleiden. Sie hatte das so ziemlich jeden Morgen getan, seit sie angefangen hatte, dasselbe Bett zu teilen. Aviendha fand das alles sehr witzig. Elayne sagte kein Wort, sie antwortete nur auf die Vorschläge der Ankleidefrau bezüglich ihrer Kleidung, bis der letzte Perlmuttknopf zugeknöpft war und sie sich in Spiegel betrachtete.

»Essande«, sagte sie dann beiläufig, »sind Aviendhas Kleider bereit?« Das Gewand aus blauem Tuch mit den silbernen Stickereien würde für das ausreichen, was sie heute zu erledigen hatte.

Essandes Miene hellte sich auf. »Lady Aviendhas hübsche Seide und Spitze, meine Lady? O ja. Alles ausgebürstet und gewaschen und gebügelt und weggeräumt.« Sie zeigte auf die Garderoben, die die eine Wand säumten.

Elayne lächelte ihre Schwester über die Schulter an. Aviendha starrte die Garderoben an, als enthielten sie giftige Vipern, schluckte dann und beeilte sich, das dunkle zusammengefaltete Tuch um den Kopf zu binden.

Als Elayne Essande entlassen hatte, sagte sie: »Nur für den Fall, dass du sie brauchst.«

»Gut«, murmelte Aviendha und legte ihre silberne Halskette um. »Keine Witze mehr über die Frau, die dich anzieht.«

»Gut. Oder ich befehle ihr, *dich* anzuziehen. Das wäre bestimmt amüsant.«

Aviendha murmelte etwas beinahe Unverständliches über Leute, die keinen Humor hatten; sie war offensichtlich anderer Meinung. Elayne rechnete halb damit, dass sie verlangte, alle für sie besorgten Gewänder wegzugeben. Eigentlich überraschte sie es, dass sie es nicht schon längst getan hatte.

Das für Aviendha im Wohnzimmer bereitgestellte Frühstück bestand aus gepökeltem Schinken mit Rosinen, mit getrockneten Pflaumen gekochte Eier, gedörrtem Fisch mit Piniennüssen, frischem Brot mit Butter und Tee mit so viel Honig, dass er so dick wie Sirup war. Nun, das war etwas übertrieben, aber so hatte es den Anschein. Elayne nahm keine Butter auf ihr Brot, nur ganz wenig Honig im Tee und statt dem Rest heißen Haferbrei mit Kräutern, die angeblich besonders gesund sein sollten. Sie fühlte sich nicht, als wäre sie schwanger, ganz egal was Min Aviendha gesagt hatte, aber sie hatte es auch Birgitte erzählt, sobald sie mit ihrem Trinkgelage angefangen hatten. Dank der Bemühungen ihrer Behüterin, Dyelins und Reene Harfors sah sie sich nun mit einer Kost konfrontiert, die »für eine Frau in ihrem Zustand« angemessen war. Wenn sie sich aus der Küche etwas Süßes kommen ließ, kam das aus unerfindlichen Gründen nie bei ihr an, und wenn sie sich selbst dort hinunterschlich, schenkten die Köche ihr solch missbilligende Blicke, dass sie sich unverrichteter Dinge wieder davonstahl.

Eigentlich trauerte sie dem gewürzten Wein und den Süßigkeiten und den anderen Dingen, die ihr nun verboten waren, gar nicht nach – zumindest nicht sehr, ausgenommen in jenen Augenblicken, in denen Aviendha sich einen Pudding oder ein Stück Kuchen reinschaufelte. Aber *jeder* im Palast wusste, dass sie schwanger war. Und das bedeutete natürlich, dass sie auch wussten, wie sie in diesen Zustand gekommen war, wenn nicht durch wen.

Die Männer waren nicht so schlimm, wenn man davon absah, dass sie es *wussten*, und sie *wusste*, dass sie es wussten, aber die Frauen machten sich nicht die Mühe, es zu verbergen. Ob sie es akzeptierten oder verurteilten, die eine Hälfte sah sie an, als wäre sie ein leichtes Mädchen, während die andere Hälfte es nachdenklich tat. Sie zwang sich, den Haferbrei herunterzuschlucken – eigentlich war er gar nicht so übel, aber sie hätte wirklich gern etwas von dem Schinken gehabt, den Aviendha aufschnitt, oder von den Eiern mit Pflaumen –, löffelte Haferbrei in den Mund und freute sich fast schon auf die morgendliche Übelkeit, damit sie ihren aufgewühlten Magen mit Birgitte teilen konnte.

Der erste Besucher, der an diesem Morgen ihre Gemächer besuchte, war unter den Frauen des Palasts der aussichtsreichste Kandidat für die Vaterschaft ihres gerade empfangenen Kindes.

»Meine Königin«, sagte Hauptmann Mellar und zog den mit einer Feder geschmückten Hut schwungvoll vom Kopf und verbeugte sich anmutig. »Der Erste Schreiber erwartet das Vergnügen der Gesellschaft Eurer Majestät.« Die dunklen Augen des Hauptmanns, die nie zu blinzeln schienen, verkündeten, dass er niemals Träume von den Männern haben würde, die er tötete, und die mit Spitze gesäumte Schärpe quer über seiner Brust und die Spitze an Kragen und Ärmeln ließ ihn nur noch härter aussehen. Aviendha wischte sich mit der Serviette Fett vom Kinn und betrachtete ihn ausdruckslos. Die beiden Gardistinnen zu beiden Seiten der Tür verzogen kaum merklich das Gesicht. Mellar hatte bereits den Ruf, Gardistinnen in den Hintern zu kneifen, zumindest die hübscheren unter ihnen, ganz zu schweigen davon, dass er sich in den Schenken der Stadt über ihre Fähigkeiten verächtlich machte. In den Augen der Gardistinnen war Letzteres viel schlimmer.

»Ich bin noch nicht die Königin, Hauptmann«, sagte

Elayne kurz angebunden. Sie versuchte, sich bei dem Mann immer so kurz wie möglich zu fassen. »Wie geht es mit der Rekrutierung meiner Leibwache voran?«

»Bis jetzt sind es nur zweiunddreißig, meine Lady.« Den Hut noch immer in den Händen, legte der scharfgesichtige Mann beide Hände auf den Schwertgriff; seine lässige Haltung war kaum passend in der Gegenwart der Frau, die er seine Königin genannt hatte. Genauso wenig wie sein Grinsen. »Lady Birgitte hat strenge Anforderungen. Nicht viele Frauen erfüllen sie. Gebt mir zehn Tage und ich finde hundert Männer, die besser sind und Euch genauso in ihren Herzen bewahren, wie ich das tue.«

»Ich glaube nicht, Hauptmann Mellar.« Es kostete sie Mühe, nicht kühl zu klingen. Er musste die Gerüchte gehört haben, die über sie und ihn im Umlauf waren. Konnte er glauben, dass sie, nur weil sie sie nicht bestritten hatte, ihn tatsächlich attraktiv fand? Sie schob die zur Hälfte geleerte Schüssel mit Haferbrei von sich und unterdrückte einen Schauder. Zweiunddreißig, bis jetzt? Die Zahlen wuchsen schnell. Einige der Jäger des Horns, die einen Rang verlangt hatten, waren zu dem Schluss gekommen, dass der Dienst in Elaynes Leibwache einen gewissen Reiz hatte. Sie sah ein, dass die Frauen nicht Tag und Nacht Dienst schieben konnten, aber ganz egal, was Birgitte sagte, das Ziel von einhundert erschien übertrieben. Doch schon die Andeutung, dass auch weniger reichten, ließ die Frau stur reagieren. »Bitte sagt dem Ersten Sekretär, ich lasse bitten«, sagte sie. Er schenkte ihr eine weitere schwungvolle Verbeugung.

Sie stand auf, um ihm zu folgen, und als er einen der mit einem geschnitzten Löwen verzierten Türflügel öffnete, legte sie ihm die Hand auf den Arm und lächelte. »Nochmals danke, dass Ihr mir das Leben gerettet habt, Hauptmann«, sagte sie, und diesmal lag genug Wärme in ihrer Stimme.

Der Bursche grinste sie doch tatsächlich unverschämt

an! Die Gardistinnen starrten reglos geradeaus, sowohl jene, die sie draußen im Korridor sehen konnte, bevor sich die Tür hinter ihm schloss, als auch die, die drinnen stationiert waren, und als sich Elayne umdrehte, starrte Aviendha sie mit fast dem gleichen ausdruckslosen Blick an, den sie für Mellar übrig gehabt hatte. Es lag ein gewisses Gefühl darin: reines Erstaunen. Elayne seufzte.

Sie ging über den Teppich, beugte sich herunter und legte den Arm um ihre Schwester, dann sprach sie so leise, dass nur sie es hören konnte. Sie vertraute den Frauen ihrer Leibwache Dinge an, die sie sonst nur wenigen mitteilte, aber es gab einige Angelegenheiten, die sie ihnen nicht zu sagen wagte. »Ich sah eine vorbeigehende Dienerin, Aviendha. Dienerinnen klatschen noch mehr als Männer. Je mehr glauben, dass es Doilin Mellars Kind ist, desto ungefährdeter wird es sein. Falls nötig lasse ich mir von dem Mann sogar in den Hintern kneifen.«

»Ich verstehe«, sagte Aviendha langsam und betrachtete ihren Teller so aufmerksam, als würde sie etwas anderes als die Eier und Pflaumen sehen, die sie nun mit dem Löffel hin und her schob.

Meister Norry präsentierte seine gewöhnliche Mischung aus alltäglichem Palastbetrieb und Stadtleben, Einzelheiten aus seiner Korrespondenz mit ausländischen Hauptstädten und den Informationen von Kaufleuten und Bankiers und anderen Leuten, die außerhalb der Grenzen zu tun hatten, aber seine erste Neuigkeit war bei weitem die für Elayne wichtigste, wenn nicht sogar die interessanteste.

»Die beiden wichtigsten Bankiers der Stadt sind … zugänglich geworden, meine Lady«, sagte er mit seiner staubtrockenen Stimme. Die Ledermappe an die Brust gedrückt, warf er Aviendha einen Seitenblick zu. Er hatte sich noch immer nicht an ihre Gegenwart bei seinen Berichten gewöhnt. Oder an die Leibwächterinnen. Aviendha fletschte die Zähne und er blinzelte und hustete dann in seine knochige Hand. »Meister Hoffley und Frau Andscale waren zuerst etwas … zögerlich, aber sie kennen den Markt für Alaun genauso gut wie ich. Man kann zwar noch nicht mit Sicherheit sagen, dass ihre Schatzkammern nun die Euren sind, aber ich habe in die Wege geleitet, dass zwanzigtausend Goldkronen in die Schatzkammer des Palasts gebracht werden, und wenn nötig gibt es noch mehr.«

»Informiert die Lady Birgitte«, sagte Elayne und verbarg ihre Erleichterung. Birgitte hatte noch nicht genug Gardesoldaten in Dienst gestellt, um eine Stadt von der Größe Caemlyns verteidigen, geschweige denn etwas anderes tun zu können, aber vor dem Frühling waren keine Einkünfte von ihren Gütern zu erwarten, und die Söldner *waren* teuer. Jetzt würde sie die Männer nicht wegen mangelndem Gold verlieren, bevor Birgitte die nötigen Männer für ihren Ersatz rekrutieren konnte. »Weiter, Meister Norry.«

»Ich fürchte, den Abwasserkanälen muss eine hohe Priorität eingeräumt werden, meine Lady. Die Ratten vermehren sich in ihnen, als wäre es schon Frühling, und …«

Er warf alles zusammen, so wie er es für wichtig hielt. Norry schien es als persönliche Niederlage aufzufassen, dass er immer noch nicht in Erfahrung gebracht hatte, wer Elenia und Naean befreit hatte, dabei war seit ihrer Rettung nicht mal eine ganze Woche verstrichen. Der Getreidepreis stieg in exorbitante Höhen, genau wie bei allen Lebensmitteln, und es war bereits abzusehen, dass die Reparaturen des Palastdaches länger dauern und teurer sein würden, als die Steinmetze veranschlagt hatten, aber Lebensmittel wurden immer teurer, während der Winter seinen Verlauf nahm, und Steinmetze kosteten immer mehr, als sie veranschlagt hatten. Norry räumte ein, dass die letzten Briefe aus Neu-Braem mehrere Tage alt waren, aber die Grenzländer waren anscheinend damit zufrieden, dort zu bleiben, wo sie waren, was er nicht verstehen konnte. Jedes Heer, vor allem eines, das angeblich so groß war, hätte das Umland mittlerweile völlig leerplündern müssen. Elayne verstand es auch nicht, aber sie war zufrieden, dass es so war. Gerüchte aus Cairhien, dass Aes Sedai Rand den Lehnseid schworen, gaben Egwenes Sorgen wenigstens einen Grund, obwohl es sehr unwahrscheinlich erschien, dass eine Schwester tatsächlich so etwas tat. Norrys Einschätzung zufolge war das die uninteressanteste Neuigkeit, aber Elayne sah das anders. Rand konnte es sich nicht leisten, sich die Schwestern um Egwene abspenstig zu machen. Er konnte es sich nicht leisten, sich überhaupt *eine* Aes Sedai abspenstig zu machen. Aber er schien immer wieder Möglichkeiten zu finden, es zu tun.

Kurz nach Halwin Norry kam Reene Harfor herein, nickte den Gardistinnen an der Tür zu und schenkte Aviendha ein offenes Lächeln. Falls die pummelige grauhaarige Frau je missbilligt hatte, dass Elayne Aviendha eine Schwester nannte, hatte sie es sich nie anmerken lassen, und mittlerweile schien sie es ehrlich zu begrüßen. Aber auch wenn sie lächelte, war ihr Bericht viel ernster als alles, was der Erste Sekretär zu berichten gehabt hatte.

»Jon Skellit wird von Haus Arawn bezahlt, meine Lady«, sagte Reene, und ihr rundes Gesicht war streng genug, um einem Henker gehören zu können. »Er ist jetzt zweimal dabei gesehen worden, wie er von Männern Geldbörsen angenommen hat, von denen man weiß, dass sie Arawn unterstützen. Und es besteht kein Zweifel, dass Ester Norham in jemandes Diensten steht. Sie stiehlt nicht, aber sie hat über fünfzig Goldkronen unter einer losen Bodendiele versteckt, und gestern Abend hat sie zehn Kronen hinzugefügt.«

»Verfahrt mit ihnen wie mit den anderen«, sagte Elayne traurig. Bis jetzt hatte die Haushofmeisterin neun Spione enttarnt, bei denen sie sich sicher war, und vier davon wurden von Leuten beschäftigt, deren Identität sie noch nicht hatte aufdecken können. Dass Reene überhaupt welche gefunden hatte, reichte schon aus, um Elayne zu ärgern, aber bei dem Barbier und der Friseurin war das etwas anderes. Beide hatten schon in den Diensten ihrer Mutter gestanden. Eine Schande, dass sie es nicht für angebracht gehalten hatten, ihre Loyalität auf Morgases Tochter zu übertragen.

Aviendha verzog das Gesicht, als Frau Harfoor murmelte, sie würde sich darum kümmern, aber es war sinnlos, die Spione zu entlassen oder sie zu töten, wie es die Aiel vorgeschlagen hatte. Sie würden bloß von Spionen ersetzt, die sie nicht kannte. *Ein Spion ist das Werkzeug deines Feindes, bis du seine Identität kennst,* hatte ihre Mutter gesagt, *aber dann ist er dein Werkzeug.* Und Thom hatte gesagt: *Entdeckst du einen Spion, dann wickle ihn ein und füttere ihn mit einem Löffel.* Man würde den Männern und Frauen, die sie verraten hatten, »erlauben«, das zu entdecken, was sie für angebracht hielt, und nicht alles würde der Wahrheit entsprechen, so wie die Zahl der Leute, die Birgitte rekrutiert hatte.

»Und die andere Angelegenheit, Frau Harfor?«

»Noch nichts, meine Lady, aber ich bin sehr zuversichtlich«, sagte Reene noch grimmiger als zuvor. »Ich bin sehr zuversichtlich.«

Nach der Haushofmeisterin kamen zwei Kaufmannsdelegationen, zuerst eine große Gruppe Kandori mit edelsteinbesetzten Ohrringen und silbernen Gildenketten über der Brust und im Anschluss ein halbes Dutzend Illianer, deren schlichte Mäntel und Gewänder nur einen Hauch von Stickereien aufwiesen. Sie benutzte einen der kleinen Audienzräume. Die Wandteppiche, die den Marmorkamin flankierten, zeigten Jagdszenen und nicht den Weißen Löwen, und die polierten hölzernen Wandvertäfelungen waren nicht mit Schnitzwerk verziert. Es handelte sich um Kaufleute, nicht um Diplomaten, obwohl sich einige von ihnen anscheinend herabgesetzt fühlten, weil sie ihnen nur Wein anbot und nicht mit ihnen trank. Sowohl Kandori wie auch Illianer betrachteten die beiden Gardesoldatinnen misstrauisch, die ihr in den Raum gefolgt waren und sich an der Tür postiert hatten, obwohl sie mittlerweile von dem Anschlag auf ihr Leben gehört haben mussten. Sechs weitere Leibwächterinnen warteten draußen vor der Tür.

Die Kandori musterten Aviendha verstohlen, wenn sie Elayne nicht aufmerksam zuhörten, und die Illianer vermieden nach dem ersten überraschten Blick jeden Augenkontakt mit ihr. Zweifellos maßen sie der Anwesenheit einer Aiel Bedeutung zu, selbst wenn sie nur in einer Ecke auf dem Boden saß und schwieg, aber sowohl Kandori wie auch Illianer wollten das Gleiche, nämlich die Versicherung, dass Elayne den Wiedergeborenen Drachen auf keinen Fall verärgerte, damit er nicht seine Heere und Aiel losschickte, um Andor zu verwüsten, was den Handel empfindlich stören würde; natürlich sagten sie es nicht geradeheraus. So wie sie auch nicht erwähnten, dass sowohl die Aiel wie auch die Legion des Drachen nicht weit von Caemlyn entfernt große Heerlager unterhielten. Die höflichen Fragen nach ihren weiteren Plänen, nachdem sie nun das Drachenbanner und die Banner des Lichts aus Caemlyn entfernt hatte, reichten aus. Sie sagte ihnen, was sie allen sagte, dass Andor sich mit dem Wiedergeborenen Drachen verbünden würde, aber nicht seine Unterwerfung darstellte. Im Gegenzug wünschten sie ihr alles Gute und deuteten an, dass sie ihren Anspruch auf den Löwenthron von ganzem Herzen unterstützten, ohne das jedoch mit deutlichen Worten zu sagen. Schließlich wollten sie im Falle ihres Scheiterns von demjenigen, der die Krone eroberte, weiterhin in Andor willkommen geheißen werden.

Nachdem die Illianer ihre Verbeugungen und Hofknickse gemacht und gegangen waren, schloss Elayne einen Augenblick lang die Augen und massierte sich die

Schläfen. Vor dem Mittagessen stand noch ein Treffen mit einer Delegation der Glasmacher auf der Tagesordnung, danach fünf weitere mit Kaufleuten und Handwerkern; es war ein geschäftiger Tag, voller glattzüngiger Plattitüden und Doppeldeutigkeiten. Und da Nynaeve und Merilille weg waren, war sie am Abend mit dem Unterricht für die Windsucherinnen dran, eine bestenfalls weniger angenehme Erfahrung als die schlimmste Audienz mit Kaufleuten. Was ihr nur wenig Zeit lassen würde, um das *Ter'angreal* zu studieren, das sie aus Ebou Dar mitgebracht hatten, bevor sie dann so müde war, dass sie nicht länger die Augen offen halten konnte. Es war peinlich, wenn Aviendha sie halb zum Bett tragen musste, aber sie konnte nicht kürzer treten. Es gab zu viel zu tun und der Tag hatte nicht genug Stunden.

Bis zur Ankunft der Glasmacher war fast noch eine Stunde Zeit, aber Aviendha hatte für ihren Vorschlag, jetzt einen Blick auf die Gegenstände aus Ebou Dar zu werfen, nicht mal ein Lächeln übrig.

»Hat Birgitte mit dir gesprochen?«, wollte Elayne wissen, während ihre Schwester sie eine schmale Treppe beinahe hinaufzerrte. Vier Gardistinnen gingen voraus und die anderen folgten ihnen, und sie alle ignorierten beflissen ihre Unterhaltung mit Aviendha. Obwohl sie den Eindruck hatte, dass Rasoria Domanche, eine stämmige Jägerin des Horns mit blauen Augen und blonden Haaren, wie man es gelegentlich unter Tairenern fand, leicht schmunzelte.

»Brauche ich sie, um zu wissen, dass du zu viele Stunden im Palast verbringst und zu wenig schläfst?«, erwiderte Aviendha verächtlich. »Du brauchst frische Luft.«

Die Luft in dem hohen Säulengang war mit Sicherheit frisch. Und kühl, obwohl die Sonne hoch am grauen Himmel stand. Ein kalter Wind wehte um die glatten Säulen, so dass die Gardistinnen, die bereit standen, sie vor den Tauben zu beschützen, ihre befiederten Hüte festhalten mussten. Elayne weigerte sich störrisch, die kühle Brise zu ignorieren.

»Dyelin hat mit dir geredet«, murmelte sie zitternd. Dyelin behauptete, eine Schwangere würde jeden Tag lange Spaziergänge brauchen. Sie hatte es eilig gehabt, Elayne daran zu erinnern, dass sie, ob nun Tochter-Erbin oder nicht, zurzeit eigentlich nur die Hohe Herrin von Haus Trakand war, und falls die Hohe Herrin von Trakand mit der Hohen Herrin von Taravin sprechen wollte, dann entweder nur, wenn sie die Palastkorridore erklomm, oder gar nicht.

»Monaelle hat sieben Kinder geboren«, erwiderte Aviendha. »Sie sagt, ich muss dafür sorgen, dass du an die frische Luft kommst.« Obwohl sie nur ihr Schultertuch hochgezogen hatte, gab es keinerlei Anzeichen, dass sie den Wind fühlte. Aber Aiel waren so gut wie die Schwestern darin, die Elemente zu ignorieren. Elayne verschränkte die Arme und schaute finster drein.

»Hör auf zu schmollen, Schwester«, sagte Aviendha. Sie zeigte nach unten auf einen der Stallhöfe, der hinter den weißen Ziegeldächern noch gerade eben zu sehen war. »Schau, Reanne Corly sieht bereits nach, ob Merilille Ceandevin zurückkehrt.« Der vertraute waagerechte Strich aus Licht erschien auf dem Stallhof und rotierte zu einer zehn Fuß breiten und hohen Öffnung in der Luft.

Elayne sah mürrisch auf Reannes Kopf hinunter. Sie *schmollte* nicht. Vielleicht hätte sie Reanne das Schnelle Reisen nicht beibringen sollen, da die Kusine noch keine Aes Sedai war. Aber keine der anderen Schwestern war stark genug, um das Muster weben zu können, und wenn es die Windsucherinnen lernen durften, dann hatten ihrer Meinung nach die paar Kusinen, die dazu in der Lage waren, das gleiche Recht dazu. Davon abgesehen konnte sie nicht alles allein machen. Licht, war der Winter so kalt gewesen, bevor sie gelernt hatte, sich weder von Hitze noch von Kälte berühren zu lassen?

Zu ihrer Überraschung ritt Merilille durch das Wegetor und schüttelte Schnee von ihrem mit dunklem Pelz gesäumten Umhang, gefolgt von den Gardesoldaten, die man vor sieben Tagen zusammen mit ihr losgeschickt hatte. Zaida und die Windsucherinnen hatten ihr Verschwinden sehr unwirsch aufgenommen, um es höflich auszudrücken, aber die Graue hatte sich förmlich auf die Gelegenheit gestürzt, ihnen für kurze Zeit zu entkommen. Es war nötig gewesen, jeden Tag nach ihr Ausschau zu halten und ein Tor an derselben Stelle zu öffnen, doch Elayne hatte sie bestenfalls in einer Woche zurückerwartet. Als der letzte der zehn Soldaten mit den roten Umhängen den Hof betrat, stieg die schlanke Graue Schwester aus dem Sattel, gab ihre Zügel einem Stallmädchen und eilte mit einer solchen Hast in den Palast, dass das Mädchen ihr kaum den Weg frei machen konnte.

»Ich genieße die frische Luft«, sagte Elayne, die nur mühsam ein Zähneklappern unterdrücken konnte, »aber wenn Merilille zurück ist, muss ich nach unten.« Aviendha zog die Brauen zusammen, als würde sie vermuten, dass die Ablenkung nicht zufällig geschah, aber sie war die Erste, die in Richtung Treppe ging. Merililles Rückkehr war wichtig und ihrer Eile nach zu urteilen brachte sie entweder sehr gute oder schlimme Neuigkeiten.

Als Elayne und ihre Schwester das Wohnzimmer betraten – natürlich gefolgt von zwei Gardistinnen, die zu beiden Seiten der Tür Aufstellung nahmen –, erwartete Merilille sie bereits. Ihr feuchter Umhang lag über einer Stuhllehne, die hellgrauen Reithandschuhe steckten hinter ihrem Gürtel, und ihr schwarzes Haar hätte eine Bürste gebrauchen können. Mit den purpurfarbenen Halbmonden unter den Augen sah Merililles blasses Gesicht so müde aus, wie Elayne sich fühlte.

So schnell sie vom Stallhof hinaufgekommen war, war sie dennoch nicht allein. Birgitte stand stirnrunzelnd da, eine Hand auf den verzierten Kaminsims gelegt. Mit der anderen hielt sie ihren langen goldenen Zopf; dabei sah sie fast wie Nynaeve aus. Heute trug sie ausladende dunkelgrüne Hosen und ihren kurzen roten Mantel, eine Kombination, die die Augen schmerzen ließ. Und Hauptmann Mellar verbeugte sich artig vor Elayne und wedelte mit dem mit einer weißen Feder geschmückten Hut herum. Er hatte hier nichts zu suchen, aber sie ließ ihn bleiben und schenkte ihm sogar ein Lächeln. Ein *herzliches* Lächeln.

Die pummelige junge Dienerin, die gerade ein großes Silbertablett auf einer Anrichte abgestellt hatte, blinzelte und starrte Mellar mit großen Augen an, bevor sie sich daran erinnerte, vor dem Gehen einen Hofknicks zu machen. Elayne behielt das Lächeln bei, bis sich die Tür geschlossen hatte. Was auch immer ihr Baby beschützte, sie war bereit, es zu tun. Auf dem Tablett standen heißer gewürzter Wein für alle und dünner Tee für sie. Nun, wenigstens war er heiß.

»Ich hatte ziemliches Glück«, sagte Merilille seufzend, als sie saß, und warf Mellar über den Weinpokal einen argwöhnischen Blick zu. Sie kannte die Geschichte, wie er Elaynes Leben gerettet hatte, aber sie war aufgebrochen, bevor die Gerüchte begannen. »Wie sich herausstellte, hatte Reanne ihr Wegetor keine fünf Meilen von den Grenzländern entfernt geöffnet. Sie sind seit ihrer Ankunft nicht weitergezogen.« Sie rümpfte die Nase. »Bei jedem anderen Wetter wäre der Gestank der Latrinen und des Pferdedungs überwältigend gewesen. Ihr hattet Recht, Elayne. Alle vier Herrscher sind da, in vier ein paar Meilen voneinander entfernt liegenden Lagern. In jedem ist ein Heer. Ich fand die Schienarer am ersten Tag und ich verbrachte die meiste Zeit mit Gesprächen mit Easar von Schienar und den anderen dreien. Wir trafen uns jeden Tag in einem anderen Lager.«

»Ich hoffe, Ihr habt auch etwas Zeit darauf verwendet,

Euch umzusehen«, sagte Birgitte respektvoll von ihrer Position vor dem Kamin. Sie behandelte jede Aes Sedai mit Respekt. Nur die nicht, mit der sie verbunden war. »Wie viele sind es?«

»Ich nehme nicht an, dass Ihr eine korrekte Zahl habt«, warf Mellar ein und klang, als würde er es auch nicht erwarten. Dieses eine Mal lag auf seinem schmalen Gesicht kein Lächeln. Er sah in seinen Weinpokal und zuckte mit den Schultern. »Doch was auch immer Ihr gesehen habt, könnte von Wert sein. Falls es genug sind, könnten sie verhungern, bevor sie Caemlyn bedrohen. Ohne Proviant besteht das größte Heer der Welt nur aus wandelnden Leichen.« Er lachte. Birgitte starrte ihn finster an, aber Elayne hob kaum merklich ihre Hand und bedeutete der anderen Frau, den Mund zu halten.

»Sie haben nicht viele Vorräte, Hauptmann«, sagte Merilille kühl und setzte sich trotz ihrer offensichtlichen Erschöpfung aufrecht hin, »aber sie sind auch noch nicht am Verhungern. Ich würde mich nicht darauf verlassen, dass es so weit kommt, was das angeht.« Nach der kurzen Trennung vom Meervolk hatten ihre großen Augen den ständig überraschten Ausdruck verloren, und trotz ihrer aalglatten Aes Sedai-Beherrschung war es offensichtlich, dass sie beschlossen hatte, Doilin Mellar nicht zu mögen, ganz egal, wessen Leben er gerettet hatte. »Was ihre Zahl angeht, ich würde sagen, es sind etwas mehr als zweihunderttausend Mann, und ich bezweifle, dass außer ihren Offizieren jemand genauere Angaben machen könnte. Selbst hungrig sind das eine Menge Schwerter.« Mellar zuckte erneut mit den Schultern; der Aes Sedai-Blick schien ihm nichts auszumachen.

Die schlanke Graue sah ihn nicht wieder an, ignorierte ihn aber auch nicht; als sie fortfuhr, schien er für sie so etwas wie ein weiteres Möbelstück geworden zu sein. »Es sind mindestens zehn Schwestern bei ihnen, Elayne, obwohl sie große Anstrengungen unternehmen, diese Tatsache zu verbergen. Ich glaube nicht, dass es Anhängerinnen Egwenes sind, aber sie müssen auch nicht auf Elaidas Seite stehen. Ich fürchte, viele Schwestern verhalten sich abwartend, bis die Schwierigkeiten der Burg geregelt sind.« Sie seufzte wieder, und diesmal vermutlich nicht aus Müdigkeit.

Mit einer Grimasse stellte Elayne ihre Teetasse zur Seite. Die Küche hatte keinen Honig mitgeschickt und sie mochte ihn nicht bitter. »Was wollen sie, Merilille? Die Herrscher, meine ich, nicht die Schwestern.« Zehn Schwestern machten dieses Heer zehnmal so gefährlich, vor allem für Rand. Nein, für jeden. »Sie sitzen doch nicht die ganze Zeit im Schnee, nur weil es ihnen Spaß macht.«

Die Graue spreizte die zierlichen Hände. »Ich kann nur Vermutungen anstellen, was die lange Sicht angeht. Was das Hier und Jetzt angeht, wollen sie Euch treffen, und zwar so bald wie möglich. Nach ihrer Ankunft in der Nähe von Neu-Braem haben sie Reiter nach Caemlyn ausgeschickt, aber zu dieser Jahreszeit könnte es noch eine Woche oder länger dauern, bis sie hier eintreffen. Tenobia von Saldaea ist die Bemerkung entschlüpft – oder sie hat so getan –, dass ihnen bekannt ist, dass Ihr in Verbindung mit einer gewissen Person steht oder sie zumindest näher kennt, an der sie offensichtlich ein Interesse haben. Sie wissen irgendwoher von Eurer Anwesenheit in Falme, als dort gewisse Dinge geschahen.« Mellar runzelte verwirrt die Stirn, aber niemand klärte ihn auf. »Ich habe wegen der anderen Schwestern nicht enthüllt, dass wir das Schnelle Reisen beherrschen, aber ich sagte, ich könnte bald mit einer Antwort zurück sein.«

Elayne wechselte einen Blick mit Birgitte, die ebenfalls mit den Schultern zuckte, obwohl es in ihrem Fall weder aus Gleichgültigkeit noch Geringschätzung geschah. Elayne hatte gehofft, die Grenzländer gegen ihre Konkurrenten bei der Thronanwärterschaft ins Spiel bringen zu können, aber das größte Problem bestand darin, dass

sie nicht wusste, wie sie als die Hohe Herrin von Trakand und Tochter-Erbin einer toten Königin etablierten Herrschern gegenübertreten sollte. Birgittes Schulterzucken besagte, sei dankbar, dass sich dieses Problem gelöst hat, aber Elayne fragte sich, wie die Leute aus den Grenzlanden etwas erfahren hatten, das nur ganz wenigen bekannt war. Und wenn sie es wussten, wie viele dann noch? Sie *würde* ihr ungeborenes Kind beschützen!

»Wärt Ihr bereit, unverzüglich zurückzureiten, Merilille?«, fragte sie. Die Schwester erklärte sich sofort einverstanden, und der Ausdruck in ihren Augen deutete an, dass sie jede Art von Gestank ertragen würde, wenn sie nur den Windsucherinnen noch eine Zeit lang aus dem Weg gehen konnte. »Dann reiten wir zusammen. Wenn sie sich bald mit mir treffen wollen, gibt es dafür keinen besseren Tag als heute.« Sie wussten zu viel, um das herauszuschieben. Nichts durfte ihr Kind bedrohen. Nichts!

KAPITEL 6

Königinnen und Könige zu überraschen

Sie konnte natürlich nicht einfach verkünden, dass sie ging; das wäre zu einfach gewesen.

»Das ist nicht klug, Schwester«, sagte Aviendha unheilvoll, während Merilille loseilte, um sich frisch zu machen. Und wie sie sich beeilte; die Graue schien schon Ausschau nach dem Meervolk zu halten, bevor sie die Wohnzimmertür erreicht hatte. Wenn eine Schwester von Elaynes Stellung sagte, geh, dann ging Merilille. Elayne saß an ihrem Schreibpult, und Aviendha stand über sie gebeugt, die Arme verschränkt und das Schultertuch so um den Kopf geschlungen, dass sie wie eine Weise Frau aussah. »Das ist sogar alles andere als klug.«

»Klug?«, knurrte Birgitte und stemmte die Fäuste in die Hüften. »Klug? Das Mädchen wurde nicht wissen, was ›klug‹ ist, wenn es sie in die Nase beißt! Warum diese Eile? Lass Merilille tun, was diese Grauen am besten können, soll sie eine Unterredung in ein paar Tagen oder auch Wochen arrangieren. Königinnen hassen es, überrascht zu werden, und Könige verabscheuen es geradezu. Glaubt mir, ich weiß es aus eigener Erfahrung. Sie finden eine Möglichkeit, es dich bereuen zu lassen.« Der Behüterbund spiegelte ihre Wut und Enttäuschung wider.

»Ich *will* sie ja überraschen, Birgitte. Vielleicht hilft es mir ja herauszufinden, was sie alles über mich wissen.« Elayne verzog das Gesicht und schob das vollgekleckerte Blatt zur Seite und nahm ein neues aus dem Papierkästchen aus Rosenholz. Merililles Neuigkeiten hatten ihre

Müdigkeit verscheucht, aber in klarer, sauberer Handschrift zu schreiben schien schwierig zu sein. Außerdem musste auch die Formulierung stimmen. Das sollte kein Brief von der Tochter-Erbin von Andor sein, sondern von Elayne Trakand, Aes Sedai der Grünen Ajah. Sie mussten das sehen, was *sie* wollte.

»Versuch du ihr, Verstand beizubringen, Aviendha«, murmelte Birgitte. »Und falls du es nicht schaffst, sollte ich schon mal damit anfangen, eine halbwegs anständige Eskorte zusammenzustellen.«

»Keine Eskorte, Birgitte. Nur du. Eine Aes Sedai und ihre Behüterin. Und Aviendha natürlich.« Elayne hielt beim Schreiben inne, um ihre Schwester anzulächeln, aber sie erwiderte das Lächeln nicht.

»Ich kenne deinen Mut, Elayne«, sagte Aviendha. »Ich bewundere deinen Mut. Aber selbst *Sha'mad Conde* weiß, wann es vorsichtig zu sein gilt!« *Sie* sprach von Vorsicht? Aviendha würde Vorsicht nicht mal dann erkennen, wenn sie sie … nun, wenn sie sie in die Nase biss!

»Eine Aes Sedai und ihre Behüterin?«, rief Birgitte aus. »Ich habe dir gesagt, dass du nicht länger herumreisen kannst, um Abenteuer zu erleben!«

»Keine Eskorte«, sagte Elayne energisch und tauchte die Feder für den nächsten Versuch ein. »Das ist kein Abenteuer. Es ist nur die Art und Weise, wie es gemacht werden muss.« Birgitte warf die Hände in die Luft und knurrte ein paar Flüche, aber nichts davon war Elayne neu.

Zu ihrer Überraschung hatte Hauptmann Mellar keine Einwände dagegen, sie nicht zu begleiten. Ein Treffen mit vier Herrschern würde kaum so langweilig sein wie mit Kaufleuten, aber er bat darum, bleiben zu können und sich um seine Pflichten zu kümmern, da sie ihn nicht brauchte. Das kam ihr entgegen. Ein Hauptmann der Königlichen Garde würde nur dafür sorgen, dass die Grenzländer sie früher als die Tochter-Erbin betrachteten, als ihr recht war. Ganz zu schweigen davon, dass es Mellar möglicherweise in den Sinn kam, sie lüstern anzugrinsen.

Allerdings wurde Hauptmann Mellars Unbekümmertheit nicht vom Rest ihrer Leibwache geteilt. Eine der Gardistinnen war anscheinend auf dem schnellsten Wege zu Caseille gelaufen, denn die hoch gewachsene Arafelinerin kam in das Wohnzimmer gestürmt, noch während Elayne schrieb, und verlangte, sie mit der ganzen Leibwache zu begleiten. Birgitte musste ihr schließlich befehlen, den Raum zu verlassen, um ihre Proteste zu beenden.

Wenigstens dieses eine Mal schien Birgitte zu begreifen, dass sich Elayne nicht umstimmen lassen würde, darum ging sie mit Caseille, um sich umzuziehen. Nun, genau genommen stapfte sie fluchend davon und knallte die Tür hinter sich zu, aber wenigstens ging sie. Eigentlich hätte man annehmen können, es würde sie freuen, für kurze Zeit den Mantel des Generalhauptmanns ausziehen zu können, aber der Bund hätte genauso gut ein Echo ihrer Flüche sein können. Aviendha fluchte nicht, aber sie machte mit ihren Belehrungen weiter. Aber da alles in Windeseile geschehen musste, hatte Elayne eine Entschuldigung, sie zu ignorieren.

Essande wurde gerufen und fing an, passende Kleidung bereitzulegen, während Elayne hastig ihr Mittagessen etwas früher einnahm. Sie hatte nicht danach geschickt; darum hatte sich offensichtlich Aviendha gekümmert. Anscheinend hatte Monaelle gesagt, dass das Versäumen von Mahlzeiten genauso schlimm war, wie zu viel zu essen. Frau Harfor wurde davon in Kenntnis gesetzt, dass sie sich um die Glasmacher und auch die anderen Delegationen kümmern musste, und sie nickte zustimmend, jedoch nicht, ohne leicht die Stirn zu runzeln. Bevor sie ging, verkündete sie, dass sie Ziegen für den Palast gekauft hatte. Elayne musste Ziegenmilch trinken und zwar eine Menge davon. Careane stöhnte, als sie hörte, dass sie an diesem

Abend die Windsucherinnen unterrichten musste, aber wenigstens sparte sie sich eine Bemerkung über Elaynes Speiseplan. Tatsächlich hoffte Elayne, bei Einbruch der Nacht wieder zurück im Palast zu sein, aber sie erwartete auch, so müde zu sein, als hätte sie diesen Unterricht erteilt. Vandene gab ihr auch keine Ratschläge, jedenfalls keine dieser Art. Elayne hatte im Rahmen ihres Schulunterrichts auch die Nationen an der Grenze zur Großen Fäule studiert und ihr Vorhaben mit der weißhaarigen Grünen besprochen, die die Grenzländer gut kannte, dennoch hätte sie Vandene nur zu gern mitgenommen. Jemand, der dort gelebt hatte, würde vielleicht Nuancen sehen, die ihr verborgen blieben. Aber sie wagte es nicht, mehr als nur ein paar hastige Fragen zu stellen, während Essande sie ankleidete, nur um sich ein paar der Dinge wieder ins Gedächtnis zurückzurufen, die Vandene ihr bereits erzählt hatte. Dabei wurde ihr klar, dass sie keine Ermutigung brauchte. Sie fühlte sich so konzentriert wie Birgitte, wenn diese einen Bogen spannte.

Schließlich musste man Reanne von dem Ort holen, an dem sie wieder damit beschäftigt war, einstige *Sul'dam* davon zu überzeugen, dass auch sie die Macht lenken konnten. Reanne hatte das Gewebe im Stallhof jeden Tag seit Merililles Aufbruch gewoben; sie konnte es mühelos an derselben Stelle im Braem-Wald öffnen. Im Palast gab es keine Karten dieser Gegend, die gut genug waren, dass Merilille die Position der Lager genau bestimmen konnte, und wenn Elayne oder Aviendha das Wegetor woben, öffnete es sich unter Umständen zehn oder noch mehr Meilen weiter von den Lagern entfernt statt auf der kleinen Lichtung, die Reanne kannte. Der Schneefall hatte kurz vor der Rückkehr der Grauen Schwester aufgehört, dennoch würden zehn Meilen in frisch gefallenem Schnee mindestens zwei weitere Stunden Ritt bedeuten. Elayne wollte das schnell erledigt wissen. Schnelligkeit. Jeder musste schnell handeln.

Dem Meervolk blieb die Aufregung, die den Palast erfasste, gewiss nicht verborgen; Gardistinnen, die durch die Gänge liefen und Nachrichten überbrachten oder diese oder jene Person holten, aber Elayne sorgte dafür, dass man ihnen nichts sagte. Angenommen, Zaida wollte mitkommen, so war sie durchaus dazu fähig, eine ihrer Windsucherinnen ein eigenes Wegetor weben zu lassen, falls Elayne sich weigerte, und die Herrin der Wogen war eine Komplikation, die es zu vermeiden galt. Die Frau führte sich schon so auf, als hätte sie genauso viel Recht im Palast zu sein wie Elayne. Eine Zaida, die versuchte, alles an sich zu reißen, konnte ihr Vorhaben genauso sicher ruinieren wie Mellar, der sie lüstern angrinste.

Sich zu beeilen schien außerhalb Essandes Möglichkeiten zu liegen, aber alle anderen arbeiteten mit fliegenden Fingern, und als die Sonne genau im Zenit stand, saß Elayne auf Feuerherz und ritt langsam durch den Schnee im Braem-Wald, fast fünfzig Meilen nördlich von Caemlyn entfernt, rechnete man so, wie die Wildgans flog, aber nur einen Schritt durch ein Wegetor in den dichten Wald aus hohen Kiefern und Zwerglorbeer und Eichen, dessen grauästige Bäume ihre Blätter verloren hatten. Gelegentlich wich der Wald zurück und enthüllte breite, von einem weißen Schneeteppich bedeckte Wiesen, die bis auf die Abdrücke von Merililles galoppierendem Pferd unberührt waren. Merilille war mit dem Brief vorausgeschickt worden, und Elayne, Aviendha und Birgitte waren ihr nach einer Stunde gefolgt, um ihr die nötige Zeit zu verschaffen, die Grenzländer vor ihnen zu erreichen. Die Straße von Caemlyn nach Neu-Braem lag einige Meilen westlich. Sie hätten genauso gut tausend Meilen von menschlichen Siedlungen entfernt sein können.

Für Elayne war das Ankleiden eine genauso ernste Angelegenheit wie die Zusammenstellung einer Rüstung gewesen. Ihr Umhang war für zusätzliche Wärme mit Marderfell gefüttert, aber das Material war dunkelgrüne

Wolle, weich und doch dick, und das Reitgewand bestand aus grüner Seide und war schmucklos. Selbst die engsitzenden Reithandschuhe waren aus einfachem dunkelgrünen Leder. Solange keine Schwerter gezogen wurden, war das die Rüstung, in der eine Aes Sedai Herrschern gegenübertrat. Ihr einzig sichtbarer Schmuck war eine kleine Brosche aus Bernstein in Form einer Schildkröte, und falls jemand das merkwürdig finden sollte, war das seine Sache. Keiner ihrer Rivalen verfügte über genügend Möglichkeiten, ein Heer aus Grenzländern als Falle aufzubauen, nicht mal Elaida hätte das gekonnt, aber die zehn Schwestern standen möglicherweise auf ihrer Seite. Zehn Schwestern oder mehr. Sie hatte nicht vor, sich in einem Sack zur Weißen Burg schaffen zu lassen.

»Wir können es bleiben lassen, ohne *Toh* zu verschulden, Elayne«, sagte Aviendha mit finsterer Miene. Sie trug noch immer ihre Aiel-Kleidung mit der Silberkette und dem schweren Elfenbeinarmband. Ihr stämmiger Brauner war eine Handspanne kleiner als Feuerherz oder Birgittes schlanker Grauer Pfeil und auch viel einfacher zu führen, obwohl sie viel entspannter ritt als früher. Der Sattel sorgte dafür, dass ihre schwarzbestrumpften Beine oberhalb der Knie entblößt waren, aber wenn man von dem um ihren Kopf gewundenen Schultertuch absah, erweckte sie den Eindruck, als sei ihr warm. Im Gegensatz zu Birgitte hatte sie nicht mit ihren Bemühungen aufgehört, Elayne von ihrem Vorhaben abzubringen. »Überraschungen sind ja schön und gut, aber sie werden dich mehr respektieren, wenn sie dir auf halbem Wege entgegenkommen müssen.«

»Ich kann Merilille wohl kaum im Stich lassen«, sagte Elayne geduldiger, als ihr zumute war. Sie fühlte sich zwar nicht länger müde, aber sie fühlte sich auch nicht unbedingt frisch und verspürte nicht die geringste Lust auf eine Diskussion. Aber sie wollte Aviendha nicht anfauchen. »Sie könnte sich wie eine Närrin vorkommen, wenn sie da mit einem Brief steht, der meine Ankunft ankündigt, und ich komme dann gar nicht. Und schlimmer, *ich* würde mir wie eine Närrin vorkommen.«

»Besser sich wie eine Närrin vorzukommen als eine zu sein«, murmelte Birgitte kaum hörbar. Ihr dunkler Umhang breitete sich hinter ihrem Sattel aus und der kompliziert geflochtene Zopf hing aus der Kapuzenöffnung bis beinahe zur Taille. Diese Kapuze bis zu den Seiten ihres Gesichts hochzuziehen war ihr Zugeständnis an die Kälte und den böigen Wind gewesen, der manchmal frisch gefallenen Schnee wie Federn hochstieben ließ. Sie wollte vermeiden, dass ihre Sicht behindert wurde. Der Verschluss ihres Bogenköchers, der eigentlich die Sehne trocken halten sollte, hing herab, damit sie schnell an den Bogen herankommen konnte. Den Vorschlag, ein Schwert zu tragen, hatte sie mit der gleichen Empörung zurückgewiesen, wie es der Fall gewesen wäre, hätte Elayne Aviendha gebeten, eines zu tragen. Mit dem Bogen kannte sich Birgitte aus, hingegen behauptete sie, nur sich selbst zu verletzen, wenn sie ein Schwert ziehen würde. Zu einer anderen Jahreszeit wäre ihr kurzer grüner Mantel mit dem Wald verschmolzen und ihre locker fallenden Hosen hatten wie durch ein Wunder dieselbe Farbe. Sie war jetzt eine Behüterin, nicht der Generalhauptmann der Königlichen Garde, trotzdem war sie nicht so erfreut über diese Bezeichnung, wie man vielleicht erwartet hätte. Der Bund übermittelte genauso viel Unbehagen wie Aufmerksamkeit.

Elayne seufzte und ihr Atem verwandelte sich in Nebel. »Ihr beiden wisst genau, was ich hier zu erreichen hoffe. Ihr wisst es, seit ich die Entscheidung getroffen habe. Warum behandelt ihr mich plötzlich, als wäre ich aus Glas?«

Die beiden Frauen tauschten an ihr vorbei einen Blick aus, jede wartete darauf, dass die andere den Anfang machte, dann wandten sie die Köpfe und schauten starr geradeaus. Plötzlich wusste Elayne Bescheid.

»Wenn mein Kind geboren ist«, sagte sie trocken, »könnt ihr euch beide als ihre Amme bewerben.« Falls das Kind eine »sie« werden würde. Falls Min das gesagt hatte, war es Aviendhas und Birgittes weingeschwängerten Erinnerungen an diese Nacht entfallen. Möglicherweise würde es besser sein, zuerst einen Sohn zu bekommen, damit sie mit seiner Erziehung beginnen konnte, bevor seine Schwester kam. Doch eine Tochter sicherte die Thronfolge, während ein einzelner Sohn zur Seite geschoben werden würde, und so sehr sie sich auch mehr als nur ein Kind wünschte, es stand nirgendwo geschrieben, dass das geschehen würde. Mochte das Licht dafür sorgen, dass sie von Rand noch mehr Kinder bekam, aber sie musste praktisch denken. »Ich selbst brauche keine Amme mehr.«

Aviendhas von der Sonne verbrannte Wangen wurden vor Verlegenheit noch dunkler. Birgittes Gesichtsausdruck veränderte sich nicht, aber durch den Behüterbund kam die gleiche Empfindung.

Sie ritten langsam und folgten Merililles Spuren fast zwei Stunden lang. Elayne kam gerade zu dem Schluss, dass das erste Lager ganz in der Nähe sein musste, als Birgitte plötzlich den Arm hob und sagte: »Schienarer.« Sie lockerte den Bogen in seinem Köcher. Aufmerksamkeit verschluckte die Verärgerung und alle andere Gefühle in dem Bund. Aviendha berührte den Griff ihres Gürtelmessers, als wollte sie sich vergewissern, dass es da war.

Sie warteten im Schutz der Bäume, abseits von Merililles Spuren, und sowohl die Männer wie auch die Pferde verharrten so reglos, dass Elayne sie beinahe für irgendwelche natürlichen Felsformationen gehalten hätte, bis sie die seltsamen Federbüschel auf ihren Helmen sah. Die Pferde waren nicht gepanzert, wie es bei schienarischer Kavallerie oftmals vorkam, aber die Männer trugen Harnische und Kettenhemden; Schwerter mit langen Griffen hingen an ihren Gürteln oder Sätteln. Viele trugen auch

Keulen. Ihre dunklen Augen blinzelten nie. Eines der Pferde wedelte mit dem Schweif und die Bewegung erschien überraschend.

Ein scharfgesichtiger Mann mit rauer Stimme ergriff das Wort, als Elayne und die anderen beiden Frauen vor ihm die Pferde zügelten. Der Federbusch auf seinem Helm sah aus wie schmale Schwingen. »König Easar übersendet Euch die Garantie Eurer Sicherheit, Elayne Sedai, und ich füge die meine noch hinzu. Ich bin Kayen Yokata, Lord von Fal Eisen, und möge der Frieden mich verlassen und die Fäule meine Seele fressen, sollte Euch oder sonst jemandem in Eurer Begleitung in unserem Lager ein Leid geschehen.«

Das war nicht so tröstlich, wie Elayne es sich gewünscht hätte. Diese ganzen Sicherheitsgarantien machten nur deutlich, dass sie zur Debatte gestanden hatten und es vielleicht noch taten. »Braucht eine Aes Sedai Versicherungen von Schienarern?«, fragte sie. Sie begann mit einer Novizinnenübung für Ruhe und wurde sich bewusst, dass sie sie nicht brauchte. Sehr seltsam. »Ihr dürft uns den Weg zeigen, Lord Kayen.« Er nickte bloß und wendete sein Pferd.

Einige Schienarer sahen Aviendha ausdruckslos an, da sie sie als Aiel erkannten, aber die meisten trieben nur ihre Pferde an und schlossen sich ihnen an. Die Stille während des kurzen Ritts wurde nur von den Hufen gebrochen, die den unter dem Neuschnee liegenden Schnee knirschend zertraten. Elayne hatte Recht gehabt. Das schienarische Lager war ganz in der Nähe. Schon Minuten später kamen mit Rüstungen bekleidete Wachposten in Sicht und kurz darauf ritten sie in das Lager.

Das zwischen den Bäumen liegende Heerlager erschien größer, als sie erwartet hatte. Ob sie nun nach links, recht oder geradeaus sah, so weit das Auge reichte, breiteten sich Zelte und Kochfeuer, Halteseile mit angebundenen Pferden und Reihen mit Wagen aus. Soldaten schauten neugierig zu ihnen auf, als sie und ihre Eskorte vorbeiritten, hartgesichtige Männer, deren Köpfe bis auf einen Haarschopf in der Mitte, der manchmal bis zu den Schultern reichte, völlig glatt rasiert waren. Nur wenige trugen Teile ihrer Rüstungen, aber Waffen und Panzer lagen immer in Reichweite. Der Geruch war nicht so schlimm, wie Merilille behauptet hatte, aber der Geruch dessen, was auch immer in den Kesseln vor sich hinkochte, konnte den Gestank von Latrinen und Pferdedung nicht ganz überdecken. Keiner schien zu hungern, obwohl viele sehr schlank waren. Aber es war nicht die Schlankheit von Hunger, sondern die von Männern, die nie besonders dick gewesen waren. Ihr fiel auf, dass über keinem Feuer ein Spieß zu sehen war. Fleisch würde schwerer zu besorgen sein als Getreide, obwohl Korn in dieser Phase des Winters ebenfalls knapp wurde. Gerstensuppe konnte einem Mann nicht dieselbe Kraft wie Fleisch geben. Sie mussten bald weiterziehen; kein Ort konnte vier Heere dieser Größe für lange Zeit ernähren. Sie musste nur dafür sorgen, dass sie in die richtige Richtung zogen.

Natürlich war nicht jeder Mann ein Soldat mit geschorenem Kopf, obwohl die anderen beinahe genauso unbeugsam aussahen. Es gab Wagner, die an Fuhrwerken arbeiteten; Hufschmiede, die Pferden neue Hufeisen anpassten; Wäscherinnen, die in kochenden Kesseln umrührten; Frauen, die nähten, bei denen es sich entweder um Näherinnen oder Ehefrauen handelte. Einem Heer folgten immer viele Menschen, manchmal genauso viele, wie es Soldaten gab. Aber sie entdeckte niemanden, der eine Aes Sedai hätte sein können; natürlich war es unwahrscheinlich, dass sich Schwestern die Ärmel hochkrempelten und mit Holzlöffeln Waschkessel umrührten oder sich hinsetzten und Hosen flickten. Warum blieben sie in ihren Verstecken? Sie widerstand dem Verlangen, die Quelle zu umarmen, durch das an ihrer Brust angesteckte *Angreal* in Form einer Schildkröte *Saidar* aufzunehmen. Eine Schlacht nach der anderen und zuerst musste sie für Andor kämpfen.

Kayen stieg vor einem Zelt vom Pferd. Das Zelt war beträchtlich größer als alle anderen und bestand aus hellem Segeltuch mit einem einzigen Spitzkegel. Er half ihr herunter. Er wusste nicht, ob er bei Aviendha und Birgitte das Gleiche tun sollte und zögerte, aber die Behüterin löste sein Dilemma, indem sie anmutig abstieg und die Zügel einem bereitstehenden Soldaten gab, während die Aiel mehr oder weniger vom Sattel fiel. Aviendha hatte ihre Reitfertigkeiten verbessert, aber Aufsitzen und Absteigen bereiteten ihr noch immer Probleme. Sie schaute finster in die Runde, um zu sehen, ob jemand lachte, dann glättete sie die voluminösen Röcke, wickelte das Tuch vom Kopf und drapierte es sich um die Schultern. Birgitte sah zu, wie ihr Pferd fortgeführt wurde, und es hatte den Anschein, als wünschte sie, Bogen und Köcher vom Sattel genommen zu haben. Kayen öffnete einen der Zelteingänge und verbeugte sich.

Mit einem letzten tiefen Atemzug führte Elayne die beiden anderen Frauen hinein. Sie konnte nicht zulassen, dass man sie als Bittstellerin betrachtete. Sie war nicht gekommen, um zu betteln oder um sich zu verteidigen. *Es wird Situationen geben,* hatte ihr Gareth Bryne als Kind einmal gesagt, *in denen Ihr Euch einer Überzahl gegenübersehen werdet, ohne einen Fluchtweg zu haben. Tut immer das, womit Euer Feind am wenigsten rechnet, Elayne. In diesem Fall müsst Ihr angreifen.* Sie musste von Anfang an angreifen.

Merilille kam ihr über die Teppiche am Boden entgegengerauscht. Das Lächeln der zierlichen Grauen konnte man nicht unbedingt als erleichtert bezeichnen, aber sie war offensichtlich froh, Elayne zu sehen. Außer ihr waren nur fünf andere Personen anwesend, zwei Frauen und drei Männer, und bei einem der letzteren handelte es sich um einen Diener. Den O-Beinen und dem vernarbten Gesicht nach zu urteilen, war es ein alter Kavallerist, der näher trat und Umhänge und Handschuhe einsammelte – wobei er Aviendha kurz anstarrte –, bevor er sich zu einem einfachen Holztisch zurückzog, auf dem ein silbernes Tablett mit einem hohen Krug und einer Reihe Pokale stand. Die anderen vier Personen herrschten über die Nationen der Grenzländer. Ein paar lehnenlose Faltstühle und vier große Kohlenpfannen mit glühenden Kohlen vervollständigten die Möblierung des Zeltes. Das war nicht die Art von Empfang, die die Tochter-Erbin von Andor erwartet hätte: Höflinge und viele Diener und höfliche Konversation, die erfolgen musste, bevor man sich den ernsten Gesprächen zuwandte, sowie Männer und Frauen, die hinter den Herrschern standen und sie berieten. Was Elayne hier vorfand, war genau das, worauf sie gehofft hatte.

Bevor Merilille den Palast verließ, hatte eine kurze Heilung die dunklen Ringe unter ihren Augen verschwinden lassen, und sie besorgte Elaynes Vorstellung mit einfacher Würde. »Das ist Elayne Trakand von der Grünen Ajah, wie ich Euch sagte.« Das war alles. Elayne hatte genug von Vandene erfahren, um die vier Herrscher voneinander unterscheiden zu können.

»Ich heiße Euch willkommen, Elayne Sedai«, sagte Easar von Schienar. »Möge Euch der Frieden und das Licht gnädig sein.« Er war ein kleiner Mann, kaum größer als sie, der in seinem bronzefarbenen Mantel schlank wirkte und dessen Gesicht trotz des langen weißen Haarschopfes, der eine Seite seines Kopfes bedeckte, keine Falten aufwies. Als sie in seine traurig blickenden Augen sah, rief sie sich in Erinnerung, dass er als weiser Herrscher, erfahrener Diplomat und guter Soldat galt. Dem äußeren Anschein nach war er nichts davon. »Darf ich Euch Wein anbieten? Die Gewürze sind nicht frisch, aber sie haben durch das Alter an Schärfe gewonnen.«

»Ich muss gestehen, als Merilille uns sagte, Ihr würdet heute den ganzen Weg von Caemlyn kommen, hätte ich

Ihre Worte angezweifelt, wäre sie keine Aes Sedai.« Ethenielle von Kandor war vielleicht eine halbe Hand größer als Merilille und dick; ihr schwarzes Haar war leicht mit Grau durchsetzt, aber trotz ihres Lächelns hatte sie nichts Mütterliches an sich. Königliche Erhabenheit kleidete sie genauso sehr wie die feine blaue Wolle ihres Gewands. Ihre Augen waren ebenfalls blau; sie blickten klar und ausgeglichen.

»Wir freuen uns, dass Ihr gekommen seid«, sagte Paitar von Arafel mit einer überraschend tiefen, wohlklingenden Stimme, die Elayne irgendwie das Gefühl vermittelte, willkommen zu sein. »Wir haben viel mit Euch zu besprechen.« Vandene hatte gesagt, er sei der hübscheste Mann in allen Grenzländern, und vielleicht war er das auch vor langer Zeit einmal gewesen, aber das Alter hatte tiefe Furchen in sein Gesicht gegraben, und auf seinem Kopf waren nur noch ein paar graue Haare zu sehen. Allerdings war er groß und breitschultrig und er sah stark aus. Und keineswegs wie ein Narr.

Wo die anderen ihre Jahre voller Anmut trugen, prunkte Tenobia von Saldaea mit ihrer Jugend, wenn auch nicht unbedingt mit ihrer Schönheit, wofür nicht zuletzt ihre Adlernase und der breite Mund die Schuld trugen. Ihre schrägstehenden, fast purpurnen Augen, die sich auf einer Höhe mit Elaynes befanden, waren noch der beste Zug an ihr. Wo sich die anderen schlicht kleideten, obwohl sie die Herrscher von Nationen waren, funkelte ihr hellblaues Gewand mit Perlen und Saphiren, und in ihrem Haar trug sie noch mehr Saphire. Für den Hof wäre das durchaus passend gewesen, aber wohl kaum für ein Feldlager. Und was die höfische Höflichkeit betraf …

»Beim Licht, Merilille Sedai«, sagte Tenobia schrill und runzelte die Stirn, »ich weiß, dass Ihr die Wahrheit sagt, aber sie sieht mehr wie ein Kind als wie eine Aes Sedai aus. Ihr habt nicht erwähnt, dass sie eine schwarzäugige Aiel mitbringt.«

Easar verzog keine Miene, aber Paitars Lippen pressten sich aufeinander, und Ethenielle ging sogar so weit, Tenobia einen Blick zuzuwerfen, der von einer Mutter hätte kommen können. Einer wütenden, missbilligenden Mutter.

»Schwarz?«, murmelte Aviendha verwirrt. »Meine Augen sind doch nicht schwarz. Bevor ich den Drachenwall überquerte, hatte ich außer bei einem Kesselflicker noch nirgendwo schwarze Augen gesehen.«

»Tenobia, Ihr wisst, dass ich nur die Wahrheit sagen kann, und ich versichere Euch …«, fing Merilille an.

Elayne brachte sie mit einer Berührung am Arm zum Schweigen. »Es reicht, wenn Ihr wisst, dass ich eine Aes Sedai bin, Tenobia. Das ist meine Schwester, Aviendha aus der Septime der Neun Täler von den Taardad Aiel.« Aviendha lächelte sie an oder vielmehr fletschte die Zähne. »Das ist meine Behüterin, Lady Birgitte Trahelion.« Birgitte machte eine knappe Verbeugung, die ihren blonden Zopf schaukeln ließ.

Die eine Vorstellung rief genauso viele verblüffte Blicke hervor wie die andere – eine Frau der Aiel war ihre Schwester, eine *Behüterin?* –, aber Tenobia und die anderen herrschten über Länder am Rand der Fäule, wo gestaltgewordene Albträume im Licht des Tages umgehen konnten und jeder, der sich zu sehr von der Überraschung mitreißen ließ, so gut wie tot war. Aber Elayne ließ ihnen keine Gelegenheit, ihr Gleichgewicht wiederzufinden. *Greift an, bevor ihnen klar ist, was Ihr vorhabt,* hatte Gareth Bryne gesagt, *und greift an, bis Ihr sie in die Flucht schlagt oder ihre Reihen durchbrecht.*

»Haben wir die Artigkeiten damit hinter uns gebracht?«, fragte sie und nahm sich vom Tablett des Soldaten einen Pokal, aus dem der Duft gewürzten Weins emporstieg. Eine Welle der Vorsicht strömte durch den Behüterbund, und sie sah, wie Aviendha dem Pokal einen schiefen Blick zuwarf, aber sie hatte nicht vor, davon zu trinken. Sie war nur froh, dass keine von ihnen etwas sagte.

»Nur eine Närrin würde glauben, dass ihr alle den weiten Weg gekommen seid, um Andor zu erobern«, sagte sie, ging zu den Stühlen und setzte sich. Die anderen mochten Herrscher sein, aber das ließ ihnen keine Wahl. Entweder mussten sie ihrem Beispiel folgen oder ihren Rücken ansehen. Beziehungsweise Birgittes Rücken, da sie sich hinter ihr aufstellte. Wie gewöhnlich setzte sich Aviendha auf den Boden und arrangierte ihre Röcke zu einem ordentlichen Fächer. Sie schlossen sich ihr an. »Der Wiedergeborene Drache führt euch her«, fuhr Elayne fort. »Ihr habt diese Audienz mit mir erbeten, weil ich in Falme dabei war. Es stellt sich nur die Frage, warum das für euch so wichtig ist? Glaubt ihr, ich kann euch mehr über die Geschehnisse erzählen, als ihr ohnehin bereits wisst? Das Horn von Valere wurde geblasen, tote Helden aus den Legenden ritten gegen die seanchanischen Invasoren, und der Wiedergeborene Drache kämpfte am Himmel gegen den Schatten, wo es alle sehen konnten. Wenn ich das weiß, wisst ihr genauso viel wie ich.«

»Audienz?«, fragte Tenobia ungläubig und hielt mitten im Hinsetzen inne. Der Faltstuhl quietschte, als sie sich den Rest einfach fallen ließ. »Keiner hat eine *Audienz erbeten!* Selbst wenn Ihr bereits auf dem Thron von Andor sitzen würdet …!«

»Lasst uns beim Thema bleiben, Tenobia«, unterbrach Paitar sie freundlich. Er hatte sich nicht gesetzt, sondern war stehen geblieben und trank gelegentlich von seinem Wein. Elayne war froh, dass sie seine Falten sehen konnte. Diese Stimme hätte sonst den Verstand einer Frau verwirren können.

Ethenielle schenkte Tenobia noch einen bösen Blick, während sie Platz nahm, und murmelte etwas vor sich hin. Elayne glaubte, das Wort »Heirat« in einer bedauernden Betonung gehört zu haben, aber das ergab keinen

Sinn. Zumindest wandte sie ihre Aufmerksamkeit Elayne zu, sobald sie saß. »Zu einem anderen Zeitpunkt könnte mir Euer Temperament gefallen, Elayne Sedai, aber es macht keinen großen Spaß, in einen Hinterhalt zu geraten, bei dem einer Eurer Verbündeten seine Hand im Spiel hatte.« Tenobia runzelte finster die Stirn, obwohl Ethenielle ihren scharfen Blick nicht in ihre Richtung richtete. »Was in Falme geschehen ist«, fuhr die Königin von Kandor fort, »ist weniger wichtig als das, was sich daraus ergeben hat. Nein, Paitar, wir müssen ihr sagen, was sie wissen muss, denn sie weiß bereits zu viel. Elayne, Ihr wart in Falme eine der Gefährtinnen des Wiedergeborenen Drachen. Vielleicht eine Freundin. Ihr habt Recht, wir sind nicht gekommen, um zu erobern. Wir sind gekommen, um den Wiedergeborenen Drachen zu finden. Und wir sind den ganzen Weg marschiert, nur um herausfinden zu müssen, dass keiner seinen derzeitigen Aufenthaltsort kennt. Wisst Ihr, wo er ist?«

Elayne verbarg ihre Erleichterung über die direkte Frage. Würden sie sie für mehr als eine Gefährtin oder Freundin halten, hätten sie sie niemals gestellt. Sie konnte also genauso direkt sein. Greif an und hör nicht mehr damit auf. »Warum wollt Ihr ihn finden? Boten könnten ihm jede beliebige Nachricht zukommen lassen.« Was so gut wie die Frage war, warum sie große Heere mitgebracht hatten.

Easar hatte sich keinen Wein genommen und er stand mit in die Hüften gestemmten Fäusten da. »Der Krieg gegen den Schatten wird entlang der Fäule geführt«, sagte er grimmig. »Die letzte Schlacht wird in der Fäule stattfinden, wenn nicht sogar im Shayol Ghul selbst. Und er ignoriert die Grenzländer und beschäftigt sich mit Gegenden, die seit den Trolloc-Kriegen keinen Myrddraal mehr gesehen haben.«

»Der *Car'a'carn* entscheidet, wo der Tanz der Speere getanzt wird, Feuchtländer«, höhnte Aviendha. »Wenn Ihr ihm folgt, dann kämpft Ihr dort, wo er es befiehlt.« Keiner sah sie an. Sie starrten alle Elayne an. Keiner machte sich die Bresche zunutze, die Aviendha geboten hatte.

Elayne zwang sich dazu, gleichmäßig zu atmen und erwiderte ihre Blicke, ohne zu blinzeln. Ein Grenzländer-Heer war eine zu aufwendige Falle für Elaida, um Elayne Trakand zu fangen, aber Rand al'Thor, der Wiedergeborene Drache, war ein anderes Kaliber. Merilille rutschte auf ihrem Stuhl herum, aber sie hatte ihre Anweisungen. Ganz egal, wie viele Verträge die Schwester der Grauen ausgehandelt hatte, sobald Elayne das Wort ergriff, hatte sie zu schweigen. Selbstvertrauen floss durch den Bund mit Birgitte. Rand war ein Stein, unleserlich und weit weg. »Ihr kennt die Proklamation der Weißen Burg?«, fragte sie ganz ruhig. Mittlerweile mussten sie sie kennen.

»Die Burg belegt jeden mit einem Bann, der sich dem Wiedergeborenen Drachen ohne ihre Vermittlung nähert«, sagte Paitar genauso ruhig. Nun setzte auch er sich und sah sie ernst an. »Ihr seid eine Aes Sedai. Sicherlich zählt das als das Gleiche.«

»Die Burg mischt sich in alles ein«, murmelte Tenobia. »Nein, Ethenielle, ich werde das sagen! Die ganze Welt weiß, dass die Burg gespalten ist! Folgt Ihr Elaida oder den Rebellen, Elayne?«

»Die Welt weiß selten, was sie zu wissen glaubt«, sagte Merilille mit einer Stimme, die die Temperatur des Zeltes zu senken schien. Die kleine Frau, die losrannte, wenn Elayne es ihr befahl, und kreischte, wenn die Windsucherinnen sie ansahen, saß aufrecht da und schaute Tenobia als Aes Sedai an, und ihr glattes Gesicht war so frostig wie ihr Tonfall. »Die Angelegenheiten der Burg betreffen nur die Aufgenommenen, Tenobia. Wenn Ihr etwas erfahren wollt, bittet darum, dass man Euren Namen in das Novizinnenbuch einträgt, und in zwanzig Jahren werdet Ihr dann vielleicht etwas wissen.«

Ihre Erleuchtete Majestät Tenobia si Bashere Kazadi, Schild des Nordens und Schwert der Fäulnisgrenze, Hohe Herrin von Haus Kazadi, Lady von Shahayni, Asnelle, Kunwar und Ganai, starrte Merilille mit unbändiger Wut an. Und sagte kein Wort. Elaynes Wertschätzung für sie stieg etwas an.

Merililles Ungehorsam störte sie nicht. So musste sie keine Ausflüchte mehr machen und gleichzeitig so tun, als würde sie nur die Wahrheit sagen. Egwene hatte gesagt, sie müssten ihr Leben so führen, als hätten sie bereits die Drei Eide geleistet, und im Augenblick spürte Elayne, welche Belastung dies war. Hier war sie nicht die Tochter-Erbin von Andor, die darum kämpfte, den Thron ihrer Mutter zu beanspruchen. Sie war eine Aes Sedai der Grünen Ajah, die ihre Worte mit Sorgfalt auswählen musste, statt einfach nur das zu verbergen, was ihrem Willen nach verborgen bleiben sollte.

»Ich kann Euch nicht sagen, wo genau er sich aufhält.« Das war die Wahrheit, weil sie ihnen nur die ungefähre Richtung hätte sagen können, irgendwo in Richtung Tear, und sie wusste nicht einmal, wie weit er entfernt war; es war aber auch deshalb die Wahrheit, weil sie ihnen nicht ausreichend vertraute, um ihnen selbst das zu sagen. Sie musste nur darauf achten, was und wie sie es sagte. »Ich weiß, dass er sich dort, wo er ist, eine Zeit lang aufhalten will.« Er hatte sich seit Tagen nicht mehr bewegt; seit er sie verlassen hatte, war es das erste Mal, dass er länger als einen halben Tag an einem Ort geblieben war. »Ich werde Euch sagen, was ich kann, aber nur, wenn Ihr Euch bereit erklärt, innerhalb einer Woche nach Süden zu marschieren. Wenn Ihr noch länger hier bleibt, werden Euch sowohl das Korn wie auch das Fleisch ausgehen. Ich verspreche Euch, dass Ihr auf den Wiedergeborenen Drachen zumarschiert.« Zumindest am Anfang.

Paitar schüttelte den kahlen Kopf. »Ihr wollt, dass wir

Andor betreten? Elayne Sedai, oder soll ich Euch jetzt Lady Elayne nennen? Ich wünsche Euch allen Segen des Lichts, was Euren Anspruch auf die Krone Andors betrifft, aber es geht nicht so weit, dass ich Euch meine Männer für Euren Kampf gebe.«

»Elayne Sedai und Lady Elayne sind ein und dieselbe Person«, verkündete sie. »Ich bitte Euch nicht, für mich zu kämpfen. Tatsächlich hoffe ich von ganzem Herzen, dass Ihr Andor ohne einen Zwischenfall durchqueren könnt.« Sie hob den silbernen Weinpokal und benetzte nur die Lippen mit der Flüssigkeit, ohne zu trinken. Vorsicht blitzte in dem Behüterbund auf und Elayne musste lachen. Aviendha betrachtete sie aus den Augenwinkeln und runzelte die Stirn. Selbst in diesem Augenblick passten sie auf die werdende Mutter auf.

»Ich freue mich, dass das jemand amüsant findet«, sagte Ethenielle trocken. »Versucht wie ein Südländer zu denken, Paitar. Hier spielt man das Spiel der Häuser, und ich glaube, sie ist darin sehr geschickt. Ich schätze, das sollte sie auch; man hat mir erzählt, dass die Aes Sedai *Daes Dae'mar* erfunden haben.«

»Denkt an die Taktik, Paitar.« Easar musterte Elayne mit einem schmalen Lächeln. »Wir rücken wie Invasoren auf Caemlyn vor, jeder Andoraner wird es so sehen. Hier mag der Winter sehr mild sein, aber wir werden für die Strecke trotzdem Wochen brauchen. Wenn wir angekommen sind, wird sie genügend der andoranischen Häuser gegen uns vereint haben. Und damit wird sie auch genug auf ihrer Seite haben, um den Löwenthron besteigen zu können. Zumindest werden ihr ausreichend viele die Treue geschworen haben, dass keiner mehr in der Lage sein wird, ihr lange standhalten zu können.« Tenobia rutschte stirnrunzelnd auf ihrem Stuhl herum und richtete die Röcke, aber als sie den Blick erneut auf Elayne richtete, lag ein Respekt darin, der zuvor nicht da gewesen war.

»Und wenn wir Caemlyn erreichen, Elayne Sedai, werdet Ihr uns mittels Verhandlungen dazu bringen, Andor ohne eine Schlacht zu verlassen«, sagte Ethenielle. Es klang nicht ganz wie eine Frage, aber fast. »Wirklich schlau.«

»Wenn alles so funktioniert, wie sie es geplant hat«, sagte Easar, und sein Lächeln verblasste. Er streckte die Hand aus und der alte Soldat gab ihm einen Pokal. »Aber das tun Schlachten nur selten, selbst solche, bei denen kein Tropfen Blut vergossen wird.«

»Ich möchte wirklich, dass kein Blut vergossen wird«, sagte Elayne. Licht, es musste gelingen, oder sie hatte ihr Land nicht wie beabsichtigt vor dem Bürgerkrieg gerettet, sondern es in etwas viel Schlimmeres gestürzt. »Ich werde alles dafür tun, damit es so abläuft. Ich erwarte von Euch, dass Ihr das Gleiche tut.«

»Wisst Ihr auch zufällig, wo mein Onkel Davram ist, Elayne Sedai?«, fragte Tenobia plötzlich. »Davram Bashere? Ich möchte mit ihm genauso gern sprechen wie mit dem Wiedergeborenen Drachen.«

»Lord Davram hält sich nicht weit von Caemlyn auf, Tenobia. Ich kann Euch aber nicht versprechen, dass er bei Eurer Ankunft noch da sein wird. Das heißt, falls Ihr zustimmt.« Elayne zwang sich zu ruhigen Atemzügen, um ihre Anspannung zu verbergen. Jetzt konnte sie nicht mehr zurück. Sie war ziemlich sicher, dass sie nach Süden ziehen würden, aber ohne eine Vereinbarung würde es zu Blutvergießen kommen.

Einen langen Augenblick herrschte Stille im Zelt, nur das Knistern der Kohlefeuer war zu hören. Ethenielle tauschte mit den beiden Männern Blicke aus.

»So lange ich meinen Onkel zu Gesicht bekomme«, sagte Tenobia erregt, »stimme ich zu.«

»Bei meiner Ehre, ich stimme zu«, sagte Easar entschieden, und Paitar sagte beinahe gleichzeitig: »Beim Licht, ich stimme zu.«

»Dann gilt das für uns alle«, hauchte Ethenielle. »Und jetzt müsst Ihr Euren Teil dazu beitragen, Elayne Sedai. Wo finden wir den Wiedergeborenen Drachen?«

Ein Schauder durchfuhr Elayne, und sie vermochte nicht zu sagen, ob es Aufregung oder Furcht war. Sie hatte erreicht, weswegen sie gekommen war, war die Gefahr für sich und Andor eingegangen, und nur die Zeit würde zeigen, ob sie die richtige Entscheidung getroffen hatte. Sie antwortete ohne zu zögern. »Wie ich euch bereits sagte, kenne ich den genauen Ort nicht. Aber eine Suche in Murandy dürfte erfolgreich sein.« Das war die Wahrheit, obwohl es ein Erfolg für sie und nicht für die anderen sein würde. Egwene hatte Murandy heute verlassen und das Heer verlagert, das Arathelle Renshar und die anderen Adligen im Süden festgehalten hatte. Vielleicht würden die nach Süden ziehenden Grenzländer Arathelle und Luan und Pelivar zu der Entscheidung zwingen, sie zu unterstützen. Dyelin war fest davon überzeugt. Mochte das Licht es geschehen lassen.

Mit Ausnahme von Tenobia schienen die Grenzländer über die Information, wo Rand zu finden war, nicht besonders begeistert zu sein. Ethenielle stieß beinahe einen Seufzer aus und Easar nickte bloß und schürzte nachdenklich die Lippen. Paitar trank seinen Pokal zur Hälfte aus, der erste richtige Schluck, den er genommen hatte. Es hatte den Anschein, dass sie den Wiedergeborenen Drachen zwar unbedingt finden wollten, der Begegnung aber nicht gerade mit Freude entgegensahen. Tenobia hingegen befahl dem alten Soldaten, ihr Wein zu bringen, und ließ sich weiter darüber aus, wie gern sie ihren Onkel wiedersehen wollte. Elayne hätte nicht gedacht, dass die Frau so viel Familiensinn hatte.

Zu dieser Jahreszeit brach die Nacht früh herein, und Easar wies alle darauf hin, dass nur noch wenig Tageslicht blieb, und bot Quartiere zur Übernachtung an. Ethenielle meinte, ihr Zelt sei viel bequemer, zeigte jedoch keinerlei

Anzeichen von Enttäuschung, als Elayne verkündete, sofort aufbrechen zu müssen.

»Erstaunlich, dass Ihr eine solche Distanz in so kurzer Zeit zurücklegen könnt«, murmelte Ethenielle. »Ich habe gehört, wie Aes Sedai von einer Sache namens Schnelles Reisen sprachen. Ein verloren gegangenes Talent?«

»Seid Ihr unterwegs vielen Schwestern begegnet?«, fragte Elayne.

»Ein paar«, erwiderte Ethenielle. »Anscheinend sind überall Aes Sedai.« Selbst Tenobias Miene war plötzlich ausdruckslos.

Elayne ließ zu, dass Birgitte ihr den Umhang auf die Schultern legte und nickte. »Das ist wahr. Würdet Ihr unsere Pferde bringen lassen?«

Keine von ihnen sprach, bis sie das Lager verlassen hatten und zwischen den Bäumen herritten. Der Pferdegeruch und Latrinengestank war im Lager nicht so schlimm erschienen, aber ihr Fehlen ließ die Luft hier sehr frisch und den Schnee irgendwie weißer erscheinen.

»Du warst sehr still, Birgitte Trahelion«, sagte Aviendha und bearbeitete die Rippen ihres Pferdes mit den Fersen. Sie war der festen Überzeugung, dass das Tier stehen blieb, wenn man es nicht ständig daran erinnerte, weiterzulaufen.

»Eine Behüterin spricht nicht für ihre Aes Sedai, sie hört verdammt noch mal zu und hielt ihr den Rücken frei«, erwiderte Birgitte trocken. Es war unwahrscheinlich, dass sich jemand in dieser Nähe zum schienarischen Lager im Wald herumtrieb, der ihnen gefährlich werden konnte, aber ihr Bogen blieb unbedeckt, und sie behielt ständig die Bäume im Blick.

»Eine viel schnellere Form der Verhandlung, als ich es gewöhnt bin, Elayne«, sagte Merilille. »Normalerweise braucht man für diese Angelegenheiten wochenlange oder sogar monatelange Gespräche, bevor es zu einer Einigung kommt. Ihr hattet Glück, dass es keine Domani sind. Oder Cairhiener«, gab sie verständnisvoll zu. »Grenzländer sind erfrischend offen und geradeheraus. Unkompliziert im Umgang.«

Offen und geradeheraus? Elayne schüttelte leicht den Kopf. Sie wollten Rand finden, behielten den Grund aber für sich. Sie verbargen auch die Anwesenheit der Schwestern. Wenigstens würden sie sich von ihm fortbewegen, sobald sie sie auf den Weg nach Murandy gebracht hatte. Das würde für den Augenblick reichen müssen, aber sie musste ihn warnen, sobald sie eine Möglichkeit gefunden hatte, wie ihr das gelingen sollte, ohne ihn in Gefahr zu bringen. *Pass auf ihn auf, Min,* dachte sie. *Pass für uns auf ihn auf.*

Ein paar Meilen vom Lager entfernt zügelte sie das Pferd, um den Wald genauso gewissenhaft zu mustern wie Birgitte. Vor allem den Teil, der hinter ihnen lag. Die Sonne hatte fast die Baumwipfel erreicht. Ein weißer Fuchs ließ sich einen Augenblick lang sehen und war dann verschwunden. Etwas bewegte sich auf einem kahlen Ast, vielleicht ein Vogel oder ein Eichhörnchen. Plötzlich schoss ein schwarzer Falke aus dem Himmel und ein leises Quieken zerriss die Luft und verklang abrupt. Sie wurden nicht verfolgt. Elayne sorgte sich nicht wegen der Schienarer, sondern wegen der versteckten Schwestern. Die Müdigkeit, die nach Merililles Nachricht verschwunden war, kehrte jetzt, nachdem das Treffen mit den Grenzländern vorbei war, doppelt zurück. Sie wollte nichts mehr, als so bald wie möglich in ihr Bett zu steigen, aber sie wollte es auch nicht so dringend, um unbekannten Schwestern das Gewebe des Schnellen Reisens zu verraten.

Sie hätte ein Wegetor auf den Palasthof weben können, aber dabei das Risiko eingehen müssen, jemanden zu töten, der gerade zufällig vorbeiging, also webte sie es zu einem Ort, den sie genauso gut kannte. Sie war so müde, dass das Weben Mühe kostete und ihr das angesteckte

Angreal erst wieder einfiel, als der silbrige Strich in der Luft erschienen war und sich auf ein Feld öffnete, dessen braunes Gras von einem früheren Schneefall niedergedrückt war. Das Feld befand sich südlich von Caemlyn, und Gareth Bryne hatte sie oft dorthin gebracht, damit sie der Königlichen Garde beim Exerzieren zusehen konnte.

»Willst du es dir nur ansehen?«, fragte Birgitte.

Elayne blinzelte. Aviendha und Merilille musterten sie besorgt. Birgittes Gesicht verriet nichts, aber auch der Bund verriet Sorge.

»Ich habe nur nachgedacht«, sagte Elayne und lenkte Feuerherz durch das Tor. Ein Bett würde wunderbar sein.

Es war nur ein kurzer Ritt von dem alten Exerzierfeld zu den hohen Toren in der hellen, fünfzig Fuß hohen Stadtmauer. Die langen Marktgebäude, die den Weg zu den Toren säumten, waren zu dieser Stunde leer, aber aufmerksame Gardisten hielten Wache. Sie sahen zu, wie sie und ihr Gefolge hereinritten, ohne sie anscheinend zu erkennen. Vermutlich waren es Söldner. Sie würden sie nicht erkennen, es sei denn, sie hätten sie auf dem Löwenthron sitzen gesehen. Mit der Hilfe des Lichts und dem nötigen Glück würden sie das auch.

Die Dämmerung näherte sich rasch. Der Himmel nahm ein dunkles Grau an und die Schatten auf den Straßen wurden immer länger. Es waren nur noch wenige Leute unterwegs, die sich beeilten, ihr Tagewerk zu beenden, bevor sie zu einem warmen Feuer und dem Abendessen nach Hause gingen. Ein paar Träger mit der dunkel lackierten Sänfte eines Kaufmanns liefen voraus die Straße entlang, und ein paar Augenblicke später ratterte einer der großen Pumpenwagen von acht Pferden gezogen in die andere Richtung; die eisenbeschlagenen Räder rollten laut über die Pflastersteine. Wieder ein Feuer irgendwo. Sie brachen meistens in der Nacht aus. Eine Patrouille aus vier Gardisten führte ihre Pferde an Elayne vorbei, ohne ihr einen zweiten Blick zu schenken. Sie erkannten sie genauso wenig wie die Männer am Tor.

Sie schwankte auf dem Sattel und dachte nur noch an ihr Bett.

Es war ein Schock, als ihr bewusst wurde, dass man sie vom Sattel hob. Sie öffnete die Augen, ohne sich daran erinnern zu können, sie geschlossen zu haben, und entdeckte, dass Birgitte sie in den Palast trug.

»Lass mich runter«, sagte sie müde. »Noch kann ich laufen.«

»Du kannst kaum stehen«, knurrte Birgitte. »Sei still.«

»Ihr könnt nicht mit ihr sprechen!«, sagte Aviendha laut.

»Sie muss unbedingt schlafen, Meister Norry«, sagte Merilille entschieden. »Es muss bis morgen warten.«

»Vergebt mir, aber es kann nicht bis morgen warten«, erwiderte Norry, der überraschenderweise selbst ausgesprochen entschieden klang. »Es ist wichtig, dass ich jetzt mit ihr spreche!«

Als Elayne den Kopf hob, hatte sie das Gefühl, alles würde sich um sie drehen. Wie immer presste Halwin Norry die Ledermappe an die dürre Brust, aber der langweilige Mann, der im gleichen staubtrockenen Tonfall von gekrönten Häuptern sprach wie von Dachreparaturen, tanzte beinahe auf und ab in dem Bemühen, sich von Aviendha und Merilille zu befreien, von denen jede einen seiner Arme hielt.

»Lass mich runter, Birgitte«, sagte sie erneut, und das nächste Wunder geschah, als Birgitte gehorchte. Sie stützte Elayne jedoch weiterhin, wofür diese dankbar war. Sie war nicht davon überzeugt, dass ihre Beine sie noch lange tragen würden. »Was gibt es denn, Meister Norry? Aviendha, Merilille, lasst den Mann los.«

Der Erste Sekretär schoss nach vorn, sobald sie ihn losgelassen hatten. »Die Nachricht erreichte uns kurz nach

Eurem Aufbruch, meine Lady«, sagte er und klang gar nicht staubtrocken. Besorgnis ließ seine Miene verkniffen aussehen. »Da sind vier Heere ... Sie sind klein, sollte ich wohl sagen. Licht, ich kann mich noch daran erinnern, als fünftausend Mann ein Heer darstellten.« Er rieb sich mit der Hand über die Glatze und brachte die weißen Haarbüschel hinter den Ohren in Unordnung. »Vier kleine Heere nähern sich Caemlyn aus dem Osten«, fuhr er in einem geschäftsmäßigeren Tonfall fort. »Ich fürchte, sie werden innerhalb einer Woche hier sein. Zwanzigtausend Mann. Vielleicht auch dreißigtausend. Ich kann es nicht mit Sicherheit sagen.« Er streckte ihr die Mappe entgegen, als wollte er ihr die darin enthaltenen Papiere zeigen. Er *war* aufgeregt.

»Wer?«, fragte sie. Elenia hatte Güter und Streitkräfte im Osten, genau wie Naean. Aber keine der beiden konnte zwanzigtausend Mann aufstellen. Und der Schnee und der Schlamm hätten sie bis zum Frühling aufhalten müssen. *»Hätten« und »Müssen« bauen keine Brücken,* schien sie Lini sagen zu hören.

»Ich weiß es nicht, meine Lady«, erwiderte Norry. »Noch nicht.«

Vermutlich spielte es auch keine Rolle. Wer immer es war, er rückte heran, und zwar jetzt. »Meister Norry, ich will, dass Ihr beim ersten Licht damit anfangt, sämtliche Lebensmittel aufzukaufen, die Ihr außerhalb der Mauer finden könnt. Birgitte, lass die Bannermänner, die die Rekrutierung durchführen, verkünden, dass die Söldner entweder innerhalb der nächsten vier Tage der Garde beitreten oder die Stadt verlassen müssen. Und, Meister Norry, lasst noch Folgendes unter der Bevölkerung verkünden. Wer vor Beginn der Belagerung gehen will, sollte das jetzt tun. Das sollte die Zahl der Münder verringern, die wir füttern müssen, und es könnte dazu führen, dass noch ein paar Männer der Garde beitreten.« Sie löste sich aus Birgittes Griff und ging den Korridor entlang in Richtung

ihrer Gemächer. Die anderen mussten ihr wohl oder übel folgen. »Merilille, sagt es den Kusinen und den Atha'an Miere. Vielleicht wollen sie ebenfalls gehen, bevor es anfängt. Birgitte, Karten. Lass die guten Karten in meine Gemächer bringen. Und noch etwas, Meister Norry …«

Da war keine Zeit für Schlaf, nicht einmal für Müdigkeit. Sie musste eine Stadt verteidigen.

KAPITEL 7

Neuigkeiten in einem Kleidersack

An dem Morgen, nachdem Mat versprochen hatte, falls möglich Teslyn zu helfen – und Joline und dieser Edesina, die er bis jetzt noch nicht einmal zu Gesicht bekommen hatte! –, verkündete Tylin, dass sie die Stadt verlassen würde.

»Suroth will mir zeigen, wie viel von Altara ich jetzt kontrolliere, mein Täubchen«, sagte sie. Ihr Gürtelmesser steckte in dem geschnitzten Bettpfosten und sie lagen zwischen zerwühlten Decken. Er trug nur das Seidentuch, das die Henkersnarbe an seinem Hals verbarg, und sie nur ihre Haut. Es war eine wirklich schöne Haut, so zart wie keine, die er je berührt hatte. Gedankenverloren zeichnete sie mit einem langen, grün lackierten Fingernagel seine anderen Narben nach. Auf die eine oder andere Weise hatte er eine stattliche Anzahl davon errungen, obwohl er sich immer bemüht hatte, sie zu vermeiden. Auf einer Auktion würde sein Fell nicht viel einbringen, so viel stand fest, aber die Narben faszinierten sie. »Eigentlich war das gar nicht ihre Idee. Tuon glaubt, es würde mir helfen … wenn ich es mit eigenen Augen sehe statt nur auf einer Karte, und Suroth tut, was das Mädchen vorschlägt. Aber sie hätte gern, wenn es schon gestern geschehen wäre. Wir werden mit *To'raken* reisen, um die Entfernung schnell zurückzulegen. Anscheinend zweihundert Meilen an einem Tag. Oh, kein Grund, so grün im Gesicht zu werden, Schweinchen. Ich werde dich schon nicht auf eines dieser Dinger steigen lassen.«

Mat stieß einen Seufzer der Erleichterung aus. Ihn hatte

nicht die Vorstellung aufgebracht, fliegen zu müssen. Er konnte sich vorstellen, dass er daran sogar Gefallen finden würde. Aber wenn er Ebou Dar für einige Zeit verließ, wusste nur das Licht allein, ob Teslyn oder Joline oder vielleicht sogar diese Edesina nicht ungeduldig genug wurden, um eine Dummheit anzustellen. Ganz davon abgesehen, welchen Unfug Beslan im Sinn hatte. Beslan, der Sohn Tylins, bereitete ihm fast so viele Sorgen wie die Frauen. Tylin fand die Vorstellung, auf einer der seanchanischen Bestien fliegen zu dürfen, offensichtlich aufregend, und sie sah mehr denn je wie ein Adlerweibchen aus.

»Ich werde länger als eine Woche unterwegs sein, mein Süßer. Hm.« Der grüne Fingernagel fuhr über die fußlange wulstige Narbe auf seinen Rippen. »Soll ich dich ans Bett fesseln, damit ich dich bis zu meiner Rückkehr in Sicherheit weiß?«

Ihr durchtriebenes Lächeln mit seinem gewinnendsten Grinsen zu erwidern kostete ihn Mühe. Er war sich ziemlich sicher, dass sie scherzte, aber eben nur ziemlich. Die Sachen, die sie ihm für den heutigen Tag herausgesucht hatte, kleideten ihn in ein Rot, das grell genug war, um in den Augen zu schmerzen; die einzige Ausnahme machten die Blumen, die Mantel und Umhang schmückten, sein schwarzer Hut und das Halstuch. Die weiße Spitze an Hals und Handgelenken ließen den Rest noch roter aussehen. Trotzdem schlüpfte er hinein, denn er hatte es eilig, aus ihren Gemächern herauszukommen. Bei Tylin war dies nur klug, wenn ein Mann sich seiner Sache nicht sicher war. Möglicherweise hatte sie ja doch *keinen* Scherz gemacht.

Anscheinend hatte Tylin nicht übertrieben, was Suroths Ungeduld anging. In weniger als zwei von der juwelengeschmückten Zylinderuhr in Tylins Wohnzimmer angezeigten Stunden – ebenfalls ein Geschenk Suroths – begleitete er die Königin zu den Docks. Suroth und Tylin ritten an der Spitze der ungefähr zwanzig Angehörigen des Blutes und ihrer diversen *So'jhin* – Männer und Frauen, die ihre zur Hälfte rasierten Köpfe vor dem Blut neigten, alle andere aber von oben herab betrachteten. Er ritt auf Pip hinter ihnen her. Der »Liebling« einer altaranischen Königin konnte nicht zusammen mit dem Blut reiten, was Tylin jetzt natürlich mit einschloss. Es war schließlich nicht so, als wäre er ein erbberechtigter Diener oder jemand von vergleichbarem Rang.

Das Blut und die meisten der *So'jhin* ritten auf prächtigen Tieren, schlanken Stuten mit langen Hälsen und zierlichem Schritt, oder Wallachen mit breiter Brust und glutvollen Augen. Mats Glück schien ihn bei Pferdewetten im Stich zu lassen, aber mit Pip wäre er gegen jeden von ihnen angetreten. Der braune Wallach mit der stumpfen Nase sah nicht nach viel aus, aber Mat war davon überzeugt, dass er allen diesen hübschen Pferden hätte davonlaufen können. Nach der langen Zeit im Stall wollte Pip umhertänzeln, da er nicht laufen konnte, und Mat brauchte sein ganzes Können – nun, das Können, das irgendwie zusammen mit den Erinnerungen anderer Männer kam –, um das Tier unter Kontrolle zu halten. Bevor sie die halbe Strecke zu den Docks zurückgelegt hatten, schmerzte sein Bein bis zur Hüfte. Falls er Ebou Dar in Kürze verlassen wollte, würde es auf dem Meer oder mit Lucas Wanderzirkus sein müssen. Er hatte auch schon eine gute Idee, wie er den Mann dazu bewegen konnte, vor dem Frühling aufzubrechen, falls es notwendig sein sollte. Eine vielleicht gefährliche Idee, aber er hatte keine große Wahl. Die Alternative war noch riskanter.

Er war nicht allein in der Nachhut. Hinter ihm marschierten mehr als fünfzig Männer und Frauen in zwei Reihen, die glücklicherweise dicke weiße Wollgewänder über den durchsichtigen Fähnchen trugen, die sonst ihre Kleidung darstellten. Einige von ihnen führten Packpferde mit großen Korbtaschen voller Delikatessen. Das

Blut kam nicht ohne seine Diener aus; tatsächlich schienen sie der Meinung zu sein, dass mit so wenigen kaum die Grundversorgung gewährleistet war. Die *Da'covale* hoben selten den Blick von den Pflastersteinen und ihre Gesichter waren so demütig wie Milch. Mat war Zeuge gewesen, wie ein *Da'covale* zu einer Prügelstrafe geschickt worden war, ein blonder Mann in seinem Alter, und der Bursche war gerannt, um das für seine Bestrafung notwendige Instrument zu holen. Er hatte nicht einmal versucht, Zeit zu schinden oder sich gar zu verstecken, er hatte auch nicht versucht, der Bestrafung zu entgehen. Mat konnte solche Leute einfach nicht verstehen.

Vor ihm ritten sechs *Sul'dam,* deren kurze, abgenähte Röcke ihre Knöchel zeigten. Bei einer oder zweien waren es sehr hübsche Knöchel, aber die Frauen saßen in den Sätteln, als würden sie ebenfalls dem Blut angehören. Die Kapuzen ihrer mit dem Blitz geschmückten Umhänge hingen ihnen auf den Rücken und sie ließen die kalten Windböen die Umhänge anheben, als könnte die Kälte ihnen nichts anhaben. Zwei von ihnen führten angeleinte *Damane* neben sich her.

Mat musterte die Frauen verstohlen. Eine der *Damane,* eine kleine Frau mit hellblauen Augen, war durch ein silbernes *A'dam* mit der pummeligen *Sul'dam* mit der olivfarbenen Haut verbunden, die er dabei beobachtet hatte, wie sie Teslyn herumführte. Die dunkelhaarige *Damane* hörte auf den Namen Pura. Er hatte es Teslyn nicht recht geglaubt, als sie behauptet hatte, die Frau wäre zur echten *Damane* geworden, aber die langsam ergrauende *Sul'dam* beugte sich auf ihrem Sattel herunter und murmelte der Frau, die einst Ryma Galfrey gewesen war, etwas ins Ohr, und was es auch gewesen sein mochte, Pura lachte und klatschte begeistert in die Hände.

Mat erschauderte. Sie würde verdammt noch mal um Hilfe brüllen, sollte er versuchen, ihr das *A'dam* abzunehmen. Licht, was dachte er sich nur! Schlimm genug, dass er drei Aes Sedai den Hintern retten musste – sollte man ihn doch zu Asche verbrennen, anscheinend brauchte er nur zu blinzeln, damit man ihm so etwas aufbürdete! –, das war schlimm genug, ohne jetzt auch noch daran zu denken, noch weitere aus Ebou Dar herauszuschaffen.

Ebou Dar war eine große Hafenstadt, vielleicht sogar der größte Hafen der bekannten Welt; der Kai führte an der ganzen Stadt entlang, und die Docks waren lange graue Steinfinger, die aus ihm hervorstachen. Fast alle Liegeplätze waren mit seanchanischen Schiffen aller Größen belegt, deren Mannschaften in die Takelage geklettert waren und jetzt frenetisch jubelten, als Suroth an ihnen vorbeiritt, ein Chor donnernder Stimmen, die ihren Namen riefen. Die Männer auf den anderen Schiffen winkten und riefen ebenfalls, obwohl viele gar nicht genau zu wissen schienen, wem oder was sie da zujubelten. Zweifellos glaubten sie, dass es von ihnen erwartet würde. Auf diesen Schiffen bewegte der im Hafen wehende Wind die Goldenen Bienen von Illian und die Halbmonde von Tear und den Goldenen Falken von Mayene. Anscheinend hatte Rand den dortigen Kaufleuten nicht befohlen, den Handel mit von den Seanchanern besetzten Häfen einzustellen, oder die Kaufleute taten es hinter seinem Rücken. Farben blitzten in Mats Schädel auf, und er schüttelte den Kopf, um ihn wieder klarzubekommen. Die meisten Kaufleute würden mit dem Mörder ihrer Mutter Geschäfte machen, wenn es ihnen einen Profit einbrachte.

Das südlichste Dock war von Schiffen geräumt worden, und seanchanische Offiziere mit dünnen Federbüschen auf den lackierten Helmen standen bereit, um Suroth und Tylin in eines der großen Ruderboote zu helfen, die auf dem Wasser warteten und deren lange Ruder von acht Mann bedient wurden. Aber erst nachdem Tylin Mat einen Abschiedskuss gegeben hatte, wobei sie ihm beinahe Haare ausriss, als sie seinen Kopf nach unten zog und ihm in den Hintern kniff, als würde verdammt noch mal niemand zusehen! Suroth runzelte ungeduldig die Stirn, bis Tylin in dem Langboot saß, aber selbst dann war die Seanchanerin noch immer nicht zufrieden und scheuchte ihre *So'jhin* Alwhin mit Fingerschnippen herum, so dass die Frau mit den kantigen Gesichtszügen ständig über die Ruderbänke kletterte, um ihr dieses oder jenes zu holen.

Der Rest des Blutes erhielt tiefe Verbeugungen von den Offizieren, musste die Leitern aber mithilfe ihrer *So'jhin* hinunterklettern. Die *Sul'dam* halfen den *Damane* in die Boote, aber die weiß gekleideten Diener konnten ihre Körbe und sich selbst allein nach unten schaffen. Kurze Zeit später fuhren die Boote durch den Hafen auf den Ort zu, an dem man *Raken* und *To'raken* südlich vom Rahad hielt. Sie suchten sich ihren Weg vorbei an der gewaltigen vor Anker liegenden Flotte der Seanchaner und den Dutzenden gekaperten Schiffen des Meervolks, die das Hafenbecken ausfüllten. Letztere schienen mit den gerippten Segeln der Seanchaner und anderem Tauwerk neu aufgeriggt worden zu sein. Ihre Besatzungen bestanden ebenfalls aus Seanchanern. Mit Ausnahme der Windsucherinnen, an die Mat nicht denken wollte, waren die überlebenden Atha'an Miere alle im Rahad, wo sie zusammen mit den anderen *Da'covale* die versandeten Kanäle reinigten. Natürlich abgesehen von denen, die man verkauft hatte. Und es gab nichts, das er daran ändern konnte. Er schuldete ihnen nichts, er hatte bereits mehr am Hals, als er bewältigen konnte, und es gab nichts, das er hätte tun können. Mehr gab es dazu nicht zu sagen!

Er wollte sofort losreiten und die Schiffe des Meervolks hinter sich lassen. Niemand auf den Docks schenkte ihm auch nur die geringste Beachtung. Die Offiziere waren gegangen, sobald die Boote abgelegt hatten. Jemand – er wusste nicht wer – hatte die Packpferde fortgeführt. Die

Matrosen kletterten aus den Wanten und gingen wieder ihrer Arbeit nach, und die Mitglieder der Gilde der Schauerleute setzten ihre tiefen, schweren und mit Ballen und Kisten und Fässern beladenen Schubkarren wieder in Bewegung. Aber wenn er zu früh ging, konnte Tylin auf die Idee kommen, dass er die Stadt sofort verließ und ihm ihre Männer hinterherschicken, also ließ er Pip am Ende des Docks stehen bleiben und winkte wie ein Narr, bis sie weit genug weg war, um ihn ohne die Hilfe eines Fernglases nicht mehr sehen zu können.

Trotz des pochenden Beins ritt er langsam fast den ganzen Kai ab. Er vermied es, noch einen Blick auf den Hafen zu werfen. Nüchtern gekleidete Kaufleute standen da und sahen zu, wie ihre Fracht gelöscht wurde, steckten gelegentlich Männer oder Frauen in einer grünen Lederweste einen Geldbeutel zu, damit man mit ihren Waren behutsamer umging oder sie mit größerer Schnelligkeit bearbeitete, obwohl es kaum möglich erschien, dass die Gildenleute sich noch schneller bewegten. Südländer schienen sich ohnehin ständig im Laufschritt zu bewegen, solange die Sonne nicht genau über ihnen im Zenit stand und die hier herrschende Hitze eine Ente braten konnte; aber unabhängig davon, wo die Sonne im Augenblick stand, der graue Himmel und der schneidende, vom Meer kommende Wind sorgte sowieso für Kälte.

Als er sich auf der Höhe des Mol Hara befand, hatte er mehr als zwanzig *Sul'dam* gezählt, die mit *Damane* die Docks patrouillierten, sich für Boote interessierten, die von den vor Anker gegangenen Schiffen ablegten, die nicht aus Seanchan kamen, und an Bord jedes neu angekommenen Schiffes gingen. Und auch an Bord jener, die bereit waren, ihre Leinen zu lösen. Er war sich ziemlich sicher gewesen, dass sie dort sein würden. Es würde also Valan Luca sein müssen. Die einzige Alternative war zu gefährlich, es sei denn in einer Notlage. Luca hatte auch seine Risiken, aber er stellte die einzige echte Möglichkeit dar, die es noch gab.

Im Tarasin-Palast stieg er mit schmerzverzerrter Miene von Pip und zog den Wanderstab unter dem Sattelgurt hervor. Er überließ das Pferd einem Stallburschen und hinkte hinein; das linke Bein konnte kaum sein Gewicht tragen. Vielleicht würde ein heißes Bad die Schmerzen lindern. Vielleicht würde er dann nachdenken können. Man würde Luca überraschen müssen, aber bevor es so weit war, galt es noch ein paar andere kleine Probleme zu überwinden.

»Ah, da seid Ihr ja«, sagte Noal und blieb vor ihm stehen. Seit Mat dem alten Mann einen Schlafplatz verschafft hatte, hatte er ihn nur selten zu Gesicht bekommen, aber wenn man bedachte, dass er jeden Tag in die Stadt verschwand und erst in der Nacht in den Palast zurückkehrte, sah er in seinem frisch ausgebürsteten grauen Mantel doch wohlausgeruht aus. Er zupfte die Spitze an seinen Ärmeln zurecht und lächelte vertrauensvoll, was seine Zahnlücken enthüllte. »Ihr plant etwas, Lord Mat, und ich möchte Euch meine Dienste anbieten.«

»Ich plane, Gewicht von meinem Bein zu nehmen«, sagte Mat so beiläufig, wie er nur konnte. Noal schien harmlos zu sein. Harnan zufolge erzählte er vor dem Schlafengehen Geschichten, die er und die anderen Rotwaffen zu schlucken schienen, einschließlich der, in der es um einen Ort namens Shibouya ging, der angeblich jenseits der Aiel-Wüste lag und in dem Frauen, die die Macht lenken konnten, tätowierte Gesichter hatten, auf über dreihundert Verbrechen die Todesstrafe stand und unter den Bergen Riesen lebten, Männer, die noch größer als Ogier waren und ihre Gesichter auf den Bäuchen hatten. Er behauptete, dort gewesen zu sein. Niemand, der derartige Behauptungen in die Welt setzte, konnte etwas anderes als harmlos sein. Andererseits, als Mat ihm das eine Mal zugesehen hatte, wie er die langen Dolche benutzte, die er unter dem Mantel trug, war er ihm alles andere als harmlos erschienen. Es gab eine gewisse Art und Weise, wie ein Mann eine Waffe hielt, die besagte, dass er daran gewöhnt war, sie zu benutzen. »Falls ich mich dazu entscheide, etwas anderes zu tun, werde ich an Euch denken.«

Noch immer lächelnd tippte sich Noal mit einem jener verkrümmten Finger an die Hakennase. »Ihr vertraut mir noch nicht. Das ist verständlich. Doch wenn ich Euch schaden wollte, dann hätte ich an jenem Abend in der Gasse einfach nur zusehen brauchen. Ihr habt jenes Glitzern im Auge. Ich habe große Männer gesehen, wie sie ihre Pläne schmiedeten, und auch Schurken so finster wie der Pfuhl des Verderbens. Ein Mann, der gefährliche Pläne schmiedet, die nicht bekannt werden sollen, hat einen ganz bestimmten Ausdruck.«

»Meine Augen sind nur müde«, erwiderte Mat lachend und stützte sich auf den Stab. Große Männer, die Pläne schmiedeten? Vermutlich hatte der alte Bursche sie in Shibouya gesehen, neben den Riesen. »Ihr wisst, dass ich Euch für Eure Hilfe in der Gasse dankbar bin. Wenn ich noch etwas für Euch tun kann, dann sagt es. Aber im Augenblick will ich nur ein heißes Bad finden.«

»Trinkt dieser *Gholam* eigentlich Blut?«, fragte Noal und ergriff Mats Arm, als dieser gerade loshinken wollte.

Licht, er wünschte, er hätte diesen Namen nicht vor dem Alten ausgesprochen. Er wünschte, Birgitte hätte ihm niemals von dem Ding erzählt. »Warum fragt Ihr?« *Gholam* lebten von Blut. Sie aßen nichts anderes.

»Vergangene Nacht wurde noch ein Mann mit herausgerissener Kehle gefunden, aber weder auf ihm noch auf seinem Bettzeug war viel Blut zu finden. Habe ich das erwähnt? Er übernachtete in einem Gasthof in der Nähe vom Moldine-Tor. Falls das Ding die Stadt verlassen hatte, dann ist es jetzt wieder da.« Er schaute an Mat vorbei und verbeugte sich übertrieben. »Falls Ihr Eure Meinung ändert, ich bin immer bereit«, sagte er in einem leiseren Tonfall, als er sich wieder aufrichtete.

Mat blickte über die Schulter, als der Alte davoneilte. Tuon stand unter einem der vergoldeten Kandelaber und musterte ihn durch den Schleier. Wenigstens blickte sie ihn diesmal an. Aber wie immer, wenn er sie entdeckte, wandte sie sich ab und rauschte den Korridor entlang; ihre weißen Faltenröcke raschelten leise. Heute begleitete sie niemand.

Mat erschauderte zum zweiten Mal an diesem Tag. Schade, dass das Mädchen Suroth und Tylin nicht begleitet hatte. Ein Mann, dem man einen Brotlaib gab, sollte sich nicht darüber beschweren, wenn ein paar Krümel fehlten, aber Aes Sedai und Seanchaner, *Gholam,* die ihn verfolgten, alte Männer, die ihre Nasen in seine Angelegenheiten steckten, und dürre Mädchen, die ihn anstarrten – all das hätte ausgereicht, um jedem Mann eine Gänsehaut zu bescheren. Vielleicht sollte er es sich noch einmal überlegen, bevor er Zeit damit verschwendete, sein Bein einzuweichen.

Er fühlte sich besser, nachdem er Lopin losgeschickt hatte, den Rest seiner Kleidung aus Beslans Spielzeugschrank zu holen. Und Nerim, um Juilin zu finden. Sein Bein schmerzte noch immer scheußlich und zitterte, wenn er gehen wollte, aber wenn er schon keine Zeit verschwenden wollte, dann konnte er es genauso gut auch jetzt angehen. Er wollte Ebou Dar vor Tylins Rückkehr verlassen und das gab ihm zehn Tage. Weniger, wenn er sichergehen wollte.

Als der Diebefänger seinen Kopf durch die Schlafzimmertür steckte, betrachtete sich Mat gerade in Tylins hohem Spiegel. Das rote Gewand war zusammen mit den anderen bunten Sachen, die sie ihm geschenkt hatte, im Schrank verstaut. Vielleicht konnte ja Tylins nächster Liebling sie gebrauchen. Er hatte den einfachsten Mantel angezogen, den er besaß, fein gewebte blaue Wolle ohne jede Verzierung. Die Art von Mantel, die ein Mann mit Stolz tragen konnte, ohne dass ihn jeder anstarrte. Ein anständiger Mantel.

»Vielleicht etwas Spitze«, murmelte er und fingerte an seinem Hemdkragen herum. »Ganz wenig.« Wenn man so darüber nachdachte, war es wirklich ein sehr einfacher Mantel. Fast schon schlicht.

»Ich verstehe nichts von Spitze«, sagte Juilin. »Hast du mich deshalb sprechen wollen?«

»Nein, natürlich nicht. Was gibt es da zu grinsen?« Der Kerl grinste nicht bloß; das Lächeln teilte sein dunkles Gesicht beinahe in zwei Hälften.

»Ich bin glücklich, das ist alles. Suroth ist weg und ich bin glücklich. Wenn du mich nicht über Spitze ausfragen wolltest, worum geht es dann?«

Blut und verdammte Asche! Die Frau, für die er sich interessierte, musste eine von Suroths *Da'covale* sein! Eine, die sie zurückgelassen hatte. Sonst hatte er nämlich keinen Grund, sich dafür zu interessieren, ob sie da war oder nicht, und erst recht keinen Grund, darüber glücklich zu sein. Und der Mann wollte sich etwas von ihrem Besitz nehmen! Nun, vielleicht war das ja gar nicht so schlimm, verglichen damit, ein paar *Damane* zu entführen.

Mat hinkte zu Juilin herüber, legte einen Arm um seine Schultern und führte ihn ins Wohnzimmer. »Ich brauche das Gewand einer *Damane* für eine Frau von etwa dieser Größe.« Er hielt eine Hand in Schulterhöhe hoch. »Eine schlanke Frau.« Er schenkte dem Burschen sein ehrlichstes Lächeln, aber Juilins Grinsen schwand merklich. »Und ich brauche drei *Sul'dam*-Gewänder und ein *A'dam.* Und mir kam der Gedanke, dass der Mann, der am besten weiß, wie man etwas stiehlt, ohne erwischt zu werden, ein Diebefänger sein müsste.«

»Ich bin Diebefänger«, knurrte der Mann und schüttelte Mats Arm ab, »und kein Dieb!«

Mat ließ sein Grinsen ebenfalls verschwinden. »Juilin,

du weißt, dass die einzige Möglichkeit, die Schwestern aus der Stadt zu bringen, darin besteht, die Wachen glauben zu machen, dass sie noch immer *Damane* sind. Teslyn und Edesina tragen, was sie dazu brauchen, aber wir müssen Joline verkleiden. Suroth wird in zehn Tagen wieder da sein, Juilin. Wenn wir bis dahin nicht verschwunden sind, wird deine Hübsche noch immer ihr gehören, wenn wir dann gehen.« Wenn sie bis dahin nicht weg waren, würde keiner von ihnen gehen, zumindest befürchtete er das. Licht, in dieser Stadt konnte sich ein Mann in seinen Räumen zu Tode zittern.

Juilin vergrub die Fäuste in den Taschen seines dunklen tairenischen Mantels und starrte ihn finster an. Das hieß, eigentlich starrte er durch ihn hindurch auf etwas, das dem Diebefänger in keiner Weise gefiel. Schließlich zog er eine Grimasse und murmelte: »Das wird nicht leicht sein.«

Tatsächlich waren die folgenden Tage alles andere als leicht. Die Dienerinnen lachten über seine neuen Kleider. Also seine alten Kleider. Sie grinsten und schlossen in seiner Hörweite Wetten darüber ab, wie schnell er sich bei Tylins Rückkehr wohl umziehen konnte; die meisten schienen zu glauben, er würde, sobald er von ihrer bevorstehenden Ankunft erfuhr, durch die Korridore laufen und sich die Kleider vom Leib reißen. Er ignorierte sie. Bis auf den Teil mit Tylins Rückkehr. Als eine Dienerin dies zum ersten Mal erwähnte, wäre er beinahe zusammengezuckt, weil er glaubte, sie wüsste mehr als er.

Einige der Frauen und fast alle Männer schlossen von seinem Kleiderwechsel auf seine baldige Abreise. Sie bezeichneten es missbilligend als Flucht und taten, was sie konnten, um ihm Steine in den Weg zu legen. In ihren Augen war er die Salbe, die Tylins Zahnschmerzen linderte, und sie wollten nicht, dass sie nach ihrer Rückkehr ihre Wut ertragen mussten, weil sie ihn verloren hatte. Er musste dafür sorgen, dass sich entweder Lopin oder Nerim ständig in Tylins Gemächern aufhielt, um seine Besitztümer zu bewachen, andernfalls wären die Kleider erneut verschwunden, und nur Vanin und die Rotwaffen konnten verhindern, dass Pip aus dem Stall verschwand.

Mat versuchte diesen Eindruck noch zu verstärken. Wenn er ging und gleichzeitig zwei *Damane* verschwanden, würde man die Geschehnisse mit Sicherheit miteinander in Verbindung bringen, aber da Tylin verreist und seine Absicht wegzulaufen vor ihrer Rückkehr ein offenes Geheimnis gewesen war, würde man sie nicht verantwortlich machen können. Jeden Tag ritt er mit Pip im Stall einige Bahnen, sogar bei Regen, und jedes Mal ritt er länger, als wollte er sein Durchhaltevermögen trainieren. Was er tatsächlich tat, wie ihm nach einer Weile bewusst wurde. Sein Bein und die Hüfte schmerzten noch immer furchtbar, aber so langsam glaubte er, zehn Meilen schaffen zu können, ohne absteigen zu müssen. Acht Meilen auf jeden Fall.

Wenn der Himmel wolkenlos war, verschafften die *Sul'dam* ihren *Damane* ihren Auslauf, während er übte. Den Seanchanerinnen war klar, dass er nicht Tylins Besitz war, andererseits hatte er gehört, wie einige ihn als Spielzeug bezeichneten! Tylins Spielzeug, sagten sie, als wäre das sein Name! Er war für sie nicht wichtig genug, als dass sie sich für seinen richtigen Namen interessiert hätten. Für sie war jemand entweder *Da'covale* oder nicht, und dieses Zwischending amüsierte sie endlos. Er ritt unter dem Gelächter der *Sul'dam* und versuchte sich einzureden, dass ihm das half. Je mehr Leute aussagen konnten, dass er vor Tylins Rückkehr seine Flucht vorbereitet hatte, umso besser war es für sie. Es war nur nicht besonders angenehm für ihn.

Gelegentlich sah er Aes Sedai-Gesichter unter den *Damane,* die man spazieren führte, außer Teslyn waren es drei, aber er hatte keine Ahnung, wie Edesina aussah. Sie hätte die kleine blasse Frau sein können, die ihn an Moiraine erinnerte, oder die große mit dem silbrig-blonden Haar oder die schlanke Schwarzhaarige. Wie sie so neben einer *Sul'dam* hergingen, hätten sie genauso gut aus eigenem Antrieb spazieren gehen können, wären da nicht der funkelnde Kragen um ihren Hals und die Leine gewesen, die sie mit dem Handgelenk der *Sul'dam* verband. Teslyn selbst sah bei jeder Begegnung zusehends wütender aus und starrte stur geradeaus. Jedes Mal schien sich auf ihrem Gesicht größere Entschlossenheit abzuzeichnen. Dazu kam aber etwas, das möglicherweise Panik war. Mat fing an, sich um sie und ihre Ungeduld Sorgen zu machen.

Er wollte Teslyn Mut machen, er brauchte diese alten Erinnerungen nicht, um zu wissen, dass mit Panik gepaarte Entschlossenheit Leute umbringen konnte, obwohl sie es ihm bestätigten. Er wollte ihr wirklich Mut machen, aber er wagte sich nicht noch einmal in die Nähe der Zwinger auf dem Dachboden. Tuon war auch weiterhin da, wenn er sich umdrehte, sah ihn einfach nur an oder schaute ihm bei dem zu, was er gerade tat. Aber sie tat es nicht so oft, dass er glaubte, sie würde ihn verfolgen. Warum sollte sie das auch tun? Aber es geschah zu oft, als dass es ein Zufall hätte sein können. Gelegentlich wurde sie von ihrer *So'jhin* Selucia begleitet, hin und wieder auch von Anath, obwohl die große rätselhafte Frau nach einer gewissen Zeit aus dem Palast oder zumindest aus den Korridoren verschwunden zu sein schien. Sie war »auf dem Rückzug«, hatte er gehört, was auch immer das bedeuten mochte, und er wünschte sich nur, sie hätte Tuon mitgenommen. Er bezweifelte, dass das Mädchen ein zweites Mal glauben würde, dass er einer Windsucherin etwas Süßes brachte. Wollte sie ihn vielleicht noch immer kaufen? Aber wenn das der Fall sein sollte, konnte er es trotzdem nicht verstehen. Er hatte nie verstehen können, was eine Frau an einem Mann fand, bei den unscheinbarsten Männern schienen sie große Augen zu machen, aber ihm war klar, dass er keine Schönheit war, egal, was Tylin auch sagte. Frauen logen, um einen Mann ins Bett zu kriegen, und sie erzählten noch schlimmere Lügen, sobald sie ihn einmal dort hatten.

Auf jeden Fall war Tuon nur ein unbedeutendes Ärgernis. Eine Fliege an seinem Ohr. Nicht mehr. Es brauchte mehr als plappernde Frauen oder ihn anstarrende Mädchen, um ihn ins Schwitzen zu bringen. Tylin schaffte das, obwohl sie abwesend war. Wenn sie zurückkam und ihn bei seinen Reisevorbereitungen erwischte, würde sie vielleicht ihre Meinung ändern und ihn verkaufen. Sie war jetzt selbst eine Hochlady, und er war davon überzeugt, dass sie sich bald den Kopf bis auf einen Haarschopf rasierte. Eine richtige Angehörige des seanchanischen Hohen Blutes, und wer vermochte schon zu sagen, was sie dann tun würde? Tylin brachte ihn zum Schwitzen, aber es gab noch genügend andere Sachen, die einem Mann den Schweiß auf die Stirn treiben konnten.

Noal und manchmal auch Thom berichteten ihm über weitere Morde des *Gholam*. Jede Nacht geschah ein neuer, obwohl außer den beiden und ihm keiner eine Verbindung zwischen ihnen herstellte. Mat hielt sich nach Möglichkeit nur noch auf offenen Plätzen auf, wo er viele Leute um sich herum hatte. Er hörte auf, in Tylins Bett zu schlafen, und verbrachte niemals zwei Nächte am selben Ort. Und wenn das bedeutete, die Nacht im Stall zuzubringen, nun, er hatte auch schon früher in Ställen geschlafen, obwohl er sich nicht daran erinnern konnte, dass das Heu so spitz durch seine Kleidung piekte. Aber es war immer noch besser, von Heu gepiekt zu werden, als die Kehle herausgerissen zu bekommen.

Nachdem er sich zu der Entscheidung durchgerungen hatte, zu versuchen, Teslyn zu befreien, war er auf direktem Weg zu Thom gegangen und hatte ihn in der Küche gefunden, wo er über mit Honig marinierten Hühnchen mit den Köchen plauderte. Thom kam mit Köchen genauso gut zurecht wie mit Bauern, Kaufleuten und Adligen. Thom Merrilin hatte die Gabe, mit jedem zurechtzukommen, jedermanns Klatsch aufzuschnappen und alles zusammenzusetzen, um sich ein Bild zu machen. Er konnte die Dinge aus einer anderen Perspektive betrachten und das erkennen, was andere übersahen. Sobald er mit dem Hühnchen fertig gewesen war, war Thom die einzige Möglichkeit eingefallen, wie man die Aes Sedai an den Wachen vorbeischaffen konnte. Damals war das ganze Unternehmen sogar einfach erschienen. Für eine kurze Weile. Aber andere Hindernisse türmten sich auf.

Juilin hatte ebenfalls die Gabe, die Dinge aus einer verzerrten Perspektive zu betrachten, vielleicht von seinen Jahren als Diebefänger, und Mat hatte sich an einigen Abenden mit ihm und Thom in dem winzigen Zimmer getroffen, das sich die beiden Männer in den Dienstbotenquartieren teilten, um einen Plan zu schmieden, wie sie diese Hindernisse umgehen konnten. Sie hatten Mat nun wirklich ins Schwitzen gebracht.

Bei dem ersten dieser Treffen, am Abend von Tylins Aufbruch, war Beslan auf der Suche nach Thom hereingeplatzt; zumindest hatte er das behauptet. Unglücklicherweise hatte er zuvor an der Tür gelauscht und genug gehört, um nicht mit irgendeiner Geschichte abgespeist werden zu können. Und was noch viel schlimmer war, er wollte mitmachen. Er sagte ihnen sogar, auf welche Art und Weise.

»Ein Aufstand«, sagte er, als er auf dem dreibeinigen Hocker zwischen den beiden schmalen Betten saß. Ein Waschtisch mit einem angestoßenen weißen Krug und Schüssel ohne Spiegel vervollständigte das Mobiliar des Raumes und raubte noch den letzten Rest Platz. Juilin saß mit unleserlichem Gesicht in Hemdsärmeln auf der Kante des einen Bettes und Thom lag ausgestreckt auf dem anderen und studierte stirnrunzelnd seine Knöchel. Also musste sich Mat gegen die Tür lehnen, damit niemand mehr hereinplatzen konnte. Er wusste nicht, ob er lachen oder weinen sollte. Offensichtlich hatte Thom die ganze Zeit über diesen Wahnsinn Bescheid gewusst; das war es also gewesen, was er hatte abkühlen wollen. »Das Volk wird sich erheben, wenn ich das Zeichen gebe«, fuhr Beslan fort. »Meine Freunde haben in der ganzen Stadt mit Männern gesprochen. Sie sind zum Kampf bereit!«

Seufzend verlagerte Mat sein Gewicht auf das gesunde Bein. Vermutlich würden sich Beslan und seine Freunde allein erheben müssen, wenn er das Zeichen gab. Die meisten Leute redeten lieber übers Kämpfen als es tatsächlich zu tun, vor allem, wenn es gegen Soldaten ging. »Beslan, in den Geschichten fahrender Sänger besiegen Stallburschen mit Heugabeln und Bäcker mit Pflastersteinen die Heere, weil sie frei sein wollen.« Thom schnaubte so verächtlich, dass sein langer weißer Schnurrbart in Bewegung geriet. Mat ignorierte ihn. »Im wahren Leben werden die Stallburschen und Bäcker getötet. Ich erkenne gute Soldaten, wenn ich sie sehe, und die Seanchaner sind sehr gut.«

»Wenn wir die *Damane* zusammen mit den Aes Sedai befreien, werden sie an unserer Seite kämpfen!«, beharrte Beslan.

»Oben auf dem Dachboden müssen zweihundert oder sogar noch mehr *Damane* sein, Beslan, die meisten von ihnen Seanchanerinnen. Befreie sie und vermutlich wird jede einzelne von ihnen losrennen, um eine *Sul'dam* zu finden. Licht, wir könnten nicht mal den Frauen vertrauen, die nicht aus Seanchan kommen!« Mat hielt eine Hand hoch, um Beslans Protest im Keim zu ersticken. »Wir haben keine Möglichkeit herauszufinden, wem wir vertrauen können und wem nicht, dazu fehlt uns die Zeit. Und selbst wenn wir die hätten, müssten wir den Rest töten. Ich bin nicht dazu bereit, eine Frau zu töten, deren einziges Verbrechen darin besteht, an der Leine geführt zu werden. Bist du es?« Beslan schaute weg, aber sein Kinn war entschlossen vorgeschoben. Er gab nicht auf.

»Ob wir die *Damane* befreien oder nicht«, fuhr Mat fort, »wenn sich das Volk nun erhebt, werden die Seanchaner Ebou Dar in einen Schlachthof verwandeln. Sie schlagen Rebellionen grausam nieder, Beslan. Sehr grausam! Wir könnten jede *Damane* auf dem Dachboden umbringen und sie würden Entsatz aus den Lagern holen. Deine Mutter wird zurückkommen und innerhalb der Stadtmauern nur noch Trümmer und davor deinen Kopf auf einem Spieß vorfinden. Und ihrer wird kurz darauf daneben stecken. Du glaubst doch wohl nicht, sie würden ihr abnehmen, dass sie keine Ahnung hatte, was ihr eigener Sohn plante, oder?« Beim Licht, wusste sie etwa Bescheid? Die Frau war mutig genug, um es zu versuchen. Er glaubte zwar nicht, dass sie dumm genug dazu war, aber …

»Sie sagt, wir sind Mäuse«, sagte Beslan erbittert. »Wenn Wolfshunde vorbeistreifen, sind die Mäuse still oder werden gefressen«, zitierte er. »Es gefällt mir nicht, eine Maus zu sein, Mat.«

Mat bekam wieder leichter Luft. »Besser eine lebende Maus zu sein als eine tote, Beslan.« Was zwar nicht unbedingt die diplomatischste Art war, es auszudrücken – Beslan verzog auch das Gesicht –, aber das war die Wahrheit.

Mat ermutigte Beslan, auch weiterhin zu den Treffen zu kommen, und wenn auch nur, um ihn unter Kontrolle zu haben, aber er ließ sich nur selten sehen. Thom fiel es zu, die Leidenschaft des Mannes abzukühlen, so gut er konnte. Er schaffte es lediglich, Beslan das Versprechen abzuringen, den Aufstand frühestens einen Monat nach ihrem Aufbruch anzuführen, damit sie weit genug entfernt waren. Und wenn das auch nicht zufrieden stellend war, so war es doch zumindest eine abgemachte Sache. Alles andere schien zwei Schritte voranzugehen, um dann gegen eine Steinmauer zu prallen. Oder einen Stolperdraht.

Juilins Angebetete hatte ihn gut im Griff. Es schien ihn nicht zu stören, ihretwegen seine tairenische Kleidung gegen die grünweiße Livree eines Dieners einzutauschen oder auf Schlaf zu verzichten und zwei Nächte damit zu verbringen, den Boden in der Nähe der Treppe zu den Zwingern zu kehren. Niemand warf einem Diener, der einen Besen schwang, einen zweiten Blick zu, nicht mal andere Diener. Im Tarasin-Palast gab es so viele von ihnen, dass sie nicht alle einander kannten, und wenn sie einen Mann in Livree mit einem Besen sahen, nahmen sie an, dass er ihn auch dort benutzen sollte. Juilin verbrachte auch zwei Tage mit Putzen und berichtete schließlich, dass *Sul'dam* die Zwinger am frühen Morgen und direkt nach Einbruch der Dunkelheit kontrollierten und auch zu jeder beliebigen Tageszeit dort auftauchten, man die *Damane* aber in der Nacht sich selbst überließ.

»Ich habe eine *Sul'dam* belauscht, die sagte, sie sei froh, nicht draußen in den Lagern zu sein, wo ...« Juilin lag ausgestreckt auf seiner dünnen Matratze und unterbrach sich, um ausgiebig hinter vorgehaltener Hand zu gähnen. Thom saß auf der Kante seines Bettes, so dass für Mat nur der Hocker übrig blieb. Es war besser, als stehen zu müssen, wenn auch nicht sehr. Die meisten Leute würden zu dieser Stunde bereits schlafen. »Wo man sie manchmal zur Nachtwache einteilen würde«, fuhr der Diebefänger fort, als er wieder sprechen konnte. »Sie sagte auch, sie würde die *Damane* gern die Nacht durchschlafen lassen, damit sie alle bei Sonnenaufgang frisch und munter wären.«

»Also müssen wir in der Nacht handeln«, murmelte Thom und spielte mit seinem langen weißen Schnurrbart. Er brauchte nicht zu erwähnen, dass alles, was sich nachts bewegte, Blicke auf sich zog. Im Gegensatz zur Bürgerwache schickten die Seanchaner nachts Patrouillen los.

Die Wache war auch Bestechungsgeldern nie abgeneigt gewesen, bis die Seanchaner sie aufgelöst hatte. Jetzt konnte man in der Nacht davon ausgehen, auf der Straße der Totenwache zu begegnen, und jeder, der versuchte, sie zu bestechen, würde vermutlich nicht mehr lange genug leben, damit man ihm den Prozess machte.

»Hast du schon ein *A'dam* gefunden, Juilin?«, fragte Mat. »Oder die Kleider? Kleider können doch nicht so schwer zu beschaffen sein wie ein *A'dam.*«

Juilin gähnte erneut in seine Hand. »Ich besorge sie, wenn es möglich ist. Weißt du, sie lassen sie nicht einfach so rumliegen.«

Thom entdeckte, dass es nicht möglich war, eine *Damane* einfach durch das Stadttor zu führen. Das heißt, Riselle hatte es entdeckt, wie er freimütig zugab. Anscheinend hatte einer der hochrangigen Offiziere, die in der *Wanderin* abgestiegen waren, eine Singstimme, die ihr sehr gefiel.

»Einer vom Blut kann eine *Damane* mitnehmen, ohne dass Fragen gestellt werden«, berichtete Thom bei ihrem nächsten Treffen. Diesmal saßen er und Juilin auf ihren Betten. Mat fing an, den Hocker zu hassen. »Das heißt, zumindest ein paar von ihnen. *Sul'dam* brauchen jedoch einen unterzeichneten und mit Siegel versehenen Befehl, und zwar von einem Angehörigen des Blutes, einem Offizier mindestens im Rang eines Kapitäns oder einem *Der'sul'dam.* Die Wächter an den Stadttoren und den Docks haben Listen eines jeden in der Stadt gültigen Siegels, also kann ich nicht einfach ein Siegel machen und hoffen, dass es akzeptiert wird. Ich brauche eine Kopie des richtigen Befehls mit dem dazu passenden Siegel. Daraus ergibt sich die Frage, wer unsere drei *Sul'dam* sein sollen.«

»Vielleicht würde Riselle mitmachen«, schlug Mat vor. Sie wusste zwar nicht, was sie taten, und es ihr zu verraten würde ein Risiko sein. Aber Thom hatte ihr alle möglichen Fragen gestellt, als wollte er mehr über das Leben unter den Seanchanern erfahren, und sie hatte sie gern an ihren seanchanischen Bekannten weitergereicht. Doch vermutlich würde sie nicht das Risiko eingehen wollen, dass ihr hübscher Kopf auf einem Spieß landete. Sie konnte Schlimmeres tun, als nur nein zu sagen. »Und was ist mit deiner Freundin, Juilin?« Mat hatte da eine Idee, was die dritte betraf. Er hatte Juilin gebeten, ein *Sul'dam*-Gewand aufzutreiben, das Setalle Anan passte, obwohl es bis jetzt keine Gelegenheit gegeben hatte, sie danach zu fragen. Seit Joline in die Küche hereinspaziert war, hatte er der *Wanderin* nur einen einzigen Besuch abgestattet, um sicherzugehen, dass ihr klar war, dass er alles tat, was in seinen Kräften stand. Natürlich glaubte sie es nicht, aber Frau Anan war es tatsächlich gelungen, den Zorn der Aes Sedai zu beschwichtigen, bevor sie herumzubrüllen anfing. Sie würde die perfekte *Sul'dam* für Joline abgeben.

Juilin zuckte unbehaglich mit den Schultern. »Es war schwer genug, Thera davon zu überzeugen, mit mir wegzulaufen. Jetzt ist sie … ängstlich. Ich kann ihr helfen, ihre Angst mit der Zeit zu überwinden. Ich weiß, dass ich das kann. Aber ich glaube nicht, dass sie es schaffen würde, sich als *Sul'dam* auszugeben.«

Thom zupfte an seinem Schnurrbart. »Es ist unwahrscheinlich, dass Riselle gehen würde, unter welchen Umständen auch immer. Anscheinend gefällt ihr Bannergeneral Lord Yamadas Gesang so sehr, dass sie sich entschieden hat, ihn zu heiraten.« Er seufzte bedauernd. »Ich fürchte, aus dieser Quelle kommen keine Informationen mehr.« Und sein Gesichtsausdruck besagte, dass er auch seinen Kopf nicht mehr auf ihren Busen betten konnte. »Nun ja, denkt weiter darüber nach, wen wir fragen könnten. Und seht, ob ihr an eine Abschrift eines dieser Befehle herankommt.«

Thom gelang es, die richtige Tinte und das passende Papier zu organisieren, und er war bereit, jedermanns Handschrift und Siegel zu imitieren. Er hielt nichts von Siegeln, er behauptete, jeder mit einer Steckrübe und einem Messer könnte sie nachmachen. In der Handschrift eines anderen Mannes zu schreiben, so dass der andere glaubte, er hätte es selbst geschrieben, das war eine Kunst. Aber keiner von ihnen kam an eine Kopie der Befehle mit dem richtigen Siegel heran. Die Seanchaner ließen sie genauso wenig wie die *A'dam* einfach herumliegen. Juilin schien auch keine Fortschritte mit dem *A'dam* zu machen. Zwei Schritte vorwärts, dann die Steinmauer. Und sechs Tage waren einfach so verstrichen. Es blieben noch vier übrig. Mat hatte das Gefühl, seit Tylins Aufbruch wären sechs Jahre verstrichen und es würde nur noch vier Stunden bis zu ihrer Rückkehr dauern.

Am siebten Tag hielt Thom Mat auf dem Korridor auf, als er vom Reiten kam. Der ehemalige Gaukler lächelte, als würde er nichtssagende Konversation betreiben, aber er senkte die Stimme. Die vorbeieilenden Diener konnten nicht mehr als ein Murmeln hören. »Laut Noal hat der *Gholam* vergangene Nacht erneut getötet. Man hat den Suchern befohlen, den Mörder zu finden, und wenn sie dafür aufhören müssen zu essen und zu schlafen, aber ich kann nicht herausfinden, wer den Befehl gegeben hat. Selbst die Tatsache, dass man ihnen befohlen hat, etwas zu unternehmen, scheint ein Geheimnis zu sein. Aber nichtsdestotrotz bereiten sie schon die Streckbank vor und schieben die Eisen ins Feuer.«

Es spielte keine Rolle, dass Thom leise sprach; Mat schaute sich trotzdem um, ob ihnen jemand zuhörte. Die einzige Person in Sichtweite war ein korpulenter grauhaariger Mann namens Narvin, der zwar eine Livree trug, aber weder in Eile war noch etwas transportierte. Diener von so hoher Stellung wie Narvin machten keine Botengänge und beeilten sich auch nicht. Mats Anblick, als er versuchte, in alle Richtungen gleichzeitig zu schauen, ließ ihn blinzeln, dann runzelte er die Stirn. Mat wollte die

Zähne fletschen, aber stattdessen grinste er so entwaffnend, wie er nur konnte, und Narvin ging mit finsterer Miene weiter. Mat war davon überzeugt, dass dieser Bursche für den ersten Versuch, Pip aus dem Stall zu entfernen, verantwortlich war.

»Noal hat dir von den Suchern erzählt?«, flüsterte er ungläubig, sobald Narvin weit genug weg war.

Thom winkte ab. »Natürlich nicht. Nur von den Morden. Obwohl er Gerüchte aufzuschnappen scheint und weiß, was sie bedeuten. Das ist ein seltenes Talent. Ich würde gern wissen, ob er wirklich in Shara war«, sagte er nachdenklich. »Er hat erzählt, er …« Thom räusperte sich, als er Mats Blick sah. »Nun, das kann warten. Ich habe andere Quellen als die viel betrauerte Riselle. Einige davon sind Lauscher. Lauscher scheinen wirklich alles zu hören.«

»Du hast mit Lauschern gesprochen?« Mats Stimme quietschte wie eine verrostete Türangel. Er hatte das Gefühl, seine ganze Kehle wäre verrostet!

»Da ist doch nichts dabei, so lange sie nicht wissen, dass du Bescheid weißt.« Thom kicherte. »Mat, bei den Seanchanern musst du bei allen davon ausgehen, dass sie Lauscher sind. So erfährst du, was du wissen willst, ohne das falsche Wort in das falsche Ohr zu sagen.« Er hustete und strich den Schnurrbart mit den Knöcheln glatt. »Ich kenne zufällig einen oder zwei, die wirklich dazugehören. Mehr Informationen können jedenfalls nicht schaden. Du willst doch vor Tylins Rückkehr weg sein, oder? Irgendwie siehst du ohne sie etwas … verloren aus.«

Mat konnte nur stöhnen.

In dieser Nacht schlug der *Gholam* abermals zu. Lopin und Nerim sprudelten vor Neuigkeiten förmlich über, bevor Mat seinen Frühstücksfisch gegessen hatte. Sie behaupteten, in der Stadt herrsche Aufruhr. Das letzte Opfer, eine Frau, sei in der Einmündung einer Gasse gefunden worden, und plötzlich würden die Leute darüber

reden und einen Mord mit dem anderen in Verbindung bringen. Da war ein Verrückter am Werk und die Leute verlangten mehr seanchanische Straßenpatrouillen in der Nacht. Mat schob den Teller von sich. Mehr Patrouillen. Und als wäre das nicht schon schlimm genug, war es durchaus möglich, dass Suroth früher zurückkam, wenn sie davon erfuhr, und Tylin mitbrachte. Bestenfalls blieben ihm noch zwei Tage. Er hatte das Gefühl, das, was er gegessen hatte, gleich wieder von sich geben zu müssen.

Er verbrachte den Rest des Vormittags damit, auf dem Teppich in Tylins Schlafgemach auf und ab zu gehen, also gut, zu hinken, und den Schmerz in seinem Bein zu ignorieren, während er versuchte, sich etwas einfallen zu lassen, egal was, das ihn das Unmögliche in zwei Tagen gelingen lassen würde. Der Schmerz hatte tatsächlich nachgelassen. Er hatte den Wanderstab aufgegeben und sich angestrengt, neue Kräfte zu gewinnen. Vermutlich würde er zu Fuß nun zwei oder drei Meilen schaffen, ohne das Bein ausruhen zu müssen. Zumindest ohne es lange ausruhen zu müssen.

Gegen Mittag brachte ihm Juilin die einzige gute Nachricht, die er seit langer Zeit erhalten hatte. Und eigentlich war es auch keine Nachricht. Es war ein Kleidersack mit zwei Gewändern, die um ein silbernes *A'dam* gewickelt waren.

KAPITEL 8

Ein anderer Plan

Der Keller der *Wanderin* mit seiner Decke aus Holzbalken war groß, doch obwohl sich nur fünf Leute darin aufhielten, erschien er so eng wie das Zimmer, das sich Juilin und Thom teilten. Die auf einem aufrecht stehenden Fass abgesetzte Öllampe warf flackernde Schatten. Ein Stück weiter lag der ganze Keller in Dunkelheit. Der Abstand zwischen den Regalen und den rauen Steinwänden war kaum größer, als ein Fass hoch war, aber das schien nicht der Grund dafür zu sein, dass er so beengt wirkte.

»Ich habe Euch um Hilfe gebeten, nicht um einen Strick um den Hals«, sagte Joline kalt. Nach fast einer Woche in Frau Anans Obhut und mithilfe von Enids Küche sah die Aes Sedai nicht länger hager aus. Das zerlumpte Gewand, in dem Mat sie zuvor gesehen hatte, war von einem hochgeschlossenen, aus feinem Tuch gefertigten blauen Gewand ersetzt worden, das an den Ärmeln und unter dem Kinn einen Hauch Spitze aufwies. Das flackernde Licht tauchte ihr Gesicht immer wieder in Schatten und sie sah wütend aus; sie versuchte Mat mit ihren Blicken zu durchbohren. »Wenn etwas schief geht, egal was, wäre ich völlig hilflos!«

Er wollte nichts davon hören. Da bot man aus der Güte seines Herzens seine Hilfe an, gewissermaßen, und das hatte man davon. Er hielt ihr praktisch das *A'dam* unter die Nase. Es wand sich in seiner Hand wie eine lange Schlange aus Silber und funkelte im Lampenlicht, Kragen und Armband schleiften über den Steinboden, und

Joline schürzte die dunklen Röcke und trat zurück, um jede Berührung zu vermeiden. So wie sich ihr Mund verzog, hätte es genauso gut eine Viper sein können. Er fragte sich, ob es ihr passen würde; der Kragen schien größer als ihr schlanker Hals zu sein. »Sobald wir außerhalb der Stadtmauer sind, wird Frau Anan es Euch abnehmen«, knurrte er. »Ihr vertraut ihr doch, oder? Sie hat ihren Hals riskiert, um Euch hier unten zu verstecken. Ich sage Euch, das ist die einzige Möglichkeit!« Joline hob stur das Kinn. Frau Anan murmelte ärgerlich etwas vor sich hin.

»Sie will das Ding nicht tragen«, sagte Fen mit ausdrucksloser Stimme hinter Mat.

»Wenn sie es nicht tragen will, dann trägt sie es auch nicht«, sagte Blaeric mit noch ausdrucksloserer Stimme neben Fen.

Für zwei völlig unterschiedliche Männer waren sich Jolines dunkelhaarige Behüter ziemlich ähnlich. Fen mit seinen dunklen, schräg stehenden Augen und einem Kinn, mit dem man einen Stein spalten konnte, war eine Spur kleiner als Blaeric und vielleicht etwas breiter in Brust und Schultern, doch jeder hätte ohne weiteres die Kleidung des anderen tragen können. Fens glattes schwarzes Haar reichte fast bis zu den Schultern, das Haar des blauäugigen Blaeric war kurz geschnitten und hatte fast dieselbe Farbe. Blaeric war Schienarer, und er hatte den Haarknoten abrasiert und ließ den Rest wachsen, um keine Aufmerksamkeit zu erregen, aber es gefiel ihm nicht. Fen, ein Saldaeaner, schien gar nichts zu gefallen mit Ausnahme von Joline. Beide mochten Joline, und zwar sehr. Beide sprachen ähnlich, dachten ähnlich und bewegten sich ähnlich. Sie trugen zerschlissene Hemden und die einfachen Westen von Tagelöhnern, die bis über ihre Hüften reichten, aber jeder, der sie selbst in diesem schlechten Licht für Arbeiter gehalten hätte, hätte blind sein müssen. Am Tag, wenn sie in den Ställen arbeiteten, wo Frau Anan sie untergebracht hatte … Licht! Sie schauten Mat an wie Löwen eine Ziege, die vor ihnen die Zähne gefletscht hatte. Er drehte sich so, dass er die Behüter nicht einmal aus dem Augenwinkel sehen musste. Mit den beiden im Rücken stellten die an verschiedenen Stellen seines Körpers versteckten Messer nur einen kleinen Trost da.

»Wenn Ihr nicht auf ihn hören wollt, Joline Maza, dann werdet Ihr mir zuhören.« Setalle stemmte beide Hände in die Hüften und beugte sich der schlanken Aes Sedai entgegen. »Ich will Euch wieder in der Weißen Burg sehen, auch wenn das bedeutet, dass ich Euch jeden Schritt dorthin stoßen muss! Vielleicht werdet Ihr mir unterwegs zeigen, dass Ihr wisst, was es bedeutet, eine Aes Sedai zu sein. Ich würde mich damit zufrieden geben, einen Blick auf eine erwachsene Frau zu erhaschen. Bis jetzt habe ich bloß eine Novizin gesehen, die in ihr Kissen weint und Wutanfälle kriegt!«

Joline starrte sie an, die großen braunen Augen so weit aufgerissen, wie es nur ging, als könnte sie nicht glauben, was sie da hörte. Mat war sich nicht sicher, ob er es glaubte. Wirtinnen sagten einer Aes Sedai nicht die Meinung. Fen grunzte und Blaeric murmelte etwas, das sich nicht nett anhörte.

»Ihr braucht doch nicht weiter als außer Sichtweite der Torwächter zu gehen«, sagte Mat hastig zu Setalle in der Hoffnung, einen möglichen Wutausbruch Jolines zu verhindern. »Haltet die Kapuze Eures Umhangs hochgeschlagen …« Licht, er musste ihr einen dieser schicken Umhänge besorgen! Nun, wenn Juilin ein *A'dam* stehlen konnte, dann konnte er auch einen verdammten Umhang klauen. »Die Wächter werden nur eine weitere *Sul'dam* sehen. Ihr könnt vor Tagesanbruch wieder hier sein, ohne dass es eine Menschenseele erfahren haben muss. Es sei denn, Ihr besteht darauf, Euren Hochzeitsdolch zu tragen.« Er lachte über seinen Witz, aber sie fiel nicht in sein Lachen ein.

»Glaubt Ihr, ich könnte an einem Ort bleiben, an dem Frauen zu Tieren gemacht werden, weil sie die Macht lenken können?«, wollte sie wissen und stapfte über den Boden, bis sie beinahe Zeh an Zeh mit ihm stand. »Glaubt Ihr, ich würde meine Familie zurücklassen?« Während sie Joline angestarrt hatte, schien sie ihn nun mit ihrem wilden Blick zu verschlingen. Ehrlich gesagt hatte er nie über diese Frage nachgedacht. Sicherlich würde er die *Damane* gern frei sehen, aber warum sollte ihr das so viel bedeuten? Doch offensichtlich tat es das; sie griff nach dem langen Krummdolch, der hinten in ihrem Gürtel steckte, und streichelte ihn. Ebou Dari nahmen Beleidigungen nie gut auf und in dieser Hinsicht war sie eine reine Ebou Dari. »Zwei Tage nach der Ankunft der Seanchaner habe ich begonnen, den Verkauf der *Wanderin* in die Wege zu leiten, als ich sehen konnte, was sie sind. Ich hätte schon vor Tagen alles an Lydel Elonid übergeben sollen, aber ich habe es hinausgezögert, weil Lydel nicht damit rechnen würde, eine Aes Sedai im Keller zu finden. Wenn Ihr zum Aufbruch bereit seid, kann ich ihm die Schlüssel übergeben und mit Euch gehen. Lydel wird ungeduldig«, fügte sie mit einem bedeutsamen, auf Joline gerichteten Blick über die Schulter hinzu.

Und was ist mit meinem Gold? wollte er empört fragen. Hätte Lydel ihn das mitnehmen lassen, den unerwarteten Reichtum unter ihrem Küchenboden? Doch es war etwas anderes, das ihm den Atem verschlug. Plötzlich sah er sich Frau Anans ganze Familie aufgebürdet, einschließlich der verheirateten Söhne und Töchter mit ihren Kindern und vielleicht auch noch ein paar Tanten und Onkel und Nichten und Neffen. Dutzende. Sie mochte ja von außerhalb kommen, aber ihr Mann hatte in der ganzen Stadt Verwandte. Blaeric schlug ihm so hart auf den Rücken, dass er stolperte.

Er zeigte dem Burschen die Zähne und hoffte, dass der Schienarer es als dankbares Lächeln interpretierte. Blaerics Miene änderte sich nicht. Verdammte Behüter! Verdammte Aes Sedai! Verdammte, verfluchte Wirtinnen!

»Frau Anan«, sagte er vorsichtig, »so wie ich von Ebou Dar wegkommen will, ist da nicht viel Platz für andere.« Er hatte ihr noch nicht von Lucas Wanderzirkus berichtet. Schließlich bestand die Möglichkeit, dass er den Mann doch nicht überzeugen konnte. Und je mehr Leute Luca mitnehmen musste, desto schwerer würde er zu überzeugen sein. »Kehrt zurück, sobald wir außerhalb der Stadt sind. Wenn Ihr sie verlassen müsst, nehmt eines der Fischerboote Eures Mannes. Aber ich rate Euch, ein paar Tage zu warten. Vielleicht eine Woche. Sobald die Seanchaner entdecken, dass zwei *Damane* fehlen, werden sie sich auf jeden stürzen, der die Stadt verlassen will.«

»Zwei?«, sagte Joline in scharfem Tonfall. »Teslyn und wer noch?«

Mat verzog das Gesicht. Das hatte er nicht preisgeben wollen. Er hatte Joline so weit, und bei ihr fielen einem als allererstes Worte wie launisch, halsstarrig und verwöhnt ein. Alles, was sie auf den Gedanken bringen konnte, dass die Sache schwieriger und ungewisser werden könnte, würde sie möglicherweise dazu bringen, einen eigenen hirnverbrannten Plan auszubrüten. Etwas, das seine Pläne zweifellos zum Scheitern verurteilte. Wenn sie allein zu flüchten versuchte, würde man sie zweifellos gefangen nehmen, und sie würde kämpfen. Und sobald die Seanchaner erfuhren, dass eine Aes Sedai direkt unter ihrer Nase in der Stadt gewesen war, würden sie die Suche nach *Marath'damane* wieder ausweiten, die Straßenpatrouillen noch mehr verstärken, als sie es bereits wegen des »verrückten Mörders« getan hatten, und, was das Schlimmste sein würde, es noch schwieriger machen, durch die Stadttore zu gelangen.

»Edesina Azzedin«, sagte er zögernd. »Ich weiß nicht mehr über sie.«

»Edesina«, wiederholte Joline langsam. Ein paar winzige Falten brachten ihre glatte Stirn in Unordnung. »Ich habe gehört, sie …« Was auch immer sie gehört hatte, sie biss die Zähne zusammen und fixierte ihn mit einem wilden Blick. »Halten sie auch noch andere Schwestern fest? Wenn Teslyn freikommt, werde ich ihnen keine andere Schwester überlassen!«

Mat musste sich anstrengen, sie nicht ungläubig anzustarren. Launisch und verwöhnt? Er sah eine Löwin an, die es mit Blaeric und Fen aufnehmen konnte. »Glaubt mir, ich werde keine Aes Sedai in den Zwingern lassen, es sei denn, sie will dort bleiben«, sagte er so trocken, wie er nur konnte. Die Frau war trotzdem halsstarrig. Möglicherweise würde sie darauf bestehen, die anderen beiden zu retten, die wie Pura waren. Licht, er hätte *niemals* zulassen dürfen, in die Angelegenheiten der Aes Sedai verstrickt zu werden, und er brauchte keine uralten Erinnerungen, um ihn davor zu warnen! Da reichten seine eigenen schon aus, vielen Dank auch!

Fen stieß ihn mit einem harten Finger in die linke Schulter. »Seid nicht so unverschämt«, warnte der Behüter.

Joline rümpfte über seinen Tonfall die Nase, bedrängte ihn aber nicht weiter.

Mat fühlte, wie sich ein Knoten in seinem Nacken löste, genau dort, wo die Axt des Scharfrichters zuschlagen würde. Aes Sedai verdrehten anderen Leuten die Worte im Mund; sie rechneten nicht damit, dass man sie mit ihren eigenen Tricks hereinlegte.

Er wandte sich Setalle zu. »Frau Anan, Ihr müsst doch einsehen, dass die Schiffe Eures Mannes viel besser …«

»Das mag schon sein«, unterbrach sie ihn, »aber Jasfer ist vor drei Tagen mit seinen zehn Booten und unserer ganzen Familie losgesegelt. Falls er jemals zurückkehrt, wird die Gilde wohl mit ihm reden wollen. Eigentlich darf er keine Passagiere mitnehmen. Sie fahren nach Illian, wo sie auf mich warten werden. Ihr müsst wissen, dass ich gar nicht bis nach Tar Valon will.«

Diesmal konnte Mat eine Grimasse nicht verhindern. Er hatte auf Jasfer Anans Fischerboote zurückgreifen wollen, falls es ihm nicht gelang, Luca zu überreden. Eine gefährliche Idee, sicher, sogar mehr als gefährlich. Vielleicht sogar verrückt. Die *Sul'dam* auf den Docks hätten vermutlich jeden Befehl überprüft, der *Damane* an Bord von Fischerbooten schickte, vor allem in der Nacht. Aber er hatte die Boote stets im Hinterkopf gehabt. Nun, er würde Luca Daumenschrauben anlegen müssen, und zwar so fest wie nötig.

»Ihr lasst Eure Familie zu dieser Jahreszeit hinausfahren?« In Jolines Stimme vermengten sich Unglaube und Verachtung. »Wo die schlimmsten Stürme heraufziehen?«

Frau Anan hatte der Aes Sedai den Rücken zugewandt, und sie hob stolz den Kopf, aber der Stolz galt nicht ihr. »Jasfer kann in den Rachen eines Cemaros segeln, wenn es sein muss. Ich vertraue ihm, so wie Ihr Euren Behütern vertraut, Grüne. Mehr sogar.«

Joline runzelte plötzlich die Stirn, nahm die Lampe an ihrem Eisenring und verschob sie, um das Gesicht der Wirtin in das Licht zu tauchen. »Sind wir uns früher schon einmal begegnet? Manchmal, wenn ich Euer Gesicht nicht sehen kann, klingt Eure Stimme vertraut.«

Statt einer Antwort nahm Setalle Mat das *A'dam* ab und fummelte an dem Armreif herum, der sich an dem einen Ende der silbernen Leine befand. Das ganze Ding war aus Segmenten gefertigt, die so geschickt zusammengefügt waren, dass man nicht erkennen konnte, wie es gemacht worden war. »Wir könnten den Test endlich hinter uns bringen.«

»Den Test?«, sagte er, und die haselnussbraunen Augen warfen ihm einen vernichtenden Blick zu.

»Nicht jede Frau kann eine *Sul'dam* sein. Das müsstet Ihr mittlerweile wissen. Ich habe die Hoffnung, dass ich dazu fähig bin, aber wir sollten es lieber jetzt herausfinden und nicht im letzten Augenblick.« Sie starrte den geschlossenen Armreif stirnrunzelnd an und drehte ihn in den Händen. »Wisst Ihr, wie man dieses Ding öffnet? Ich kann nicht mal erkennen, wo der Verschluss ist.«

»Ja«, sagte er leise. Er hatte sich nur wenige Male mit Seanchanern über *Sul'dam* und *Damane* unterhalten, und dabei war es um die Frage gegangen, wie man sie in der Schlacht benutzte. Er hatte nie einen Gedanken daran verschwendet, wie die *Sul'dam* ausgewählt wurden. Möglicherweise musste er gegen sie kämpfen – diese uralten Erinnerungen ließen ihm kaum eine Ruhepause, einmal nur nicht daran denken zu müssen, wie man eine Schlacht führte –, aber er hatte mit Sicherheit nie daran gedacht, welche zu rekrutieren. »Besser, es jetzt zu testen.« Statt … Licht!

Die Verschlüsse bereiteten ihm keine Schwierigkeiten, der Armreif war das einfachste. Man musste nur an den richtigen Stellen drücken, oben und unten, nicht ganz gegenüber der Leine. Das konnte man mit einer Hand machen und der Armreif sprang mit einem metallischen Klicken auf. Der Kragen war etwas schwieriger zu handhaben und brauchte beide Hände. Er legte die Finger auf die richtigen Punkte zu beiden Seiten der Stelle, an der die Leine befestigt war, und drückte, dann drehte und zog er, während er den Druck aufrecht erhielt. Nichts Sichtbares geschah, bis er die beiden Seiten in die andere Richtung drehte. Dann öffnete sich der Kragen direkt neben der Leine mit einem lauteren Klicken als das Armband. Ganz einfach. Es herauszufinden hatte ihn im Palast auch nur eine Stunde gekostet, obwohl Juilin ihm dabei geholfen hatte. Hier lobte ihn jedoch niemand. Keiner sah so aus, als hätte er etwas getan, das sie nicht auch hätten tun können!

Setalle ließ das Armband um ihr Handgelenk zuschnappen, wickelte sich die Leine um den Unterarm und hielt dann den offenen Kragen hoch. Joline starrte ihn voller Abscheu an, die Hände, die die Röcke hielten, ballten sich zu Fäusten.

»Wollt Ihr fliehen?«, fragte die Wirtin ruhig.

Nach einem Augenblick hob Joline das Kinn. Setalle schloss den Kragen um den Hals der Aes Sedai mit dem gleichen scharfen Schnappen, den er beim Öffnen gemacht hatte. Mat hatte sich wegen der Größe geirrt; er saß ziemlich eng auf dem hohen Kragen ihres Gewands. Jolines Lippen zuckten, aber das war auch schon alles, und Mat konnte beinahe spüren, wie sich Blaeric und Fen hinter ihm anspannten. Er hielt den Atem an.

Seite an Seite machten die beiden Frauen einen kleinen Schritt und schoben sich an Mat vorbei. Er atmete auf. Joline runzelte unsicher die Stirn. Dann machte sie einen zweiten Schritt.

Mit einem Aufschrei fiel die Aes Sedai zu Boden und wand sich vor Schmerzen. Sie konnte keine Worte formen, nur ihr Stöhnen wurde lauter. Ihre Arme, Beine und sogar Finger zuckten und verdrehten sich auf seltsame Weise.

Setalle fiel auf die Knie, als Joline auf den Boden auftraf, ihre Hand flog zu dem Kragen, aber Blaeric und Fen waren noch schneller als sie, obwohl ihre Handlungen seltsam erschienen. Auf den Knien hob Blaeric die wimmernde Joline hoch und legte sie an seine Brust, während er ausgerechnet begann, ihren Nacken zu massieren. Fen bearbeitete ihre Arme. Der Kragen sprang auf und Setalle sackte auf die Fersen, aber Joline zuckte und wimmerte noch immer, und ihre Behüter bearbeiteten sie weiter, als versuchten sie, Muskelkrämpfe wegzumassieren. Sie warfen Mat kalte Blicke zu, als wäre das alles seine Schuld.

Mat nahm die beiden kaum wahr; seine schönen Pläne waren völlig ruiniert. Er wusste nicht, was er als Nächstes tun sollte, wo er überhaupt anfangen sollte. In zwei Tagen war Tylin vermutlich wieder da, und er war davon überzeugt, vor ihrer Rückkehr weg sein zu müssen.

Er zwängte sich an Setalle vorbei und klopfte ihr auf die Schulter. »Sagt ihr, wir versuchen etwas anderes«, murmelte er. Aber was? Offensichtlich konnte nur eine Frau mit den Fähigkeiten einer *Sul'dam* mit einem *A'dam* umgehen.

Die Wirtin holte ihn in der Dunkelheit am Fuß der Treppe zur Küche ein, während er seinen Hut und Umhang nahm. Einen einfachen Wollumhang ohne jede Verzierung. Ein Mann brauchte keine Verzierungen. Er jedenfalls vermisste sie nicht. Und dieses ganze Spitzenzeug! Sogar mit Sicherheit nicht!

»Habt Ihr noch einen anderen Plan?«, fragte sie. In der Dunkelheit konnte er ihr Gesicht nicht sehen, aber das Silber des *A'dam* funkelte hell. Sie hielt das Armband an ihrem Handgelenk umklammert.

»Ich habe immer noch einen anderen Plan«, log er und öffnete das Armband für sie. »Wenigstens müsst Ihr nicht mehr Euren Hals riskieren. Sobald ich Euch Joline abgenommen habe, könnt Ihr Euch zu Eurem Mann begeben.«

Sie grunzte bloß. Vermutlich wusste sie, dass er keinen Plan hatte.

Er wollte den Schankraum voller Seanchaner meiden, also ging er durch die Küche auf den Stallhof und dann durch das Tor auf den Mol Hara. Er hegte nicht die Befürchtung, dass ihn jemand bemerkte oder sich fragte, warum er hier gewesen war. In seiner unauffälligen Kleidung schien man ihn bei seinem Eintritt für jemanden gehalten zu haben, der eine Besorgung für die Wirtin erledigt hatte. Aber es waren drei *Sul'dam* da gewesen, zwei davon mit *Damane.* Langsam wuchs in ihm die Befürchtung, Teslyn und Edesina nicht von ihren Kragen befreien zu können, und er wollte sich in diesem Augenblick einfach keine weitere *Damane* ansehen müssen. Blut und verdammte Asche, er hatte bloß versprochen, es zu versuchen!

Die schwache Sonne stand noch immer hoch am Himmel, aber der vom Meer kommende Wind wurde stärker; er war voller Salz und versprach kalten Regen. Von der

Schwadron der Totenwache abgesehen, die über den Platz marschierte und statt aus Ogiern aus Menschen bestand, beeilte sich jeder auf dem Mol Hara, seine Erledigungen vor dem einsetzenden Regen zu beenden. Als Mat den Sockel von Königin Narienes hoher, barbusiger Statue erreichte, fiel eine Hand auf seine Schulter.

»Ich haben Euch zuerst gar nicht erkannt ohne Eure schicken Sachen, Mat Cauthon.«

Mat drehte sich um und fand sich dem breiten illianischen *So'jhin* gegenüber, den er an jenem Tag gesehen hatte, als Joline wieder in seinem Leben aufgetaucht war. Es war keine angenehme Assoziation. Der Bursche mit dem runden Gesicht sah seltsam aus mit seinem Bart und dem zur Hälfte rasierten Kopf und er trug ausgerechnet nur Hemdsärmel und zitterte.

»Ihr kennt mich?«, fragte Mat vorsichtig.

Der massige Kerl strahlte ihn mit einem breiten Grinsen an. »Glück stich mich, das ich tun. Ihr haben einst eine denkwürdige Reise auf meinem Schiff gemacht, mit Trollocs und Shadar Logoth am einen Ende und einem Myrddraal und dem brennenden Weißbrücke am anderen. Bayle Domon, Meister Cauthon. Erinnert Ihr Euch jetzt?«

»Ja, schon.« Das stimmte auch mehr oder weniger. Er konnte sich dieser Reise nur noch vage entsinnen, in seinem Gedächtnis klafften große Lücken, die nun von den Erinnerungen der anderen Männer gefüllt wurden. »Wir müssen uns mal bei einem Becher heißem gewürzten Wein zusammensetzen und über die alten Zeiten reden.« Was nie geschehen würde, wenn er Domon aus dem Weg gehen konnte. Was von dieser Reise noch in seinem Gedächtnis vorhanden war, war auf eine seltsame Weise unangenehm, so wie die Erinnerung an eine tödliche Krankheit. Natürlich war er in gewisser Weise krank gewesen. Eine weitere unerfreuliche Erinnerung.

»Keine Zeit sein besser als jetzt«, sagte Domon lachend,

legte einen dicken Arm auf Mats Schultern und steuerte ihn zurück in Richtung *Wanderin.*

Außer einem Kampf schien es keine Möglichkeit zu geben, dem Mann zu entgehen, also ging Mat mit. Eine Prügelei war nicht die richtige Methode, um jeglicher Aufmerksamkeit zu entgehen. Davon abgesehen war er sich nicht sicher, ob er gewinnen würde. Domon sah fett aus, aber das Fett überzog harte Muskeln. Und ein Schluck zu trinken konnte auf keinen Fall schaden. Davon abgesehen, war Domon nicht Schmuggler gewesen? Möglicherweise kannte er ja Wege nach Ebou Dar und wieder hinaus, die anderen verborgen geblieben waren, und vielleicht enthüllte er sie, wenn man die richtigen Fragen stellte. Vor allem bei einem Schluck Wein. In Mats Manteltasche befand sich ein dicker Beutel voller Gold, und er hatte nichts dagegen, alles auszugeben, um den Mann so betrunken zu machen wie einen Geigenspieler am Sonntag. Betrunkene redeten gern.

Domon führte ihn durch den Schankraum, verbeugte sich links und rechts vor Angehörigen des Blutes und Offizieren, die ihn kaum zur Kenntnis nahmen, betrat aber nicht die Küche, in der Enid ihnen möglicherweise eine Bank in der Ecke gegeben hätte. Stattdessen führte er ihn die geländerlose Treppe hinauf. Und bis Mat in ein Zimmer im rückwärtigen Teil des Gasthauses geführt wurde, hatte er angenommen, Domon würde nur Mantel und Umhang holen. Ein ordentliches Kaminfeuer heizte den Raum, aber plötzlich war es ihm viel kälter, als es draußen gewesen war.

Domon schloss hinter ihnen die Tür und baute sich mit vor der Brust verschränkten Armen davor auf. »Ihr sein in der Gegenwart vom Kapitän der Grünen Lady Egeanin Tamarath«, verkündete er und fügte dann in normalerem Tonfall hinzu: »Das sein Mat Cauthon.«

Mat sah von Domon zu der hochgewachsenen Frau, die steif auf einem Stuhl mit einer Sprossenlehne saß. Ihr

Faltengewand war heute hellgelb und sie trug einen mit Blumen bestickten Hausmantel darüber, aber er erinnerte sich an sie. Ihr blasses Gesicht war hart und in ihren blauen Augen funkelte der gleiche raubtierhafte Ausdruck wie in Tylins. Nur vermutete er, dass Egeanin nicht hinter Küssen her war. Sie hatte schlanke Hände, aber sie wiesen die Schwielen einer Schwertkämpferin auf. Er bekam keine Gelegenheit, sie zu fragen, was das sollte, und es war auch nicht nötig.

»Mein *So'jhin* hat mir berichtet, dass Euch Gefahren nicht unvertraut sind, Meister Cauthon«, sagte sie, sobald Domon verstummt war. Ihr breiter seanchanischer Akzent klang noch immer gebieterisch und befehlend, andererseits gehörte sie dem Blut an. »Ich brauche solche Männer, um ein Schiff zu bemannen, und ich bezahle gut, in Gold, nicht in Silber. Wenn Ihr andere wie Euch kennt, werde ich sie in meine Dienste nehmen. Sie müssen aber verschwiegen sein. Meine Absichten sind meine Sache. Bayle erwähnte zwei andere Namen. Thom Merrilin und Juilin Sandar. Falls sich einer von ihnen in Ebou Dar aufhalten sollte, könnte ich ihre Fertigkeiten ebenfalls gebrauchen. Sie kennen mich und sie wissen, dass sie mir ihr Leben anvertrauen können. So wie Ihr auch, Meister Cauthon.«

Mat ließ sich auf den zweiten Stuhl des Zimmers nieder und warf den Umhang zurück. Selbst bei einem der niederen Ränge des Blutes – ihr dunkler Haarschopf und die grün lackierten Nägel der kleinen Finger verkündeten ihre Stellung – hätte er sich nicht setzen dürfen, aber er musste nachdenken. »Ihr verfügt über ein Schiff?«, fragte er hauptsächlich, um Zeit zu gewinnen. Sie öffnete wütend den Mund. An das Blut gerichtete Fragen hatten taktvoll gestellt zu werden.

Domon grunzte und schüttelte den Kopf, und einen Augenblick lang sah sie sogar noch wütender aus, aber dann glättete sich ihr strenges Gesicht. Andererseits bohrten sich ihre Blicke in Mat und sie stand auf und baute sich mit in die Hüften gestemmten Händen vor ihm auf. »Ich werde ein Schiff frühestens gegen Ende des Frühlings haben, sobald mein Gold aus Cantorin gebracht werden kann«, sagte sie in einem eisigen Tonfall.

Mat seufzte. Nun, es wäre sowieso unmöglich gewesen, Aes Sedai auf einem seanchanischen Schiff hier herauszubringen. »Woher kennt Ihr Thom und Juilin?« Domon konnte ihr von Thom erzählt haben, das schon, aber woher, beim Licht, kannte sie Juilin?

»Ihr stellt zu viele Fragen«, sagte sie entschieden und wandte sich von ihm ab. »Ich fürchte, ich kann Euch doch nicht gebrauchen. Bayle, bring ihn raus.« Letzteres war ein hochmütiger Befehl.

Domon bewegte sich nicht von der Tür weg. »Sagt es ihm«, drängte er sie. »Früher oder später er müssen alles erfahren oder er bringen Euch in größere Gefahr, als Ihr jetzt seid. Sagt es ihm.« Selbst für einen *So'jhin* schien er sich eine Menge herausnehmen zu können. Die Seanchaner waren berüchtigt dafür, sicherzustellen, dass ihr Besitz seine Stellung nicht vergaß. Und alle anderen auch nicht, was das betraf. Egeanin konnte nicht mal ein Viertel so hart sein, wie sie erschien.

Und im Augenblick erschien sie sehr hart, wie sie ihre Röcke aus dem Weg trat, auf und ab marschierte und Domon und dann Mat finstere Blicke zuwarf. Schließlich blieb sie stehen. »Ich habe ihnen in Tanchico einen kleinen Gefallen getan.« Sie schwieg einen Augenblick lang und fügte dann hinzu: »Und den beiden Frauen, die in ihrer Begleitung waren, Elayne Trakand und Nynaeve al'Meara.« Ihr Blick richtete sich auf ihn, sie musterte ihn gespannt, um zu sehen, ob er die Namen kannte.

Mat fühlte, wie sich in seiner Brust etwas spannte. Es war kein Schmerz, sondern eher so, als würde er zusehen, wie das Pferd, auf das er gewettet hatte, auf die Ziellinie zustürmte, die Verfolger aber so dichtauf, dass das Ergebnis noch immer infrage stand. Was, beim Licht, hatten Nynaeve und Elayne in Tanchico zu tun gehabt, wobei sie die Hilfe einer Seanchanerin benötigt und auch bekommen hatten? Thom und Juilin hatten sich nie näher über die Einzelheiten ausgelassen. Aber darum ging es hier nicht. Egeanin brauchte Männer, die ihre Geheimnisse bewahren konnten und die die Gefahr nicht fürchteten. Sie war selbst in Gefahr. Für eine Angehörige des Blutes gab es kaum Gefahren, mal abgesehen von anderen Adligen und … »Die Sucher sind hinter Euch her«, sagte er.

Die Art und Weise, wie ihr Kopf hochruckte, war Bestätigung genug, und ihre Hand tastete zur Seite, als würde sie nach dem Schwert greifen. Domon trat von einem Fuß auf den anderen und spreizte die großen Finger, die Augen auf Mat gerichtet. Augen, die plötzlich härter blickten als Egeanins. Der stämmige Mann sah nicht länger witzig aus; er sah gefährlich aus. Plötzlich kam Mat der Gedanke, dass er dieses Zimmer möglicherweise nicht mehr lebend verlassen würde.

»Wenn Ihr den Suchern entkommen wollt, kann ich Euch helfen«, sagte er schnell. »Ihr müsst den Einflussbereich der Seanchaner verlassen. Überall, wo sie sind, können die Sucher Euch finden. Und es ist am besten, so schnell wie möglich aufzubrechen. Gold könnt Ihr Euch immer noch beschaffen. Wenn Euch die Sucher nicht vorher erwischen. Thom hat mir berichtet, dass sie wegen etwas in hektische Aktivitäten verfallen sind. Sie werfen die Eisen ins Feuer und machen die Streckbank fertig.«

Eine Zeit lang stand Egeanin reglos da, starrte ihn an. Schließlich wechselte sie einen langen Blick mit Domon. »Vielleicht wäre es gut, so schnell wie möglich abzureisen«, wisperte sie. Aber ihr Tonfall gewann sofort wieder an Kraft. Falls ihrer Miene einen Moment lang Sorge abzulesen gewesen war, verschwand sie. »Die Sucher werden mich bestimmt nicht daran hindern, die Stadt zu verlassen, aber sie glauben, sie können mir zu etwas folgen, das sie mehr als mich wollen. Sie werden mir folgen, und bis ich die Länder verlasse, die von den *Rhyagelle* gehalten werden, können sie den Soldaten befehlen, mich festzunehmen, was sie auch in dem Augenblick tun werden, in dem sie zu dem Schluss kommen, dass ich mich in noch nicht unterworfene Länder begebe. Das ist dann der Moment, in dem ich die Hilfe Eures Freundes Thom Merrilin brauchen werde, Meister Cauthon. Zwischen hier und dort muss ich aus der Sicht der Sucher verschwinden. Ich mag das Gold aus Cantorin nicht haben, aber ich habe genug, um Euch Eure Hilfe angemessen zu entlohnen. Da könnt Ihr beruhigt sein.«

»Nennt mich Mat«, sagte er und schenkte ihr sein schönstes Lächeln. Selbst harte Frauen wurden bei seinem schönsten Lächeln weicher. Nun, sie wurde nicht weicher, zumindest nicht sichtbar – wenn überhaupt runzelte sie leicht die Stirn –, aber eine Sache über Frauen wusste er: er kannte den Effekt, den sein Lächeln hatte. »Ich weiß, wie ich Euch auf der Stelle verschwinden lassen kann. Es macht keinen Sinn zu warten. Die Sucher könnten sich entschließen, Euch morgen zu verhaften.« Das traf tief. Sie zuckte nicht zusammen. Vermutlich gab es nur sehr wenig, das sie zusammenzucken ließ. Aber beinahe hätte sie genickt. »Da ist nur noch eine Sache, Egeanin.« Das hier konnte ihm noch immer ins Gesicht explodieren wie eines von Aludras Feuerwerken, aber er zögerte nicht. Manchmal musste man die Würfel einfach werfen. »Ich brauche kein Gold, aber ich brauche drei *Sul'dam,* die den Mund halten können. Glaubt Ihr, Ihr könntet welche besorgen?«

Nach einem Augenblick, der Stunden zu dauern schien, nickte sie, und Mat lächelte innerlich. Sein Pferd war zuerst über die Zielgerade gegangen.

»Domon«, sagte Thom mit ausdrucksloser Stimme um den Pfeifenstiel, den er zwischen die Zähne geklemmt hatte. Er lag mit einem doppelt gefalteten Kissen unter dem Kopf da und schien den blauen Dunst zu studieren, der in der Luft des fensterlosen Raums schwebte. Die einzige Lampe verbreitete nur ein klägliches Licht. »Und Egeanin.«

»Und sie gehört jetzt dem Blut an.« Juilin saß auf der Bettkante und schaute in den verbrannten Kopf seiner Pfeife. »Ich weiß nicht, ob ich das gut finden soll.«

»Heißt das, wir können ihnen nicht vertrauen?«, wollte Mat wissen und legte ohne nachzudenken den Daumen auf seinen Tabak. Mit einem leisen Fluch riss er ihn zurück und schob ihn sich in den Mund, um an der kleinen Verbrennung zu saugen. Wieder einmal war ihm die Wahl zwischen Hocker und stehen geblieben, aber dieses eine Mal hatte er nichts gegen den Hocker einzuwenden gehabt. Die Unterhaltung mit Egeanin hatte nicht viel Zeit des Nachmittags in Anspruch genommen, aber Thom war erst nach Einbruch der Dunkelheit in den Palast zurückgekehrt, während Juilin noch später wieder aufgetaucht war. Keiner von ihnen schien so erfreut über Mats Neuigkeiten zu sein, wie er erwartet hatte. Thom hatte bloß geseufzt, dass er endlich einen guten Blick auf eines der richtigen Siegel hatte werfen können, aber Juilin hatte nur das Gesicht verzogen, wann immer er in Richtung des Bündels schaute, das er in die Ecke des Zimmers geworfen hatte. Es gab nun wirklich keinen Grund für den Mann, sich so zu benehmen, bloß weil sie die *Sul'dam*-Gewänder nicht länger brauchten. »Ich sage euch, die haben eine entsetzliche Angst vor den Suchern«, fuhr Mat fort, als sein Daumen abgekühlt war. Nun gut, vielleicht nicht gerade entsetzliche Angst, aber sie fürchteten sich. »Egeanin mag zum Blut gehören, aber sie hat nicht mal mit der Wimper gezuckt, als sie hörte, wozu ich die *Sul'dam* brauche. Sie sagte lediglich, sie würde drei kennen, die tun würden, was wir wollen, und dass sie ihr morgen zur Verfügung stünden.«

»Egeanin, eine ehrenhafte Frau«, sagte Thom nachdenklich. Er legte immer wieder eine Pause ein, um einen Rauchring zu blasen. »Seltsam, das schon, aber schließlich ist sie Seanchanerin. Ich glaube, sogar Nynaeve mochte sie am Ende, und Elayne auf jeden Fall. Und sie mochte die beiden. Obwohl es Aes Sedai waren, wie sie glaubte. Sie war in Tanchico ausgesprochen nützlich. Mehr als nur kompetent. Ich würde zu gerne wissen, wieso sie zum Blut aufgestiegen ist, aber ich denke, wir können Egeanin vertrauen. Und Domon. Ein bemerkenswerter Mann, dieser Domon.«

»Ein Schmuggler«, murmelte Juilin verächtlich. »Und jetzt *gehört* er ihr. *So'jhin* sind mehr als nur Besitz, wisst ihr. Es gibt *So'jhin,* die dem Blut sagen, was sie zu tun haben.« Thom hob eine buschige Braue und sah ihn an. Einfach so, aber nach einem Augenblick zuckte der Diebefänger mit den Schultern. »Für einen Schmuggler.«

Mat schnaubte. Vielleicht waren sie eifersüchtig. Nun, er war *ta'veren,* und damit mussten sie leben. »Dann brechen wir morgen Nacht auf. Die einzige Änderung des Plans besteht darin, dass wir drei echte *Sul'dam* und eine Angehörige des Blutes haben, um uns durch das Tor zu bringen.«

»Und diese *Sul'dam* werden drei Aes Sedai aus der Stadt bringen, sie gehen lassen und nicht einmal daran denken, Alarm zu schlagen«, murmelte Juilin. »Als al'Thor in Tear war, habe ich mal gesehen, wie eine geworfene Münze fünfmal auf ihrem Rand landete. Schließlich gingen wir und ließen sie so auf dem Tisch stehen. Ich schätze, alles kann passieren.«

»Entweder du vertraust ihnen oder nicht, Juilin«, knurrte Mat. Der Diebefänger sah zu dem Bündel in der Ecke und Mat schüttelte den Kopf. »Wie haben sie euch in Tanchico geholfen, Thom? Blut and Asche, jetzt seht mich nicht wieder so ausweichend an! Ihr wisst es und sie wissen es, also kann ich es genauso gut auch wissen.«

»Nynaeve hat gesagt, wir sollen es *niemandem* verraten«, sagte Juilin, als würde das ernsthaft eine Rolle spielen. »Elayne auch. Wir haben es versprochen. Man könnte sagen, wir haben einen Eid geschworen.«

Thom schüttelte den Kopf auf dem Kissen. »Umstände verändern manche Dinge, Juilin. Außerdem war es kein Eid.« Er blies drei perfekte Rauchringe, einen in dem anderen. »Sie halfen uns, eine Art männliches *A'dam* zu besorgen und loszuwerden. Anscheinend wollte die Schwarze Ajah es bei Rand benutzen. Du kannst verstehen, warum Nynaeve und Elayne nicht wollten, dass das bekannt wird. Falls es sich herumspricht, dass so ein Ding jemals existierte, das Licht allein weiß, welche Geschichten in die Welt gesetzt würden.«

»Wen kümmert es schon, was für Geschichten die Leute erzählen?« Ein *A'dam* für einen Mann? Licht, wenn die Schwarze Ajah so etwas Rand um den Hals gelegt hätte oder die Seanchaner … Die Farben wirbelten wieder durch seinen Kopf und er zwang sich dazu, nicht weiter an Rand zu denken. »Klatsch wird niemandem … schaden.« Diesmal gab es keine Farben. Er konnte es vermeiden, solange er nicht an … Die Farben wirbelten umher und er biss auf das Mundstück.

»Das stimmt nicht, Mat. Geschichten haben Macht. Die Geschichten der fahrenden Sänger und die Epen der Barden und auch die Gerüchte auf den Straßen. Sie erwecken Leidenschaften und verändern die Weise, wie Menschen die Welt sehen. Ich habe heute gehört, wie ein Mann sagte, Rand hätte Elaida die Treue geschworen, er sei in der Weißen Burg. Der Kerl glaubte es, Mat. Was ist, sagen wir, wenn genug Tairener daran glauben? Tairener mögen Aes Sedai nicht. Stimmt's, Juilin?«

»Einige schon«, meinte Juilin. Dann fügte er hinzu, als hätte Thom es aus ihm herausgepresst: »Die meisten. Aber nur wenige von uns haben Aes Sedai kennen gelernt. Da das Gesetz das Lenken der Macht verbot, kamen nur wenige Aes Sedai nach Tear, und sie haben nur selten ihre Identität enthüllt.«

»Das ist nicht das Thema, mein prächtiger Aes Sedai-liebender tairenischer Freund. Und es verleiht meinem Argument auf jeden Fall Gewicht. Tear hält zu Rand, zumindest die Adligen, weil sie Angst haben, dass er zurückkommen wird, wenn sie es nicht tun. Aber wenn sie glauben, dass er in den Händen der Burg ist, dann kann er vielleicht nicht mehr zurückkommen. Wenn sie glauben, er sei ein Werkzeug der Burg, ist das für sie nur ein weiterer Grund, sich gegen ihn zu wenden. Lass genug Tairener diese beiden Dinge glauben, und er hätte Tear genauso gut verlassen können, nachdem er *Callandor* gezogen hat. Das ist nur ein Gerücht, und nur Tear, aber es könnte genauso viel Schaden in Cairhien oder Illian oder sonst wo anrichten. Ich weiß nicht, was für Geschichten ein für einen Mann bestimmtes *A'dam* in die Welt setzen würde, in einer Welt mit dem Wiedergeborenen Drachen und Asha'man, aber ich bin zu alt, um es herausfinden zu wollen.«

Mat verstand, zumindest in gewisser Weise. Man versuchte immer, den gegnerischen Befehlshaber glauben zu machen, dass man etwas anderes tat als das, was man tatsächlich tat, dass man dort hinging, wo man gar nicht hinwollte. Und der Feind versuchte das Gleiche, wenn er sein Handwerk einigermaßen verstand. Manchmal gerieten beide Seiten so in Verwirrung, dass seltsame Dinge geschahen. Manchmal sogar Tragödien. Städte brannten, obwohl niemand ein Interesse daran hatte, nur weil die Brandstifter die Lüge glaubten, und Tausende starben. Aus dem gleichen Grund wurden Ernten zerstört, und Zehntausende starben in der Hungersnot, die daraufhin folgte.

»Also werde ich nichts über dieses *A'dam* für Männer sagen«, sagte er. »Ich gehe davon aus, jemand hat daran gedacht, es ihm zu sagen …?« Farben blitzten auf. Vielleicht konnte er sie einfach ignorieren oder sich daran gewöhnen. Sie waren so schnell wieder verschwunden, wie sie gekommen waren, und sie bereiteten keine Schmerzen. Er konnte nur Dinge nicht leiden, die er nicht begriff. Vor allem, wenn sie möglicherweise etwas mit der Macht zu tun hatten. Der silberne Fuchskopf unter seinem Hemd mochte ihn gegen die Macht beschützen, aber dieser Schutz hatte so viele Lücken wie seine eigenen Erinnerungen.

»Wir haben nicht gerade ständigen Kontakt«, sagte Thom trocken und zwinkerte. »Ich schätze, Elayne und Nynaeve haben eine Möglichkeit gefunden, es ihn wissen zu lassen, falls sie es für wichtig hielten.«

»Warum sollten sie?«, sagte Juilin und bückte sich, um einen Stiefel auszuziehen. »Das Ding liegt auf dem Meeresgrund.« Mit einem Stirnrunzeln warf er den Stiefel auf die zusammengeknüllten Kleider in der Ecke. »Gönnst du uns heute Nacht etwas Schlaf, Mat? Ich glaube kaum, dass wir morgen dazu kommen werden, und ich möchte wenigstens jede zweite Nacht schlafen.«

In dieser Nacht entschied sich Mat, in Tylins Bett zu schlafen. Nicht um der alten Zeiten willen. Der Gedanke ließ ihn lachen, obwohl das Gelächter zu sehr nach einem Wimmern klang, um witzig zu sein. Es war einfach so, dass eine gute Federmatratze und mit Gänsefedern gefüllte Kopfkissen einer Scheune vorzuziehen waren, wenn man nicht wusste, wann man das nächste Mal ungestörten Schlaf finden würde.

Das Problem lag nur darin, dass er nicht schlafen konnte. Er lag dort im Dunkeln mit einem Arm hinter den Kopf gelegt und die Lederschnur des Medaillons ums Handgelenk geschlungen, damit es bereit war für den Fall, dass der *Gholam* unter dem Türspalt hindurchschlüpfte, aber es war nicht das Ungeheuer, das ihn wach hielt. Er konnte nicht aufhören, den Plan zu durchdenken. Es war ein guter Plan, ein einfacher Plan; so einfach, wie

es unter diesen Umständen möglich war. Doch keine Schlacht war jemals nach Plan gegangen, nicht einmal die besten. Große Hauptmänner hatten ihren Ruf nicht nur für ihre brillanten Pläne erworben, sondern weil sie den Sieg auch dann errungen hatten, nachdem diese Pläne durchkreuzt worden waren. Als das erste Licht die Fenster berührte, lag er noch immer da, rollte das Medaillon über die Fingerrücken und versuchte darauf zu kommen, was wohl schief gehen würde.

KAPITEL 9

Kalte, dicke Regentropfen

Der Tag begann kalt, graue Wolken verdeckten die aufgehende Sonne, während der Wind vom Meer der Stürme an losen Glasscheiben in den Fensterrahmen rüttelte. In den Geschichten war das nicht die richtige Art von Tag für großartige Rettungsmissionen oder eine Flucht. Es war ein Tag für Mord. Kein angenehmer Gedanke, wenn man hoffen musste, auch noch den nächsten Sonnenaufgang zu erleben. Aber der Plan *war* einfach. Jetzt, da Mat eine Angehörige des seanchanischen Blutes zur Verfügung stand, konnte eigentlich nichts mehr schief gehen. Er versuchte eindringlich, sich selbst davon zu überzeugen.

Während er sich anzog, brachte Lopin ihm das Frühstück, Brot und Schinken und etwas harten gelben Käse. Nerim faltete ein paar letzte Kleidungsstücke zusammen, die noch ins Gasthaus gebracht werden mussten, darunter ein paar der Hemden, die Tylin hatte anfertigen lassen. Schließlich waren das gute Hemden, und Nerim behauptete, etwas wegen der Spitze tun zu können, obwohl er es gewöhnlich so klingen ließ, als böte er an, ein Leichentuch zu nähen. Der grauhaarige kleine Bursche konnte geschickt mit der Nadel umgehen, wie Mat genau wusste. Er hatte schließlich genug von Mats Wunden genäht.

»Nerim und ich werden Olver durch das Mülltor auf der Hinterseite des Palasts herausbringen«, wiederholte Lopin mit übertriebener Geduld, die Hände in Hüfthöhe verschränkt. Die Diener im Palast ließen nur selten eine Mahlzeit aus und sein dunkler tairenischer Mantel spannte sich enger als je zuvor über seinen runden Bauch. Was das anging, war die Rückseite des Mantels auch nicht mehr so weit, wie sie einmal gewesen war. »Außer den Wachen ist dort nie jemand, bis am Nachmittag der Abfallkarren herausgebracht wird, und sie sind daran gewöhnt, dass wir die Sachen meines Lords dort herausbringen, also werden sie uns keine Aufmerksamkeit schenken. In der *Wanderin* werden wir das Gold und die restlichen Kleidungsstücke meines Lords abholen, und Metwyn, Fergin und Gorderan werden mit den Pferden zu uns stoßen. Dann bringen die Rotwaffen und wir den jungen Olver am späten Nachmittag durch das Dal Eira-Tor. Ich habe die Lotteriemarken für die Pferde einschließlich der beiden Packtiere in meiner Tasche, mein Lord. An der Großen Nordstraße liegt ein verlassener Stall, etwa eine Meile nördlich vom Ring des Himmels, wo wir warten werden, bis mein Lord kommt. Ich gehe davon aus, die Anweisungen meines Lords korrekt wiedergegeben zu haben?«

Mat schluckte das letzte Stück Käse herunter und wischte sich die Hände ab. »Glaubst du, ich lasse es dich zu oft wiederholen?«, sagte er und schlüpfte in seinen Mantel. Einen unauffälligen dunkelgrünen Mantel. Bei Geschäften wie den heutigen wollte kein Mann auffällig gekleidet sein. »Ich wollte sichergehen, dass du es auswendig kannst. Vergesst nicht, wenn ihr mich nicht bis Sonnenaufgang gesehen habt, reitet ihr weiter, bis ihr auf Talmanes und die anderen stoßt.« Die Morgeninspektion der Zwinger würde den Alarm auslösen, und wenn er bis dahin nicht aus der Stadt heraus war, würde er vermutlich endlich erfahren, ob sein Glück auch die Axt des Scharfrichters aufhielt. Es war ihm vorhergesagt worden, dass er sterben und wieder leben sollte, aber er war sich ziemlich sicher, dass das bereits geschehen war.

»Natürlich, mein Lord«, sagte Lopin ausdruckslos. »Es wird geschehen, wie mein Lord befohlen hat.«

»Sicher, mein Lord«, murmelte Nerim so düster wie immer. »Mein Lord befiehlt und wir gehorchen.«

Mat vermutete, dass beide logen, aber zwei oder drei Tage des Wartens würden ihnen nicht schaden, und bis dahin würden sie eingesehen haben, dass er nicht mehr kam. Falls nötig, würden Metwyn und die anderen beiden Soldaten sie überzeugen. Diese drei mochten Mat Cauthon ja folgen, aber sie waren nicht so dumm, ihren Hals auf den Richtblock zu legen, wenn sein Kopf bereits gefallen war. Aus irgendeinem Grund war er sich bei Lopin und Nerim da nicht so sicher.

Olver war nicht so aufgebracht, Riselle verlassen zu müssen, wie Mat befürchtet hatte. Er sprach das Thema an, während er dem Jungen half, seine Besitztümer zusammenzupacken, damit sie ins Gasthaus gebracht werden konnten. Olvers Sachen lagen ordentlich auf dem schmalen Bett ausgebreitet, das in dem kleinen Zimmer stand; als die Gemächer noch Mat gehört hatten, war es ein kleines Wohnzimmer gewesen.

»Sie heiratet, Mat«, sagte Olver geduldig, als müsste er jemandem etwas erklären, der das Offensichtliche nicht begriff. Er klappte das kleine geschnitzte Kästchen, das Riselle ihm geschenkt hatte, lange genug auf, um sich zu vergewissern, dass seine Rotfalkenfeder sicher aufgehoben war, dann schloss er es und steckte es in die Ledertasche, die er über der Schulter tragen würde. Er passte auf die Feder mit der gleichen Gewissenhaftigkeit auf wie auf den Geldbeutel, der zwanzig Goldkronen und eine Hand voll Silber enthielt. »Ich glaube nicht, dass ihr Mann es ihr erlauben würde, mir weiterhin das Lesen beizubringen. Ich würde es nicht, wenn ich ihr Mann wäre.«

»Oh«, sagte Mat. Riselle hatte sich beeilt, sobald sie sich entschieden hatte. Ihre Hochzeit mit Bannergeneral Yamada war am Vortag öffentlich verkündet worden und sollte morgen stattfinden, obwohl den Bräuchen zufolge gewöhnlich einige Monate dazwischen lagen. Yamada mochte ein guter General sein, Mat wusste es nicht, aber gegen Riselle und diesen großartigen Busen hatte er keine Chance gehabt. Heute schauten sie sich ein Weingut in den Rhiannonhügeln an, das der Bräutigam ihr als Hochzeitsgeschenk kaufte. »Ich dachte nur, du wolltest … ich weiß nicht … sie vielleicht mitnehmen.«

»Mat, ich bin kein Kind mehr«, sagte Olver trocken. Er packte den Schildkrötenpanzer wieder in sein Leinentuch und steckte ihn ebenfalls in die Ledertasche. »Du *wirst* doch Schlangen und Füchse mit mir spielen, oder? Riselle spielt gern und du hast ja keine Zeit mehr für mich.« Trotz der Kleidungsstücke, die Mat in einen Umhang packte, um ihn in einem Reisekorb zu verstauen, hatte der Junge eine zusätzliche Hose und ein paar saubere Hemden und Strümpfe in der Ledertasche. Und das Spiel Schlangen und Füchse, das sein toter Vater für ihn gemacht hatte. Es war eher unwahrscheinlich, das zu verlieren, was man am Leib trug, und Olver hatte mit seinen zehn Jahren bereits mehr verloren als die meisten Menschen in ihrem ganzen Leben. Aber er glaubte noch immer daran, ohne Schummeln bei Schlangen und Füchsen gewinnen zu können.

»Das werde ich«, versprach Mat. Das würde er auch, falls er es aus der Stadt herausschaffte. Er brach mit Sicherheit so viele Regeln, dass er den Sieg verdient hatte. »Du kümmerst dich um Wind, bis ich komme.« Olver grinste breit. Der Junge liebte den langbeinigen grauen Wallach mindestens genauso sehr, wie er Schlangen und Füchse liebte.

Unglücklicherweise gehörte Beslan ebenfalls zu denjenigen, die der Meinung waren, bei Schlangen und Füchsen gewinnen zu können.

»Heute Nacht«, knurrte er und ging vor dem Kamin in Tylins Wohnzimmer auf und ab. Sein Blick war kalt genug, um die Wärme des prasselnden Feuers zu verscheuchen, und er hielt die Hände hinter dem Rücken verschränkt, als wollte er sie von dem Griff des schmalen Schwertes fern halten. Die Zylinderuhr auf dem Marmorsims schlug viermal für die zweite Stunde des Morgens. »Mit ein paar Tagen Vorbereitung hätte ich etwas Prächtiges veranstalten können!«

»Ich will aber nichts Prächtiges«, sagte Mat. Er wollte gar nichts von dem Mann, aber Beslan hatte zufällig gesehen, wie Thom sich auf den Stallhof der *Wanderin* schlich. Thom war losgezogen, um Joline zu beschäftigen, bis Egeanin am Abend mit ihren *Sul'dam* kam; er sollte ihre Nerven beruhigen und sie mit höfischem Getue freundlich stimmen, aber er hätte auch alle möglichen anderen Gründe haben können, um das Gasthaus zu besuchen. Nun, vielleicht nicht viele, da es dort vor Seanchanern wimmelte, aber mit Sicherheit doch einige. Beslan hatte sich jedoch auf den richtigen Grund gestürzt wie eine Ente auf einen Käfer, und er wollte nicht zulassen, dass er nicht beteiligt wurde. »Es reicht, wenn ein paar deiner Freunde die Ausrüstung anzünden, die die Seanchaner auf der Buchtstraße gelagert haben. Aber nach Mitternacht; besser eine Stunde später als zu früh.« Mit etwas Glück würde er die Stadt vor Mitternacht verlassen haben. »Das wird ihre Aufmerksamkeit nach Süden lenken, und du weißt, dass es ihnen schaden wird, wenn sie Ausrüstung verlieren.«

»Ich habe gesagt, ich werde es tun«, sagte Beslan mürrisch, »aber du kannst nicht gerade behaupten, dass Brandstiftung eine große Geste ist.«

Mat lehnte sich zurück, legte die Hände auf die Bambus nachempfundenen Lehnen und runzelte die Stirn. Er wollte seine Hände sowieso ausruhen, aber sein Siegelring verursachte auf dem vergoldeten Holz ein lautes Klicken, als er mit den Fingern trommelte. »Beslan, man wird dich doch in einer Schenke sehen, wenn die Brände beginnen, oder?« Der junge Mann verzog das Gesicht. »Beslan?«

Beslan warf die Hände in die Luft. »Ich weiß, ich weiß, ich darf Mutter nicht in Gefahr bringen. Man wird mich sehen. Um Mitternacht werde ich so betrunken wie der Mann einer Wirtin sein! Du kannst darauf wetten, dass man mich sieht! Es ist einfach nur nicht besonders heldenhaft, Mat. Ich befinde mich mit den Seanchanern im Kriegszustand, ob Mutter es nun auch ist oder nicht.«

Mat versuchte, nicht zu stöhnen. Beinahe wäre es ihm gelungen.

Es gab natürlich keine Möglichkeit zu verbergen, dass die Rotwaffen Pferde aus den Ställen holten. An diesem Morgen bemerkte er zweimal, wie Dienerinnen einander Münzen gaben, und beide Male schaute ihn die Frau, die bezahlen musste, böse an. Obwohl Vanin und Harnan es sich anscheinend noch immer in dem langen Quartier neben den Ställen bequem machten, wusste der Palast, dass Mat Cauthon bald aufbrach, und die ersten Wetten wurden bereits ausgezahlt. Er musste nur dafür sorgen, dass keiner herausfand, wie bald, bevor es zu spät war.

Als der Morgen seinen Verlauf nahm, wurde der Wind stärker, aber Mat ließ Pip satteln und ritt seine endlosen Kreise auf dem Stallhof, krümmte sich im Sattel etwas zusammen und zog den Umhang eng um sich. Er ritt langsamer als gewöhnlich, und so machten Pips Hufe gemütliche, trottende Geräusche auf den Pflastersteinen. Gelegentlich schaute er zu den am Himmel immer dunkler werdenden Wolken empor, verzog das Gesicht und schüttelte den Kopf. Nein, bei diesem Wetter war Mat Cauthon wirklich nicht gern draußen. Mat Cauthon wäre lieber an einem warmen und trockenen Ort, bis sich der Himmel aufklarte, ja, das wäre er.

Die *Sul'dam,* die ihre *Damane* in ihrem eigenen Kreis auf dem Stallhof umherführten, wussten ebenfalls, dass er bald aufbrechen würde. Zwar hatten die Dienerinnen keinen direkten Kontakt zu den Seanchanerinnen, aber was eine Frau weiß, das weiß bald jede Frau im Umkreis von einer Meile. Ein Buschfeuer fraß sich nicht so schnell durch einen ausgetrockneten Wald, wie sich Klatsch unter Frauen verbreitete. Eine große blonde *Sul'dam* schaute in seine Richtung und schüttelte den Kopf. Eine stämmige kleine *Sul'dam* lachte laut und verzog ihr Gesicht, das so dunkel wie das einer Atha'an Miere war. Er war bloß Tylins Spielzeug.

Die *Sul'dam* bereiteten ihm keine Sorge, Teslyn hingegen schon. Er hatte sie einige Tage lang nicht unter den umhergeführten *Damane* gesehen. Heute ließen die *Sul'dam* ihre Umhänge im Wind flattern, aber die *Damane* hielten die ihren fest um die Körper geschlungen; nur Teslyns grauer Umhang flatterte vergessen in alle Richtungen, und sie strauchelte, wenn der Boden uneben war. Ihre Augen waren weit aufgerissen und blickten besorgt. Gelegentlich warf sie der schwarzhaarigen, drallen *Sul'dam,* die das andere Ende der silbernen Leine hielt, einen schnellen Blick zu, und wenn sie das tat, fuhr sie sich mit der Zunge unsicher über die Lippen.

In Mats Eingeweiden schien sich eine Faust zu ballen. Wo war ihre Entschlossenheit geblieben? Wenn sie bereit war, sich unterkriegen zu lassen …

»Alles in Ordnung?«, fragte Vanin, als Mat abstieg und ihm Pips Zügel reichte. Es hatte angefangen zu regnen, kalte, dicke Tropfen, und die *Sul'dam* trieben ihre Schützlinge lachend ins Gebäude, um nicht nass zu werden. Einige der *Damane* lachten auch, ein Laut, der beinahe Mats Blut erstarren ließ. Vanin ging kein Risiko ein, dass sich jemand möglicherweise fragte, warum sie draußen im Regen standen und sich unterhielten. Der dicke Mann bückte sich, hob Pips linkes Vorderbein hoch und studierte den Huf. »Ihr seht etwas kränklicher aus als sonst.«

»Es ist alles in bester Ordnung«, erwiderte Mat. Der Schmerz in Bein und Hüfte nagte an ihm wie ein Raubtier, aber er nahm ihn gar nicht bewusst wahr, genauso wenig wie den noch dichter fallenden Regen. Licht, wenn Teslyn jetzt aufgab … »Vergesst nicht. Wenn Ihr heute Nacht im Palast Schreie hört oder etwas Ähnliches, das nach Ärger klingt, dann wartet nicht. Harnan auch nicht. Ihr reitet dann auf der Stelle los und findet Olver. Er wird …«

»Ich weiß, wo wir den kleinen Burschen finden werden.« Vanin ließ Pips Bein los, erhob sich und spuckte durch eine seiner Zahnlücken. Regen lief ihm übers Gesicht. »Harnan ist zu blöd, um allein die Stiefel anzuziehen, doch ich weiß, was zu tun ist. Ihr kümmert Euch um Euren Teil und sorgt dafür, dass Euer Glück anhält. Komm jetzt, Junge«, fügte er bedeutend wärmer an Pip gerichtet hinzu. »Ich habe schönen Hafer für dich. Und einen heißen Fischeintopf für mich.«

Mat hätte auch etwas essen sollen, aber ihm kam es so vor, als hätte er einen Stein verschluckt, der keinen Platz für eine Mahlzeit ließ. Er hinkte zurück in Tylins Gemächer, warf den feuchten Umhang über einen Stuhl und stand eine Weile da und starrte in die Ecke, wo sein schwarzschäftiger Speer neben dem Bogen stand. Den *Ashandarei* wollte er im letzten Augenblick holen. Das Blut würde im Bett sein, wenn er zuschlug, die Dienerschaft auch; nur die Wachen draußen würden nicht schlafen, und er würde nicht riskieren, dass man ihn damit sah, bevor es nicht zu vermeiden war. Selbst die Seanchaner, die ihn als Spielzeug bezeichneten, würden ihn bemerken, wenn er mitten in der Nacht eine Waffe durch die Korridore trug. Den Bogen hatte er auch mitnehmen wollen. Es war so gut wie unmöglich, außerhalb der Zwei Flüsse an gute schwarze Eibe heranzukommen, davon abgesehen schnitt man sie zu kurz. Im entspannten Zustand sollte ein Bogen zwei Handspannen größer als der Mann sein, der ihn spannte. Aber vielleicht ließ er ihn doch besser zurück. Falls es dazu kommen sollte, brauchte er für den *Ashandarei* sowieso beide Hände, und der Augenblick, den es dauerte, den Bogen fallen zu lassen, konnte der Augenblick sein, der ihn töten würde.

»Alles wird nach Plan gehen«, sagte er laut. Blut und Asche, er hörte sich genauso bescheuert wie Beslan an. »Ich werde mir nicht den Weg aus dem verdammten Palast freikämpfen müssen!« Und war beinahe genauso dumm. Bei den Würfeln war Glück eine feine Sache. Bei anderen Dingen konnte es einen Mann das Leben kosten, wenn er sich auf sein Glück verließ.

Er legte sich auf das Bett, schlug die bestiefelten Füße übereinander und betrachtete Speer und Bogen. Da die Tür zum Wohnzimmer offen stand, konnte er hören, wie die Zylinderuhr leise jede vergangene Stunde schlug. Licht, in dieser Nacht brauchte er sein Glück.

Das durch das Fenster einfallende Licht schwand so langsam, dass er beinahe aufgestanden wäre, um nachzusehen, ob die Sonne am Himmel stehen geblieben war, aber schließlich verblasste das graue Licht zu purpurnem Zwielicht und zu richtiger Dunkelheit. Die Uhr schlug zweimal, dann war nur noch das Rauschen des Regens und das Pfeifen des Windes zu hören. Arbeiter, die dem Wetter getrotzt hatten, würden die Werkzeuge niederlegen und schwerfällig nach Hause wanken. Niemand kam, um die Lampen zu entzünden oder sich um das Kaminfeuer zu kümmern. Niemand rechnete mit seiner Anwesenheit, da er in der vergangenen Nacht in diesem Bett geschlafen hatte. Die Flammen im Kamin des Schlafzimmers sanken in sich zusammen und erloschen. Jetzt war alles in Bewegung. Olver war in dem alten Stall in Sicherheit, dessen Dach größtenteils noch intakt war. Die Uhr schlug die erste Stunde der Nacht und es dauerte nicht mal eine Woche, und sie kündigte mit vier Schlägen die zweite Stunde an.

Mat erhob sich vom Bett, ertastete sich den Weg durch das stockfinstere Wohnzimmer und öffnete eines der hohen Fenster. Der kräftige Wind trieb Regentropfen durch das verschnörkelte, weiße Gitter aus Gusseisen, die seinen Mantel im Nu durchnässten. Der Mond verbarg sich hinter den Wolken, und die Stadt war eine Masse regenverhüllter Finsternis, die nicht einmal von einem Blitz erhellt wurde. Regen und Wind hatten anscheinend alle Straßenlaternen gelöscht; wenn sie den Palast verlassen hatten, würde die Nacht sie verbergen. Und jede Patrouille, die bei diesem Wetter auf der Straße war, würde zweimal hinsehen. Er zitterte, als der Wind durch den feuchten Mantel drang, und schloss das Fenster.

Er setzte sich auf die Kante eines der Bambus-Stühle, stützte die Ellbogen auf die Knie und beobachtete die Uhr auf dem erloschenen Kamin. Er konnte sie in der Dunkelheit nicht sehen, aber hier hörte er sie ticken. Er bewegte sich nicht, obwohl der eine Schlag, der die nächste Stunde ankündigte, ihn zusammenzucken ließ. Jetzt konnte man nur noch warten. Bald würde Egeanin Joline ihrer *Sul'dam* vorstellen. Falls sie wirklich drei Frauen gefunden hatte, die ihre Befehle befolgten. Falls Joline nicht in Panik ausbrach, wenn sie ihr das *A'dam* anlegten. Thom, Joline und die anderen aus dem Gasthaus würden kurz vor dem Dal Eira zu ihm stoßen. Und wenn er es nicht erreichte … Thom hatte seine Steckrübe zurechtgeschnitzt und war ziemlich sicher, sie mit seinem gefälschten Befehl durch das Tor zu bringen. Zumindest hatten sie eine Chance, wenn alles schief ging. Wenn. Zu viele »Wenns«, um jetzt darüber nachzudenken. Dafür war es zu spät.

Die Uhr machte *Ping*, wie ein Stück Kristall, das mit einem Löffel angeschlagen wurde. *Ping*. Etwa jetzt würde sich Juilin auf den Weg zu seiner geliebten Thera machen und mit etwas Glück würde Beslan in irgendeiner Schenke mit dem ernsthaften Trinken anfangen. Er holte tief Luft, stand in der Dunkelheit auf und überprüfte tastend die Messer, die in seinen Ärmeln, unter dem Mantel, in den heruntergeschlagenen Schäften seiner Stiefel und hinten in seinem Kragen versteckt waren. Als er damit fertig war, verließ er die Gemächer. Zu spät, um jetzt noch etwas anderes tun zu können als anzufangen.

Die leeren Korridore waren nur spärlich beleuchtet. In nur einem Kandelaber von dreien brannte eine Flamme vor den Spiegeln, kleine Teiche aus Licht, zwischen denen Schatten flackerten, die niemals richtig dunkel wurden. Mats Stiefel hallten laut auf den Bodenfliesen. Und den Marmorstufen. Es war unwahrscheinlich, dass zu dieser Stunde überhaupt noch jemand wach war, aber falls jemand ihn sah, durfte er nicht den Anschein erwecken, er würde umherschleichen. Er steckte die Daumen hinter den Gürtel und zwang sich zu schlendern. Es war nicht schlimmer, als einen Kuchen von der Küchenfensterbank zu stehlen. Obwohl, wenn er darüber nachdachte, schienen die lückenhaften Erinnerungen an seine Kindheit zu besagen, dass man ihm dafür ein- oder zweimal beinahe die Haut abgezogen hätte.

Er betrat den Säulengang vor dem Stallhof; der Wind peitschte den Regen zwischen die weißen Säulen, und Mat schlug den Kragen hoch. Verdammter Regen! Darin konnte man ja ertrinken, dabei war er noch gar nicht richtig draußen gewesen. Die an den Außenmauern angebrachten Lampen waren alle erloschen mit Ausnahme der beiden, die das offene Tor flankierten; die einzigen hellen Lichter im strömenden Regen. Die Wache der Seanchaner würde so reglos dastehen, als wäre es ein angenehmer Nachmittag. Die Ebou Dari vermutlich auch; sie mochten es überhaupt nicht, irgendwie vorgeführt zu werden. Nach einem Augenblick zog er sich zur Tür der Eingangshalle zurück, um nicht völlig durchnässt zu werden. Auf dem Stallhof regte sich nichts. Wo waren sie? Blut und verfluchte Asche, wo …?

Reiter erschienen im Tor, denen zwei Männer mit Stablaternen vorausgingen. Mat konnte sie bei dem Regen nicht zählen, aber es waren zu viele. Würden seanchanische Kuriere Laternenträger haben? Vielleicht bei diesem Wetter? Mit einer Grimasse trat er noch einen Schritt zurück, in die Eingangshalle hinein. Das fahle Licht der einsamen Lampe hinter ihm reichte aus, um die Nacht draußen in eine schwarze Decke zu verwandeln, aber er spähte in sie hinein. Ein paar Minuten später erschienen vier mit dicken Umhängen vermummte Gestalten, die auf die Tür zueilten. Wenn es Kuriere waren, würden sie an ihm vorbeigehen, ohne ihm einen zweiten Blick zuzuwerfen.

»Euer Mann Vanin ist unverschämt«, verkündete Egeanin und warf die Kapuze zurück, sobald sie an den kannelierten Säulen vorbei war. In der Dunkelheit war ihr Gesicht bloß ein Schatten, aber die Kälte ihrer Stimme reichte aus, um ihm zu verraten, was er sehen würde, bevor sie die Halle betrat und ihn zurückdrängte. Ihre Brauen waren zusammengezogen, ihre Augen schleuderten Blicke wie eisige Dolche. Ein grimmiger Domon folgte ihr und schüttelte Regen von seinem Umhang, dann kamen zwei *Sul'dam;* die eine war blass und hatte blondes Haar, die andere langes braunes Haar. Viel mehr konnte Mat nicht sehen, da sie mit gesenkten Köpfen dort standen und die Fliesen zu ihren Füßen betrachteten. »Ihr habt mir nicht gesagt, dass sie zwei Männer dabei hat«, fuhr Egeanin fort und schälte sich die Handschuhe von den Händen. Sie ließ einem keine Gelegenheit, ein Wort dazwischenzuquetschen. »Oder dass Frau Anan mitkommt. Glücklicherweise kenne ich mich darin aus zu improvisieren. Pläne müssen immer den Umständen angepasst werden, wenn der Anker trocken ist. Apropos trocken, seid Ihr bereits draußen rumgelaufen? Ich hoffe, man hat Euch nicht bemerkt.«

»Was meint Ihr damit, Ihr habt den Plan den Umständen angepasst?«, wollte Mat wissen und fuhr sich mit den Händen durchs Haar. Licht, es war ganz nass! »Ich hatte alles genau festgelegt!« Warum standen die beiden *Sul'dam* reglos da? Wenn er jemals widerwillige Statuen gesehen hatte, dann die beiden. »Wer sind all die anderen da draußen?«

»Die Leute aus dem Gasthaus«, sagte Egeanin ungeduldig. »Erstens brauchte ich das entsprechende Gefolge, damit für die Straßenpatrouillen alles richtig aussieht. Diese beiden Behüter sind muskulöse Burschen; sie geben ausgezeichnete Laternenträger ab. Zweitens wollte ich nicht das Risiko eingehen, sie in diesem Sturm zu verlieren. Besser, wir sind alle von Anfang an zusammen.« Sie wandte den Kopf und folgte seinem Blick zu den beiden *Sul'dam.* »Das sind Seta Zarbey und Renna Emain. Vermutlich hoffen sie, dass Ihr diese Namen nach der heutigen Nacht wieder vergesst.«

Die blasse Frau zuckte zusammen, als der Name Seta ausgesprochen wurde, also musste die andere Renna sein. Keine von ihnen hob den Kopf. Wieso hatte Egeanin sie eigentlich in der Hand? Nicht, dass es eine Rolle gespielt hätte. Es kam nur darauf an, dass sie da und bereit waren, das Nötige zu tun.

»Sinnlos, hier herumzustehen«, sagte Mat. »Bringen wir es hinter uns.« Er verkniff sich jede Bemerkung zu ihrer Planänderung. Schließlich hatte er, als er in Tylins Gemächern auf dem Bett gelegen hatte, sich selbst dazu entschlossen, die eine oder andere Änderung zu riskieren.

KAPITEL 10

Die Prophezeiung der Aelfinn

Die seanchanische Adlige brachte Überraschung und keinen geringen Unmut zum Ausdruck, als Mat sie zu den Zwingern führte. Seta und Renna kannten den Weg natürlich, und er hätte eigentlich seinen Umhang und alles andere holen sollen, was er mitnehmen wollte. Die beiden *Sul'dam* folgten ihnen mit nassen Umhängen und zu Boden gerichteten Blicken durch die spärlich beleuchteten Korridore. Domon machte die Nachhut, als würde er die beiden vor sich hertreiben. Der Zopf, der an der einen Seite seines Kopfes herunterhing, baumelte hin und her, als er in jeden kreuzenden Korridor blickte, und manchmal griff er an die Taille, als erwartete er ein Schwert oder eine Keule zu finden. Außer ihnen waren die mit Wandteppichen geschmückten Gänge still und leer.

»Ich habe da oben eine Kleinigkeit zu erledigen«, sagte Mat so beiläufig wie er nur konnte zu Egeanin und lächelte sie an. »Ihr braucht Euch nicht darum zu kümmern. Dauert keine Minute.« Sein bestes Lächeln schien keinen größeren Eindruck auf sie zu machen als gestern in ihrem Zimmer im Gasthaus.

»Wenn Ihr mich jetzt Schiffbruch erleiden lasst …«, knurrte sie in drohendem Tonfall.

»Denkt einfach nur daran, wer das alles geplant hat«, murmelte er, und sie grunzte. Licht, Frauen schienen immer zu glauben, sie könnten dazukommen und alles übernehmen und bessere Arbeit leisten als der Mann, dessen Arbeit es war!

Wenigstens hörte sie auf, sich zu beschweren. Sie stiegen rasch zur obersten Etage des Palasts hinauf, dann die dunkle schmale Treppe zu dem riesigen Dachboden. Nur ein paar der Lampen brannten, nicht einmal so viele wie in den unteren Korridoren, und das Labyrinth schmaler Gänge zwischen den winzigen hölzernen Räumen war eine Masse bleicher Schatten. Nichts regte sich und Mat atmete etwas leichter. Er hätte noch leichter geatmet, hätte Renna nicht vor offensichtlicher Erleichterung geseufzt.

Sie und Seta wussten, wo die einzelnen *Damane* untergebracht waren, und auch wenn sie sich nicht gerade beeilten, zögerten sie dennoch nicht, tiefer in den Dachboden hineinzugehen, vielleicht, weil Domon ihnen auf den Fersen folgte. Es war kein Bild, das für Vertrauen sorgte. Nun, wenn Wünsche Pferde wären, würden Bettler reiten. Ein Mann musste mit dem auskommen, was er hatte. Vor allem, wenn ihm keine andere Wahl blieb.

Egeanin warf ihm einen letzten harten Blick zu und knurrte wieder, diesmal aber wortlos, dann eilte sie mit wehendem Umhang hinter den anderen her. Er verzog das Gesicht. So wie die Frau daherschritt, hätte man sie für einen Mann halten können.

Er hatte etwas zu erledigen und möglicherweise keine Kleinigkeit. Es war nichts, das er tun wollte. Licht, er hatte wirklich versucht, es sich selbst auszureden! Aber es war etwas, das er verdammt noch mal tun musste! Sobald Egeanin hinter Domon und den anderen um eine Ecke verschwunden war, huschte er zu dem nächsten Zimmer, in dem sich seiner Erinnerung nach eine Frau vom Meervolk befand.

Er drückte die einfache Holztür lautlos auf und schob sich in den pechschwarzen Raum. Eine Frau schnarchte leise. Langsam ertastete er sich einen Weg, bis er mit dem Knie gegen das Bett stieß, dann tastete er sich etwas schneller die Erhebung unter der Decke entlang und fand ihren Kopf gerade noch rechtzeitig, um ihr den Mund zuzuhalten, als sie ruckartig erwachte.

»Ich will, dass Ihr mir eine Frage beantwortet«, flüsterte er. Blut und Asche, was war, wenn er sich im Zimmer geirrt hatte? Was war, wenn das überhaupt keine Windsucherin war, sondern eine der verdammten Seanchanerinnen? »Was würdet Ihr tun, wenn ich Euch diesen Kragen um Euren Hals abnehmen würde?« Er nahm die Hand weg und hielt den Atem an.

»Ich würde meine Schwestern befreien, falls es dem Licht gefällt, dies geschehen zu lassen.« Der Meervolk-Akzent in der Dunkelheit ließ ihn wieder atmen. »Wenn das Licht es zulässt, würden wir irgendwie den Hafen durchqueren, zu dem Ort, wo man unsere Leute festhält, und so viele befreien, wie wir können.« Die Stimme der Frau blieb leise, wurde aber bei jedem Wort leidenschaftlicher. »Wenn das Licht es will, würden wir unsere Schiffe zurückerobern und uns einen Weg aufs Meer hinaus erkämpfen. Nun! Wenn das ein Trick ist, bestraft mich dafür und bringt es hinter Euch oder tötet mich deswegen. Ich stand ganz kurz davor, mich selbst aufzugeben, und diese Schande wird für alle Zeiten in mir brennen, aber Ihr habt mich daran erinnert, wer ich bin, und jetzt werde ich mich niemals ergeben. Habt Ihr gehört? Niemals!«

»Und wenn ich Euch bitte, noch drei Stunden zu warten?«, fragte er noch immer über sie gebeugt. »Ich kann mich daran erinnern, dass das Atha'an Miere den Verlauf einer Stunde bis auf die Minute bestimmen kann.« Zwar hatte er das nicht gehört, aber die Erinnerung gehörte jetzt ihm, eine Überfahrt auf einem Schiff der Atha'an Miere von Allorallen nach Barashta und eine Frau des Meervolks mit leidenschaftlichen Augen, die weinte, als sie sich weigerte, ihm an Land zu folgen.

»Wer seid Ihr?«, flüsterte sie.

»Man nennt mich Mat Cauthon, falls das einen Unterschied macht.«

»Ich bin Nestelle din Sakura Südstern, Mat Cauthon.« Er hörte sie spucken und wusste, was sie da tat. Er spuckte in die eigene Hand und ihre beiden Hände fanden sich in der Dunkelheit. Die ihre war genauso voller Schwielen wie die seine, ihr Griff war fest. »Ich werde warten«, sagte sie. »Und ich werde mich an Euch erinnern. Ihr seid ein guter Mann.«

»Ich bin nur ein Spieler«, sagte er zu ihr. Ihre Hand führte die seine zu dem Segmentkragen um ihren Hals und die Konstruktion öffnete sich mit einem metallischen Klicken. Sie holte tief Luft.

Er musste nur ihre Finger an die richtigen Stellen legen und ihr den Trick einmal zeigen, bevor sie verstanden hatte, aber er ließ sie den Kragen dreimal schließen und öffnen, bevor er zufrieden war. Wenn er das schon tat, dann konnte er auch dafür sorgen, dass es richtig funktionierte. »Drei Stunden, so genau es geht«, erinnerte er sie.

»So genau es geht«, flüsterte sie.

Sie konnte alles ruinieren, aber wenn er kein Risiko einging, wer dann? Schließlich war er der Mann mit dem Glück. Möglicherweise war davon in letzter Zeit ja nicht viel zu bemerken gewesen, aber er hatte Egeanin genau in dem Augenblick gefunden, als er sie brauchte. Mat Cauthon gebot noch immer über das Glück.

Er schlüpfte so leise aus dem Raum, wie er ihn betreten hatte, und schloss hinter sich die Tür. Und hätte beinahe seine Zunge verschluckt. Er starrte auf den Rücken einer breiten, grauhaarigen Frau in einem Gewand mit roten Rechtecken. Vor ihr stand die zu voller Größe aufgerichtete Egeanin sowie Teslyn, die durch die silberne Leine des *A'dam* mit Renna verbunden war. Von Domon oder Seta oder dieser Edesina, von der er noch immer nicht wusste, wie sie aussah, war nichts zu entdecken. Egeanin sah aus wie eine wilde Löwin, die ihre Beute verteidigte, aber Teslyn stand mit weit aufgerissenen Augen da und zitterte am ganzen Leib, und Rennas Mund war auf eine Weise verzogen, die besagte, dass sie sich jeden Moment übergeben würde.

Ohne zu atmen machte er einen vorsichtigen Schritt auf die grauhaarige Frau zu und streckte die Hände aus. Wenn er sie überwältigte, bevor es ihr gelang einen Schrei auszustoßen, konnten sie sie verstecken, und zwar … Wo? Seta und Renna würden sie töten wollen. Ganz egal, womit Egeanin sie in der Hand hatte, die Frau konnte ihre Namen nennen.

Egeanins strenger Blick traf sich über der Schulter der grauhaarigen *Sul'dam* einen winzigen Augenblick lang mit dem seinen, bevor er sich wieder auf das Gesicht der anderen Frau richtete. »Nein!«, sagte sie in scharfem Tonfall. »Wir können jetzt keine Zeit mit Änderungen in meinen Plänen verschwenden. Die Hochlady Suroth hat gesagt, ich könnte jede *Damane* benutzen, die ich will, *Der'sul'dam.*«

»Natürlich, meine Lady«, erwiderte die Grauhaarige und klang verwirrt. »Ich habe lediglich darauf hingewiesen, dass Tessi nicht richtig ausgebildet ist. Eigentlich bin ich nur hier, um nach ihr zu sehen. Sie macht schöne Fortschritte, meine Lady, das schon, aber …«

Noch immer ohne zu atmen wich Mat auf Zehenspitzen zurück. Er huschte die schmale dunkle Treppe hinunter und stützte sich mit den Händen an beiden Wänden ab, um so viel von seinem Gewicht wie möglich auf sie zu verlagern. Er konnte sich nicht daran erinnern, ob es beim Heraufgehen quietschende Stufen gegeben hatte, aber es gab Risiken und es gab Risiken. Ein Mann ging die ein, die er musste, und stellte sein Glück ansonsten nicht auf die Probe. Das war der Weg zu einem langen Leben, etwas, das er sich sehnlichst wünschte.

Am Fuß der Treppe blieb er stehen und saugte Luft in seine Lungen, bis sein Herz zu hämmern aufhörte. Zumindest bis es etwas langsamer schlug. Aufhören zu hämmern würde es vermutlich erst morgen. Er wusste nicht mehr, ob er geatmet hatte, seit er die grauhaarige Frau gesehen hatte. Licht! Wenn Egeanin glaubte, die Sache in der Hand zu haben, schön und gut, aber trotzdem, Licht! Sie musste den beiden *Sul'dam* Schlingen um die Hälse gelegt haben! *Ihr* Plan? Nun, sie hatte Recht, dass keine Zeit zu verschwenden war. Er lief los.

Er rannte, bis ein scharfer Schmerz durch seine Hüfte schoss und er gegen einen Tisch mit türkisfarbenen Intarsien prallte. Er griff nach einem Sommerwandteppich, um nicht zu stürzen, und die mit hellen Blumen geschmückte Seide riss bis zur Hälfte von dem gelben Marmorsims. Die hohe weiße Porzellanvase auf dem Tisch kippte um und zersplitterte auf den blauroten Bodenfliesen; das Klirren hallte durch den ganzen Korridor. Danach hinkte er. Aber er hinkte schneller, als je ein Mann gehinkt war. Wenn jemand kam, um nach der Ursache des Lärms zu sehen, würde er nicht Mat Cauthon über die Scherben gebeugt vorfinden – oder innerhalb der nächsten beiden Korridore, was das anging.

Er hinkte den Rest des Weges zu Tylins Gemächern, hatte das Wohnzimmer durchquert und stand schon halb im Schlafzimmer, bevor ihm bewusst wurde, dass alle Lampen brannten. Das Feuer im Kamin war mit Scheiten aus dem vergoldeten Holzkorb aufgefüllt und brannte. Tylin hatte die Arme nach hinten gedreht und fummelte an ihren Knöpfen herum, schaute bei seinem Eintreten auf und runzelte die Stirn. Ihr dunkelgrünes Reitgewand war zerknittert. Das Feuer prasselte und schickte Funken in den Kamin hinauf.

»Ich habe dich noch gar nicht zurückerwartet«, sagte er und versuchte nachzudenken. Bei all den Dingen, die er in Betracht gezogen hatte, dass sie schief gehen könnten, hatte Tylins vorzeitige Rückkehr nie eine Rolle gespielt. Sein Verstand schien eingefroren zu sein.

»Suroth hat erfahren, dass ein Heer in Murandy verschwunden ist«, erwiderte Tylin langsam und richtete sich auf. Sie sprach gedankenverloren, schenkte ihren Worten nur einen Bruchteil der Aufmerksamkeit, mit der sie Mat Cauthon betrachtete. »Ich weiß nicht, wie ein Heer verschwinden kann, aber sie entschied, dass sie dringend zurückkehren musste. Wir ließen alle zurück, reisten so schnell, wie eine dieser Bestien nur uns beide und die Frau, die sie lenkte, tragen konnte, und beschlagnahmten zwei Pferde an den Docks, um allein herzureiten. Sie ist sogar zu dieser Schenke auf der anderen Seite des Platzes gegangen, wo ihre Offiziere wohnen, statt herzukommen. Ich glaube nicht, dass sie in dieser Nacht schlafen will, oder einen von ihnen …«

Tylin verstummte, ging auf ihn zu und berührte seinen unauffälligen grünen Mantel. »Das Problem mit einem Schoßfuchs ist«, murmelte sie, »dass er sich früher oder später daran erinnert, ein Fuchs zu sein.« Die großen dunklen Augen schauten zu ihm hoch. Plötzlich packte sie zwei Hand voll seiner Haare und zog ihn zu einem Kuss nach unten, der ihm fast die Stiefel auszog. »Das«, sagte sie atemlos, als sie ihn schließlich losließ, »soll dir zeigen, wie sehr ich dich vermissen werde.« Ohne die Miene zu verziehen, versetzte sie ihm einen Schlag, der so hart war, dass silberne Sterne vor seinen Augen tanzten. »Und das ist dafür, dass du dich während meiner Abwesenheit davonstehlen wolltest.« Sie wandte ihm den Rücken zu und schob die Mähne ihres rabenschwarzen Haars über eine Schulter. »Mach mir die Knöpfe auf, mein hübscher kleiner Fuchs. Wir sind so spät eingetroffen, dass ich mich entschied, meine Dienerinnen nicht zu wecken, aber mit diesen Fingernägeln kann man einfach keine Knöpfe aufmachen. Eine letzte gemeinsame Nacht und morgen werde ich dich auf deinen Weg schicken.«

Mat rieb sich die Wange. Die Frau hätte ihm einen Zahn ausschlagen können. Wenigstens hatte sie seine Gedanken in Schwung gebracht. Wenn sich Suroth in der *Wan-*

derin aufhielt, dann war sie nicht im Tarasin-Palast und konnte auch nicht sehen, was sie nicht sehen sollte. Sein Glück hielt noch an. Er musste sich nur Sorgen wegen der Frau vor ihm machen. Der einzige Weg führte nach vorn.

»Ich gehe in dieser Nacht«, sagte er und legte die Hände auf Tylins Schultern. »Und wenn ich das tue, nehme ich ein paar Aes Sedai vom Dachboden mit. Komm mit mir! Ich schicke Thom und Juilin los, um Beslan zu finden, und …«

»*Mit* dir gehen?«, sagte sie ungläubig, löste sich von ihm und drehte sich um, um ihn anzusehen. Ihr stolzes Gesicht war voller Verachtung. »Täubchen, ich habe keine Lust, dein Liebling zu werden, und ich habe nicht die Absicht, ein Flüchtling zu sein. Oder Altara derjenigen zu überlassen, mit der die Seanchaner mich ersetzen werden, wer auch immer das sein sollte. Ich bin die Königin von Altara, möge das Licht mir beistehen, und ich werde mein Land nicht im Stich lassen. Du willst die Aes Sedai wirklich befreien? Ich wünsche dir dafür alles Gute, wenn du das tun musst, ich wünsche auch den Schwestern alles Gute, aber, mein Süßer, das hört sich nach einer sicheren Methode an, damit dein Kopf auf einem Spieß landet. Es ist ein zu hübscher Kopf, um ihn abschneiden und in Teer tauchen zu lassen.«

Er versuchte sie erneut bei den Schultern zu fassen, aber sie trat mit einem so durchbohrenden Blick zurück, dass er die Hände sinken ließ. Er legte jede Unze Dringlichkeit in seine Stimme, zu der er fähig war. »Tylin, ich habe dafür gesorgt, dass jedermann weiß, dass ich gehe, und dass ich es eilig hatte, vor deiner Rückkehr weg zu sein, damit bei den Seanchanern kein Zweifel besteht, dass du nichts damit zu tun hast, aber jetzt …«

»Bin ich zurückgekehrt und habe dich überrascht«, unterbrach sie ihn wild, »und du hast mich gefesselt und unter das Bett gesteckt. Wenn man mich am Morgen findet, werde ich wütend auf dich sein. Förmlich außer mir!«

Sie lächelte, aber ihre Augen loderten. Ganz egal, was sie über Füchse und darüber gesagt hatte, ihn auf den Weg zu schicken, sie war nicht sehr weit von dieser Wut entfernt. »Ich werde ein Kopfgeld auf dich aussetzen und Tuon sagen, dass sie dich nach deiner Gefangennahme kaufen kann, wenn sie dich dann noch will. In meinem Zorn werde ich die perfekte Hochlady sein. Sie werden mir glauben, Entchen. Ich habe Suroth bereits gesagt, dass ich mir die Haare abrasieren will.«

Mat grinste kläglich. Er glaubte ihr. Sie würde ihn wirklich verkaufen, wenn man ihn einfing. *Frauen sind ein Labyrinth in einem nächtlichen Dornengestrüpp,* lautete ein altes Sprichwort, *und nicht einmal sie kennen den Weg.*

Tylin bestand darauf, ihre Fesselung zu überwachen. Sie schien sogar stolz darauf zu sein. Sie musste mit Stoffbahnen gebunden werden, die er aus ihren Röcken herausschnitt, als hätte sie ihn überrascht und wäre überwältigt worden. Die Knoten mussten fest sein, damit sie nicht entkommen konnte, ganz egal, wie sehr sie auch dagegen ankämpfte, und sobald sie geknüpft waren, kämpfte sie damit und warf sich wild herum, dass es den Anschein hatte, als wollte sie sich tatsächlich befreien; ihr Mund verzog sich wütend, als es ihr nicht gelang. Knöchel und Handgelenke mussten auf ihrem Rücken zusammengebunden werden, und eine Leine musste von ihrem Hals zu einem der langen Bettpfosten führen, damit sie nicht auf dem Boden in den Korridor robben konnte. Und natürlich durfte sie auch nicht um Hilfe rufen. Als er ihr eines ihrer seidenen Taschentücher vorsichtig in den Mund schob und ein zweites davor band, um es an Ort und Stelle zu halten, lächelte sie, aber in ihren Augen lag ein wildes Funkeln. *Ein Labyrinth in einem nächtlichen Dornengestrüpp.*

»Ich werde dich vermissen«, sagte er leise, als er sie unter das Bett schob. Zu seiner Überraschung erkannte er, dass es die Wahrheit war. Licht! Rasch nahm er Umhang,

Handschuhe und Speer und löschte auf dem Weg nach draußen die Lampen. Frauen konnten einen Mann in diesem Labyrinth einfangen, ohne dass er es bemerkte.

Die Korridore waren noch immer leer und still bis auf den Klang seiner hinkenden Schritte, aber jede Erleichterung, die er verspürte, verschwand in dem Augenblick, in dem er die Eingangshalle vor dem Stallhof erreichte.

Die einsame Lampe warf ihr flackerndes Licht auf die unweigerlich mit Blumen verzierten Wandteppiche, aber Juilin und seine Frau waren nicht da, genauso wenig wie Egeanin und die anderen. Bei der Zeit, die Tylin ihn aufgehalten hatte, hätten sie mittlerweile alle auf ihn warten müssen. Jenseits des Säulengangs strömte der Regen in einem schwarzen Vorhang zu Boden, der alles verbarg. Waren sie möglicherweise zu den Ställen gegangen? Diese Egeanin schien seinen Plan ständig zu ändern, wenn es ihr in den Sinn kam.

Er murmelte unhörbar vor sich hin, zog den Umhang um sich und bereitete sich darauf vor, durch den strömenden Regen zu den Ställen zu gehen. In dieser Nacht hatte er genug von Frauen ertragen.

»Also wollt Ihr *wirklich* gehen. Das kann ich nicht zulassen, Spielzeug.«

Mit einem Fluch drehte er sich auf dem Absatz herum und sah sich Tuon gegenüber; ihr dunkles Gesicht hinter dem langen, durchsichtigen Schleier war ernst. Der schmale Reif, der den Schleier auf ihrem rasierten Kopf hielt, war eine Masse aus Feuersteinen und Perlen, noch ein Vermögen, wenn man von dem breiten, juwelenbesetzten Gürtel um ihre Taille und der langen Kette um ihren Hals absah. Ein guter Zeitpunkt, um sich für Juwelen zu interessieren, ganz egal, wie kostbar sie waren. Wieso, beim Licht, war sie wach? Blut und Asche, wenn sie losrannte und nach den Wachen rief, um ihn aufzuhalten …

Verzweifelt griff er nach dem schmalen Mädchen, aber

sie entwand sich ihm und stieß ihm den *Ashandarei* aus der Hand; der kurz angesetzte Schlag betäubte fast sein Handgelenk. Er erwartete, dass sie die Flucht ergriff, aber stattdessen deckte sie ihn mit einem Hagel aus Schlägen ein, hieb mit den Knöcheln zu, setzte ihre Hände wie Axtklingen ein. Er hatte flinke Hände, laut Thom die schnellsten, die der alte Gaukler jemals im Leben gesehen hatte, aber er war vollauf mit der Abwehr beschäftigt und konnte vergessen, sie packen zu wollen. Hätte er sich nicht so abmühen müssen, um zu verhindern, dass sie ihm die Nase brach – oder etwas anderes, was das anging; für eine so winzige Person konnte sie sehr hart zuschlagen –, hätte er das Ganze vielleicht sogar witzig gefunden. Obwohl er kaum mehr als über eine durchschnittliche Größe verfügte, ragte er hoch über sie hinaus, dennoch griff sie ihn wütend an, so als wäre sie die Größere und Stärkere, die davon ausging, ihn zu überwältigen. Aus irgendeinem Grund verzogen sich ihre vollen Lippen nach einigen Augenblicken zu einem Lächeln, und hätte er es nicht besser gewusst, wäre er davon überzeugt gewesen, dass in diese großen, feuchten Augen ein vergnügtes Funkeln trat. Sollte man ihn zu Asche verbrennen, zu diesem Zeitpunkt darüber nachzudenken, wie hübsch diese Frau doch war, war genauso schlimm, wie ihre Juwelen zu schätzen!

Plötzlich floss sie förmlich vor ihm zurück und nahm beide Hände, um den Juwelenreif zu richten, der ihren Schleier hielt. Ihr Gesicht zeigte nun keine Spur von Vergnügen. Ihr Ausdruck verriet nur noch Konzentration. Sie suchte sich sorgfältig einen festen Stand, ohne auch nur einen Augenblick lang den Blick von seinem Gesicht zu wenden, und fing langsam an, die weißen Faltenröcke mit den Händen zu raffen und sie Stück für Stück über die Knie zu ziehen.

Mat konnte nicht begreifen, warum sie nicht nach Hilfe rief, aber ihm war klar, dass sie nach ihm treten wollte.

Nun, nicht solange er noch ein Wörtchen mitzureden hatte! Er warf sich auf sie und alles geschah gleichzeitig. Ein stechender Schmerz in der Hüfte ließ ihn auf ein Knie stürzen. Tuon riss ihre Röcke fast bis zu den Hüften hoch, und ihr schlankes, von einem weißen Strumpf verhülltes Bein zuckte ihm entgegen, aber der Tritt ging über seinen Kopf hinweg, weil sie plötzlich in die Luft gehoben wurde.

Er hätte genauso überrascht sein müssen, Noal zu sehen, der die Arme um das Mädchen schlang, wie sie, von hinten gepackt zu werden, aber er reagierte schneller als sie. Als sie den Mund öffnete, um endlich um Hilfe zu rufen, kam Mat auf die Füße und schnippte ihr mit einer Handbewegung den Juwelenreif vom Kopf und stopfte ihr den Schleier zwischen die Zähne. Natürlich kooperierte sie nicht so, wie Tylin es getan hatte. Nur ein fester Griff um ihren Kiefer konnte verhindern, dass sie ihre Zähne in seine Finger versenkte. Zornige Laute kamen aus ihrem Mund, und ihre Augen verrieten eine Wut, wie sie sie nicht einmal in den hitzigsten Augenblicken ihres Angriffs gezeigt hatte. Sie wand sich in Noals Griff und trat mit den Beinen um sich, aber der alte Mann schaffte es, seine Last zu verlagern und jedem Tritt ihrer Fersen auszuweichen. Ob alt oder nicht, sie zu halten schien ihm keine Mühe zu bereiten.

»Habt Ihr oft diese Probleme mit Frauen?«, fragte er mit einem zahnlückigen Lächeln. Er trug seinen Umhang und seine zusammengeschnürten Besitztümer waren darüber auf seinem Rücken festgeschnallt.

»Immer«, erwiderte Mat mürrisch und stöhnte auf, als ein Knie seine schmerzende Hüfte traf. Er schaffte es, mit einer Hand das Halstuch zu lösen und den zusammengeknüllten Schleier in Tuons Mund festzubinden, und es kostete ihn nur einen Biss in den Daumen. Licht, was sollte er nur mit *ihr* machen?

»Ich weiß nicht, ob es das war, was Ihr geplant habt«,

sagte Noal, der trotz der sich in seinem Griff wild aufbäumenden zierlichen Frau keinesfalls schwerer atmete, »aber wie Ihr sehen könnt, will auch ich in dieser Nacht aufbrechen. Ich dachte mir, dass dies in ein oder zwei Tagen ein ungemütlicher Ort für jemanden sein könnte, dem Ihr ein Bett verschafft habt.«

»Eine weise Entscheidung«, murmelte Mat. Licht, er hätte daran denken sollen, Noal zu warnen.

Er ging in die Knie und wich Tuons Tritten lange genug aus, um sich ihre Beine zu schnappen. Mit einem aus dem Ärmel gezogenen Messer schnitt er in ihren Rocksaum und riss dann ein langes Stück Stoff heraus, um damit ihre Knöchel zu fesseln. Es war hilfreich, dass er zuvor mit Tylin schon mal hatte üben können. Er war es nicht gewohnt, Frauen zu fesseln. Er riss ein zweites Stück Stoff aus dem unteren Rockteil, hob den Juwelenreif vom Boden auf und stand wieder auf. Dabei grunzte er zweimal, das erste Mal wegen der Anstrengung und das zweite Mal wegen eines letzten, mit beiden Beinen ausgeführten Tritts, der seine Hüfte auflodern ließ. Als er Tuon den Reif auf den Kopf setzte, starrte sie ihm direkt in die Augen. Sie hatte die sinnlose Gegenwehr eingestellt, aber sie hatte keine Angst. Licht, an ihrer Stelle hätte er sich in die Hosen gemacht.

Da traf endlich Juilin ein; er trug bereits seinen Umhang, hatte sein kurzes Schwert und den gezackten Schwertbrecher am Gürtel und den dünnen Bambusstab in der Hand. Eine schlanke, dunkelhaarige Frau in einem der dicken weißen Gewänder, die *Da'covale* draußen trugen, klammerte sich an seinem rechten Arm fest. Sie war auf eine dralle Weise hübsch, mit einem Mund wie eine Rosenknospe, aber fünf oder sechs Jahre älter, als Mat erwartet hatte, und ihre großen dunklen Augen blickten eingeschüchtert. Bei Tuons Anblick stieß sie einen leisen Schrei aus und ließ Juilin los, als wäre er ein heißer Herd, sank neben der Tür zu Boden und legte den Kopf auf die Knie.

»Ich musste Thera noch einmal davon überzeugen, mit mir wegzulaufen«, sagte Juilin seufzend und schenkte ihr einen besorgten Blick. Das war die ganze Erklärung, die er für seine Verspätung abgab, bevor er sich Noals Last zuwandte. Er schob die alberne rote kegelförmige Mütze, die er trug, nach hinten und kratzte sich am Kopf. »Und was machen wir mit ihr?«, fragte er nüchtern.

»Wir lassen sie in den Ställen zurück«, erwiderte Mat. Das würde möglich sein, wenn Vanin die Stallburschen überredet hatte, ihm und Harnan die Versorgung sämtlicher eintreffender Kurierpferde zu überlassen. Bis jetzt war das nur eine zusätzliche Vorsichtsmaßnahme gewesen, eigentlich unnötig. Bis jetzt. »Im Heuschober. Eigentlich dürfte sie keiner vor dem Morgen finden, wenn sie für die Ställe frisches Heu herunterschaufeln.«

»Und ich dachte, Ihr wolltet sie entführen«, meinte Noal. Er seufzte, stellte Tuons gefesselte Füße auf dem Boden ab und fasste sie an den Oberarmen. Die kleine Frau verzichtete mit hoch erhobenem Kopf auf jede Gegenwehr. Selbst mit dem Knebel im Mund war ihr deutlich ihre Verachtung anzusehen. Sie weigerte sich zu kämpfen, nicht, weil es hoffnungslos war, sondern weil sie sich so entschieden hatte.

Schritte ertönten in dem Korridor, der in die Eingangshalle mündete, und wurden lauter. Es konnte nur Egeanin sein. Oder, nach der Art zu urteilen, wie sich die Nacht entwickelte, die Totenwache. Eine aus Ogiern bestehende Abteilung.

Hastig bedeutete Mat den anderen, sich in die Ecken zu drücken, wo sie außer Sichtweise eines jeden waren, der durch diese Tür kam, dann humpelte er los, um seinen schwarzen Speer aufzuheben. Juilin zog Thera auf die Füße und zog sie nach links, wo sie sich in der Ecke zusammenkauerte, während er sich vor sie stellte und den Stab in beide Hände nahm. Er schien eine zerbrechliche Waffe zu sein, aber der Diebefänger konnte damit verblüffende Erfolge erziehen. Noal zerrte Tuon in die andere Ecke und ließ einen ihrer Arme los, um mit der Hand in seinen Mantel zu greifen, wo er seine langen Messer aufbewahrte. Mat baute sich in der Mitte des Raums mit dem Rücken zu der regnerischen Nacht auf, den *Ashandarei* erhoben. Ganz egal, wer den Raum betrat, da seine Hüfte nach Tuons Tritt völlig verkrampft war, würde er sich nicht schnell bewegen können, aber falls es zum Schlimmsten kam, würde er einige Leute zumindest zeichnen können.

Als Egeanin durch die Tür rauschte, stützte er sich erleichtert auf den Speer. Nach ihr kamen zwei *Sul'dam,* denen Domon folgte. Mat bekam Edesina das erste Mal zu Gesicht, obwohl ihm wieder einfiel, dass er sie bei dem Auslauf der *Damane* gesehen hatte; sie war eine schlanke, hübsche Frau in einem dieser schmucklosen grauen Kleider, deren schwarzes Haar bis zur Taille reichte. Obwohl das *A'dam* sie an Setas Handgelenk fesselte, blickte sich Edesina ruhig um. Eine Aes Sedai an der Leine, aber eine Aes Sedai, die zuversichtlich war, dass die Leine bald gelöst wurde. Teslyn hingegen zitterte vor Begierde, leckte sich die Lippen und starrte auf die Tür zum Stallhof. Renna und Seta trieben die beiden Aes Sedai hinter Egeanin an, sie wandten ebenfalls den Blick nicht von der Tür.

»Ich musste die *Der'sul'dam* beruhigen«, sagte Egeanin, sobald sie den Raum betreten hatte. »Sie sind sehr um ihre Schützlinge besorgt.« Sie bemerkte Juilin und Thera und runzelte die Stirn; eigentlich hatte es keinen Grund gegeben, ihr von Thera zu erzählen, nicht, wenn sie bereit war, *Damane* zu helfen, aber die Überraschung mit dem Wollgewand gefiel ihr nicht. »Dass sie Renna und Seta gesehen hat, verändert natürlich ein paar Dinge«, fuhr sie fort, »aber …« Ihre Worte brachen wie mit dem Messer abgeschnitten ab, als ihr Blick auf Tuon fiel. Egeanin war eine Frau mit blasser Haut, aber sie wurde noch bleicher. Tuon erwiderte den Blick über ihren Knebel hinweg mit der Grimmigkeit eines Scharfrichters.

»Oh, Licht!«, stieß Egeanin heiser hervor und sank auf die Knie. »Ihr seid ja wahnsinnig! An die Tochter der Neun Monde Hand anzulegen bedeutet einen langsamen Tod durch die Folter!« Die beiden *Sul'dam* keuchten auf und knieten ohne zu zögern nieder, dabei zogen sie nicht nur die beiden Aes Sedai mit sich, sondern ergriffen die *A'dam* direkt am Kragen, um ihre Gesichter auf den Boden zu zwingen.

Mat grunzte, als hätte Tuon ihn in den Bauch getreten. Es fühlte sich zumindest so an. Die Tochter der Neun Monde. Die Aelfinn hatten ihm die Wahrheit gesagt, wie sehr er das Wissen auch hasste. Er würde sterben und wieder leben, falls das nicht schon geschehen war. Er würde die Hälfte des Lichts der Welt aufgeben, um die Welt zu retten, und er wollte nicht einmal darüber nachdenken, was das zu bedeuten hatte. Er würde heiraten … »Sie ist meine Frau«, sagte er leise. Jemand keuchte; er glaubte, es war Domon.

»Was?«, kreischte Egeanin und wandte den Kopf so schnell in seine Richtung, dass ihr Haarschopf herumschwang und sie mitten ins Gesicht traf. Mat hätte nicht gedacht, dass sie kreischen konnte. »Das könnt Ihr nicht sagen! Das dürft Ihr nicht sagen!«

»Warum nicht?«, wollte er wissen. Die Aelfinn sagten immer die Wahrheit. Immer. »Sie ist meine Frau. Eure verdammte Tochter der Neun Monde ist meine Frau!«

Alle starrten ihn an, nur Juilin nicht; der nahm die Kappe ab und starrte dort hinein. Domon schüttelte den Kopf und Noal lachte leise. Egeanins Mund stand offen. Die beiden *Sul'dam* starrten ihn an, als wäre er ein gefährlicher Irrer. Tuon starrte ihn ebenfalls an, aber ihre Miene war völlig unleserlich, diese dunklen Augen verbargen jeden Gedanken. O Licht, was sollte er nur tun? Erstens die Dinge in Bewegung bringen, bevor …

Selucia eilte in den Raum und Mat stöhnte. Würde denn jeder Bewohner des verdammten Palasts hier reinkommen? Domon versuchte sie zu ergreifen, aber sie wich ihm aus. Die dralle blonde *So'jhin* war nicht so erhaben wie gewöhnlich, sie rang die Hände und blickte sich gehetzt um. »Vergebt mir, dass ich spreche«, sagte sie mit furchterfüllter Stimme, »aber was Ihr da tut, ist über alle Maßen verrückt.« Mit einem Aufstöhnen kauerte sie sich zwischen die beiden knienden *Sul'dam* und legte jeder eine Hand auf die Schulter, als suchte sie ihren Schutz. Ihre Blicke irrten unstet durch den Raum. »Wie auch immer die Omen ausgesehen haben, das hier kann wieder in Ordnung gebracht werden, so lange Ihr Euch nur einverstanden erklärt, Euch zurückzuziehen.«

»Ganz ruhig, Selucia«, sagte Mat in einem beruhigenden Tonfall. Sie schaute ihn nicht an, aber er machte trotzdem beschwichtigende Gesten. In keiner seiner Erinnerungen konnte er eine Methode finden, wie man mit einer hysterischen Frau umgehen musste. Außer sich zu verstecken. »Niemandem wird etwas geschehen. Niemandem! Das verspreche ich Euch. Ihr könnt Euch wieder beruhigen.«

Aus irgendeinem Grund blitzte ganz kurz Verwirrung auf ihrem Gesicht auf, aber sie kniete nieder und faltete die Hände im Schoß. Plötzlich war ihre Furcht völlig verschwunden und sie war so erhaben wie immer. »Ich werde Euch gehorchen, solange Ihr meiner Herrin nichts antut. Falls Ihr das doch tun solltet, werde ich Euch töten.«

Wenn diese Worte von Egeanin gekommen wären, hätte ihn das nachdenklich gemacht. Aber da sie von dieser pummeligen Frau mit den hellen Wangen kamen, die, obwohl größer als ihre Herrin, eher klein war, verwarf er es sofort wieder. Das Licht wusste, dass Frauen gefährlich waren, aber mit der Dienerin einer Lady würde er schon fertig werden. Zumindest war sie nicht mehr hysterisch. Seltsam, wie schnell das bei Frauen kommen und gehen konnte.

»Ich schätze, Ihr wollt *beide* in den Heuschober bringen?«, sagte Noal.

»Nein«, erwiderte Mat und sah Tuon an. Sie erwiderte den Blick und noch immer wurde er aus ihrem Gesichtsausdruck nicht schlau. Eine jungenhaft schlanke kleine Frau, wo er doch Frauen mit Fleisch auf den Knochen mochte. Erbin des Throns von Seanchan, wo ihm Adlige doch immer eine Gänsehaut bescherten. Eine Frau, die ihn hatte *kaufen* wollen und die ihm jetzt vermutlich ein Messer in die Rippen jagen wollte. Und sie würde seine Ehefrau sein. Die Aelfinn sagten immer die Wahrheit. »Wir nehmen sie mit«, sagte er.

Endlich regte sich etwas in Tuons Miene. Sie lächelte, als wüsste sie plötzlich ein Geheimnis. Sie lächelte und er erschauderte. Oh, beim Licht, und wie er erschauderte.

KAPITEL 11

Eine Prise Weisheit

Das Goldene Rad war ein großes Gasthaus, direkt neben dem Avharin-Markt, mit einem langen Schankraum mit Holzbohlendecke, in dem zu viele rechteckige Tische standen. Selbst mittags war kaum mehr als einer von fünf Tischen besetzt; gewöhnlich waren es ausländische Händler, die Frauen mit gedeckten Farben und Haarknoten oben auf dem Kopf oder im Nacken gegenübersaßen. Die Frauen waren ebenfalls Kauffrauen oder Bankiersfrauen; in Far Madding war das Bankenwesen und der Handel Männern verboten. Alle Ausländer im Schankraum waren Männer, da die Frauen unter ihnen den Frauenraum benutzten. Der Duft gedünsteten Fischs und gebratenem Lamms erfüllte die Luft, und gelegentlich befahl ein Ruf von einem der Tische einen der Diener heran, die im hinteren Teil des Raums in einer langen Reihe warteten. Ansonsten dämpften die Händler und Bankiersfrauen ihre Stimmen. Der draußen fallende Regen war lauter.

»Seid Ihr sicher?«, fragte Rand und nahm die zerknitterte Zeichnung von dem Diener zurück, den er auf die Seite gezogen hatte.

»Ich glaube, er ist es«, sagte der Bursche unsicher und wischte sich die Hände an der langen, mit einem aufgestickten gelben Wagenrad versehenen Schürze ab. »Es sieht ihm ähnlich. Er müsste bald zurück sein.« Sein Blick schoss an Rand vorbei und er seufzte. »Ihr solltet lieber etwas zu trinken bestellen oder gehen. Frau Gallger mag es nicht, wenn wir reden statt zu arbeiten. Und es würde ihr gar nicht gefallen, wenn ich über ihre Gönner rede.«

Rand sah über die Schulter. Eine schlanke Frau, die einen großen Elfenbeinkamm in den Haarknoten an ihrem Hinterkopf gesteckt hatte, stand in dem gelb gestrichenen Torbogen, der zum Frauenraum führte. So wie sie den Blick durch den Schankraum schweifen ließ, konnte sie nur die Wirtin sein – einerseits war sie wie eine Königin, die ihr Reich betrachtete, andererseits eine Bäuerin, die ihre Felder begutachtete. Und keine von beiden war von dem dürftigen Geschäft begeistert. Als ihr Blick auf Rand und den Diener fiel, runzelte sie die Stirn.

»Gewürzten Wein«, sagte Rand und gab dem Mann ein paar Münzen, Kupfer für den Wein und eine Silbermark für seine Informationen, so unsicher sie auch waren. Seit er Rochaid getötet hatte und Kisman entkommen war, war mehr als eine Woche vergangen, und nach all diesen Tagen war es das erste Mal, dass er beim Vorzeigen der Zeichnungen mehr als ein Schulterzucken oder ein Kopfschütteln erhalten hatte.

Es standen ein Dutzend leerer Tische zur Auswahl, aber er wollte im vorderen Teil des Raums in der Ecke sitzen, wo er jeden Eintretenden sehen konnte, ohne selbst gesehen zu werden, und als er sich seinen Weg zwischen den Tischen suchte, bekam er Bruchfetzen diverser Unterhaltungen mit.

Eine hochgewachsene blasse Frau in dunkelgrüner Seide antwortete einem Mann in einem engsitzenden, schwarzen tairenischen Mantel mit einem Kopfschütteln. Der eisengraue Haarknoten ließ sie von der Seite etwas wie Cadsuane aussehen. Der Mann verzog keine Miene, aber sein dunkles, kantiges Gesicht schien besorgt. »Ihr braucht Euch über Andor keine Sorgen mehr zu machen, Meister Admira«, sagte sie beruhigend. »Glaubt mir, die Andoraner werden herumbrüllen und sich gegenseitig mit den Schwertern drohen, aber sie werden es niemals zum Kampf kommen lassen. Es liegt in Eurem Interesse, für Eure Waren die derzeitige Route zu behalten. Cairhien würde Euch ein Fünftel mehr Steuern berechnen als Far Madding. Denkt nur an die zusätzlichen Kosten.« Der Tairener furchte die Stirn, als würde er daran denken. Oder sich fragen, ob seine Interessen wirklich mit den ihren übereinstimmten.

»Ich habe gehört, die Leiche wäre schwarz angelaufen und aufgebläht gewesen«, sagte an einem anderen Tisch ein schlanker, weißbärtiger Illianer in einem dunkelblauen Mantel. »Ich habe gehört, dass der Rat befohlen hat, sie zu verbrennen.« Er hob bedeutungsvoll die Brauen und tippte sich an die spitze Nase, die ihm das Aussehen eines Wiesels verlieh.

»Falls es in der Stadt eine *Seuche* geben sollte, Meister Azereos, hätte der Rat es bekannt gegeben«, sagte die zierliche Frau, die ihm gegenübersaß. Mit den beiden reich verzierten Elfenbeinkämmen in ihrem aufgerollten Haar sah sie auf ein fuchshafte Weise hübsch aus; dabei wirkte sie so kühl wie eine Aes Sedai, allerdings hatte sie in den Winkeln ihrer braunen Augen kleine Fältchen. »Ich rate Euch wirklich davon ab, auch nur *Teile* Eures Handels nach Lugard zu verlagern. In Murandy herrscht große Unruhe. Die Adligen werden *niemals* zulassen, dass Roedran ein Heer aufstellt. Und wie Ihr sicherlich gehört habt, sind *Aes Sedai* darin verstrickt. Das Licht allein weiß, was sie tun werden.« Der Illianer zuckte unbehaglich mit den Schultern. Heutzutage war sich niemand sicher, was Aes Sedai tun würden, falls das jemals der Fall gewesen sein sollte.

Ein Kandori mit grauen Strähnen in seinem Gabelbart und einer großen Perle in seinem linken Ohr beugte sich zu einer dicken, in dunkelgraue Seide gekleideten Frau herüber, die ihr schwarzes Haar in einer festen Rolle auf dem Kopf trug. »Ich habe gehört, dass der Wiedergeborene Drache zum König von Illian gekrönt wurde, Frau Shimel.« Er runzelte die Stirn. »Wegen der Proklamation der Weißen Burg überlege ich mir, meine Frühlingswagen entlang Erinin nach Tear zu schicken. Die Flussstraße mag ja eine schwierigere Route sein, aber Illian ist kein so bedeutender Markt für Felle, dass ich so große Risiken eingehen möchte.«

Die dicke Frau lächelte; für ein so rundes Gesicht war es ein sehr schmales Lächeln. »Mir wurde gesagt, dass man den Mann kaum in Illian gesehen hat, seit er die Krone entgegennahm, Meister Posavina. Aber wie dem auch sei, die Burg wird sich um ihn kümmern, wenn sie es nicht schon längst getan hat, und heute Morgen habe ich erfahren, dass der Stein von Tear belagert wird. Das ist kaum eine Situation, in der ihr einen vernünftigen Markt für Felle vorfinden werdet, oder? Nein, Tear ist nicht der Ort, an dem man Risiken aus dem Weg gehen kann.« Die Falten auf Meister Posavinas Stirn wurden noch tiefer.

Rand erreichte einen kleinen Tisch in der Ecke, warf den Umhang über eine Stuhllehne, setzte sich mit dem Rücken zur Wand und schlug den Kragen hoch. Der Diener brachte einen dampfenden Zinnbecher mit gewürztem Wein, murmelte einen hastigen Dank für das Silber und eilte los, als an einem anderen Tisch ein Ruf ertönte. Zwei große Kamine an beiden Seiten des Raums nahmen der Luft ihre Kühle, aber falls jemand bemerkte, dass Rand die Handschuhe nicht auszog, so gab es derjenige nicht zu erkennen. Er gab vor, in den Weinbecher zwischen seinen Händen zu starren, während er den Eingang im Auge behielt.

Das meiste Gerede interessierte ihn nicht. Es war kaum neu, und manchmal wusste er mehr als die Leute, die er belauscht hatte. Zum Beispiel teile Elayne die Meinung der blassen Frau und sie musste Andor besser kennen als jede Kauffrau aus Far Madding. Dass der Stein belagert wurde, war jedoch neu. Doch darüber musste er sich noch keine Sorgen machen. Der Stein war niemals erobert worden, mit Ausnahme von ihm, und er wusste, dass sich

Alanna irgendwo in Tear befand. Er hatte gefühlt, wie sie nördlich von Far Madding an einen Ort noch weiter im Norden gesprungen war, und dann einen Tag später irgendwo nach Süden und Osten. Sie war weit genug entfernt, dass er nicht sagen konnte, ob sie in Haddon Mirk oder in der Stadt Tear war, aber er war zuversichtlich, dass sie an einem der Orte war, und zwar in Gesellschaft von vier Schwestern, denen er vertrauen konnte. Falls Merana und Rafela vom Meervolk bekommen konnten, was er wollte, dann würden sie es auch bei den Tairenern schaffen. Rafela war Tairenerin und das sollte helfen. Nein, die Welt würde auch noch eine Weile länger ohne ihn auskommen. Sie musste es.

Ein großer Mann in einem langen feuchten Umhang, dessen Gesicht von der Kapuze verborgen wurde, trat von der Straße ein, und Rands Blicke folgten ihm zu der Treppe im hinteren Teils des Raums. Auf der ersten Stufe schlug der Bursche die Kapuze zurück und enthüllte graues Haar und ein blasses, verkniffenes Gesicht. Er konnte nicht derjenige sein, den der Diener gemeint hatte. Niemand, der Augen im Kopf hatte, würde ihn mit Perval Torval verwechseln.

Rand lenkte seine Aufmerksamkeit wieder auf die Oberfläche des Weins und seine Gedanken verdüsterten sich. Min und Nynaeve hatten sich geweigert, auch nur noch eine Stunde damit zu verbringen, die Straßen abzulaufen, wie Min es ausgedrückt hatte, und er vermutete, dass Alivia die Zeichnungen nur noch ohne jeden Nachdruck herumzeigte. Falls sie es überhaupt tat. Alle drei hatten die Stadt heute verlassen und befanden sich auf den Hügeln, wenn er das richtig interpretierte, was ihm der Bund von Min übermittelte. Sie war wegen etwas sehr aufgeregt. Die drei Frauen glaubten, Kisman hätte nach dem gescheiterten Attentat die Flucht ergriffen, und die anderen Renegaten hätten ihn entweder begleitet oder wären gar nicht erst gekommen. Sie alle versuchten nun schon seit Tagen, ihn dazu zu überreden, die Stadt zu verlassen. Wenigstens hatte Lan nicht aufgegeben.

Warum können die Frauen nicht Recht haben?, wisperte Lews Therin wild in seinem Kopf. *Diese Stadt ist schlimmer als jedes Gefängnis. Hier gibt es keine Quelle! Warum sollten sie bleiben? Warum sollte überhaupt ein geistig gesunder Mann hier bleiben? Wir könnten ausreiten, hinter die Barriere, nur für einen Tag, ein paar Stunden. Licht, bloß für ein paar Stunden!* Die Stimme lachte unkontrolliert, wild. *O Licht, warum habe ich bloß einen Verrückten in meinem Kopf? Warum? Warum?*

Wütend zwang Rand Lews Therin zurück, bis er nur noch ein gedämpftes Summen darstellte. Obwohl nur Min einen gewissen Enthusiasmus gezeigt hatte, hatte er darüber nachgedacht, die Frauen auf ihrem Ritt zu begleiten. Nynaeve und Alivia hatten den Grund für ihren Ausritt nicht preisgeben wollen, obwohl der Morgenhimmel den Regen verheißen hatte, der jetzt draußen niederging. Es war nicht das erste Mal, dass sie gegangen waren. Um die Quelle zu fühlen, wie er vermutete. Um von der Einen Macht zu trinken, und wenn auch nur für kurze Zeit. Nun, er konnte es ertragen, die Macht nicht lenken zu können. Er ertrug die Abwesenheit der Quelle. Er konnte das! Er musste es, damit er die Männer töten konnte, die versucht hatten, ihn umzubringen.

Das ist nicht der Grund! brüllte Lews Therin und überwand Rands Versuche, ihn zum Verstummen zu bringen. *Du hast Angst! Wenn die Krankheit dich übermannt, während du versuchst, das Zugangs-Ter'angreal zu benutzen, könnte es dich töten oder Schlimmeres! Es könnte uns alle töten!*, stöhnte er.

Wein spritzte über Rands Handgelenk und tränkte seinen Ärmel. Vorsichtig löste er den Griff um den Becher. Der war von Anfang an nicht ganz rund gewesen, und er glaubte nicht, dass er ihn so verbogen hatte, dass es auffallen würde. Er hatte *keine* Angst! Er weigerte sich, sich von der Angst berühren zu lassen. Licht, am Ende würde er sterben müssen. Das hatte er akzeptiert.

Sie haben versucht, mich umzubringen, und dafür will ich sie tot sehen, dachte er. *Wenn das etwas dauert, nun, vielleicht wird die Krankheit bis dahin vorbei sein. Soll man dich doch zu Asche verbrennen, ich muss bis zur Letzten Schlacht überleben.* In seinem Kopf lachte Lews Therin noch unkontrollierter als zuvor.

Ein weiterer großer Mann schwankte herein, und zwar durch die Tür zum Stallhof, die sich am Fuß der Treppe im hinteren Teil des Raumes befand. Er schüttelte Regentropfen von seinem Umhang, warf die Kapuze zurück und ging auf den Durchgang zum Frauenraum zu. Mit dem höhnisch verzerrten Mund, der scharf geschnittenen Nase und dem verächtlichen Blick, mit dem er die Leute an den Tischen betrachtete, ähnelte er Torval, aber sein Gesicht verriet, dass er zwanzig Jahre älter war, und er schleppte dreißig Pfund mehr Fett herum. Er schaute durch den gelben Torbogen und rief mit einer hohen, pedantischen Stimme, die einen starken illianischen Akzent aufwies. »Frau Gallger, ich reise am Morgen ab. In aller Frühe, also erwarte ich nicht, dass mir der morgige Tag berechnet wird!« Torval war Taraboner.

Rand nahm seinen Umhang, ließ den Becher auf dem Tisch stehen und schaute nicht zurück.

Der mittägliche Himmel war grau und kalt, und falls der Regen nachgelassen hatte, war nicht viel davon zu bemerken, und da die böigen Seewinde ihn vor sich hertrieben, reichte er aus, um fast jeden von der Straße zu vertreiben. Rand hielt den Umhang mit einer Hand fest, sowohl um die Zeichnungen in seiner Tasche zu schützen als auch den Rest von ihm trocken zu halten, und mit der anderen hielt er die Kapuze vor den Windstößen fest. Die vom Wind vorwärts gepeitschten Regentropfen trafen sein Gesicht wie Eisperlen. Eine einsame Sänfte passierte ihn, das Haar der Träger hing ihnen nass auf den Rücken und ihre Stiefel traten in tiefe Pfützen auf dem Pflaster. Ein paar Leute schleppten sich in ihre Umhänge gehüllt die Straße entlang. Es waren noch einige Stunden Tageslicht übrig, aber er ging an den Gasthäusern *Drei Herzen der Ebene* und *Drei Damen aus Maredo* vorbei, ohne einzutreten. Er redete sich ein, dass es am Regen lag. Das war nicht das richtige Wetter, um ein Gasthaus nach dem anderen abzusuchen. Aber er wusste, dass es eine Lüge war.

Eine kleine pummelige Frau in einem dunklen Umhang kam die Straße entlang und hielt plötzlich auf ihn zu. Als sie vor ihm stehen blieb und den Kopf hob, sah er, dass es Verin war.

»Hier steckt Ihr also«, sagte sie. Regentropfen fielen in ihr erhobenes Gesicht, aber sie schien es nicht zu bemerken. »Eure Wirtin meinte, Ihr wolltet zum Avharin hinaufgehen, sie war sich jedoch nicht sicher. Ich fürchte, Frau Keene schenkt dem Kommen und Gehen ihrer männlichen Gäste keine große Aufmerksamkeit. Und hier stehe ich jetzt mit völlig durchnässten Schuhen und Strümpfen. Als Mädchen bin ich ja gern im Regen spazieren gegangen, aber im Laufe der Zeit hat es irgendwie seinen Reiz verloren.«

»Hat Cadsuane Euch geschickt?«, fragte er und bemühte sich, nicht hoffungsvoll zu klingen. Nach Alannas Abreise hatte er sein Zimmer im *Haupt der Ratsherrin* behalten, damit Cadsuane ihn finden konnte. Er würde wohl kaum ihr Interesse wecken, wenn sie die Gasthäuser nach ihm durchsuchen musste. Vor allem, da sie keinerlei Anzeichen gezeigt hatte, dass sie ihn suchen würde.

»O nein, das würde sie niemals tun.« Die Vorstellung schien Verin zu überraschen. »Ich glaubte nur, Ihr würdet vielleicht gern die Neuigkeit erfahren. Cadsuane macht mit den Mädchen einen Ausritt.« Sie runzelte nachdenklich die Stirn und legte den Kopf schief. »Obwohl ich Alivia wohl nicht als Mädchen bezeichnen sollte. Eine bemerkenswerte Frau. Bedauerlicherweise viel zu alt, um

Novizin zu werden; o ja, wirklich sehr bedauernswert. Sie saugt förmlich alles in sich auf, was man ihr beibringt. Ich glaube, sie kennt fast jede Möglichkeit, wie man etwas mit der Macht zerstören kann, aber da hört ihr Wissen auch schon auf.«

Er zog sie zur Straßenseite, wo die überhängende Dachkante eines einstöckigen Gebäudes etwas vor dem Regen schützte, wenn auch nicht unbedingt vor dem Wind. Cadsuane war mit Min und den anderen unterwegs? Das musste nichts zu bedeuten haben. Er hatte schon früher erlebt, dass Aes Sedai von Nynaeve fasziniert waren, und Min zufolge interessierten sie sich noch mehr für Alivia. »Welche Neuigkeit, Verin?«, fragte er leise.

Die rundliche kleine Aes Sedai blinzelte, als hätte sie vergessen, dass es eine Neuigkeit gab, dann lächelte sie unvermittelt. »Oh, ja. Die Seanchaner. Sie sind in Illian. Nicht in der Stadt, das noch nicht; kein Grund, blass zu werden. Aber sie haben die Grenze überschritten. Sie errichten an der Küste und im Landesinneren befestigte Lager. Ich verstehe nur wenig von militärischen Dingen. Wenn ich ein Geschichtsbuch lese, überspringe ich die Schlachten immer. Aber ich glaube, dass die Stadt ihr Ziel ist. Eure Schlachten scheinen sie nicht besonders aufgehalten zu haben. Darum lese ich nie etwas über Schlachten. Sie scheinen auf lange Sicht gesehen nie etwas zu verändern, sondern immer nur für kurze Zeit. Geht es Euch gut?«

Er zwang sich, die Augen zu öffnen. Verin spähte wie ein dicker Spatz zu ihm hoch. Die ganzen Kämpfe, all die Toten, Männer, die er getötet hatte, und es hatte nichts verändert. Gar nichts!

Sie irrt sich, murmelte Lews Therin in seinem Kopf. *Schlachten können die Geschichte verändern.* Er klang darüber nicht erfreut. *Das Problem liegt nur darin, dass man manchmal nicht vorhersagen kann, wie sich die Geschichte verändert, bis es zu spät ist.*

»Verin, wenn ich zu Cadsuane ginge, würde sie mit mir sprechen? Über etwas anderes als meine Manieren, die ihr nicht gefallen? Das scheint nämlich alles zu sein, was ihr am Herzen liegt.«

»Oh, mein Lieber. Ich fürchte, Cadsuane ist in vielerlei Hinsicht eine Traditionalistin, Rand. Ich habe nie gehört, dass sie einen Mann als hochmütig bezeichnet, aber …« Sie legte gedankenverloren einen Finger an die Lippen, dann nickte sie, und Regentropfen rannen ihr das Gesicht hinunter. »Ich glaube, sie wird sich anhören, was Ihr zu sagen habt, wenn Ihr den schlechten Eindruck ungeschehen machen könnt, den Ihr bei ihr hinterlassen habt. Oder wenn ihr ihn zumindest so gut verwischt, wie es Euch möglich ist. Nur wenige Schwestern lassen sich von Titeln oder Kronen beeindrucken, Rand, und Cadsuane noch weniger als andere, die ich kenne. Sie interessiert sich viel mehr dafür, ob Leute Narren sind oder nicht. Wenn Ihr Cadsuane beweisen könnt, dass Ihr kein Narr seid, wird sie zuhören.«

»Dann sagt ihr …« Er holte tief Luft. Licht, am liebsten hätte er Kisman und Dashiva und all die anderen mit bloßen Händen erwürgt! »Sagt ihr, dass ich Far Madding morgen verlassen werde, und ich hoffe, dass sie mich als meine Beraterin begleitet.« Den ersten Teil kommentierte Lews Therin mit einem erleichterten Seufzen; wäre er mehr als eine Stimme gewesen, hätte Rand gesagt, dass er beim zweiten Teil erstarrte. »Sagt Ihr, ich akzeptiere ihre Bedingungen. Ich entschuldige mich für mein Benehmen in Cairhien und werde mein Möglichstes tun, in Zukunft auf meine Manieren zu achten.« Das zu sagen fiel gar nicht schwer. Nun ja, ein bisschen schon, aber falls sich Min nicht irrte, brauchte er Cadsuane, und Min irrte sich nie bei dem, was sie sah.

»Also habt Ihr gefunden, was Ihr hier suchtet?« Er blickte sie stirnrunzelnd an und sie lächelte zurück und tätschelte seinen Arm. »Falls Ihr in dem Glauben nach

Far Madding gekommen wärt, Ihr könntet die Stadt erobern, indem Ihr verkündet, wer Ihr seid, wärt Ihr sofort wieder abgereist, nachdem Euch klar wurde, dass Ihr hier die Macht nicht benutzen könnt. Also konnte es sich nur darum handeln, etwas oder jemanden zu finden.«

»Vielleicht habe ich gefunden, was ich brauchte«, sagte er kurz angebunden. Nur das nicht, was er wollte.

»Dann kommt heute Abend in den Barsalla-Palast oben auf den Höhen, Rand. Jeder kann Euch sagen, wie er zu finden ist. Ich bin wirklich fest davon überzeugt, dass sie Euch anhören wird.« Sie rückte den Umhang zurecht und schien die Feuchtigkeit der Wolle zum ersten Mal zu bemerken. »Du meine Güte. Ich muss ins Trockene. Ich schlage vor, Ihr tut das auch.« Sie drehte sich um, verharrte dann aber und sah noch einmal über die Schulter. Ihre dunklen Augen blinzelten nicht. Plötzlich klang sie alles andere als gedankenverloren. »Ihr könntet es viel schlechter treffen, als Cadsuane zur Beraterin zu haben, Rand, aber ich bezweifle, dass Ihr eine bessere finden würdet. Falls sie zustimmt und Ihr wirklich kein Narr seid, werdet Ihr auf ihren Rat hören.« Sie rauschte durch den Regen davon und sah dabei fast aus wie ein stolzer Schwan.

Manchmal macht mir diese Frau Angst, murmelte Lews Therin, und Rand nickte. Cadsuane machte ihm keine Angst, aber sie machte ihn misstrauisch. Jede Aes Sedai, die ihm nicht den Treueid geleistet hatte, machte ihn misstrauisch, mit Ausnahme von Nynaeve. Und selbst bei ihr war er sich nicht immer sicher.

Auf den zwei Meilen Rückweg zum *Haupt der Ratsherrin* ließ der Regen nach. Dafür frischte der Wind auf, und das Schild über der Tür, auf dem das strenge Antlitz einer Frau mit dem juwelenbesetzten Diadem der Ersten Ratsherrin abgebildet war, schwang quietschend an seiner Halterung hin und her. Der Schankraum war kleiner als im *Goldenen Rad,* dafür war die Wandtäfelung poliert und mit Schnitzereien verziert, und die Tische unter den roten Deckenbalken standen nicht so eng beieinander. Der Durchgang zum Frauenraum war rot gestrichen und die Verzierungen sahen wie verspielte Spitzenklöppelei aus, genau wie die Simse der Marmorkamine. Im *Haupt der Ratsherrin* befestigten die Diener ihr langes Haar mit Silberspangen. Nur zwei von ihnen waren zu sehen; sie standen in der Nähe der Küchentür. An den Tischen saßen nur drei Männer, alles ausländische Händler, die weit auseinander saßen und in ihren Wein starrten. Möglicherweise sogar Konkurrenten, denn gelegentlich rutschte der eine oder andere auf seinem Stuhl herum und bedachte die anderen beiden mit einem Stirnrunzeln. Einer von ihnen, ein grauhaariger Mann, trug einen dunkelgrauen Seidenmantel, und ein schlanker Bursche mit einem finsteren Gesicht hatte einen roten Stein von der Größe eines Taubeneis im Ohr. *Das Haupt der Ratsherrin* beherbergte die wohlhabenderen ausländischen Händler und davon gab es in Far Madding derzeit nicht viele.

Die Uhr auf dem Kaminsims des Frauenraums – Min hatte erzählt, dass sie ein Silbergehäuse aufwies – schlug mit kleinen Glöckchen die Stunde, als er den Schankraum betrat, und er hatte den Umhang noch nicht richtig ausgeschüttelt, als auch schon Lan eintrat. Der Behüter schüttelte den Kopf, sobald er Rands Blick bemerkte. Nun, Rand rechnete mittlerweile auch nicht mehr damit, sie zu finden. Selbst für einen *Ta'veren* war das vermutlich ein Ding der Unmöglichkeit.

Sobald sie beide dampfende Becher voller Wein empfangen und es sich auf der langen roten Bank vor einem der Kamine bequem gemacht hatten, berichtete er Lan von seiner Entscheidung und den Gründen, weshalb er sie getroffen hatte. Einen Teil der Gründe. Den wichtigen Teil. »Wenn ich sie in dieser Minute in den Händen hätte, würde ich sie umbringen und mein Heil in der Flucht suchen, aber sie umzubringen ändert nichts. Zumindest nicht genug«, korrigierte er sich und sah stirnrunzelnd in die Flammen. »Ich kann noch einen Tag in der Hoffnung hier verbringen, sie morgen zu finden. Oder auch noch Wochen. Monate. Aber die Welt wartet nicht auf mich. Ich dachte, ich hätte sie mittlerweile erledigt, aber die Geschehnisse eilen bereits dem weit voraus, womit ich gerechnet habe. Und das gilt nur für die Geschehnisse, von denen ich weiß. Licht, was mag alles geschehen, von dem ich nichts weiß, nur weil ich keinen Kaufmann darüber beim Wein habe klagen hören?«

»Du kannst niemals alles wissen«, sagte Lan ruhig. »Und ein Teil von dem, was du erfährst, ist immer falsch. Vielleicht sogar der wichtigste Teil. Ein Teil der Weisheit liegt darin, dies zu wissen. Ein Teil des Mutes besteht darin, trotzdem weiterzumachen.«

Rand schob die Stiefel näher ans Feuer. »Hat Nynaeve dir gesagt, dass sie und die anderen sich mit Cadsuane treffen? Sie machen gerade einen Ausritt.« Oder befanden sich auf dem Rückweg. Er konnte fühlen, dass sich Min näherte. Sie würde nicht mehr lange fort sein. Noch immer versetzte sie etwas in große Aufregung, ein Gefühl, das ständig auf und ab schwankte, so als versuchte sie es zu unterdrücken.

Lan lächelte, was ohne Nynaeves Anwesenheit nur selten vorkam. Das Lächeln erreichte allerdings nicht seine Augen. »Sie hat mir verboten, es dir zu sagen, aber da du es bereits weißt ... Sie und Min haben Alivia auf ihre Seite gezogen. Falls es ihnen gelingt, Cadsuanes Interesse zu wecken, wollen sie sie möglicherweise dir näher bringen. Sie haben herausgefunden, wo sie wohnt, und sie gebeten, sie zu unterrichten.« Das Lächeln verblasste und ließ ein Gesicht zurück, das aus Stein hätte gemeißelt sein können. »Meine Frau hat für dich ein Opfer gebracht, Schafhirte«, sagte er leise. »Ich hoffe, du wirst das nicht vergessen. Sie will nicht viel darüber sagen, aber ich glaube, Cadsuane behandelt sie, als wäre sie noch immer eine Aufgenommene oder gar eine Novizin. Du weißt, wie schwer das für Nynaeve zu ertragen wäre.«

»Cadsuane behandelt alle und jeden, als wären sie Novizen«, murmelte Rand. Hochmut? Licht, wie sollte er nur mit dieser Frau umgehen? Und doch musste er einen Weg finden. Sie saßen schweigend da und starrten ins Feuer, bis ihre nach vorn geschobenen Stiefelsohlen zu qualmen anfingen.

Der Bund warnte ihn, und er wandte den Kopf in genau dem Augenblick, als Nynaeve in der Tür zum Stallhof erschien, gefolgt von Min und Alivia; sie schüttelten den Regen von ihren Umhängen, richteten die Reitröcke und bedachten die feuchten Stellen mit einer Grimasse, als hätten sie erwartet, bei diesem Wetter ausreiten zu können, ohne nass zu werden. Wie gewöhnlich trug Nynaeve ihr juwelenbesetztes *Ter'angreal,* Gürtel und Halskette, Armreife und Ringe und das seltsame *Angreal,* das sich aus Armreifen und Ring zusammensetzte.

Min machte sich noch immer zurecht, als sie zu Rand hinüberschaute und lächelte; natürlich war sie kein bisschen überrascht, ihn dort zu sehen. Wärme floss wie eine Liebkosung durch den Bund, obwohl sie noch immer versuchte, ihre Aufregung zu unterdrücken. Die anderen beiden Frauen brauchten länger, um Lan und ihn zu bemerken, aber als sie es taten, übergaben sie die Umhänge einem der Diener, damit dieser sie nach oben in ihre Zimmer brachte, dann setzten sie sich zu den beiden Männern am Kamin und streckten ihre Hände der Wärme entgegen.

»Und, hat der Ausritt im Regen mit Cadsuane Spaß gemacht?«, fragte Rand und hob den Becher, um einen Schluck von dem süßen Wein zu nehmen. Min riss den Kopf zu ihm herum, und kurz blitzte Schuld in dem Bund auf, aber ihr Gesicht verkündete lupenreine Empörung. Um ein Haar hätte er sich verschluckt. Wieso war es *sein* Fehler, wenn sie sich hinter seinem Rücken mit Cadsuane traf? »Hör auf, Lan so böse anzustarren, Nynaeve«, sagte er, als er wieder sprechen konnte. »Verin hat es mir gesagt.« Nynaeve richtete den Blick nun auf ihn und er schüttelte den Kopf. Frauen behaupteten oft, dass es – was auch immer »es« war – ausnahmslos die Schuld eines Mannes war, aber manchmal schienen Frauen tatsächlich daran zu glauben! »Ich entschuldige mich für das, was auch immer du meinetwegen von ihr erdulden musstest«, fuhr er fort, »aber das wird nicht länger nötig sein. Ich habe sie gebeten, meine Beraterin zu werden. Das heißt, ich habe Verin gebeten, ihr zu sagen, dass ich sie darum bitten will. Heute Abend. Mit etwas Glück wird sie morgen mit uns abreisen.« Er hatte mit Ausrufen überraschter Erleichterung gerechnet, aber die bekam er nicht.

»Eine erstaunliche Frau, diese Cadsuane«, sagte Alivia und schob ihr von weißen Bändern gehaltenes blondes Haar zurecht. Die Stimme mit dem dichten Akzent klang beeindruckt. »Eine strenge Lehrerin, sie weiß zu unterrichten.«

»Manchmal siehst du ja den Wald, Wollkopf, wenn man dich an der Nase zu ihm führt«, sagte Min und verschränkte die Arme unter den Brüsten. Der Bund übertrug Zustimmung, aber er glaubte nicht, dass sie dafür war, weil er die Suche nach den Renegaten aufgegeben hatte. »Vergiss nicht, sie will eine Entschuldigung für Cairhien. Denk einfach, sie sei deine Tante, die sich nichts bieten lässt, und dann wirst du großartig mit ihr zurechtkommen.«

»Cadsuane ist nicht so schlimm, wie es den Anschein hat.« Nynaeve schaute die anderen Frauen stirnrunzelnd an, und ihre Hand zuckte nach dem Zopf, der über ihrer Schulter lag, dabei hatten die anderen sie bloß angesehen. »Ist sie auch nicht! Wir werden unsere … Differenzen mit der Zeit schon klären. Das ist alles, was nötig ist. Etwas Zeit.«

Rand wechselte einen Blick mit Lan, der kaum merklich mit den Schultern zuckte und einen Schluck trank. Rand atmete langsam aus. Nynaeve hatte Meinungsverschiedenheiten mit Cadsuane, die sie mit der Zeit beilegen würde, Min sah in der Frau eine strenge Tante und Alivia eine strenge Lehrerin. So wie er Nynaeve kannte, würde bei den beiden die Fetzen fliegen, bis die Sache bereinigt war, und mit den anderen beiden Vorstellungen wollte er nun wirklich nichts zu tun haben. Aber ihm blieb nichts anderes übrig. Er nahm noch einen Schluck Wein.

Die Männer an den Tischen saßen nicht nahe genug, um ihnen zuhören zu können, trotzdem senkte Nynaeve ihre Stimme und beugte sich Rand entgegen. »Cadsuane hat mir gezeigt, wozu zwei meiner *Ter'angreale* in der Lage sind«, flüsterte sie, und in ihren Augen funkelte es aufgeregt. »Ich wette, dass dieser Schmuck, den sie da trägt, ebenfalls *Ter'angreale* sind. Sie hat meine sofort erkannt, als sie sie berührte.« Lächelnd berührte Nynaeve mit dem Daumen einen von den drei Ringen an ihrer rechten Hand, den mit dem hellgrünen Stein. »Ich wusste, dass man mit dem hier aus drei Meilen Entfernung erkennen kann, ob jemand *Saidar* berührt, aber sie sagt, er würde auch *Saidin* aufspüren. Sie ist auch davon überzeugt, dass er mir die Richtung zeigen müsste, aber wir konnten nicht herausfinden, wie das gehen soll.«

Alivia wandte sich vom Feuer ab und gab ein lautes Schnauben von sich, senkte aber ebenfalls die Stimme. »Und Ihr wart zufrieden, als sie es nicht schaffte. Ich habe es Euch am Gesicht angesehen. Wie könnt Ihr damit zufrieden sein, etwas nicht zu wissen?«

»Nur, dass *sie* etwas nicht weiß«, murmelte Nynaeve und warf der größeren Frau einen finsteren Blick zu, aber schon im nächsten Augenblick war ihr Lächeln wieder da. »Das wichtigste aber ist das hier, Rand.« Ihre Hände legten sich auf den schmalen, juwelenbesetzten Gürtel um ihre Taille. »Sie nannte es eine ›Quelle‹.« Er zuckte zusammen, als etwas sein Gesicht berührte, und sie kicherte. Ausgerechnet Nynaeve kicherte! »Es *ist* eine Quelle«, lachte sie hinter vorgehaltener Hand, »oder zumindest ein Fass! Und es ist voller *Saidar!* Zwar nicht sehr viel, aber um es aufzufüllen, muss ich nur durch sie hindurch *Saidar* umarmen, so als wäre es ein *Angreal.* Ist das nicht wunderbar?«

»Wunderbar«, sagte er ohne große Begeisterung. Also trug Cadsuane ständig *Ter'angreale* in ihrem Haar, und aller Wahrscheinlichkeit nach eine dieser »Quellen«, da sie sie sonst nicht erkannt hätte. Licht, er war immer davon überzeugt gewesen, dass niemals jemand zwei *Ter'angreale* mit gleicher Funktion gefunden hatte. Sie am Abend zu treffen wäre auch ohne das Wissen, dass sie selbst an diesem Ort die Macht lenken konnte, schlimm genug gewesen.

Er wollte Min fragen, ob sie ihn begleitete, als Frau Keene herbeieilte; der weiße Haarknoten auf ihrem Kopf war so fest gezogen, dass es den Anschein hatte, als wollte sie sich die Haut vom Gesicht ziehen. Sie schenkte Rand und Lan einen missbilligenden Blick und schürzte die Lippen, als würde sie darüber nachdenken, was sie wohl angestellt hatten. Er hatte beobachtet, dass sie die Kaufleute, die in dem Gasthaus logierten, mit dem gleichen Blick bedachte. Wären die Unterkünfte nicht so bequem und das Essen so gut gewesen, hätte sie vermutlich überhaupt keine Kunden gehabt.

»Frau Farshaw, das hier wurde heute Morgen für Euren Mann abgegeben«, sagte sie und gab Min einen Brief, der mit einem unordentlichen roten Wachsklumpen versiegelt war. Das spitze Kinn der Wirtin hob sich. »Außerdem hat sich eine Frau nach ihm erkundigt.«

»Verin«, sagte Rand schnell, um Fragen zuvorzukommen und die Frau loszuwerden. Wer wusste, dass man ihm an diese Adresse einen Brief schicken konnte? Cadsuane? Einer der Asha'man, die sie begleiteten? Vielleicht eine der anderen Schwestern? Er sah das zusammengefaltete Stück Papier in Mins Hand stirnrunzelnd an und wartete ungeduldig darauf, dass die Wirtin verschwand.

Mins Lippen zuckten, und sie bemühte sich so krampfhaft, ihn nicht anzusehen, dass er wusste, dass er der Auslöser für dieses Lächeln war. Ihre Belustigung tröpfelte durch den Bund. »Danke, Frau Keene. Verin ist eine Freundin.«

Das spitze Kinn ging noch weiter in die Höhe. »Wenn Ihr mich fragt, Frau Farshaw, wenn man einen hübschen Mann hat, muss man auch auf seine Freunde ein Auge haben.«

Als Min beobachtete, wie die Frau in Richtung des roten Torbogens ging, funkelte in ihren Augen die Heiterkeit, die durch den Bund floss, und ihre Lippen kämpften darum, nicht einfach drauflos zu lachen. Statt Rand die Botschaft zu geben, erbrach sie das Siegel mit dem Daumen und entfaltete den Brief selbst, so als wollte sie der Welt zeigen, dass auch sie eine Bewohnerin dieser verrückten Stadt war.

Sie runzelte leicht die Stirn, während sie las, aber ein kurzes Aufflackern im Bund war die einzige Warnung, die Rand erhielt. Sie zerknüllte das Blatt und wandte sich dem Kamin zu; er sprang von der Bank auf und riss ihr gerade noch rechtzeitig den Brief aus der Hand, bevor sie ihn in die Flammen werfen konnte.

»Sei kein Narr«, sagte sie und griff nach seinem Handgelenk. Sie starrte zu ihm hoch; in ihren großen dunklen Augen lag tödlicher Ernst. Der Bund übermittelte nur grimmige Intensität. »Bitte sei kein Narr.«

»Ich habe Verin versprochen, keiner zu sein«, sagte er, aber Min lächelte nicht.

Er glättete den Brief auf seiner Brust. Die spinnenartige Handschrift war ihm unbekannt, es gab keine Unterschrift.

Ich weiß, wer Ihr seid, und ich wünsche Euch alles Gute, aber ich wünsche auch, dass Ihr Far Madding verlasst. Der Wiedergeborene Drache hinterlässt nur Tod und Zerstörung. Ich weiß auch, warum Ihr hier seid. Ihr habt Rochaid getötet und Kisman ist auch tot. Torval und Gedwyn haben die Räume über einem Schuster namens Zeram in der Blaue-Karpfen-Straße gemietet, direkt oberhalb vom Illian-Tor. Tötet sie und geht, und lasst Far Madding in Ruhe.

Die Uhr im Frauenraum schlug die volle Stunde. Bevor er Cadsuane treffen musste, blieben ihm noch viele Stunden lang Tageslicht.

KAPITEL 12

In der Blaue-Karpfen-Straße

Min saß im Schneidersitz auf dem Bett, eine Position, die im Reitgewand nicht ganz so bequem war wie in Hosen, und ließ eines ihrer Messer über die Oberseite ihrer Finger rollen. Thom hatte ihr gesagt, es sei eine völlig nutzlose Fertigkeit, aber manchmal erregte man damit die Aufmerksamkeit der Leute, ohne zu anderen Maßnahmen greifen zu müssen. In der Mitte des Raums hielt Rand sein in der Scheide steckendes Schwert in die Höhe, um die Schnitte zu mustern, die er in den Friedensbund gemacht hatte, und ignorierte sie dabei völlig. Die Drachenköpfe auf seinen Handrücken glitzerten metallisch rot und golden.

»Du hast zugegeben, dass es eine Falle ist«, fauchte sie ihn an. »Lan gibt es zu. Eine blinde Ziege in Seleisin hat mehr Verstand, als in eine Falle zu laufen! ›Nur Narren küssen Hornissen oder beißen ins Feuer!‹«, zitierte sie.

»Eine Falle ist keine Falle mehr, wenn man weiß, dass es eine ist«, sagte er gedankenverloren und bog ein Ende eines der durchtrennten Drähte ein Stück zurecht, damit er besser zu seinem Gegenstück passte. »Wenn man weiß, dass es eine Falle ist, dann findet man vielleicht einen Weg, in sie hineinzugehen, ohne dass sie zuschnappt.«

Sie warf das Messer so hart, wie sie nur konnte. Es flog an seinem Gesicht vorbei und blieb zitternd in der Tür stecken. Sie zuckte leicht zusammen, als ihr einfiel, wann sie dies das letzte Mal getan hatte. Nun, jetzt lag sie nicht auf ihm, und Cadsuane würde leider auch nicht eintreten. Sollte der Mann doch zu Asche verbrennen, das vor Kälte erstarrte Bündel aus Gefühlen in ihrem Kopf war nicht einmal erzittert, als das Messer vorbeiraste, es war nicht mal überrascht gewesen! »Selbst wenn du Gedwyn und Orval dort findest, weißt du doch genau, dass die anderen in einem Versteck lauern werden. Licht, sie könnten dort fünfzig Söldner versteckt haben!«

»In Far Madding?« Er hielt in seiner Tätigkeit inne und betrachtete das in der Tür steckende Messer, aber nur, um dann den Kopf zu schütteln und sich wieder dem Friedensbund zuzuwenden. »Min, ich bezweifle, dass man in der ganzen Stadt zwei Söldner finden dürfte. Glaube mir, ich will dort nicht umgebracht werden. Falls ich keine Möglichkeit finde, die Falle auszulösen, ohne dabei erwischt zu werden, werde ich nicht in ihre Nähe gehen.« In ihm war nicht mehr Furcht als in einem Stein! Und genauso viel Verstand! Er wollte nicht umgebracht werden! Als wenn jemand das je gewollt hätte!

Sie kroch vom Bett und öffnete die Tür des Nachtschränkchens lange genug, um die Peitsche herauszuholen, die Frau Keene dort deponiert hatte, wie sie es in allen Zimmern tat, selbst wenn sie sie an Ausländer vermietete. Das Ding war so lang wie ihr Arm und so breit wie ihre Hand, mit einem Holzgriff an dem einen Ende und drei einzelnen Riemen am anderen. »Vielleicht sollte ich das hier mal bei dir benutzen, um deine Nase so frei zu machen, dass du riechen kannst, was sich vor dir befindet!«, rief sie.

Das war der Augenblick, in dem Nynaeve, Lan und Alivia eintraten. Nynaeve und Lan waren in Umhänge gehüllt, außerdem trug Lan sein Schwert an der Hüfte. Nynaeve hatte sämtlichen Schmuck abgelegt bis auf einen mit Juwelen besetzten Armreif und den juwelenbesetzten Gürtel, der die Quelle darstellte. Lan schloss leise die Tür. Nynaeve und Alivia starrten Min an, die die Peitsche über den Kopf erhoben hielt.

Hastig warf sie das Ding auf den geblümten Teppich

und trat es unters Bett. »Ich verstehe nicht, warum du Lan das erlaubst, Nynaeve«, sagte sie so entschlossen, wie sie konnte. Was in diesem Moment nicht besonders entschlossen war. Warum mussten andere Leute auch *immer* im ungünstigsten Augenblick hereinkommen?

»Manchmal muss eine Schwester dem Urteil ihres Behüters vertrauen«, sagte Nynaeve kühl und zog die Handschuhe an. Nach den Gefühlen zu urteilen, die sich auf ihrem Antlitz spiegelten, hätte sie genauso gut eine Porzellanpuppe sein können. Oh, sie war bis zu den Zehennägeln eine Aes Sedai.

Er ist nicht dein Behüter, er ist dein Ehemann, wollte Min sagen, *und du kannst wenigstens mitgehen und auf ihn aufpassen. Ich weiß nicht, ob mein Behüter mich* jemals *heiraten wird, und er hat gedroht, mich zu fesseln, falls ich den Versuch unternehme mitzukommen!* Nicht, dass sie lange über diesen Punkt diskutiert hatte. Wenn er sich wie ein Narr benehmen wollte, gab es bessere Möglichkeiten, ihn zu retten, als jemanden erstechen zu wollen.

»Wenn wir das tun wollen, Schafhirte«, sagte Lan grimmig, »dann sollten wir es tun, solange es noch hell ist.« Seine blauen Augen blickten kälter als je zuvor und waren so hart wie polierte Steine. Nynaeve warf ihm einen besorgten Blick zu, der Min beinahe Mitleid für sie verspüren ließ. Beinahe.

Rand gürtete das Schwert über seinen Mantel und warf sich dann den Umhang um, ließ die Kapuze aber auf dem Rücken hängen. Dann wandte er sich ihr zu. Sein Gesicht war so hart wie das von Lan, seine blaugrauen Augen blickten beinahe genauso kalt, aber in dem gefrorenen Stein in ihrem Kopf pulsierten Adern aus Gold. Sie wollte die Hände in dem schwarz gefärbten Haar versenken, das beinahe seine Schultern berührte, und ihn ohne Rücksicht auf etwaige Zuschauer küssen. Stattdessen verschränkte sie die Arme unter den Brüsten, hob das Kinn und brachte ihre Missbilligung deutlich zum Ausdruck.

Auch sie wollte nicht, dass er dort starb, und sie würde nicht zulassen, dass er den Eindruck gewann, sie würde nachgeben, nur weil er stur war.

Er versuchte nicht, sie in den Arm zu nehmen. Er nickte, als würde er sie tatsächlich verstehen, und nahm die Handschuhe von dem kleinen Tisch neben der Tür. »Ich bin zurück, so schnell ich kann, Min. Dann besuchen wir Cadsuane.« Jene goldenen Adern glühten noch, als er den Raum gefolgt von Lan verlassen hatte.

Nynaeve blieb an der Tür noch einmal stehen. »Ich passe auf die beiden auf, Min. Alivia, bitte bleibt bei ihr und achtet darauf, dass sie nichts Dummes anstellt.« Sie war kühl und erhaben, die Haltung einer Aes Sedai. Bis sie in den Korridor rauschte. »Da soll man sie doch verbrennen!«, stieß sie hervor. »Sie gehen!« Und sie rannte los und ließ die Tür halb offen stehen.

Alivia schloss sie. »Sollen wir etwas spielen, um uns die Zeit zu vertreiben, Min?« Sie setzte sich auf den Stuhl vor dem Kamin und holte ein Stück Bindfaden aus der Gürteltasche. »Das Fadenspiel?«

»Nein danke, Alivia.« Min schüttelte beinahe den Kopf über den Eifer der Frau. Rand mochte die Taten, die in Zukunft von Alivias zu erwarten waren, ja willfährig akzeptieren, aber sie hatte sich vorgenommen, die Frau kennen zu lernen, und das, was sie herausgefunden hatte, hatte sie überrascht. Oberflächlich gesehen schien die ehemalige *Damane* eine reife Frau in mittleren Jahren zu sein, streng und wild und sogar einschüchternd. Sie schüchterte sogar Nynaeve ein. Nynaeve sagte nur selten ›bitte‹ zu jemandem, aber bei Alivia machte sie eine Ausnahme. Aber man hatte sie mit vierzehn zur *Damane* gemacht, und ihre Liebe zu Kinderspielen war nicht das Einzige, das seltsam an ihr war.

Min wünschte sich, es hätte eine Uhr in dem Raum gegeben, obwohl das einzige Gasthaus mit einer Uhr in jedem Zimmer vermutlich eine Unterkunft für Könige und

Königinnen gewesen wäre. Unter Alivias aufmerksamen Blicken ging sie auf und ab, zählte im Geist die Sekunden und versuchte abzuschätzen, wie lange es dauern würde, bis Rand und die anderen außer Sichtweite des Gasthauses sein würden. Als sie zu dem Schluss kam, dass genug Zeit vergangen war, nahm sie den Umhang von der Garderobe.

Alivia stürmte zur Tür und versperrte sie mit in die Hüften gestemmten Fäusten und ihr Ausdruck hatte nichts Kindliches an sich. »Ihr werdet ihnen nicht nachgehen«, sagte sie entschlossen. »Das würde alles nur noch schwieriger machen und das kann ich nicht zulassen.« Mit den blauen Augen und dem goldfarbenen Haar stimmten die Farben zwar nicht, aber sie erinnerte Min an ihre Tante Rana, die immer zu wissen schien, wann man etwas falsch gemacht hatte und die immer dafür sorgte, dass man es nicht noch einmal tun wollte.

»Erinnert Ihr Euch an unsere Unterhaltungen über Männer?«, wollte Min wissen. Alivias Wangen färbten sich blutrot. »Ich meine die, in denen es darum ging, dass sie nicht immer mit ihrem Verstand denken!«, beeilte sie sich hinzuzufügen. Sie hatte oft gehört, wie sich Frauen höhnisch darüber äußerten, dass andere Frauen nichts über Männer wussten, aber ihr war nie so jemand begegnet, bis sie Alivia kennen gelernt hatte. Die wusste wirklich nichts! »Rand wird sich auch ohne mich in Schwierigkeiten bringen. Ich *werde* zu Cadsuane gehen und wenn Ihr mich aufhalten wollt ...« Sie hob die geballte Faust.

Alivia sah sie einen langen Augenblick mit gerunzelter Stirn an. Schließlich sagte sie: »Lasst mich meinen Umhang holen, dann begleite ich Euch.«

In der Blaue-Karpfen-Straße waren weder Sänften noch livrierte Diener zu sehen, und Kutschen hätten niemals durch die schmale, gewundene Gasse gepasst. Rechts und links erhoben sich mit Schieferdächern gedeckte Läden und Häuser aus Stein, die größtenteils zwei Stockwerke hoch waren; manchmal grenzten sie direkt aneinander, aber manchmal verliefen auch kleine Durchgänge dazwischen. Der Bürgersteig war noch immer rutschig vom Regen, und der kalte Wind wollte Rand den Umhang stehlen, aber es waren Leute unterwegs. Drei Straßenhüter, von denen einer einen Fangstab auf der Schulter trug, blieben stehen und musterten Rands Schwert, gingen dann aber weiter. Nicht weit entfernt erhoben sich auf der anderen Straßenseite die drei Stockwerke – wenn man den Dachboden unter dem Spitzdach nicht mitzählte – des Hauses, in dem sich der Laden des Schusters Zeram befand.

Ein dürrer Mann mit einem fliehenden Kinn warf Rands Münze in einen Geldbeutel und nahm einen dünnen Holzstab, um einen Fleischkuchen mit brauner Kruste von dem Holzkohlengrill auf seinem Karren zu heben. Sein Gesicht war faltig, sein dunkler Mantel schäbig, und sein langes graues Haar war mit einem Lederriemen zusammengebunden. Er schaute auf Rands Schwert und sah schnell wieder weg. »Warum erkundigt Ihr Euch nach dem Schuster? Das hier ist bestes Hammelfleisch.« Sein Grinsen zeigte viele Zähne und ließ sein Kinn beinahe ganz verschwinden und plötzlich sah sein Blick sehr verschlagen aus. »Nicht mal die Erste Ratsherrin isst besser.«

Als ich ein Junge war, nannte man Fleischkuchen Pasteten, murmelte Lews Therin. *Wir kauften sie auf dem Land und …*

Rand balancierte den Kuchen von einer Hand auf die andere, da sich die Hitze durch die Handschuhe fraß, und senkte die Stimme. »Ich möchte gern wissen, was für ein Mann meine Stiefel macht. Misstraut er zum Beispiel Fremden? Ein Mann macht seine Arbeit nicht mit vollem Einsatz, wenn er einem misstraut.«

»Aber gewiss doch, gnädige Frau«, sagte der kinnlose Bursche und senkte vor einer stämmigen grauhaarigen

Frau den Kopf. Er wickelte vier Fleischkuchen in festes Papier und reichte ihr das Päckchen, bevor er ihre Münzen entgegennahm. »Eine Ehre. Möge das Licht auf Euch scheinen.« Sie ging ohne ein Wort und schob das Päckchen unter den Umhang, und er schenkte ihrem Rücken eine mürrische Grimasse, bevor er seine Aufmerksamkeit wieder Rand zuwandte. »Zeram kennt kein Misstrauen, und wenn er welches hätte, dann hätte ihm Milsa das schon längst ausgetrieben. Milsa ist seine Frau. Seit das letzte der Kinder geheiratet hat, vermietet Milsa die oberste Etage. Das heißt, wenn sie jemanden findet, den es nicht stört, in der Nacht eingesperrt zu sein.« Er lachte. »Milsa hat eine Treppe direkt bis zur dritten Etage einbauen lassen, also hat man seine Privatsphäre, aber sie wollte nicht auch noch für eine neue Tür bezahlen, also enden die Stufen im Laden, und sie hat nicht genug Vertrauen, um den nachts unverschlossen zu lassen. Wollt Ihr den Kuchen essen oder nur anschauen?«

Rand nahm einen schnellen Bissen, wischte sich heißes Fett vom Kinn und ging hinüber zu dem Schutz, den die überhängende Dachrinne eines kleines Messerladens bot. Überall auf der Straße kauften Leute den Händlern schnelle Mahlzeiten ab, Fleischkuchen oder Bratfisch und zusammengedrehte Papiertüten mit gerösteten Erbsen. Drei oder vier der Männer waren so groß wie er, und zwei oder drei der Frauen waren so groß wie die meisten der Männer, sie hätten glatt Aiel sein können. Vielleicht war der kinnlose Bursche gar nicht so verschlagen, wie er wirkte, vielleicht lag es auch nur daran, dass Rand seit dem Frühstück nichts gegessen hatte, aber er entdeckte, dass er den Kuchen am liebsten heruntergeschlungen und noch einen gekauft hätte. Stattdessen zwang er sich dazu, ihn langsam zu essen. Zerams Geschäft schien zu florieren. Ein ständiger Strom von Männern betrat den Laden, die meisten trugen ein Paar Stiefel, das geflickt werden musste. Selbst wenn er Besucher hinaufgehen ließ, ohne sie vorher anzukündigen, würde er sie später beschreiben können, und ein paar andere würden es auch.

Falls die Renegaten die oberste Etage von der Schusterfrau gemietet hatten, würde es ihnen nicht viel ausmachen, nachts eingesperrt zu sein. An der Südseite trennte eine Gasse das Haus des Schusters von dem einstöckigen Nachbarhaus, ein gefährlicher Sprung in die Tiefe, aber auf der anderen Seite grenzte ein zweistöckiges Gebäude mit einer Schneiderei im Erdgeschoss. Zerams Haus besaß nur an der Vorderseite Fenster – hinten gab es nur eine weitere Gasse für die Müllentsorgung; das hatte Rand schon überprüft –, aber es musste einen Weg auf das Dach geben, um falls nötig die Schieferpfannen reparieren zu können. Von dort würde es nur ein kurzer Sprung auf das Dach der Schneiderei sein, danach musste man nur noch drei weitere Dächer überqueren, bevor man zu einem weiteren niedrigen Gebäude kam, dem Laden eines Kerzenmachers, von dem aus man leicht auf die Straße oder in die Gasse hinter den Gebäuden gelangen konnte. Das würde in der Nacht kein großes Risiko darstellen, nicht einmal im hellen Tageslicht, wenn man sich von der Straße fern hielt und auf die Patrouillen der Straßenhüter achtete, wenn man hinuntersprang. So wie die Blaue-Karpfen-Straße verlief, waren die nächsten Wachtürme außer Sicht.

Zwei Männer näherten sich dem Schuster, und Rand drehte sich schnell um, schaute in das kleine Schaufenster des Messerladens und tat so, als würde er die auf einem Brett befestigten Scheren und Messer betrachten. Einer der Männer war groß, wenn auch nicht ganz so groß wie ein Aiel. Tiefe Kapuzen verbargen ihre Gesichter, aber keiner von ihnen trug ein Paar Stiefel, und obwohl sie die Umhänge mit beiden Händen festhielten, riss der Wind die Säume weit genug in die Höhe, um Schwertscheiden sichtbar werden zu lassen. Eine Böe zog dem kleineren Mann die Kapuze vom Kopf; er riss sie sofort zurück, aber der Schaden war angerichtet. Charl Gedwyn hatte angefangen, sein Haar im Nacken mit einer Silberspange mit einem großen roten Edelstein zusammenzuhalten, aber er war noch immer ein finster dreinblickender Mann, der etwas Herausforderndes an sich hatte. Bei dem anderen Mann konnte es sich demzufolge nur um Torval handeln, da wäre Rand jede Wette eingegangen. Keiner der anderen war so groß.

Rand wartete, bis die beiden Zerams Laden betreten hatten, leckte ein paar fettige Krümel vom Handschuh und machte sich auf die Suche nach Lan und Nynaeve. Er fand sie, bevor er die gewundene Straße weit genug entlanggegangen war, um den Schuster außer Sicht zu verlieren. Der Kerzenladen, den er als möglichen Weg von den Dächern herunter ausgemacht hatte, befand sich jetzt zusammen mit einer Seitengasse ein Stück hinter ihm. Voraus bog die Straße in die andere Richtung ab. Keine fünfzig Schritte weiter stand ein Wachturm, auf dem ein Straßenhüter thronte. Die Dächer waren von hier aus allerdings nicht mehr zu sehen, ein dreistöckiges Gebäude mit einer Möbeltischlerei, die sich die Seitengasse mit dem Kerzenmacher teilte, verstellte den Blick.

»Ein halbes Dutzend Leute haben Torval und Gedwyn erkannt«, sagte Lan, »aber keinen der anderen.« Er hielt die Stimme gesenkt, obwohl keiner der Passanten ihnen auch nur einen zweiten Blick schenkte. Der Anblick zweier Männer, die Schwerter unter den Umhängen trugen, reichte aus, um jeden, der es bemerkte, schneller ausschreiten zu lassen.

»Ein Metzger, der seinen Laden ein Stück die Straße herunter hat, hat gesagt, dass die beiden bei ihm einkaufen«, berichtete Nynaeve, »aber nie für mehr als zwei Personen.« Sie warf Lan einen Seitenblick zu, als hätte sie den endgültigen Beweis geliefert.

»Ich habe sie gesehen«, sagte Rand. »Sie sind gerade

reingegangen. Nynaeve, kannst du mich und Lan von der Gasse hinter dem Gebäude aufs Dach heben?«

Nynaeve betrachtete Zerams Haus stirnrunzelnd und rieb mit einer Hand den Gürtel um ihre Taille. »Einer nach dem anderen, das müsste möglich sein«, sagte sie schließlich. »Aber dafür würde man mehr als die Hälfte des Quelleninhalts verbrauchen. Ich würde euch nicht wieder herunterholen können.«

»Hinauf reicht aus«, sagte Rand. »Wir ziehen uns über die Dächer zurück und klettern neben dem Kerzenmacher herunter.«

Natürlich protestierte sie, während sie die Straße entlang zu dem Schuster gingen. Nynaeve hatte grundsätzlich etwas an allem auszusetzen, das nicht ihrem Einfallsreichtum entsprungen war. »Ich soll euch bloß auf das Dach bringen und dann warten?«, murmelte sie und schaute so finster nach rechts und links, dass ihr genauso viele Leute aus dem Weg gingen wie den Männern, die sie flankierten, ob sie nun die Schwerter sahen oder nicht. Sie stieß die Hand unter dem Umhang hervor, um den Armreif mit den hellroten Steinen zu zeigen. »Das hier kann mich mit einer Rüstung bedecken, die besser als jeder Stahl ist. Ich merke es nicht einmal, wenn mich ein Schwert trifft. Ich *glaubte,* ich würde mit euch reingehen.«

»Um was zu tun?«, fragte Rand leise. »Um sie mit der Macht festzuhalten, damit wir sie töten können? Um sie selbst zu töten?« Sie senkte den Blick und starrte stirnrunzelnd die Pflastersteine an.

Rand ging an Zerams Laden vorbei, blieb vor dem niedrigen Haus stehen und sah sich so unauffällig um, wie er konnte. Es waren keine Straßenhüter in Sicht, aber er beeilte sich, als er Nynaeve in die schmale Gasse drängte. Bevor er Rochaid gefolgt war, hatte er auch keine Straßenhüter gesehen.

»Du bist sehr still«, sagte Lan.

Sie machte noch drei Schritte, bevor sie antwortete,

ohne langsamer zu werden oder über die Schulter zu sehen. »Ich habe zuvor nicht nachgedacht«, sagte sie leise. »Ich habe es für ein Abenteuer gehalten, die Konfrontation mit Schattenfreunden, abtrünnigen Asha'man, aber du gehst da rauf, um sie hinzurichten. Wenn möglich wirst du sie töten, bevor sie dich überhaupt bemerkt haben, nicht wahr?«

Rand warf Lan einen Blick über die Schulter zu, aber der ältere Mann schüttelte nur verwirrt den Kopf. Natürlich würden sie sie ohne Vorwarnung töten, falls das möglich war. Das hier war kein Duell; es war eine Hinrichtung, genau wie sie gesagt hatte. Zumindest hoffte Rand, dass es das sein würde.

Die Gasse hinter den Gebäuden war etwas breiter als jene, die zur Straße führte; die steinige Erde wurde von den Furchen der Müllkarren durchzogen, die morgens hier entlanggeschoben wurden. Um sie herum erhoben sich nackte Steinmauern. Niemand wollte ein Fenster haben, um den Müllkarren zuzusehen.

Nynaeve schaute an Zerams Haus empor, dann seufzte sie plötzlich. »Tötet sie im Schlaf, wenn ihr könnt«, sagte sie dann sehr leise für solch wilde Worte.

Etwas Unsichtbares wickelte sich unter Rands Armen fest um seine Brust, und er schwebte langsam in die Höhe, immer weiter nach oben, bis er über die hervorstehende Regenrinne trieb. Der unsichtbare Harnisch verschwand, und seine Stiefel traten kurz ins Leere, bis sie das schräge Dach berührten und die feuchten grauen Schieferpfannen ein Stück hinunterrutschten. Er ging in die Hocke und kroch auf allen vieren wieder hinauf. Ein paar Augenblicke später schwebte Lan herbei und landete ebenfalls auf dem Dach. Der Behüter ging ebenfalls in die Hocke und spähte in die Gasse hinunter.

»Sie ist weg«, sagte Lan schließlich. Er drehte sich herum und streckte dann den Arm aus. »Dort ist unser Eingang.«

Es handelte sich um eine Falltür, die ganz in der Nähe des Dachfirsts zwischen den Platten eingesetzt und mit einem Schutzblech ausgestattet worden war, um Regenwasser von dem Dachboden fern zu halten, der sichtbar wurde, als man sie anhob. Rand ließ sich in den staubigen Raum hinab, der durch das einfallende Licht etwas erhellt wurde. Einen Augenblick lang hing er dort an den Händen, dann ließ er los und fiel die letzten paar Fuß. Bis auf einen Stuhl mit drei Beinen und einer geöffneten Truhe war der lange Raum vollkommen leer. Anscheinend hatte Zeram aufgehört, den Dachboden als Lagerraum zu benutzen, nachdem seine Frau Mieter aufgenommen hatte.

Die beiden Männer bewegten sich vorsichtig und suchten den Boden ab, bis sie eine weitere, diesmal größere Falltür fanden. Lan strich über die Messingangeln und flüsterte, sie seien trocken aber nicht verrostet. Rand zog das Schwert und nickte. Lan riss die Falltür auf.

Rand war sich nicht sicher, was er vorfinden würde, als er durch die Öffnung in die Tiefe sprang und sich mit einer Hand festhielt, um den Sturz zu kontrollieren. Er landete federnd auf den Fußballen in einem Raum, der die Funktion des Dachbodens übernommen zu haben schien. An den Wänden standen Kommoden und Kleiderschränke, Holztruhen waren aufeinander gestapelt, Tische mit Stühlen beladen. Doch mit den beiden toten Männern, die auf dem Boden lagen, als hätte man sie in den Lagerraum geschleift, hatte er nun wirklich nicht gerechnet. Die schwarz angeschwollenen Gesichter waren unkenntlich, aber der kleinere der beiden trug eine silberne Haarspange mit einem großen roten Edelstein.

Lan sprang lautlos vom Dachboden, sah die Leichen und hob eine Braue. Das war alles. Ihn konnte nichts überraschen.

»Fain ist hier«, flüsterte Rand. Als wäre das Aussprechen dieses Namens ein Auslöser, fingen die beiden Wunden in seiner Seite an zu pochen, die ältere wie eine Scheibe aus Eis, die neuere wie ein darüberliegender Riegel aus Feuer. »Er hat den Brief geschickt.«

Lan deutete mit dem Schwert auf die Falltür, aber Rand schüttelte den Kopf. Er hatte die Renegaten mit eigenen Händen töten wollen, aber jetzt, da Torval und Gedwyn tot waren – und Kisman mit ziemlicher Sicherheit auch; da war doch die aufgedunsene Leiche gewesen, die der Kaufmann im *Goldenen Rad* erwähnt hatte –, jetzt erkannte er, dass es ihm egal war, wer sie getötet hatte, solange sie nur tot waren. Es spielte keine Rolle, falls ein Fremder Dashiva erledigte. Fain war eine andere Sache. Fain hatte die Zwei Flüsse mit Trollocs gequält und ihm eine weitere Verletzung beigebracht, die nicht heilen wollte. Falls Fain in Reichweite war, würde er ihn nicht entkommen lassen. Er bedeutete Lan, so vorzugehen wie auf dem Dachboden, und stellte sich vor die Tür, das Schwert in beiden Händen. Als Lan die Tür aufriss, schoss er in einen großen, von Lampen erhellten Raum, an dessen gegenüberliegender Wand ein mit einem Baldachin versehenes Bett stand und in dessen Kamin ein Feuer brannte.

Allein die Schnelligkeit seiner Bewegung rettete ihn. Im Augenwinkel sah er ein Aufblitzen, etwas zog an dem Umhang, der hinter ihm herwehte, und er wirbelte unbeholfen herum, um die Hiebe eines Krummdolches abzuwehren. Jede Bewegung war eine Willensanstrengung. Die Wunden in seiner Seite pochten nicht mehr, sie waren wie zupackende Krallen, geschmolzenes Eisen und die reine Essenz von Eis, die darum kämpften, ihn aufzureißen. Lews Therin heulte auf. Die Qual lähmte beinahe jeden von Rands Gedanken.

»Ich habe euch gesagt, dass er mir gehört!«, kreischte der knochige Mann und tänzelte aus der Reichweite von Rands Hieb. Das wutverzerrte Gesicht mit der großen Nase und den abstehenden Ohren ließ ihn wie eine

Schreckgestalt aussehen, mit der man Kindern Angst machte, aber in seinen Augen blitzte Mordlust auf. Mit den gefletschten Zähnen sah er aus wie ein rasendes Wiesel. Ein tollwütiges Wiesel, das bereit war, sogar einen Leoparden zu zerfleischen. Mit diesem Dolch konnte er so viele Leoparden töten, wie er wollte. »Mir allein!«, kreischte Padan Fain und sprang zurück, als Lan in den Raum eilte. »Töte den Hässlichen!«

Erst als Lan sich von Fain abwandte, registrierte Rand, dass sich noch jemand in dem Raum befand, ein hoch gewachsener blasser Mann, der sich beinahe begierig in Bewegung setzte, um mit dem Behüter die Klingen zu kreuzen. Toram Riatins Gesicht war abgezehrt, aber er warf sich mit der Anmut des Klingenmeisters, der er war, in den Tanz der Schwerter. Lan begegnete ihm mit der gleichen Anmut, ein Tanz aus Stahl und Tod begann.

So überrascht Rand auch war, den Mann, der versucht hatte, den Thron von Cairhien zu beanspruchen, in einem abgetragenen Mantel in Far Madding zu sehen, hielt er den Blick und sein Schwert doch auf Fain gerichtet. Ein Schattenfreund und Schlimmeres, so hatte ihn einst Moiraine bezeichnet, vor langer Zeit. Der lodernde Schmerz in seiner Seite ließ ihn stolpern, als er auf den einstigen Gaukler vorrückte und das Gestampfe der Stiefel und das Klirren aufeinander prallenden Stahls hinter ihm genauso ignorierte wie Lews Therins Stöhnen in seinem Kopf. Fain tanzte umher und wich aus, versuchte nahe genug heranzukommen, um den Dolch einzusetzen, der den niemals heilenden Schnitt in Rands Seite gemacht hatte, und knurrte leise Flüche, wenn ihn die Schwertklinge zurückzwang. Plötzlich drehte er sich um und rannte los, auf die Rückseite des Gebäudes zu.

Als Fain aus dem Zimmer verschwand, verblasste die unsägliche Qual, die Rand zusetzte, zu einem stetigen Pochen, aber er folgte ihm trotzdem mit großer Vorsicht. An der Tür sah er allerdings, dass Fain sich nicht verstecken wollte. Der Mann wartete auf ihn am Fuß der Treppe, die nach unten führte, den Krummdolch in der Hand. Der große Rubin am Knauf funkelte und fing das Licht der Lampen ein, die in dem fensterlosen Raum auf Tischen standen. Sobald Rand den Raum betreten hatte, wüteten Feuer und Eis in seiner Seite, bis er spürte, wie sein Herz erzitterte. Sich aufrecht zu halten kostete eisernen Willen. Jeder Schritt nach vorn ließ diese Anstrengung lächerlich erscheinen, aber er machte den Schritt, und den nächsten auch.

»Ich will, dass er weiß, wer ihn tötet«, verkündete Fain trotzig. Er starrte Rand direkt an, schien aber mit sich selbst zu sprechen. »Ich will, dass er es weiß! Aber wenn er tot ist, wird er nicht länger meine Träume heimsuchen. Ja. Dann wird er damit aufhören.« Mit einem Lächeln hob er die freie Hand.

Torval und Gedwyn kamen mit über den Armen gelegten Umhängen die Treppe herauf.

»Ich sage, wir nähern uns ihm nicht, bevor ich weiß, wo die anderen sind«, knurrte Gedwyn. »Der M'Hael wird uns umbringen, wenn wir …«

Ohne nachzudenken bewegte Rand die Handgelenke, führte die Position ›Den Wind schneiden‹ aus und ließ unmittelbar darauf ›Den Fächer entfalten‹ folgen.

Das Trugbild der zu neuem Leben erwachten toten Männer verschwand, und Fain sprang mit einem schrillen Aufschrei zurück; Blut strömte die eine Seite seines Gesichts herunter. Plötzlich legte er den Kopf schief, als würde er jemandem zuhören, und einen Augenblick später widmete er Rand einen Schrei wortlosen Zorns und floh die Treppe hinunter.

Verblüfft setzte sich Rand in Bewegung, um Fain zu folgen, aber Lan griff nach seinem Arm.

»Die Straße füllt sich mit Hütern, Schafhirte.« Ein feuchter dunkler Fleck beschmutzte die linke Seite von Lans Mantel, aber sein Schwert steckte in der Scheide, der Beweis, wer den Tanz besser getanzt hatte. »Es wird Zeit, aufs Dach zu kommen.«

»In dieser Stadt kann ein Mann nicht einmal mit einem Schwert durch eine Gasse gehen«, murmelte Rand und schob das Schwert in die Scheide. Lan lachte nicht, aber das tat er ohnehin selten, solange es nicht für Nynaeve war. Vielleicht würden die Straßenhüter Fain gefangen nehmen. Vielleicht würde er für die hier gefundenen Leichen hängen. Es reichte nicht, aber es würde reichen müssen. Rand war es satt, was alles reichen musste.

Auf dem Dachboden sprang Lan in die Höhe, um die Kante der Falltür aufs Dach zu erwischen und sich daran hinaufzuziehen. Rand war sich nicht sicher, ob er den Sprung schaffen würde. Der Schmerz war zusammen mit Fain verschwunden, aber seine Seite fühlte sich an, als hätte man sie mit Axtschäften geprügelt. Als er sich zum ersten Versuch bereitmachte, steckte Lan den Kopf durch die Falltür und streckte eine Hand aus.

»Sie kommen vielleicht nicht sofort, Schafhirte, aber gibt es einen Grund, auf sie zu warten?«

Rand erwischte Lans Hand und ließ sich hinaufziehen, bis er die Kante fassen und allein auf das Dach klettern konnte. Geduckt bewegten sie sich über die feuchten Schieferpfannen zur Rückseite des Gebäudes, dann begannen sie mit dem kurzen Aufstieg zum Dachfirst. Möglicherweise befanden sich Straßenhüter auf der Straße, aber noch bestand die Chance, ungesehen zu entkommen, vor allem wenn sie Nynaeve ein Zeichen geben konnten, für eine Ablenkung zu sorgen.

Rand griff nach dem Dachfirst und hinter ihm rutschte Lans Stiefel mit einem Quietschen auf dem nassen Schiefer aus. Rand drehte sich herum und packte das Handgelenk des anderen Mannes, aber Lans Gewicht zog ihn die glatte graue Schräge hinunter. Vergeblich griffen sie mit ihren freien Händen nach einem Haltepunkt, der Kante einer Schieferpfanne, irgendetwas. Keiner sagte auch nur ein Wort. Lans Beine verschwanden über die Dachkante, dann folgte der Rest von ihm. Rands behandschuhte Finger fanden an etwas Halt; er wusste nicht, was es war, und es war ihm auch egal. Sein Kopf und eine Schulter ragten über die Dachkante und Lan baumelte über der zehn Fuß tiefer gelegenen Gasse neben dem niedrigen Haus in seinem Griff.

»Lass los«, sagte Lan leise. Er schaute zu Rand hinauf, seine Augen blickten kalt und hart, sein Gesicht war ausdruckslos. »Lass los.«

»Wenn sich die Sonne grün verfärbt«, erwiderte Rand. Wenn er ihn nur ein Stück hochziehen konnte, damit er die Regenrinne erreichen …

Was auch immer seine Finger erwischt hatten, brach mit einem hellen Schnappen, und die Gasse raste ihnen entgegen.

KAPITEL 13

Das Geheimnis des Kolibris

Nynaeve versuchte, die Gasse neben dem Kerzenmacher nicht zu offensichtlich zu beobachten, legte das zusammengefaltete Stück Borte wieder auf das Tablett der Händlerin und schob die Hand unter den Umhang, um ihn gegen den Wind geschlossen zu halten. Der Umhang war von besserer Qualität als die Gewandung der vorbeigehenden Passanten, doch unscheinbar genug, dass ihr keiner einen zweiten Blick schenkte. Aber das würden sie, wenn sie ihren Gürtel sahen. Frauen mit Schmuck kamen nicht in die Blaue-Karpfen-Straße oder kauften von Straßenhändlerinnen. Nachdem sie jede der dort ausgelegten Borte angefasst hatte, verzog die schlanke Händlerin das Gesicht, aber Nynaeve hatte bereits drei Stücke gekauft, dazu noch zwei Schleifen und ein Päckchen Nadeln, nur um einen Grund zum Bleiben zu haben. Nadeln konnte man immer gebrauchen, aber sie hatte keine Ahnung, was sie mit dem Rest anstellen sollte.

Plötzlich hörte sie aus der Richtung des Wachturms einen Aufruhr, den Lärm sich nähernder Straßenhüter. Der Hüter kletterte gerade von seinem Posten herunter. Passanten in der Nähe des Wachturms starrten neugierig in die Blaue-Karpfen-Straße hinein, dann drängten sie eilig zur Seite, als rennende Straßenhüter erschienen und ihre Holzrasseln über den Köpfen schwangen. Es handelte sich nicht um eine Patrouille aus zwei oder drei Männern, vielmehr fiel eine Flut Gepanzerter in die Blaue-Karpfen-Straße ein, und aus der angrenzenden Straße kamen noch mehr hinzu. Leute, die ihnen nicht schnell genug aus dem Weg gingen, wurden zur Seite gestoßen. Ein Mann stürzte vor ihnen zu Boden. Sie wurden nicht einen Schritt langsamer, als sie über ihn hinwegtrampelten.

Die Bortenverkäuferin warf die Hälfte ihrer Ware vom Tablett, als sie zur Seite sprang, und Nynaeve drückte sich genauso schnell neben der ungläubig starrenden Frau gegen die Hausmauer. Die Masse der Straßenhüter füllte die Straße, ihre Fangstäbe und Kampfstäbe ragten wie Piken in die Höhe, sie rempelten Nynaeve mit den Schultern an und trieben sie an der Häuserwand entlang. Die Händlerin schrie auf, als man ihr das Tablett entriss und es verschwand, aber die Hüter starrten alle geradeaus.

Als der letzte Mann vorbeigerannt war, befand sich Nynaeve gute zehn Schritte tiefer in der Straße als zuvor. Die Bortenverkäuferin rief den Männern wütend etwas hinterher und drohte ihnen mit den Fäusten. Indigniert zog Nynaeve den verrutschten Umhang zurecht; sie war durchaus geneigt, etwas mehr zu tun als nur zu brüllen. Sie hatte nicht übel Lust …

Plötzlich stockte ihr der Atem. Die Straßenhüter waren stehen geblieben, mindestens hundert Mann brüllten einander an, als wüssten sie nicht, was jetzt zu tun war. Sie waren vor dem Schusterladen stehen geblieben. O Licht, Lan! Und Rand auch, Rand war immer dabei, aber zuerst kam immer das Herz ihres Herzens, Lan.

Sie zwang sich zum Weiteratmen. Einhundert Mann. Sie berührte den juwelenbesetzten Gürtel um ihre Taille, die Quelle. Nur noch weniger als die Hälfte des darin gespeicherten *Saidar* war vorhanden, aber möglicherweise würde das reichen. Es würde eben reichen müssen, auch wenn sie noch nicht genau wusste, wofür eigentlich. Sie zog die Kapuze tief in die Stirn und ging auf die Männer vor dem Schusterladen zu. Niemand sah in ihre Richtung. Sie konnte …

Hände ergriffen sie, zerrten sie zurück, wirbelten sie in die entgegengesetzte Richtung.

Cadsuane hatte ihren einen Arm ergriffen, und Alivia den anderen, und die beiden drängten sie die Straße entlang. Fort von dem Schusterladen. Min ging neben Alivia und warf besorgte Blicke über die Schulter. Plötzlich zuckte sie zusammen. »Er … Ich glaube, er ist gestürzt«, flüsterte sie. »Ich glaube, er ist ohnmächtig und auch verletzt, ich weiß nur nicht, wie schlimm.«

»Wir werden ihm hier nicht helfen können, und uns auch nicht«, sagte Cadsuane beherrscht. Die goldenen Schmuckstücke, die an der Vorderseite ihres Haarknotens hingen, baumelten im Inneren ihrer Kapuze umher, während sie den Kopf drehte und die Leute vor ihr musterte. Der Wind ließ sie die tiefe Kapuze mit der Hand festhalten; dafür blähte sich der Umhang hinter ihr auf. »Ich will hier weg sein, bevor einer der Burschen auf die Idee kommt, die Frauen zu bitten, ihre Gesichter zu enthüllen. Jede Aes Sedai, die heute Nachmittag in der Nähe der Blaue-Karpfen-Straße angetroffen wird, wird Fragen beantworten müssen, und das nur wegen diesem Kind!«

»Lasst mich los!«, fauchte Nynaeve und wehrte sich. Lan. Wenn Rand bewusstlos geschlagen worden war, was war dann mit Lan? »Ich muss zurück und ihnen helfen!« Die beiden Frauen zerrten sie mit einem Griff wie aus Eisen weiter. Jedermann, den sie passierten, schaute zu dem Schusterladen herüber.

»Ihr habt schon genug getan, Ihr dummes Ding.« Cadsuanes Stimme war so kalt wie Stahl. »Ich *habe* Euch vor Far Maddings Wachhunden gewarnt. Pfff! Ihr habt den Rat in Panik versetzt, indem Ihr die Macht dort benutzt habt, wo sie *niemand* benutzen kann. Wenn die Straßenhüter sie gefangen genommen haben, dann ist es Eure Schuld.«

»Ich glaubte, *Saidar* würde keine Rolle spielen«, sagte Nynaeve wenig überzeugend. »Es war nur eine kleine

Menge, und nicht für lang. Ich … Ich glaubte, vielleicht würden sie es nicht mal bemerken.«

Cadsuane warf ihr einen verächtlichen Blick zu. »Hier entlang, Alivia«, sagte sie und zog Nynaeve um die Ecke mit dem verlassenen Wachturm. Kleine Gruppen aufgeregter Menschen standen überall herum. Ein Mann gestikulierte wild, als würde er einen Fangstab schwingen. Eine Frau zeigte auf den leeren Wachturm und schüttelte erstaunt den Kopf.

»Sag was, Min«, bettelte Nynaeve. »Wir können sie nicht einfach zurücklassen.« Sie kam nicht einmal auf den Gedanken, Alivia anzusprechen, deren Gesichtsausdruck Cadsuane verständnisvoll erscheinen ließ.

»Von mir kannst du kein Mitleid erwarten.« Mins Stimme war fast so kalt wie Cadsuanes. Als sie Nynaeve ansah, war es nur ein Seitenblick, bevor sie ihre Aufmerksamkeit wieder auf die Straße richtete. »Ich habe dich angebettelt, mir zu helfen, sie davon abzuhalten, aber du musstest ja genauso dumm wie sie sein. Jetzt müssen wir uns auf Cadsuane verlassen.«

Nynaeve schnaubte. »Was kann sie schon tun? Muss ich dich daran erinnern, dass Lan und Rand hinter uns sind und die Entfernung jede Minute größer wird?«

»Der Junge ist nicht der Einzige, der Unterricht in Manieren braucht«, murmelte Cadsuane. »Bis jetzt hat er sich noch nicht einmal bei mir entschuldigt, aber er hat Verin gesagt, er würde es tun, und ich schätze, damit kann ich im Moment leben. Pfff! Der Junge macht mehr Ärger als jeder, den ich je kennen gelernt habe. Ich werde tun, was ich kann, Mädchen, was weit mehr ist, als Ihr könntet, wenn Ihr versucht, Euch einen Weg durch die Straßenhüter hindurch zu bahnen. Von jetzt an werdet Ihr genau das tun, was ich sage, oder ich lasse Alivia sich auf Euch drauf setzen!« Alivia nickte. Min auch!

Nynaeve verzog das Gesicht. Eigentlich sollte die Frau sich doch *ihr* unterwerfen! Dennoch, ein Gast der Ersten

Ratsherrin konnte mehr erreichen als die einfache Nynaeve al'Meara, selbst wenn sie ihren Großen Schlangenring aufsetzte. Für Lan würde sie Cadsuane ertragen.

Aber als sie sie fragte, wie sie die Männer befreien wollte, erhielt sie bloß folgende Antwort: »Ich weiß nicht, Mädchen, ob ich überhaupt etwas tun kann. Aber ich habe dem Jungen Versprechungen gemacht und ich halte meine Versprechen. Ich hoffe, er vergisst das nicht.« In ihrem eisigen Tonfall flößte es nicht gerade Zuversicht ein.

Rand erwachte in Dunkelheit und Schmerz, auf dem Rücken liegend. Seine Handschuhe waren verschwunden und er konnte eine raue Pritsche unter sich spüren. Sie hatten auch seine Stiefel ausgezogen. Seine Handschuhe waren weg. Sie wussten, wer er war. Er setzte sich vorsichtig auf. Sein Gesicht fühlte sich verschwollen an, und jeder Muskel seines Körpers schmerzte, als hätte man ihn verprügelt, aber es schien nichts gebrochen zu sein.

Er stand langsam auf, ertastete sich einen Weg an der Steinwand neben der Pritsche entlang und kam sofort zu einer Ecke und dann zu einer Tür mit Eisenbeschlägen. In der Finsternis entdeckten seine Finger eine kleine Klappe, die er aber nicht aufdrücken konnte. Ihre Ränder ließen kein Licht herein. Lews Therin fing in seinem Kopf an zu hecheln. Rand ging weiter, ertastete sich den Weg, die Bodenfliesen unter seinen nackten Füßen waren kalt. Die nächste Ecke kam beinahe unmittelbar darauf, dann eine dritte, wo seine Zehen gegen etwas stießen, das auf dem Steinboden schepperte. Die eine Hand auf die Wand gelegt, bückte er sich und entdeckte einen Holzeimer. Er ließ ihn dort stehen und vollendete die Runde bis zurück zur Eisentür. Den ganzen Weg. Er befand sich in einem schwarzen Kasten, der drei Schritte lang und etwas über zwei Schritte breit war. Er hob die Hand und entdeckte zwei Handbreit über seinem Kopf die Decke.

Eingeschlossen, keuchte Lews Therin heiser. *Wieder in der Kiste. Als uns diese Frauen in die Kiste steckten. Wir müssen hier raus!* heulte er auf. *Wir müssen hier raus!*

Rand ignorierte die kreischende Stimme in seinem Kopf und wich vor der Tür zurück, bis er sich genau in der Mitte der Zelle zu befinden glaubte, dann hockte er sich im Schneidersitz auf den Boden. Er war so weit von den Wänden entfernt, wie das möglich war, und in der Dunkelheit versuchte er, sie sich noch weiter entfernt vorzustellen, aber es hatte den Anschein, dass er die Arme nicht einmal ganz hätte auszustrecken brauchen, um den Stein zu berühren. Er konnte fühlen, wie er zitterte, als wäre es der Körper eines anderen, der da unkontrolliert bebte. Die Wände schienen direkt neben ihm zu sein, die Decke unmittelbar über seinem Kopf. Dagegen musste er ankämpfen, oder er würde so verrückt wie Lews Therin sein, wenn endlich jemand kam, um ihn hier herauszulassen. Irgendwann würde man ihn herauslassen, und wenn auch nur, um ihm demjenigen zu übergeben, den Elaida schickte. Wie viele Monate würde es dauern, bis eine Botschaft Tar Valon erreichte und Elaidas Abgesandte eintrafen? Falls es Schwestern geben sollte, die sich in der Nähe befanden und Elaida treu ergeben waren, würde es vielleicht schneller gehen. Entsetzen gesellte sich zu seinem Zittern, als ihm klar wurde, dass er sich wünschte, dass diese Schwestern in der Nähe waren, sich in der Stadt aufhielten, damit sie ihn aus diesem Kasten holen konnten.

»Ich werde mich nicht ergeben!«, rief er. »Ich werde so hart sein, wie ich sein muss!« In dem engen Raum hallte seine Stimme wie Donnerhall.

Moraine war gestorben, weil er nicht hart genug gewesen war, um das zu tun, was zu tun gewesen wäre. Ihr Name stand immer ganz oben auf der Liste, die sich in sein Gedächtnis eingebrannt hatte. Die Frauen, die seinetwegen gestorben waren. Moiraine Damodred. Jeder

Name dieser Liste beschwor Qualen herauf, die ihn die körperlichen Schmerzen und die steinernen Mauern jenseits seiner Fingerspitzen vergessen ließen. Colavaere Saighan, die gestorben war, weil er ihr alles genommen hatte, was für sie von Wert war. Liah, die Tochter des Speeres der Cosaida Chareen, die von seiner Hand gestorben war, weil sie ihm nach Shadar Logoth gefolgt war. Jendhilion, eine Tochter der Kalten Gipfel Miagoma, die gestorben war, weil sie die Ehre haben wollte, seine Tür zu bewachen. Er musste hart sein! Er beschwor einen Namen nach dem anderen von dieser langen Liste und schmiedete seine Seele geduldig in den Flammen des Schmerzes.

Die Vorbereitungen hatten länger gedauert, als Cadsuane gehofft hatte, vor allem, weil sie einigen Leuten einhämmern musste, dass eine großartige Rettungsmission in der Tradition der Geschichten der fahrenden Sänger nicht infrage kam, darum war die Nacht schon hereingebrochen, als sie die von Lampen erhellten Korridore der Ratsherrinnenhalle entlangging. Gemessenen Schritts, nicht in Eile. War man in Eile, hielten einen die Leute sofort für nervös und glaubten, dass sie die Oberhand hatten. Wenn sie jemals in ihrem Leben von Anfang an die Oberhand haben musste, dann in dieser Nacht.

Zu dieser Stunde hätten die Korridore eigentlich leer sein müssen, aber die Geschehnisse des Tages hatten den normalen Lauf der Dinge verändert. Überall eilten Schreiber in blauen Mänteln umher, die manchmal stehen blieben, um ihr Gefolge anzustarren. Aller Wahrscheinlichkeit nach hatten sie noch nie vier Aes Sedai auf einmal gesehen – sie war nicht bereit, Nynaeve diesen Titel zuzugestehen, bevor sie die Drei Eide abgelegt hatte –, und der heutige Aufruhr dürfte zu ihrer Verwirrung bei dem Anblick beigetragen haben. Allerdings zogen die drei Männer, die die Nachhut bildeten, fast genauso viele

Blicke auf sich. Vermutlich war den Schreibern die Bedeutung der schwarzen Mäntel oder der Anstecknadeln an den hohen Kragen unbekannt, aber es war sehr unwahrscheinlich, dass sie in diesen Gängen jemals drei Männer mit Schwertern gesehen hatten. Aber wie dem auch sei, mit etwas Glück würde keiner von ihnen losrennen und Aleis in Kenntnis setzen, wer da kam, um in die geschlossene Ratssitzung hereinzuplatzen. Es war bedauerlich, dass sie die Männer nicht allein hatte mitnehmen können, aber selbst Daigian hatte bei diesem Vorschlag Rückgrat gezeigt. Und noch viel bedauerlicher war, dass ihre sämtlichen Begleiter nicht die Ruhe und Gelassenheit zeigten, die Merise und die anderen beiden Schwestern an den Tag legten.

»Das klappt niemals«, murmelte Nynaeve vermutlich das zehnte Mal seit ihrem Aufbruch von den Höhen. »Wir sollten von Anfang an hart zuschlagen!«

»Wir hätten schneller sein müssen«, murmelte Min finster. »Ich kann fühlen, wie er sich verändert. Wenn er zuvor ein Stein war, ist er jetzt aus Eisen! Licht, was machen sie bloß mit ihm?« Sie war nur dabei, weil sie eine Verbindung zu dem Jungen darstellte, und sie hatte mit ihren Berichten nicht aufgehört, von denen jeder düsterer als der vorherige war. Cadsuane hatte ihr nicht gesagt, wie die Zellen aussahen, nicht, nachdem das Mädchen schon zusammengebrochen war, als sie ihr erzählt hatte, was die Schwestern, die den Jungen entführt hatten, ihm angetan hatten.

Cadsuane seufzte. Sie hatte eine zusammengewürfelte Armee, aber selbst eine provisorische Streitmacht brauchte Disziplin. Vor allem, wenn die Schlacht unmittelbar bevorstand. Es wäre noch schlimmer gewesen, hätte sie die Meervolk-Frauen nicht gezwungen zurückzubleiben. »Wenn es sein muss, kann ich das auch ohne euch beide tun«, sagte sie entschieden. »Nein, Nynaeve, sagt jetzt nichts. Merise oder Corele können diesen Gürtel genauso gut tragen wie Ihr. Falls ihr Kinder also nicht mit den Klagen aufhört, wird Alivia euch auf die Höhen zurückbringen und dafür sorgen, dass ihr etwas habt, worüber ihr jammern könnt.« Das war der einzige Grund, weshalb sie die seltsame Wilde mitgenommen hatte. Alivia wurde meistens sehr umgänglich in Gesellschaft von Leuten, die sie nicht niederstarren konnte, aber die beiden Plappermäuler starrte sie ausgesprochen finster an.

Wie auf Kommando fuhren die beiden Köpfe zu der Frau mit dem blonden Haar herum und die Plappermäuler verstummten. Sie hielten den Mund, ohne sich jedoch zu fügen. Min konnte so lange mit den Zähnen knirschen, wie sie wollte, aber Nynaeves finsterer Blick störte Cadsuane. Das Mädchen war durchaus vielversprechend, aber ihre Ausbildung hatte viel zu früh geendet. Ihre Fertigkeiten im Heilen grenzten ans Wunderbare, in allem anderen waren sie bestenfalls trostlos. Und sie hatte nicht die Lektionen erhalten, in denen man erfuhr, was man alles ertragen konnte, ja, sogar ertragen musste. In Wahrheit verspürte Cadsuane Mitgefühl mit ihr. Ein bisschen. Das war eine Lektion, die nicht jedermann in der Burg lernen konnte. Ihr war sie von einer fast zahnlosen Wilden auf einem Bauernhof im Herzen der Schwarzen Berge erteilt worden, der sie voller Stolz auf ihre kürzlich erworbene Stola und ihre Kraft entgegengetreten war. Oh, es war schon eine sehr zusammengewürfelte kleine Armee, die sie versammelt hatte, um den Versuch zu unternehmen, Far Madding auf den Kopf zu stellen.

Im Vorzimmer des Ratssaals hielten sich ein paar Schreiber und Boten auf, aber sie waren genau das: Schreiber und Boten. Die Schreiber zögerten in übertriebener Verblüffung, jeder von ihnen wartete darauf, dass der andere den Anfang machte und etwas sagte, aber die Boten in ihren roten Mänteln, die genau wussten, dass es nicht ihre Aufgabe war, etwas zu sagen, wichen auf den blauen Bodenfliesen zu den Seiten des Zimmers zurück. Die

Schreiber gaben ihr den Weg frei, keiner traute sich, zuerst die Stimme zu erheben. Trotzdem hörte sie ein kollektives Aufstöhnen, als sie einen der hohen, mit Hand und Schwert geschmückten Türflügel öffnete.

Der Ratssaal war nicht groß. Vier mit Spiegeln versehene Kandelaber reichten aus, um ihn zu erleuchten, und ein großer tairenischer Teppich in Rot und Blau und Gold bedeckte fast den ganzen Boden. Ein großer Marmorkamin an der einen Seite des Raums leistete gute Arbeit, die Luft zu erwärmen, auch wenn die Glastüren, die zum Säulengang an der Außenseite des Gebäudes führten, im Nachtwind klapperten, und zwar laut genug, um das Ticken der hohen, vergoldeten illianischen Uhr auf dem Sims zu übertönen. Dreizehn geschnitzte und vergoldete Stühle, die beinahe schon Thronsessel darstellten, standen in einem Halbkreis der Tür gegenüber; sie alle wurden von besorgt dreinblickenden Frauen besetzt.

Aleis, die am Kopf des Halbkreises saß, runzelte die Stirn, als sie Cadsuane und ihre kleine Parade sah, die in den Saal strömte. »Das ist eine geschlossene Sitzung, Aes Sedai«, sagte sie, zugleich förmlich und kalt. »Vielleicht bitten wir Euch, uns später …«

»Ihr wisst, wen Ihr da in der Zelle habt«, unterbrach Cadsuane sie.

Es war keine Frage, aber Aleis versuchte mit Ausflüchten davonzukommen. »Eine gewisse Anzahl von Männern, soweit ich informiert bin. Stadtbekannte Trunkenbolde, diverse Ausländer, die man wegen Raufereien oder Diebstahl festgenommen hat, heute einen Grenzländer, der vielleicht drei Männer ermordet hat. Ich führe nicht persönlich Buch über die Festnahmen, Cadsuane Sedai.« Bei der Erwähnung des wegen Mordes festgenommenen Mannes holte Nynaeve zischend Luft, und ihre Augen funkelten bedrohlich, aber immerhin hatte das Kind genug Verstand, den Mund zu halten.

»Also wollt Ihr verbergen, dass Ihr den Wiedergeborenen Drachen gefangen haltet«, sagte Cadsuane ganz ruhig. Sie hatte gehofft, und zwar mit aller Macht, dass Verins mühevolle Vorarbeit sie davor zurückschrecken lassen würde. Aber vielleicht konnte man es ja doch noch auf die ganz einfache Weise schaffen. »Ich kann ihn Euch abnehmen. Ich habe im Laufe der Jahre über zwanzig Männern gegenübergestanden, welche die Macht lenken konnten. Er macht mir keine Angst.«

»Wir danken Euch für dieses Angebot«, erwiderte Aleis glatt, »aber wir ziehen es vor, zuerst mit Tar Valon Verbindung aufzunehmen.« Um einen Preis zu feilschen, meinte sie. Nun, was sein musste, musste eben sein. »Macht es Euch etwas aus, uns zu verraten, wie Ihr erfahren habt …«

Cadsuane unterbrach sie erneut. »Vielleicht hätte ich es früher erwähnen sollen, aber diese Männer hinter mir sind Asha'man.«

Die drei traten vor, genau wie sie instruiert worden waren, und Cadsuane musste zugeben, dass sie ein gefährliches Erscheinungsbild boten. Der grauhaarige Damer sah aus wie ein Bär mit Zahnschmerzen, der hübsche Jahar schien ein dunkler, schlanker Leopard zu sein, und Ebens starrer Blick erschien besonders unheilvoll, kam er doch aus einem so jugendlichen Gesicht. Sie hatten durchaus Wirkung auf den Rat. Ein paar der Frauen rutschten auf ihren Stühlen umher, als wollten sie mit ihnen zurückweichen, aber Cyprien stand der Mund offen, was bei ihren hervorstehenden Zähnen sehr unvorteilhaft aussah. Sybaine, deren Haar so grau wie Cadsuanes war, sackte auf ihrem Stuhl zusammen und fing an, sich mit der schlanken Hand Luft zuzuwedeln, während sich Cumeres Mund verzog, als müsste sie sich übergeben.

Aleis war aus härterem Holz geschnitzt, obwohl sie beide Hände gegen den Leib drückte. »Ich habe Euch bereits gesagt, dass Asha'man gerngesehene Besucher sind, solange sie sich an die Gesetze halten. Wir fürchten die

Asha'man nicht, Cadsuane, obwohl ich sagen muss, dass es mich überrascht, welche in Eurer Begleitung zu sehen. Vor allem Angesichts des Angebots, das Ihr gerade gemacht habt.«

Also war sie jetzt nur noch Cadsuane, wie? Trotzdem bedauerte sie die Notwendigkeit, Aleis zu brechen. Sie regierte Far Madding gut, aber von dieser Nacht würde sie sich möglicherweise niemals wieder erholen. »Habt Ihr vergessen, was heute sonst noch passiert ist, Aleis? Jemand hat in der Stadt die Macht gelenkt.« Wieder rutschten die Ratsherrinnen herum und auf mehr als nur einer Stirn zeigten sich besorgte Falten.

»Eine Abweichung.« Die kühle Beherrschung war aus Aleis' Stimme verschwunden und durch Wut ersetzt worden, und vielleicht auch durch einen Hauch von Furcht. Ihre Augen glitzerten dunkel. »Vielleicht haben sich die Wächterinnen geirrt. Keiner der Befragten hat etwas beobachtet, das einen Hinweis darauf geben …«

»Selbst das, was wir für vollkommen halten, kann Fehler haben, Aleis.« Cadsuane griff nach ihrer eigenen Quelle und nahm eine genau berechnete Menge *Saidar* in sich auf. Sie hatte Übung darin, der kleine goldene Kolibri konnte nicht annähernd so viel davon speichern wie Nynaeves Gürtel. »Fehler können unbemerkt jahrhundertelang verborgen bleiben, bevor man sie bemerkt.« Das Gewebe aus Luft, das sie wob, reichte gerade dazu aus, das juwelenbesetzte Diadem von Aleis' Kopf zu heben und auf dem Teppich vor den Füßen der Frau abzusetzen. »Sobald man sie jedoch entdeckt hat, findet sie anscheinend jeder, der danach sucht, ebenfalls.«

Dreizehn schockierte Blicke starrten das Diadem an. Die Ratsherrinnen schienen wie erstarrt zu sein und hielten den Atem an.

»Weniger ein Fehler als ein Scheunentor, wenn Ihr mich fragt«, verkündete Damer. »Ich finde, auf Eurem Kopf sieht es hübscher aus.«

Der Glanz der Macht hüllte plötzlich Nynaeve ein, und das Diadem flog auf Aleis zu und wurde im letzten Augenblick langsamer, so dass es über ihrem bleichen Gesicht zur Ruhe kam, statt ihr den Kopf aufzuschlagen. Das Licht *Saidars* verschwand jedoch nicht um das Mädchen. Nun, sollte sie doch ihre Quelle leeren.

»Wird …?« Aleis schluckte, aber als sie fortfuhr, brach ihre Stimme. »Wird es ausreichen, wenn wir ihn in Eure Obhut übergeben?« Ob sie Cadsuane oder die Asha'man meinte, blieb unklar, vielleicht wusste sie es selbst nicht.

»Ich glaube, das wird es«, sagte Cadsuane ruhig, und Aleis sackte zusammen wie eine Puppe, der man die Fäden durchtrennt hatte. So schockiert die anderen Ratsherrinnen über die Zurschaustellung der Macht auch waren, tauschten sie dennoch fragende Blicke aus. Blicke, die sich auch auf Aleis richteten, Entschlossenheit trat in Gesichter, man nickte sich zu. Cadsuane holte tief Luft. Sie hatte dem Jungen versprochen, dass alles, was sie tun würde, zu seinem Nutzen geschah, nicht zum Nutzen der Burg und auch von niemand anderen, und jetzt hatte sie eine gute Frau zu seinem Nutzen gebrochen. »Es tut mir sehr Leid, Aleis«, sagte sie. Und dachte: *Die Schuld auf deinem Konto wird jetzt schon immer größer, Junge.*

KAPITEL 14

Mit den Choedan Kal

Rand ritt ohne zurückzublicken über die breite Steinbrücke, die vom Caemlyn-Tor nach Norden führte. Die Sonne war eine blasse goldene Scheibe, die gerade an einem wolkenlosen Himmel aufgegangen war, aber die Luft war kalt genug, um seinen Atem in Nebel zu verwandeln, und die Winde vom See ließen seinen Umhang flattern. Aber er fühlte die Kälte nicht, es sei denn als etwas Fernes, das eigentlich nichts mit ihm zu tun hatte. Ihm war kälter, als der Winter jemals hätte bewirken können. Die Wächter, die in der Nacht gekommen waren, um ihn aus der Zelle zu holen, waren überrascht gewesen, ihn mit einem kleinen Lächeln vorzufinden. Er zeigte es noch immer, eine leichte Krümmung seiner Lippen. Nynaeve hatte mit dem letzten Rest *Saidar* ihres Gürtel seine Prellungen Geheilt, doch der behelmte Offizier, der am Fuß der Brücke die Straße betrat, ein stämmiger Mann mit derben Gesichtszügen, zuckte bei seinem Anblick zusammen, so als wäre sein Gesicht noch immer geschwollen und blau angelaufen.

Cadsuane beugte sich auf ihrem Sattel herunter, um mit dem Offizier ein paar leise Worte zu wechseln und ihm ein zusammengefaltetes Papier zu geben. Er sah sie stirnrunzelnd an und fing an zu lesen, dann riss er den Kopf hoch, um die Männer und Frauen, die geduldig hinter ihr auf ihren Pferden warteten, erstaunt anzustarren. Er fing erneut oben auf der Seite an, las und bewegte dabei lautlos die Lippen, als wollte er sich eines jeden Wortes vergewissern. Unterzeichnet und besiegelt von allen dreizehn Ratsherrinnen besagte der Befehl, dass weder die Friedensbunde überprüft noch die Packpferde durchsucht werden sollten. Die Namen aller sollten in den Büchern unkenntlich gemacht und der Befehl selbst verbrannt werden. Sie waren niemals nach Far Madding gekommen. Keine Aes Sedai, keine Atha'an Miere, keiner von ihnen.

»Es ist vorbei, Rand«, sagte Min sanft und lenkte ihren kräftigen Braunen näher an seinen grauen Wallach heran, obwohl sie schon so nahe bei ihm geblieben war wie Nynaeve bei Lan. Lans Prellungen und ein gebrochener Arm waren geheilt worden, bevor sie sich Rand zugewandt hatte. Mins Gesicht spiegelte die Sorge wider, die durch den Bund strömte. Sie überließ ihren Umhang dem Wind und tätschelte seinen Arm. »Du musst nicht länger darüber nachdenken.«

»Ich bin Far Madding dankbar, Min.« Seine Stimme war ausdruckslos, distanziert, genau wie damals, wenn er in den frühen Tagen nach *Saidin* gegriffen hatte. Er hätte sie gern für sie gewärmt, aber das schien jenseits seiner Möglichkeiten zu liegen. »Ich habe dort gefunden, was ich gebraucht habe.« Falls ein Schwert ein Erinnerungsvermögen hatte, würde es dem Schmiedefeuer vielleicht dankbar sein, sich aber niemals gern daran erinnern. Als man sie durchwinkte, ließ er den Grauen auf den Weg und hinauf in die Hügel gehen, und er sah sich nicht einmal um, bis die Bäume jeden Blick auf die Stadt verbargen.

Die Straße stieg in die Höhe und wand sich durch die bewaldeten, winterlichen Hügel, auf denen nur die Kiefern und der Zwerglorbeer grün und die meisten Äste kahl und grau waren, und plötzlich war die Quelle wieder da und wartete scheinbar direkt neben seinem Augenwinkel. Sie pulsierte und lockte und füllte ihn mit einem Hunger, als stünde er kurz vor dem Verhungern. Gedankenlos griff er danach und füllte die Leere in sich mit *Saidin*, und es war eine Lawine aus Feuer und ein Sturm aus Eis, und alles wurde von dem schmutzigen Makel durchdrungen, der die größere Wunde in seiner Seite schwären ließ. Er schwankte im Sattel, als sich in seinem Kopf alles drehte, und sein Magen verkrampfte sich, noch während er versuchte, die Lawine abzureiten, die seinen Verstand verbrennen, und auf den Ausläufern des Sturms zu gleiten, der seine Seele zerfetzen wollte. In der männlichen Hälfte der Macht gab es weder Vergeben noch Mitleid. Ein Mann kämpfte gegen sie an oder starb. Er konnte fühlen, wie sich die drei Asha'man hinter ihm ebenfalls füllten, *Saidin* tranken wie Männer, die gerade aus der Wüste kamen und Wasser gefunden hatten. In seinem Kopf seufzte Lews Therin vor Erleichterung.

Min zügelte ihr Pferd so nahe neben ihm, dass sich ihre Beine berührten. »Alles in Ordnung?«, fragte sie besorgt. »Du siehst krank aus.«

»Mir geht es gut«, sagte er zu ihr, und die Lüge betraf nicht nur seinen Magen. Er war Stahl und zu seiner Überraschung noch immer nicht hart genug. Er hatte sie nach Caemlyn schicken wollen, mit Alivia als Beschützerin. Falls die Frau mit den goldenen Haaren ihm beim Sterben helfen würde, musste er ihr vertrauen können. Er hatte sich seine Worte zurechtgelegt, aber nach einem Blick in Mins dunkle Augen war er nicht hart genug, sie von seiner Zunge formen zu lassen. Er lenkte den Grauen zwischen kahle Bäume und sagte über die Schulter gerichtet zu Cadsuane: »Das hier ist der Ort.«

Natürlich folgte sie ihm. Das taten sie alle. Harine hatte ihn kaum lange genug aus den Augen gelassen, um ein paar Stunden zu schlafen. Er hätte sie zurückgelassen, aber zu diesem Thema hatte Cadsuane ihm ihren ersten Rat gegeben. *Ihr habt mit ihnen einen Handel abgeschlossen, mein Junge, das ist dasselbe, als hättet Ihr einen Vertrag unterzeichnet. Oder Euer Wort gegeben. Haltet es oder sagt ihnen, dass Ihr es brecht. Sonst seid Ihr nichts anderes als ein Dieb.*

Barsch, auf den Punkt gebracht und in einem Tonfall, der keinen Zweifel über ihre Meinung zu Dieben aufkommen ließ. Er hatte nie versprochen, ihren Rat auch zu befolgen, aber sie hatte zu lange gezögert, ihm überhaupt als seine Ratgeberin zur Seite zu stehen, als dass er es riskieren wollte, sie so schnell wieder zu vertreiben, also ritten die Herrin der Wogen und die beiden anderen vom Meervolk mit Alivia, vor Verin und den anderen fünf Aes Sedai, die ihm die Treue geschworen hatten, und den vieren, die Cadsuanes Begleiterinnen waren. Sie würde ihn noch eher verlassen als ihre Anführerin, davon war er überzeugt, vielleicht sogar noch schneller.

Für die Augen eines jeden anderen war der Ort, an dem er vor der Einreise in Far Madding gegraben hatte, durch nichts zu erkennen. Er sah jedoch einen schmalen Lichtstrahl, der wie Laternenlicht durch die feuchte Erde des Waldbodens in die Höhe wuchs. Selbst ein Mann, der die Macht lenken konnte, hätte durch diesen Strahl hindurchgehen können, ohne ihn zu bemerken. Er machte sich nicht die Mühe abzusteigen. Mit Strängen aus Luft riss er die dicke Schicht aus verfaulenden Blättern und Zweigen beiseite und schaufelte feuchte Erde heraus, bis er ein langes, schmales, von Lederschnüren zusammengehaltenes Bündel freigelegt hatte. Erdklumpen hingen an dem Tuch, als er *Callandor* in seine Hand schweben ließ. Er hatte nicht gewagt, es nach Far Madding mitzunehmen. Ohne Scheide hätte er es am Brückentor zurücklassen müssen, eine gefährliche Flagge, die nur darauf wartete, seine Anwesenheit zu verkünden. Es war unwahrscheinlich, dass man in der ganzen Welt ein weiteres Schwert aus Kristall finden würde, und zu viele Leute wussten, dass der Wiedergeborene Drache eins besaß. Und da er es hier zurückgelassen hatte, war er in der finsteren, feuchten, engen Steinkiste unter der … Nein. Das war vorbei. Vorbei. Lews Therin hechelte in den Schatten seines Verstandes.

Er schob *Callandor* unter den Sattelgurt und lenkte den Grauen herum, bis er den anderen gegenüberstand. Der eisige Wind ließ die Pferde die Schweife eng an die Körper gedrückt halten, aber gelegentlich stampfte eines mit dem Huf auf oder warf den Kopf nach oben; nach der langen Zeit der Untätigkeit im Stall warteten sie ungeduldig darauf, sich wieder bewegen zu können. Wegen den mit Juwelen verzierten *Ter'angrealen,* die Nynaeve trug, sah die Ledertasche, die an ihrer Schulter hing, ganz unauffällig aus. Jetzt, da die Zeit nahe war, strich sie über die ausgebeulte Tasche, ohne sich überhaupt bewusst zu sein, was sie da eigentlich tat. Sie versuchte ihre Furcht zu verbergen, aber ihr Kinn zitterte. Cadsuane sah ihn unbewegt an. Die Kapuze war ihr auf den Rücken gefallen, und manchmal versetzte ein etwas stärkerer Windstoß die goldenen Fische und Vögel und Sterne und Monde in Bewegung, die von ihrem Haarknoten baumelten.

»Ich werde die männliche Hälfte der Quelle vom Makel befreien«, verkündete er.

Die drei Asha'man, die nun wie die anderen Behüter einfache dunkle Mäntel und Umhänge trugen, tauschten aufgeregte Blicke, aber die Aes Sedai erschauderten. Nesune stieß ein Keuchen aus, das für die schlanke, vogelähnliche Schwester viel zu laut erschien.

Cadsuanes Gesichtsausdruck veränderte sich um keinen Deut. »Damit?«, sagte sie und wies mit einer skeptisch hochgezogenen Braue auf das Bündel unter seinem Bein.

»Mit den Choedan Kal«, erwiderte er. Dieser Name war ein weiteres Geschenk von Lews Therin, der in Rands Verstand nistete, als wäre er schon immer dort gewesen. »Ihr kennt sie als gewaltige Statuen, *Sa'angreale,* von denen die eine in Cairhien und die andere in Tremalking vergraben ist.« Als die Insel des Meervolks erwähnt wurde, riss Harine den Kopf hoch und die goldenen Medaillons ihrer Nasenkette klirrten leise. »Sie sind zu groß, um ohne weiteres bewegt werden zu können, aber ich besitze zwei *Ter'angreale,* die man Zugangsschlüssel nennt. Damit kann man die Choedan Kal von jedem Ort der Welt anzapfen.«

Gefährlich, stöhnte Lews Therin. *Wahnsinn.* Rand beachtete ihn nicht. Im Augenblick spielte einzig und allein Cadsuane eine Rolle.

Ihr Brauner wackelte mit einem Ohr und damit schien er begeisterungsfähiger zu sein als seine Reiterin. »Eines dieser *Sa'angreale* ist für eine Frau gemacht«, sagte sie kühl. »Wer soll es Eurer Meinung nach benutzen? Oder erlauben Euch diese Schlüssel, aus beiden Kraft zu ziehen?«

»Nynaeve wird mit mir eine Verknüpfung eingehen.« Er hatte genug Vertrauen zu Nynaeve, um mit ihr eine Verknüpfung einzugehen, aber auch zu niemandem anderen. Sie war eine Aes Sedai, aber sie war die Seherin von Emondsfelde gewesen; er musste ihr vertrauen. Sie lächelte ihn an und nickte entschieden; ihr Kinn hatte aufgehört zu zittern. »Versucht nicht, mich davon abzuhalten, Cadsuane.« Sie sagte nichts, sondern musterte ihn bloß, ihre dunklen Augen wogen ab und urteilten.

»Verzeiht mir, Cadsuane«, brach Kumira das Schweigen, trieb ihren Schecken mit den Fersen an und ritt nach vorn. »Junger Mann, habt Ihr die Möglichkeit eines Fehlschlags bedacht? Habt Ihr über die *Konsequenzen* eines Fehlschlags nachgedacht?«

»Ich muss dieselbe Frage stellen«, sagte Nesune scharf. Sie saß kerzengerade im Sattel und sie erwiderte Rands Blick offen. »Nach allem, was ich gelesen habe, kann der Versuch, diese *Sa'angreale* zu benutzen, in einer Katastrophe enden. Zusammen könnten sie stark genug sein, um die Welt wie ein Hühnerei aufzuschlagen.«

Wie ein Hühnerei!, stimmte Lews Therin zu. *Sie sind nie getestet worden, nie benutzt. Das ist Wahnsinn!,* kreischte er. *Du bist wahnsinnig! Wahnsinnig!*

»Wie ich letztens erfahren habe«, sagte Rand zu den Schwestern, »hat ein Asha'man von fünfzig den Verstand verloren und musste wie ein tollwütiger Hund getötet werden. Mittlerweile werden es mehr sein. Es besteht ein Risiko, dies zu tun, aber es gibt nur möglicherweise und vielleicht. Wenn ich es nicht versuche, steht eines mit Sicherheit fest: Immer mehr Männer werden dem Wahnsinn verfallen, vielleicht Dutzende, vielleicht wir alle, und früher oder später werden es zu viele sein, um sie alle töten zu können. Möchtet ihr gern auf die Letzte Schlacht warten, während hundert wahnsinnige Asha'man umherziehen, oder zweihundert oder gar fünfhundert? Und ich bin dann vielleicht einer von ihnen? Wie lange wird die Welt das überstehen?« Er sprach zu den beiden Braunen Schwestern, beobachtete dabei aber Cadsuane. Der Blick ihrer fast schwarzen Augen wich keinen Moment von ihm. Er brauchte sie in seiner Nähe, aber wenn sie versuchte, es ihm auszureden, würde er ihren Rat ablehnen, ganz egal, welche Konsequenzen sich daraus ergaben. Und wenn sie versuchte, ihn aufzuhalten …? In seinem Inneren wütete *Saidin.*

»Wollt Ihr es hier machen?«, fragte sie.

»In Shadar Logoth«, erwiderte er, und sie nickte.

»Ein passender Ort«, sagte sie, »wenn wir schon riskieren, die Welt zu zerstören.«

Lews Therin schrie, ein leiser werdendes Heulen, das durch Rands Schädel hallte, während die Stimme in die Tiefen der Dunkelheit floh. Doch es gab keinen Ort, an dem man sich verstecken konnte. Keinen Ort der Sicherheit.

Das Wegetor, das er wob, öffnete sich nicht in der Ruinenstadt Shadar Logoth, sondern auf einem dünn bewaldeten, unregelmäßig geformten Hügel ein paar Meilen weiter nördlich, wo die Hufe der Pferde auf steinige Erde traten, die das Wachstum der blattlosen Bäume gehemmt hatte, und in unregelmäßigen Abständen kleine Schneehaufen lagen. Als Rand abstieg, fiel sein Blick auf den Ort, den man einst Aridhol genannt hatte und der jenseits der Baumwipfel undeutlich zu sehen war; Türme, die abrupt in Steintrümmern endeten, und weiße zwiebelförmige Kuppeln, die ein ganzes Dorf hätten beherbergen können, wären sie unversehrt gewesen. Er schaute nicht lange hin. Trotz des kalten Morgenhimmels schafften es die blassen Kuppeln nicht, so zu funkeln, wie sie es eigentlich hätten tun sollen; es war, als würde ein Schatten auf den sich ausbreitenden Ruinen liegen. Selbst in dieser Entfernung zur Stadt hatte die zweite niemals heilende Wunde in seiner Seite angefangen, leicht zu pochen. Der Schnitt von Padan Fains Dolch, dem Dolch aus Shadar Logoth, pochte nicht im gleichen Pulsschlag wie die größere Wunde, über die er quer hinwegverlief, sondern vielmehr genau gegensätzlich, so dass sie einen abwechselnden Rhythmus bildeten.

Genau wie zu erwarten gewesen war, übernahm Cadsuane das Kommando und gab brüske Befehle. Auf die eine oder andere Weise taten Aes Sedai dies doch immer, wenn sich ihnen dazu auch nur die geringste Gelegenheit bot, und Rand versuchte nicht, sie daran zu hindern. Lan, Nethan und Bassane ritten in den Wald hinunter, um ihn zu durchsuchen, und die anderen Behüter beeilten sich, die Pferde an niedrigen Ästen festzubinden. Min stellte sich in ihre Steigbügel und zog Rands Kopf heran, so dass sie seine Augen küssen konnte. Ohne ein Wort zu verlieren gesellte sie sich dann zu den Männern mit den Pferden. Ihre Liebe zu ihm brandete durch den Bund, er übermittelte Zuversicht und ein Vertrauen, das so allesumfassend war, dass er ihr erstaunt hinterher starrte.

Eben kam, um Rands Pferd zu nehmen, und er grinste von einem Ohr zum anderen. Zusammen mit seiner Nase schienen diese Ohren noch die Hälfte seines Gesichts auszumachen, aber er war mittlerweile eher ein schlanker Junge als ein tölpelhafter. »Es wird wunderbar sein, die

Macht ohne den Makel lenken zu können, mein Lord Drache«, sagte er aufgeregt. Rand schätzte Eben auf siebzehn Jahre, aber er klang viel jünger. »Wenn ich darüber nachdenke, möchte ich mich am liebsten übergeben.« Als er den Grauen wegbrachte, grinste er noch immer.

Die Macht tobte in Rand, und der Schmutz, der das reine Leben *Saidins* befleckte, sickerte in ihn hinein, widerwärtige Tunnel, die Wahnsinn und Tod bringen würden.

Cadsuane versammelte die Aes Sedai um sich und Alivia und die Windsucherinnen des Meervolks ebenfalls. Harine maulte lauthals darüber, dass sie ausgeschlossen wurde, bis ein ausgestreckter Finger Cadsuanes sie über den Hügel schreiten ließ. Moad, der seinen seltsamen blauen Steppmantel trug, setzte Harine auf einen Felsblock und redete beruhigend auf sie ein, obwohl sich seine Blicke manchmal auf die sie umgebenden Bäume richteten, und dann legte er immer die Hand auf den langen Elfenbeingriff seines Schwertes. Jahar kam von den Pferden und wickelte *Callandor* aus. Das Kristallschwert mit seinem langen, durchsichtigen Griff und der leicht gekrümmten Klinge funkelte im schwachen Sonnenlicht. Nach einer ungeduldigen Geste Merises beschleunigte er seine Schritte und gesellte sich zu ihr. Damer befand sich ebenfalls in dieser Gruppe, genau wie Eben. Cadsuane hatte nicht darum gebeten, *Callandor* benutzen zu dürfen. Aber man konnte sie gewähren lassen. Für den Augenblick jedenfalls.

»Diese Frau könnte die Geduld eines Steins auf die Probe stellen!«, murmelte Nynaeve und kam neben Rand zu stehen. Mit der einen Hand hielt sie den Riemen der Ledertasche fest, während die andere genauso fest um den dicken Zopf geschlossen war, der aus ihrer Kapuze herausragte. »In den Pfuhl des Verderbens mit ihr, sage ich! Bist du sicher, dass sich Min nicht wenigstens dieses eine Mal geirrt hat? Nun, ich schätze, wohl nicht. Trotzdem …! Wirst du wohl aufhören, so zu lächeln? Du würdest eine Katze nervös machen!«

»Eigentlich könnten wir genauso gut anfangen«, sagte er zu ihr, und sie blinzelte.

»Sollten wir nicht auf Cadsuane warten?« Niemand wäre auf die Idee gekommen, dass sie sich noch einen Augenblick zuvor über die Aes Sedai beschwert hatte. Wenn überhaupt hörte sie sich an, als wollte sie sie auf keinen Fall verärgern.

»Sie wird tun, was sie tun wird, Nynaeve. Mit deiner Hilfe werde ich das tun, was ich tun muss.«

Sie zögerte noch immer, drückte die Tasche an die Brust und warf besorgte Blicke zu den Frauen, die sich um Cadsuane versammelt hatten. Alivia verließ die Gruppe und eilte über den abschüssigen Boden auf sie zu; sie hielt den Umhang mit beiden Händen geschlossen.

»Cadsuane sagt, ich muss die *Ter'angreale* haben, Nynaeve«, sagte sie mit ihrem breiten seanchanischen Akzent. »Jetzt streitet nicht, dazu ist keine Zeit. Außerdem werdet Ihr nichts damit anfangen können, wenn Ihr mit ihm verknüpft seid.«

Diesmal konnte man den Blick, den Nynaeve den Frauen um Cadsuane zuwarf, beinahe mörderisch nennen, sie murmelte etwas, nahm aber Ringe und Armreife ab und gab Alivia auch den mit Juwelen verzierten Gürtel und die Halskette. Einen Augenblick später seufzte sie und löste das seltsame Armband, das mit flachen Kettchen mit den Fingerringen verbunden war. »Die könnt Ihr dann genauso gut auch nehmen. Ich schätze, ich brauche kein *Angreal*, wenn ich das mächtigste *Sa'angreal* benutze, das je erschaffen wurde. Aber ich will alle zurückhaben, verstanden?«, sagte sie wild.

»Ich bin keine Diebin«, erwiderte die Frau mit den Falkenaugen affektiert und schob die vier Ringe auf die Finger ihrer linken Hand. Seltsamerweise passte das *Angreal*, das den Eindruck erweckte, eigens für Nynaeve hergestellt worden sein, auch genauso mühelos an ihre viel größere Hand. Die beiden Frauen starrten das Ding an.

Ihm wurde bewusst, dass keiner von ihnen die Möglichkeit in Betracht zog, dass er versagen könnte. Er wünschte sich, er könnte so sicher wie sie sein. Aber was getan werden musste, musste getan werden.

»Willst du den ganzen Tag warten, Rand?«, fragte Nynaeve, als Alivia wieder zu Cadsuane ging, und zwar noch schneller, als sie gekommen war. Nynaeve zog den Umhang zurecht, setzte sich auf einen grauen Felsbrocken von der Größe einer kleinen Bank, zog die Tasche auf den Schoß und schlug die Lederklappe zurück.

Rand setzte sich ihr mit untergeschlagenen Beinen gegenüber auf den Boden, während sie die beiden Zugangsschlüssel hervorholte, zwei glatte weiße Statuen von jeweils einem Fuß Höhe, von denen jede eine durchsichtige Kugel in einer erhobenen Hand hielt. Sie gab ihm die Figur eines bärtigen Mannes in einem langen Gewand. Die Frau mit dem langen Gewand stellte sie neben ihren Füßen auf den Boden. Die Gesichter der Figuren waren heiter, stark und von der Weisheit des Alters geprägt.

»Du musst dich an den Punkt begeben, an dem du kurz davor stehst, die Quelle zu umarmen«, erklärte sie ihm und glättete Röcke, die nicht geglättet werden mussten. »Dann kann ich mit dir eine Verknüpfung eingehen.«

Mit einem Seufzen stellte Rand den Bärtigen ab und ließ *Saidin* los. Das wütende Feuer und das Eis verschwanden und mit ihnen die Widerlichkeit der Verunreinigung, die so glatt wie schmieriges Fett war. Aber mit ihnen schien auch das Leben zu schwinden und ließ die Welt blass und trostlos werden. Er stützte die Hände auf den Boden, um sich gegen die Übelkeit zu wappnen, die in dem Moment, in dem er die Quelle erneut ergriff, zuschlagen würde, aber plötzlich ließ ein anderes Schwindelgefühl die Welt sich drehen. Einen Herzschlag lang füllte ein undeutliches Gesicht seine Gedanken und verdrängte Nynaeve, das Gesicht eines Mannes, das beinahe erkennbar war. Licht, falls das je geschah, wenn er gerade *Saidin* ergriff ... Nynaeve beugte sich besorgt zu ihm herunter.

»Jetzt«, sagte er und griff durch den Bärtigen hindurch nach der Quelle, ohne sie festzuhalten. Er wollte vor Schmerzen brüllen, als lodernde Flammen ihn zu verbrennen schienen, während zugleich rasende Sturmwinde gefrorene Sandkörner über seine Haut peitschten. Nynaeve holte schnell tief Luft, wie er sehen konnte, darum wusste er, dass es nur einen winzigen Augenblick lang andauerte, doch es erschien ihm wie Stunden, bevor ...

Saidin strömte durch ihn hindurch, mit seiner ganzen lavaähnlichen Wut, dem atemraubenden Eis, seiner ganzen Fäulnis, und er konnte nicht einmal einen haarfeinen Strom kontrollieren. Er sah, wie der Strom aus ihm in Nynaeve hineinfloss. Das Gefühl, wie es in seinem Inneren brodelte, die tückischen Strömungen und der trügerische Untergrund, die ihn in einem Herzschlag zerstören konnten – es war eine Qual, dies alles fühlen zu müssen, ohne dagegen ankämpfen oder es kontrollieren zu können. Plötzlich wurde ihm klar, dass er sich ihr bewusst war, so wie er sich Min bewusst war, aber er konnte bloß an *Saidin* denken, das ihn unkontrolliert durchströmte.

Sie holte stockend Atem. »Wie kannst du *das* ertragen ...?«, stieß sie heiser hervor. »Das ganze Chaos und die Wut und den Tod. Licht! Pass auf, du musst jetzt mit aller Kraft versuchen, die Ströme zu kontrollieren, während ich ...« Er tat, was sie ihm befohlen hatte, in dem verzweifelten Bemühen, sein Gleichgewicht in dem niemals endenden Krieg mit *Saidin* zu finden, und sie schrie auf und zuckte zusammen. »Du solltest doch warten, bis ich ...«, fing sie wütend an, um dann mit gereizter Stimme fortzufahren. »Nun, wenigstens bin ich es los.

Was schaust du mich mit so großen Augen an? Ich bin hier diejenige, der man die Haut abgezogen hat!«

»*Saidar*«, murmelte er von Staunen erfüllt. Es war so … anders.

Verglichen mit dem Aufruhr von *Saidin* war *Saidar* ein träger Fluss, der ungehindert dahinströmte. Er griff in diesen Fluss hinein, und plötzlich kämpfte er gegen Strömungen, die ihn tiefer hineinziehen wollten, rasende Strudel, die ihn untertauchen wollten. Je stärker er kämpfte, desto stärker wurden die sich unablässig verändernden Ströme. Es war nur ein Augenblick vergangen, seit er versucht hatte, *Saidar* zu kontrollieren, und es kam ihm bereits so vor, als müsste er darin ertrinken, als würde es ihn in die Ewigkeit hinfortspülen. Nynaeve hatte ihn gewarnt und ihn angewiesen, was er tun musste, aber es war so fremd erschienen, dass er es bis zu diesem Augenblick nicht richtig geglaubt hatte. Mit einer großen Anstrengung zwang er sich dazu, nicht länger gegen die Strömungen anzukämpfen, und sofort floss der Fluss wieder friedlich daher.

Das war die erste Schwierigkeit, gegen *Saidin* zu kämpfen, während man sich *Saidar* ergab. Die erste Schwierigkeit und der erste Schlüssel zu dem, was er tun musste. Die männliche und die weibliche Hälfte der Wahren Quelle ähnelten sich und auch wiederum nicht, sie zogen sich an und stießen sich ab, kämpften gegeneinander, während sie zusammenarbeiteten, um das Rad der Zeit anzutreiben. Der Makel der männlichen Hälfte hatte sogar einen Zwilling. Die Wunde, die ihm Ishamael zugefügt hatte, klopfte in Übereinstimmung mit dem Makel, während die andere, die von Fains Klinge stammte, in Übereinstimmung mit dem Bösen pochte, das Aridhol vernichtet hatte.

Er zwang sich zu einem behutsamen Vorgehen, benutzte die gewaltige Kraft des ungewohnten *Saidars*, um es in die Richtung zu lenken, in die er es haben wollte, und webte unbeholfen eine Verbindung, eine Art Röhre, die an dem einen Ende die männliche Hälfte der Quelle berührte und mit dem anderen die in der Ferne liegende Stadt. Die Röhre musste aus unbeschmutztem *Saidar* bestehen. Eine aus *Saidin* gewobene Röhre würde möglicherweise zerspringen, wenn die Fäulnis schließlich tropfenweise hinausgepresst wurde – falls das so funktionierte, wie er hoffte. Er stellte es sich zumindest als Röhre vor, obwohl es das eigentlich gar nicht war. Das Gewebe formte sich nicht im mindesten so, wie er es erwartet hätte. Als hätte *Saidar* einen eigenen Willen, bildete das Gewebe Windungen und Spiralen, die ihn an eine Blume erinnerten. Es war nichts zu sehen, keine spektakulären Gewebe, die vom Himmel sanken. Die Quelle lag im Herzen der Schöpfung, war überall, selbst in Shadar Logoth. Die Röhre erstreckte sich über Entfernungen jenseits seiner Vorstellungskraft und hatte dennoch keine Länge. Es musste eine Röhre sein, ganz egal, wie ihr Erscheinungsbild auch aussah. Wenn nicht …

Er schöpfte *Saidin,* kämpfte damit, besiegte es in dem tödlichen Kampf, den er so gut kannte, und zwang es in das blumenartige Gewebe aus *Saidar.* Und es floss hindurch. *Saidin* und *Saidar,* ähnlich und gegensätzlich, konnten sich nicht vermischen. Der Strom aus *Saidin* rückte in sich zusammen, wich vor dem ihn umgebenden *Saidar* zurück, aber das *Saidar* drückte von allen Seiten dagegen und komprimierte ihn noch stärker und ließ ihn schneller fließen. Reines *Saidin* – rein bis auf die Fäulnis – kam mit Shadar Logoth in Kontakt.

Rand runzelte die Stirn. Hatte er sich geirrt? Es tat sich nichts. Außer … Die Wunden in seiner Seite schienen schneller zu pulsieren. Inmitten des Feuersturms und dem eiskalten Zorn von *Saidin* hatte es den Anschein, dass die Fäulnis in Bewegung geriet. Nur der Hauch einer Bewegung, die er möglicherweise gar nicht bemerkt hätte, hätte er sich nicht so angestrengt, um irgendetwas zu finden. Eine winzige Regung mitten im Chaos, aber alles bewegte sich in die gleiche Richtung.

»Mach weiter«, feuerte Nynaeve ihn an. Ihre Augen strahlten, als würde der Strom aus *Saidar* in ihrem Inneren schon reichen, damit sie Freude empfand.

Er schöpfte noch tiefer von beiden Hälften der Quelle, verstärkte die Röhre, während er noch mehr *Saidin* hineinzwängte, schöpfte von der Macht, bis nichts von dem, was er hätte tun können, noch mehr Erfolg gebracht hätte. Er wollte herausbrüllen, wie viel in ihn hineinströmte, so viel, dass er den Eindruck hatte, gar nicht mehr zu existieren, dass es nur noch die Eine Macht gab. Er hörte Nynaeve stöhnen, aber der mörderische Kampf mit *Saidin* beanspruchte ihn völlig.

Elza spielte an dem Großen Schlangenring an ihrem linken Zeigefinger herum und starrte den Mann an, dem sie zu dienen geschworen hatte. Er saß mit grimmigem Gesicht auf dem Boden und blickte stur geradeaus, als könnte er Nynaeve, die Wilde, die direkt vor ihm saß und wie die Sonne leuchtete, überhaupt nicht wahrnehmen. Vielleicht konnte er das tatsächlich nicht. Sie konnte fühlen, wie *Saidar* in reißenden Strömen ungeahnten Ausmaßes durch Nynaeve hindurchfloss. Alle Schwestern der Burg hätten zusammen nur einen Bruchteil dieses Ozeans bewältigen können. Sie beneidete die Wilde darum, aber vermutlich hätte die schiere Freude, die das auslöste, sie um den Verstand gebracht. Trotz der Kälte funkelten Schweißperlen auf Nynaeves Gesicht. Ihre Lippen standen offen und ihre großen Augen starrten verzückt auf eine Stelle jenseits des Wiedergeborenen Drachen.

»Ich fürchte, es wird bald beginnen«, verkündete Cadsuane. Die grauhaarige Schwester wandte sich von dem sitzenden Paar ab, stemmte die Hände in die Hüften und ließ einen sorgenvollen Blick über den Hügel schweifen.

»Das wird man in Tar Valon spüren, vielleicht sogar auf der anderen Seite der Welt. Alle auf eure Plätze.«

»Kommt, Elza«, sagte Merise, und plötzlich leuchtete das Licht *Saidars* um sie herum auf.

Elza ließ zu, in eine Verknüpfung mit der Schwester gezogen zu werden, aber sie zuckte zusammen, als Merise ihren Asha'man-Behüter in den Zirkel aufnahm. Er war auf düstere Weise wunderschön, aber das Kristallschwert in seinen Händen leuchtete mit einem kaum wahrnehmbaren Glimmen, und sie konnte das unglaubliche brodelnde Chaos fühlen, das *Saidin* sein musste. Obwohl Merise die Ströme kontrollierte, drehte der *Saidin* anhaftende Makel Elza den Magen um. Es war ein Misthaufen, der in schwüler Sommerhitze vor sich hinfaulte. Die andere Grüne war trotz ihrer Strenge eine wunderschöne Frau, aber ihre Lippen wurden schmal, als müsste auch sie sich bemühen, sich nicht zu übergeben.

Überall auf dem Hügel bildeten sich die Zirkel. Sarene und Corele verknüpften sich mit dem alten Mann, mit Flinn, und Nesune, Beldeine und Daigian mit dem jungen Hopwil. Verin und Kumira bildeten sogar einen Zirkel mit der Wilden vom Meervolk; sie war sogar ziemlich stark, und jeder wurde gebraucht. Sobald ein Zirkel gebildet war, verließ er den Hügel; jeder verschwand in eine andere Richtung im Wald. Alivia, die seltsame Wilde, die keinen zusätzlichen Namen zu haben schien, ging mit wehendem Umhang und umgeben vom Glühen der Macht nach Norden. Die Frau mit den winzigen Falten um die Augen und der unglaublichen Stärke war *wirklich* beunruhigend. Elza hätte viel darum gegeben, die *Ter'angreale,* die sie trug, in ihrem Besitz zu haben.

Alivia und die drei Zirkel würden einen Verteidigungsring bilden, falls er gebraucht wurde, aber die größte Notwendigkeit lag direkt hier oben auf dem Hügel. Der Wiedergeborene Drache musste um jeden Preis beschützt werden. Diese Aufgabe hatte natürlich Cadsuane selbst übernommen, aber Merises Zirkel würde ebenfalls hier Stellung beziehen. Der Menge von *Saidar* nach zu urteilen, die Cadsuane schöpfte, musste sie ein eigenes *Angreal* haben. Es war mehr *Saidar,* als Elza und Merise zusammengerechnet genommen hatten, aber selbst das verblasste angesichts der Macht, die durch *Callandor* floss.

Elza schaute zum Wiedergeborenen Drachen herüber und holte tief Luft. »Merise, ich weiß, ich sollte nicht fragen, aber darf ich die Ströme vermischen?«

Sie hatte damit gerechnet, betteln zu müssen, aber die größere Frau zögerte nur einen Augenblick lang, bevor sie die Kontrolle an sie weitergab. Fast unverzüglich entspannten sich Merises Lippen, allerdings konnte man sie trotzdem niemals als weich bezeichnen. Feuer und Eis und Schmutz schossen in Elza empor und sie erschauderte. Was es auch kostete, der Wiedergeborene Drache musste die Letzte Schlacht erreichen.

Barmellin lenkte seinen Karren über die verschneite Straße nach Tremonsien und fragte sich, ob die alte Maglin in den *Neun Ringen* wohl den gewünschten Preis für den Pflaumenschnaps hinter ihm auf der Ladefläche zahlen würde. Er war nicht besonders zuversichtlich. Maglin hatte nicht viel Silber, der Pflaumenschnaps war nicht besonders gut, und so spät im Winter würde sie vielleicht bis zum Frühling warten wollen, bis es ihr wieder besser ging. Plötzlich wurde ihm bewusst, dass der Tag sehr hell erschien. Fast wie ein Sommermittag statt einem Wintermorgen. Aber am seltsamsten von allem war, dass das Leuchten aus der riesigen Grube neben der Straße zu kommen schien, in der Arbeiter aus der Stadt bis zum vergangenen Jahr gegraben hatten. Dort unten sollte eine kolossale Statue sein, aber es hatte ihn nie genug interessiert, um selbst einen Blick hineinzuwerfen.

Jetzt zügelte er seine Stute fast gegen seinen Willen und

stieg in den Schnee, um bis zum Rand der Grube zu trotten. Sie war hundert Schritte tief und zehnmal so breit, und er musste die Hände vors Gesicht legen, um sich vor dem grellen Schein zu schützen, der aus ihrer Tiefe kam. Er blinzelte zwischen den Fingern hindurch und konnte eine glühende Kugel ausmachen, die wie eine zweite Sonne war. Plötzlich wurde ihm klar, dass es sich um die Eine Macht handeln musste.

Mit einem erstickten Aufschrei stapfte er durch den Schnee zurück zu seinem Karren und zog sich hastig hinauf, schlug Nisa mit den Zügeln, damit sie sich wieder in Bewegung setzte, noch während er versuchte, ihren Kopf herumzureißen, um zu seinem Bauernhof zurückzufahren. Er würde in seinem Haus bleiben und den Schnaps selbst trinken. Und zwar das ganze Fass.

Tief in Gedanken versunken spazierte Timna daher und nahm die brachliegenden Felder kaum wahr, die sämtliche Hügelseiten bis auf eine um sie herum bedeckten. Tremalking war eine große Insel, und so weit vom Meer entfernt roch der Wind nicht nach Salz, dennoch war es das Atha'an Miere, das ihr Sorgen bereitete. Sie verweigerten den Weg des Wassers, aber Timna war eine der Führerinnen, die auserwählt waren, sie vor sich selbst zu schützen, falls das möglich war. Das war sehr schwierig in der derzeitigen Situation, da sie alle so aufgeregt waren wegen ihrem Coramoor. Nur wenige blieben auf der Insel. Sogar die Statthalter, die sich stets genau wie die Atha'an Miere darüber beschwerten, vom Meer getrennt zu sein, hatten auf jedem zu findenden Schiff die Segel gesetzt, um nach ihm zu suchen.

Plötzlich erregte etwas auf dem unbebauten Hügel ihre Aufmerksamkeit. Eine riesige Steinhand ragte aus dem Boden und hielt eine durchsichtige Kugel von der Größe eines Hauses. Und diese Kugel leuchtete wie die prächtige Sommersonne.

Alle Gedanken an die Atha'an Miere waren verschwunden, als Timna ihren Umhang straffte und sich auf den Boden setzte. Der Gedanke, dass sie die Erfüllung einer Prophezeiung und das Ende der Illusion sah, ließ sie lächeln.

»Wenn Ihr wirklich eine der Auserwählten seid, werde ich Euch dienen«, sagte der bärtige Mann vor Cyndane voller Zweifel, aber sie bekam nicht mit, was er sonst noch zu sagen hatte.

Sie konnte es fühlen. So viel auf eine Stelle gerichtetes *Saidar* war ein Leuchtfeuer, das jede Frau auf der Welt, die die Macht lenken konnte, fühlen und finden würde. Also hatte er eine Frau für den anderen Zugangsschlüssel gefunden. Dabei wäre sie zusammen mit ihm dem Großen Herrn – dem Schöpfer!- gegenübergetreten. Sie hätte die Macht mit ihm geteilt, ihn die Welt an ihrer Seite beherrschen lassen. Und er hatte ihre Liebe zurückgewiesen, hatte sie zurückgewiesen!

Der Narr, der da vor ihr etwas plapperte, war ein wichtiger Mann, was solche Dinge an diesem Ort anging, aber sie hatte keine Zeit, sich seiner Vertrauenswürdigkeit zu versichern. Doch wenn sie das nicht tat, konnte sie ihn nicht so einfach zurücklassen und das Risiko eingehen, dass er anderen alles erzählte. Nicht, wenn sie Moridins Hand spüren konnte, die das *Cour'souvra* mit ihrer Seele liebkoste. Ein rasiermesserscharfer Strom Luft schnitt den Bart des Burschen in zwei Teile, als sie seinen Kopf nahm. Ein zweiter Strom stieß den Körper zurück, so dass das Blut, das wie eine Fontäne aus dem Halsstumpf schoss, nicht ihr Gewand beschmutzte. Bevor Kopf und Körper auf den Steinboden auftrafen, hatte sie schon ihr Wegetor gewoben. Ein Leuchtfeuer, das sie bestimmen konnte, das sie anlockte.

Als sie den hügeligen Wald betrat, dessen Boden von unregelmäßig geformten Schneehaufen bedeckt wurde und von dessen kahlen Bäumen dicke, braune Schlingpflanzen herabhingen, fragte sie sich, wo das Leuchtfeuer sie hingeführt hatte. Aber es spielte keine Rolle. Südlich von ihr strahlte das Leuchtfeuer, genug *Saidar,* um einen Kontinent auf einen Schlag zu verwüsten. Er würde dort sein, er und wer auch immer diese Frau war, mit der er sie betrogen hatte. Sorgfältig griff sie nach der Macht, um ein Gewebe für seinen Tod zu spinnen.

Blitze zuckten aus dem wolkenlosen Himmel, wie Cadsuane sie nie zuvor gesehen hatte. Nicht normal gezackte Blitze, sondern silberblaue Lanzen, die auf der Hügelkuppe einschlugen, auf der sie stand, die statt ihr den umgedrehten Schild trafen, den sie gewoben hatte, die fünfzig Fuß über ihrem Kopf mit ohrenbetäubendem Krachen niedergingen. Selbst innerhalb des Schildes knisterte die Luft und ihr Haar richtete sich auf. Ohne die Hilfe des *Angreals,* das von ihrem Haarknoten herabbaumelte und eine gewisse Ähnlichkeit mit einem Haubenwürger hatte, wäre sie nicht in der Lage gewesen, den Schild aufrechtzuerhalten.

Ein zweiter goldener Vogel, eine Schwalbe, hing an einer dünnen Kette von ihrer Hand. »Dort«, sagte sie und zeigte in die Richtung, in die sie zu fliegen schien. Eine Schande, dass sie nicht feststellen konnte, aus welcher Entfernung die Macht gelenkt worden war, ob von einem Mann oder einer Frau, aber die Richtung würde reichen müssen. Sie hoffte, dass es keine … Pannen geben würde. Dort draußen befanden sich auch ihre Leute. Doch wenn die Warnung zusammen mit einem Angriff kam, konnte es keinen Zweifel geben.

Das Wort hatte ihren Mund noch nicht ganz verlassen, als im Norden des Waldes auch schon eine Flammensäule in die Höhe wuchs, gefolgt von der nächsten und der übernächsten, eine schwankende Linie, die nordwärts raste. *Callandor* leuchtete in den Händen des jungen Jahars wie eine Flamme. Der Konzentration auf Elzas Gesicht nach zu urteilen sowie der Art und Weise, wie sie ihre Fäuste in ihre Röcke krallte, war überraschenderweise sie diejenige, die diese Ströme lenkte.

Merise ergriff eine Hand voll vom schwarzen Haar des Jungen und zog sanft an seinem Kopf. »Ruhig, mein Hübscher«, murmelte sie. »Oh, ganz ruhig, mein wunderschöner starker Mann.« Er lächelte sie an, es war ein hinreißendes Lächeln.

Cadsuane schüttelte kaum merklich den Kopf. Die Beziehung einer Schwester zu ihrem Behüter zu verstehen war immer schwierig, vor allem bei den Grünen, aber sie konnte nicht einmal annähernd ergründen, was sich zwischen Merise und ihrem Jungen abspielte.

Ihre eigentliche Aufmerksamkeit galt jedoch einem anderen Jungen. Nynaeve schwankte; sie stöhnte vor Ekstase, als diese unglaubliche Menge *Saidar* durch sie hindurchfloss, aber Rand saß da wie ein Stein, und Schweiß rann über sein Gesicht. Seine Augen war leer, wie polierte Saphire. War er sich überhaupt dessen bewusst, was um ihn herum geschah?

Die Schwalbe drehte sich unter ihrer Hand an ihrer Kette.

»Dort«, sagte sie und zeigte auf die Ruinen von Shadar Logoth.

Rand konnte Nynaeve nicht länger sehen. Er konnte überhaupt nichts mehr sehen, auch nichts mehr fühlen. Er schwamm in wogenden Flammenseen, kroch über zusammenbrechende Eisberge. Die Fäulnis floss wie die Gezeiten eines Ozeans und drohte ihn davonzuspülen. Wenn er auch nur einen Augenblick lang die Kontrolle verlor, würde sie alles mit sich reißen, was ihn ausmachte, und es ebenfalls in die Röhre spülen. Genauso schlimm – oder vielleicht sogar noch schlimmer – war die Tatsache, dass trotz des Stroms an Schmutz, der durch die seltsame

Blume floss, der Makel auf der männlichen Hälfte der Quelle nicht abzunehmen schien. Er war wie Öl, das in einer so dünnen Schicht auf dem Wasser schwamm, dass man es erst dann bemerkte, wenn man die Oberfläche berührte; es bedeckte die Unermesslichkeit der männlichen Hälfte und war selbst ein Ozean für sich. Er musste durchhalten. Er musste es. Aber für wie lange? Wie lange konnte er durchhalten?

Falls er wieder rückgängig machen konnte, was al'Thor mit der Quelle angestellt hatte, überlegte Demandred, als er Shadar Logoth durch sein Tor betrat, es plötzlich und unvermittelt ungeschehen machte, würde das den Mann vielleicht töten oder zumindest die Fähigkeit zum Lenken der Macht aus ihm herausbrennen. Er hatte al'Thors Plan ergründet, sobald ihm klar geworden war, wo sich der Zugangsschlüssel befand. Ein brillantes Vorhaben, wie er neidlos anerkannte, aber wahnsinnig gefährlich. Lews Therin war ein großartiger Pläneschmied gewesen, wenn auch sicher nicht so brillant, wie alle immer behauptet hatten. Nicht annähernd so brillant wie Demandred.

Aber ein Blick auf die mit Geröll übersäte Straße, und er dachte nicht mehr daran, etwas zu verändern. Neben ihm erhob sich eine unvollständige blasse Kuppel, deren zerschmetterte Spitze sich etwa zweihundert Fuß oder noch höher über der Straße befand, und aus dem Himmel darüber fiel das Licht des Vormittags. Doch vom gezackten Rand der Ruine bis zur Straße hinunter war die Luft voller Schatten, so als würde bereits die Nacht hereinbrechen. Die Stadt … bebte. Er konnte es durch die Stiefelsohlen hindurch fühlen.

Feuer schoss im Wald empor, große durch *Saidin* verursachte Explosionen schleuderten mit Flammenzungen Bäume in die Luft, die auf ihn zurasten, aber er webte bereits ein Wegetor. Er sprang hinein, ließ es verschwinden und lief so schnell er konnte zwischen den von Schlingpflanzen umklammerten Bäumen hindurch, pflügte durch Schneefelder, stolperte über im Schlamm verborgene Steine, wurde aber nicht langsamer, nicht einen Moment lang. Er war Soldat gewesen. Noch immer rennend hörte er die erwarteten Explosionen, und er wusste, dass sie so sicher auf die Stelle zurasten, an der sein Tor entstanden war, wie sie in den Ruinen direkt auf ihn zugekommen waren. Aber sie waren jetzt weit genug von ihm entfernt, um keine Gefahr mehr darzustellen. Ohne das Tempo zu verringern, wandte er sich dem Zugangsschlüssel zu. Bei der Menge von *Saidin,* die hindurchströmte, hätte genauso gut ein flammender Pfeil am Himmel auf al'Thor zeigen können.

Falls niemand in diesem verfluchten Zeitalter keine weitere unbekannte Fähigkeit entdeckt hatte, musste al'Thor ein Gerät, ein *Ter'angreal,* in seinen Besitz gebracht haben, das einen Machtlenker aufspürte. So viel er über die Zeit wusste, welche die Menschen nun als die Zerstörung der Welt bezeichneten – nachdem er im Shayol Ghul eingekerkert worden war –, hätte jede Frau, die in der Lage war, ein *Ter'angreal* herzustellen, den Versuch unternommen, so etwas zu erschaffen. Im Krieg ließ sich die andere Seite immer etwas einfallen, mit dem man nicht gerechnet hatte, und man musste etwas dagegensetzen. Im Krieg war er immer gut gewesen. Aber zuerst musste er näher heran.

Plötzlich sah er zu seiner Rechten Leute voraus und ging hinter einem grauen Baumstamm in Deckung. Ein kahler alter Mann mit einem weißen Haarkranz hinkte zwischen zwei Frauen daher, von denen eine auf wilde, aufregende Weise schön war, während die andere schlichtweg atemberaubend aussah. Was taten sie hier im Wald? Wer waren sie? Freunde von al'Thor oder einfach nur Leute, die zur falschen Zeit am falschen Ort waren? Er zögerte, sie zu töten, wer sie auch waren. Jede Anwendung der Macht würde al'Thor warnen. Er würde warten müssen, bis sie vorbei waren. Der alte Mann drehte den Kopf, als suchte er etwas zwischen den Bäumen, aber Demandred bezweifelte, dass ein so hinfälliger Bursche so weit sehen konnte.

Plötzlich blieb der alte Mann stehen und stieß seine Hand genau in Demandreds Richtung nach vorn, und er sah sich unvermittelt gezwungen, ein Netz aus *Saidin* abzuwehren, das seinen Abwehrschild viel härter traf, als er eigentlich erwartet hatte; so hart, wie sein eigenes Gewebe es getan hätte. Der hinkende alte Mann war ein Asha'man! Und mindestens eine der Frauen musste das sein, was in diesem Zeitalter als Aes Sedai bezeichnet wurde, und sich mit dem Burschen zu einem Zirkel zusammengeschlossen haben.

Er versuchte, einen eigenen Angriff zu starten und sie zu zerschmettern, aber der Alte schleuderte ihm ohne Unterlass ein Gewebe nach dem anderen entgegen, und er konnte nichts anderes tun, als sie abzuwehren. Diejenigen, die die Bäume trafen, hüllten sie in Flammen oder ließen die Stämme zersplittern. Er war ein General, ein großer General, aber Generäle hätten es nicht nötig, an der Seite der Männer zu kämpfen, die sie befahlen! Fluchend zog er sich zwischen dem Prasseln brennender Bäume und dem Donner der Explosionen zurück. Fort von dem Schlüssel. Früher oder später musste der Alte ermüden und dann konnte er sich al'Thor widmen und ihn töten. Falls nicht einer der anderen es vor ihm schaffte. Er hoffte inständig, dass sie versagten.

Die Röcke bis zu den Knien gerafft, rannte Cyndane fluchend von ihrem dritten Wegetor fort, sobald sie es verlassen hatte. Sie konnte die Explosionen auf die Stelle zurasen hören, aber diesmal begriff sie, warum sie direkt auf sie zielten. Sie stolperte über im Schnee verborgene Ranken und stieß gegen Bäume. Sie hasste Wälder! Wenigstens waren ein paar der anderen da – sie hatte gesehen, dass die emporschießenden Feuersäulen auch in andere Richtungen rasten; sie spürte, dass *Saidar* an mehr als nur einem Ort gewoben wurde, und zwar voller Zorn –, aber sie betete zum Großen Herrn, dass sie Lews Therin als Erste erreichte. Denn ihr war klar geworden, dass sie ihn sterben sehen wollte, und dafür musste sie näher heran.

Osan'gar kauerte hinter einem umgestürzten Baumstamm und keuchte von der Anstrengung des Laufens. Die Monate, die er als Corlan Dashiva maskiert verbracht hatte, hatten ihm Leibesübungen nicht schmackhafter gemacht. Die Explosionen, die ihn um ein Haar getötet hätten, verklangen, fingen dann aber in der Ferne von vorn an, und er schob sich vorsichtig ein kleines Stück höher, um über den Stamm zu spähen. Nicht, dass er der Meinung war, dass ein Stück Holz großen Schutz bot. Er war nie Soldat gewesen, nein, wirklich nicht. Seine Talente, sein Genie lag anderswo. Er hatte die Trollocs erschaffen und somit auch die Myrddraal, die aus ihnen hervorgegangen waren, und viele andere Kreaturen, die die Welt erschüttert und seinen Namen berühmt gemacht hatten. Der Zugangsschlüssel pulsierte vor *Saidin,* aber er konnte fühlen, dass in andere Richtungen auch geringere Mengen gelenkt wurden.

Er hatte damit gerechnet, dass andere Auserwählte vor ihm hier waren, hatte gehofft, sie hätten die Aufgabe vor seinem Eintreffen erledigt, aber offensichtlich war das nicht der Fall. Denn genauso offensichtlich hatte al'Thor ein paar dieser Asha'man mitgebracht, und der Menge von *Saidin* nach zu urteilen, die sich in den auf ihn gerichteten Explosionen befunden hatte, obendrein auch noch *Callandor.* Und vielleicht ein paar seiner zahmen so genannten Aes Sedai.

Er ging zurück in die Hocke und biss sich auf die Lippe. Dieser Wald war ein sehr gefährlicher Ort, mehr, als er erwartet hatte, und überhaupt nicht für ein Genie geeignet. Aber die Tatsache blieb bestehen, dass Moridin ihm schreckliche Angst einjagte. Der Mann hatte ihm immer Angst eingejagt, gleich von Anfang an. Er war verrückt vor Machthunger gewesen, bevor man sie in dem Stollen versiegelt hatte, und seit ihrer Befreiung schien er zu glauben, er sei der Große Herr. Wenn er jetzt die Flucht ergriff, würde Moridin dies herausfinden und ihn töten. Was aber noch schlimmer war, sollte al'Thor Erfolg haben, könnte sich der Große Herr dazu entscheiden, beide zu töten und Osan'gar gleich mit. Ihm war egal, ob die anderen starben, aber um sich selbst machte er sich große Sorgen.

Er war nicht gut darin, die Zeit am Sonnenstand zu schätzen, aber es war offensichtlich kurz vor Mittag. Er erhob sich vom Boden, putzte an dem Dreck auf seiner Kleidung herum, gab dann angewidert auf und fing an, in einer, wie er fand, verstohlenen Weise geduckt von einem Baum zum nächsten zu huschen. Immer auf den Schlüssel zu. Vielleicht würde einer der anderen den Mann ja erledigen, bevor er dort war, aber wenn nicht, würde er möglicherweise eine Gelegenheit finden, der Held zu sein. Natürlich mit aller gebotenen Vorsicht.

Verin verfolgte stirnrunzelnd die Erscheinung, die sich links von ihr einen Weg zwischen den Bäumen vorbei suchte. Ihr fiel keine andere Bezeichnung für eine Frau ein, die juwelenbeladen und in einem Gewand, das nacheinander jede Farbe von Schwarz bis Weiß annahm und manchmal auch durchsichtig wurde, durch den Wald spazierte! Sie beeilte sich nicht, aber sie ging in Richtung des Hügels, auf dem sich Rand befand. Und wenn sich Verin nicht sehr irrte, war sie eine der Verlorenen.

»Wollen wir sie bloß beobachten?«, flüsterte Shalon wütend. Sie war aufgebracht gewesen, dass sie nicht die

Ströme verknüpfen durfte, als würde die Stärke einer Wilden bei Aes Sedai etwas zählen, und der stundenlange Marsch durch den Wald hatte ihre Laune nicht verbessert.

»Wir müssen etwas *tun*«, sagte Kumira leise, und Verin nickte.

»Ich habe gerade entschieden, was.« Eine Abschirmung. Eine gefangene Verlorene könnte sich als nützlich erweisen.

Sie webte die Abschirmung mit der vollen Kraft ihres Zirkels und sah entsetzt, wie sie abprallte. Die Frau umarmte bereits *Saidar*, obwohl um sie herum kein Licht aufflackerte, und sie war ungeheuer stark!

Dann hatte sie keine Zeit mehr zum nachdenken, denn die Frau mit dem goldenen Haar wirbelte herum und begann, die Macht zu lenken. Verin konnte die Gewebe nicht sehen, aber sie wusste, dass sie sich einem Angriff auf ihr Leben stellte, und sie war viel zu weit gekommen, um hier zu sterben.

Eben zog den Umhang enger um seinen Körper und wünschte sich, er wäre besser darin, die Kälte zu ignorieren. Einfache Kälte konnte er ignorieren, aber nicht den Wind, der aufgekommen war, seit die Sonne ihren Zenit überschritten hatte. Die drei mit ihm verknüpften Schwestern überließen ihre Umhänge einfach den Böen, während sie alle Richtungen gleichzeitig im Auge zu behalten versuchten. Daigian führte den Zirkel – vermutlich seinetwegen –, aber sie schöpfte mit solch leichter Hand, dass er kaum einen Hauch von *Saidin* durch sich hindurchfließen spürte. Sie wollte sich dem nicht stellen, bevor es unbedingt nötig war. Er schob ihre Kapuze zurecht und sie lächelte ihn aus ihren Tiefen an. Der Bund übertrug ihre Zuneigung für ihn und die seine zu ihr, wie er vermutete. Mit der Zeit würde er für die kleine Aes Sedai vermutlich Liebe empfinden.

Der tosende *Saidin*-Strom weit hinter ihm überlagerte immer wieder seine Fähigkeit, andere aktive Machtlenker zu fühlen, aber er konnte spüren, wie andere die Macht lenkten. Die Schlacht hatte an anderer Stelle begonnen und bis jetzt waren sie vier nur umhergelaufen. Aber das störte ihn nicht besonders. Er war bei den Quellen von Dumai dabei gewesen und hatte gegen die Seanchaner gekämpft, und er hatte gelernt, dass es viel mehr Spaß machte, über Schlachten zu lesen, als sie zu schlagen. Was ihn jedoch störte, war der Umstand, dass man ihm nicht die Kontrolle über den Zirkel gegeben hatte. Natürlich hatte sie Jahar auch nicht, aber er war fest davon überzeugt, dass sich Merise damit amüsierte, Jahar einen Keks auf der Nase balancieren zu lassen. Damer hatte die Kontrolle über den Zirkel. Nur weil der Mann ein paar Jahre älter als er war – nun, es waren mehr als nur ein paar Jahre; er war älter als sein Vater –, war nun wirklich kein Grund, dass Cadsuane ihn wie einen …

»Könnt Ihr mir helfen? Ich scheine mich verirrt zu haben und habe mein Pferd verloren.« Die Frau, die vor ihnen hinter einem Baum hervortrat, hatte nicht einmal einen Umhang. Stattdessen trug sie ein Gewand aus dunkelgrüner Seide, das so tief ausgeschnitten war, dass die Hälfte ihres üppigen Busens entblößt war. Locken schwarzen Haars umrahmten ein wunderschönes Gesicht mit grünen Augen, die funkelten, wenn sie lächelte.

»Ein seltsamer Ort für einen Ausritt«, sagte Beldeine misstrauisch. Die hübsche Grüne war nicht begeistert gewesen, als Cadsuane Daigian den Befehl übergeben hatte, und sie hatte jede sich bietende Gelegenheit ergriffen, um ihre Meinung über Daigians Entscheidungen kundzutun.

»Ich hatte nicht so weit reiten wollen«, sagte die Frau und kam näher. »Wie ich sehe, seid ihr alle Aes Sedai. Mit einem … Bräutigam? Wisst ihr, was hier vor sich geht?«

Plötzlich fühlte Eben, wie ihm das Blut aus dem Gesicht

wich. Es war unmöglich, was er da fühlte! Die Frau mit den grünen Augen runzelte überrascht die Stirn und er tat das Einzige, das er tun konnte.

»Sie hält *Saidin!*«, rief er und stürzte sich auf sie, während er fühlte, wie Daigian tief von der Macht schöpfte.

Beim Anblick der Frau, die etwa hundert Schritte voraus zwischen den Bäumen stand, wurde Cyndane langsamer; es handelte sich um eine hochgewachsene Frau mit hellblonden Haaren, die einfach zusah, wie sie näher kam. Die Schlachten, die an anderen Orten mit der Macht ausgetragen wurden, machten sie misstrauisch, gaben ihr gleichzeitig aber auch neue Zuversicht. Die Frau war in einfache Wolle gekleidet, andererseits war sie mit Juwelen behängt, als wäre sie eine große Lady. Mit dem *Saidar* in ihr konnte Cyndane die feinen Fältchen an den Augenwinkeln der anderen Frau sehen. Also gehörte sie nicht zu denen, die sich Aes Sedai nannten. Aber wer war sie dann? Und warum stand sie da, als wollte sie Cyndane den Weg versperren? Es spielte keine Rolle. Jetzt die Macht zu benutzen würde sie verraten, aber sie hatte ja Zeit. Der Schlüssel leuchtete noch immer wie ein Leuchtfeuer der Macht. Lews Therin lebte noch. Ganz egal, wie wild die Augen der Frau blickten, falls sie wirklich glaubte, ein Hindernis zu sein, würde für sie ein Messer reichen. Und nur für den Fall, dass sie sich als das erwies, was man Wilde nannte, bereitete Cyndane ein kleines Geschenk für sie vor, ein umgedrehtes Gewebe, das sie nicht einmal sehen würde, bevor es zu spät war.

Plötzlich flammte das Licht *Saidars* um die Frau auf, aber der bereitgehaltene Feuerball schoss aus Cyndanes Hand, klein genug, um jeder Entdeckung zu entgehen, wie sie hoffte, aber groß genug, um ein Loch in die Frau zu brennen …

In dem Augenblick, in dem das Gewebe aus Feuer die

Frau erreichte, als es fast nahe genug war, um ihr Kleid anzusengen, löste es sich in seine Bestandteile auf. Die Frau tat nichts; das Netz löste sich einfach auf! Cyndane hatte noch nie von einem *Ter'angreal* gehört, das ein Gewebe zerstören konnte, aber es konnte sich nur darum handeln.

Dann schlug die Frau zurück und sie erlebte ihren zweiten Schock. Sie war stärker als Cyndane, bevor die Aelfinn und die Eelfinn sie in ihrer Gewalt gehabt hatten! Das war unmöglich; keine Frau *konnte* stärker sein. Sie musste auch ein *Angreal* haben. Der Schock dauerte nur die Zeit an, die es kostete, die Ströme der Frau zu durchtrennen. Offensichtlich wusste sie nicht, wie sie sie zurücknehmen musste. Vielleicht würde dieser Vorteil ausreichen. Sie *würde* Lews Therin sterben sehen! Die hoch gewachsene Frau zuckte zusammen, als die durchtrennten Ströme in sie hineinschnellten, aber noch während sie den Schlag hinnahm und mit den Füßen einen besseren Stand suchte, schlug sie erneut zu. Mit einem Knurren wehrte sich Cyndane und der Boden unter ihren Füßen bäumte sich auf. Sie *würde* ihn sterben sehen! Sie *würde* ihn sterben sehen!

Der hohe Hügel lag nicht in unmittelbarer Nähe des Zugangsschlüssels, trotzdem leuchtete der Schlüssel so hell in Moghediens Kopf, dass sie nach einem kleinen Schluck dieses gewaltigen *Saidar*-Stroms dürstete. So viel zu halten, nur der tausendste Teil einer solchen Menge, würde die schiere Ekstase sein. Sie dürstete danach, aber diese bewaldete Stellung war so nahe daran, wie sie vorhatte heranzugehen. Allein die Bedrohung von Moridins Händen, die ihr *Cour'souvra* liebkosten, hatte sie dazu getrieben, an diesen Ort zu reisen, und sie hatte es hinausgezögert und darum gebetet, dass alles vorbei sein würde, bevor man sie dazu gezwungen hatte. Sie hatte immer im Verborgenen gearbeitet, aber sie war noch nicht richtig da gewesen, als sie sich auch schon vor einem Angriff in Sicherheit bringen musste. In dem sich unter ihr im Licht der frühen Nachmittagssonne ausbreitenden Wald zuckten an weit voneinander entfernten Stellen mit *Saidar* gewobene Blitze und Flammensäulen auf; dazu kamen auch noch einige, die aus *Saidin* bestehen mussten. Schwarze Rauchwolken quollen von brennenden Baumstümpfen empor, ohrenbetäubende Explosionen hallten durch die Luft.

Es kümmerte sie nicht, wer da kämpfte, wer lebte und wer starb. Natürlich wäre es erfreulich gewesen, wenn Cyndane oder Graendal umgekommen wären. Oder gar beide. Moghedien würde das nicht passieren, sie würde sich nicht mitten über ein Schlachtfeld schleppen. Und als wäre das nicht schon schlimm genug gewesen, erhob sich noch etwas jenseits des leuchtenden Schlüssels, eine gewaltige abgeflachte Kuppel aus Finsternis mitten im Wald, so als hätte sich die Nacht in Stein verwandelt. Sie zuckte zusammen, als Bewegung in die schwarze Oberfläche kam, so als würde eine kleine Welle durch sie hindurchfahren. Die Kuppel wuchs deutlich sichtbar ein Stück in die Höhe. Reiner Wahnsinn, sich näher heranzuwagen, was auch immer es war. Moridin würde nicht wissen, was sie hier tat oder auch nicht.

Sie zog sich auf die Rückseite des Hügels zurück, fort von dem leuchtenden Schlüssel und der seltsamen Kuppel, setzte sich und tat das, was sie schon so oft in der Vergangenheit getan hatte. Aus den Schatten zusehen und überleben.

Rand schrie im Inneren seines Kopfes. Er war sich sicher, dass er schrie, dass Lews Therin schrie, aber in dem Chaos konnte er keine der beiden Stimmen ausmachen. Der widerwärtige Ozean des Makels schoss mit rasender Geschwindigkeit durch ihn hindurch. Flutwellen aus Verderbnis begruben ihn unter sich. Tobende Sturmwinde aus Schmutz rissen an ihm. Allein der Makel verriet ihm, dass er die Macht noch umarmt hielt. *Saidin* hätte sich verändern, aufflammen, ihn töten können, und er hätte es nicht bemerkt. Diese stinkende Flut überlagerte alles andere, und er klammerte sich mit den Fingernägeln fest, um zu verhindern, dass er davon fortgespült wurde. Der Makel war in Bewegung geraten. Das war alles, was jetzt zählte. Er musste durchhalten!

»Min, was könnt Ihr mir sagen?« Trotz ihrer Müdigkeit hielt sich Cadsuane auf den Beinen. Diesen Schild fast den ganzen Tag aufrechtzuerhalten hätte ausgereicht, um jeden zu erschöpfen.

Schon seit einiger Zeit war kein Angriff mehr auf die Hügelkuppe erfolgt, und tatsächlich schien das einzige Lenken der Macht, das sie spüren konnte, von Nynaeve und dem Jungen auszugehen. Elza schritt einen endlosen Kreis um den Kamm ab; sie war noch immer mit Merise und Jahar verknüpft, aber im Augenblick gab es nichts für sie zu tun, außer die Hügel in der Umgebung im Auge zu behalten. Jahar saß auf einem Stein und hielt das leicht glimmende *Callandor* in der Armbeuge. Merise saß neben ihm auf dem Boden, den Kopf auf die Knie gebettet, und er streichelte ihr übers Haar.

»Nun, Min?«, wollte Cadsuane wissen.

Das Mädchen schaute wütend von der Senke in dem steinigen Boden auf, in die Tomas und Moad sie und Harine hingesetzt hatten. Wenigstens hatten die Männer genug Verstand gehabt, um einzusehen, dass sie in diesem Kampf nichts tun konnten. Harine schaute mürrisch drein, und mehr als nur einmal hatte einer der Männer Min daran hindern müssen, zu dem jungen al'Thor zu gehen. Sie hatten ihr sogar die Messer abnehmen müssen, nachdem sie sie damit bedroht hatte.

»Ich weiß, dass er lebt«, murmelte das Mädchen, »und ich glaube, er leidet Schmerzen. Aber wenn ich genug spüre, um zu dem Schluss zu kommen, dass er Schmerzen hat, dann muss er Qualen durchleiden. Lasst mich zu ihm gehen.«

»Ihr würdet jetzt nur im Weg sein.«

Cadsuane ignorierte das Aufstöhnen des Mädchens und ging über den steinigen Boden zu Rand und Nynaeve hinüber, wandte aber einen Augenblick lang den Blick von ihnen. Selbst aus der Entfernung von einigen Meilen sah die schwarze Kuppel gewaltig aus, sie war mindestens tausend Fuß hoch. Und sie schwoll an. Ihre Oberfläche sah wie schwarzer Stahl aus, obwohl sie im Licht der Nachmittagssonne nicht funkelte. In ihrer Nähe schien das Licht sogar schwächer zu werden.

Rand saß in der gleichen Position wie zu Anfang da, eine reglose, blinde Statue mit schweißbedecktem Gesicht. Falls er Qualen erlitt, wie Min behauptete, ließ er sich jedenfalls nichts anmerken. Und wenn es so war, wusste Cadsuane sowieso nicht, was sie hätte tun können. Ihn jetzt in irgendeiner Weise zu stören würde möglicherweise schreckliche Konsequenzen haben. Cadsuane warf der totenschwarzen, wachsenden Kuppel einen Blick zu und grunzte. Vielleicht würde es schon schreckliche Konsequenzen haben, dass man ihn überhaupt damit hatte beginnen lassen.

Mit einem Aufstöhnen rutschte Nynaeve von ihrer Steinbank auf den Boden. Ihr Gewand war schweißgetränkt, Haarsträhnen klebten in ihrem feuchten Gesicht. Ihre Lider zitterten schwach, ihre Brüste wogten, als sie verzweifelt nach Luft schnappte. »Aufhören«, wimmerte sie. »Ich kann es nicht mehr ertragen.«

Cadsuane zögerte, etwas, woran sie nicht gewöhnt war. Das Mädchen konnte den Zirkel nicht verlassen, bis der junge al'Thor sie freigab, aber vorausgesetzt, diese Choedan Kal hatten nicht den gleichen Fehler wie *Callandor,* würde sie ausreichend dagegen geschützt sein, so viel Macht aufzunehmen, dass sie einen Schaden davontrug.

Andererseits diente sie als Kanal für mehr *Saidar,* als die ganze Weiße Burg mit sämtlichen ihrer im Besitz befindlichen *Angreale* und *Sa'angreale* fähig zu beherrschen gewesen wäre. Nachdem dies nun seit Stunden durch sie hindurchströmte, würde sie möglicherweise an körperlicher Erschöpfung sterben.

Sie kniete neben dem Mädchen nieder, legte die Schwalbe neben sich auf den Boden, nahm ihren Kopf in beide Hände und verringerte die Menge an *Saidar,* die sie in den Schild fließen ließ. Ihre Fähigkeiten im Heilen waren allenfalls durchschnittlich, aber sie würde einen Teil der Erschöpfung des Mädchens fortspülen, ohne selbst zusammenzubrechen. Dabei war sie sich des geschwächten Schildes über ihnen ständig bewusst, und sie beeilte sich, die Gewebe zu formen.

Osan'gar erreichte die Hügelkuppe, ließ sich zu Boden fallen und lächelte, als er zur Seite kroch, um hinter einem Baum in Deckung zu gehen. Von dieser Position aus konnte er mit dem *Saidin* in ihm den benachbarten Hügel deutlich sehen – genau wie die Leute, die sich dort befanden. Es waren weniger als erwartet. Eine Frau zog langsam ihre Runden um den Kamm und beobachtete die Bäume, aber alle anderen bewegten sich nicht. Narishma saß mit dem glühenden *Callandor* in den Händen da, eine Frau hatte den Kopf auf sein Knie gebettet. Dann waren da noch zwei andere Frauen, eine kniete über der anderen, aber sie beide wurden größtenteils vom Rücken eines Mannes verdeckt. Er brauchte das Gesicht des Mannes nicht zu sehen, um al'Thor zu erkennen. Der Schlüssel auf dem Boden neben ihm verriet ihn. Für Osan'gars Augen leuchtete er strahlend hell. In seinem Kopf überstrahlte er die Sonne, tausend Sonnen. Was er damit hätte machen können! Eine Schande, dass er zusammen mit al'Thor vernichtet werden musste. Aber er konnte noch immer *Callandor* an sich nehmen, nachdem al'Thor tot war. Keiner der Auserwählten besaß auch nur so etwas wie ein *Angreal*. Selbst Moridin würde vor ihm erzittern, sobald er das Kristallschwert besaß. Nae'blis? Sie würden Osan'gar zum Nae'blis machen, nachdem er al'Thor vernichtet und all das, was er hier getan hatte, wieder ungeschehen gemacht hatte. Mit einem leisen Lachen wob er Baalsfeuer. Wer hätte je gedacht, dass er sich als Held des Tages erweisen würde?

Elza schritt langsam daher und musterte die bewaldeten Hügel ringsum. Plötzlich verharrte sie. Im Augenwinkel hatte sie eine winzige Bewegung gesehen. Langsam drehte sie den Kopf, aber nicht bis zu dem Hügel, auf dem sie das Aufblitzen gesehen hatte. Der Tag war für sie sehr schwierig gewesen. Während ihrer Gefangenschaft in den Aielzelten in Cairhien war ihr bewusst geworden, dass es für den Wiedergeborenen Drachen an erster Stelle darauf ankam, sich der Letzten Schlacht zu stellen. Das war plötzlich so unfassbar offensichtlich gewesen, dass es sie erstaunt hatte, dass ihr das vorher nicht bewusst gewesen war. Jetzt war es ihr klar, so klar wie *Saidar* das Gesicht des Mannes erhellte, der sich auf dem Hügel zu verstecken versuchte, während er an einem Baumstamm vorbei spähte. Heute war sie gezwungen gewesen, gegen die Auserwählten zu kämpfen. Sicherlich würde der Große Herr es verstehen, falls sie tatsächlich einen von ihnen getötet hatte, aber Corlan Dashiva war nur ein Asha'man. Dashiva richtete die Hand auf den Hügel, auf dem sie stand, und sie schöpfte so tief sie konnte aus *Callandor* in Jahars Händen. *Saidin* war ihrer Meinung nach gut für Zerstörungszwecke zu gebrauchen. Ein gewaltiger aufblitzender Feuerball in Rot, Gelb und Blau hüllte die andere Hügelkuppe ein. Als die Flammen verschwanden, endete sie in einem glatten Plateau, das fünfzig Schritte niedriger als der alte Kamm war.

Moghedien wusste nicht, warum sie so lange geblieben war. In zwei Stunden ging die Sonne unter und der Wald war still. Bis auf den Schlüssel konnte sie kein angewandtes *Saidar* mehr fühlen. Das schloss nicht aus, dass jemand noch kleine Mengen benutzte, aber das war nicht mit dem Zorn vergleichbar, der zuvor hier gewütet hatte. Die Schlacht war zu Ende, die anderen Auserwählten tot oder besiegt auf der Flucht. Die Niederlage war offensichtlich, da der Schlüssel noch immer in ihrem Kopf loderte. Es war erstaunlich, dass die Choedan Kal die ununterbrochene Benutzung auf dieser Stufe überstanden hatten.

Sie lag oben auf ihrem Aussichtspunkt auf dem Bauch, das Kinn auf die Hände gestützt, und betrachtete die große Kuppel. Schwarz schien sie nicht länger richtig zu beschreiben. Es gab keinen richtigen Begriff mehr dafür, aber Schwarz war eine vergleichsweise schwache Farbe. Es war nun eine Halbkugel, die sich wie ein Berg zwei Meilen oder mehr in den Himmel erhob. Sie wurde von einer tiefen Schattenschicht umgeben, so als würde sie das letzte Licht aus der Luft saugen. Moghedien konnte nicht begreifen, warum sie keine Angst hatte. Das Ding würde möglicherweise wachsen, bis es die ganze Welt einhüllte, vielleicht würde es – so wie Aran'gar gemeint hatte – die Welt auch zerschmettern. Aber falls das geschah, würde es keinen sicheren Ort geben, keine Schatten, in denen sich die Spinne verbergen konnte.

Plötzlich wand sich etwas aus der dunklen, glatten Oberfläche heraus, etwas, das an eine Flamme erinnerte, falls Flammen schwärzer als schwarz sein konnten, gefolgt von der nächsten und der übernächsten, bis die Kuppel von brodelndem stygischen Feuer bedeckt wurde. Das Tosen zehntausender Donnerschläge ließ Moghedien die Hände auf die Ohren schlagen und in dem Getöse lautlos aufkreischen, dann brach die Kuppel in der Zeit eines Herzschlages in sich zusammen, schrumpfte auf die Größe einer Nadelspitze, löste sich in Nichts auf. Dann heulte der Wind auf und raste auf die Stelle zu, an der sich die verschwundene Kuppel befunden hatte. Er schleifte Moghedien über den steinigen Boden, ganz egal, wie verzweifelt sie sich auch bemühte, sich irgendwo festzuhalten, schleuderte sie gegen Bäume und hob sie in die Luft. Seltsamerweise verspürte sie noch immer keine Furcht. Wenn sie dies überlebte, würde sie niemals wieder Furcht empfinden.

Cadsuane ließ das Ding, das einmal ein *Ter'angreal* gewesen war, zu Boden fallen. Man konnte es nicht länger als die Statue einer Frau bezeichnen. Das Gesicht drückte noch immer die gleiche erhabene Weisheit aus wie zuvor, aber die Figur war in zwei Stücke zerbrochen; die eine Seite war geschmolzen und so klumpig wie aufgekochtes Wachs, und der Arm mit der Kristallkugel lag nun in Splittern um das zerstörte Ding herum. Die männliche Figur war unversehrt und steckte bereits in ihrer Satteltasche. *Callandor* war ebenfalls gesichert. Es war besser, keine Versuchungen auf der offenen Hügelspitze liegen zu lassen. Wo sich einst Shadar Logoth befunden hatte, klaffte nun eine gewaltige Öffnung im Wald, die perfekt kreisförmig und so groß war, dass Cadsuane trotz der dicht über dem Horizont stehenden Sonne sehen konnte, wie die gegenüberliegende Seite schräg in die Tiefen der Erde führte.

Lan führte sein hinkendes Schlachtross den Abhang hinauf und ließ die Zügel fallen, als er Nynaeve auf dem Boden ausgestreckt liegen und bis zum Kinn mit ihrem Umhang zugedeckt sah. Der junge al'Thor lag ebenfalls in seinen Umhang eingewickelt an ihrer Seite, Min lag zusammengekrümmt neben ihm, den Kopf auf seiner Brust. Sie hielt die Augen geschlossen, aber ihrem schmalen Lächeln nach zu urteilen schlief sie nicht. Lan hatte kaum einen Blick für sie übrig, als er die letzten Schritte rannte und sich auf die Knie fallen ließ, um Nynaeves Kopf sanft in seine Armbeuge zu betten. Sie regte sich genauso wenig wie der Junge.

»Sie sind nur ohnmächtig«, erklärte Cadsuane. »Corele sagt, es wäre besser, sie sich allein erholen zu lassen.« Und wie lange das dauern würde, da hatte Corele sich nicht festlegen wollen. Genauso wenig wie Damer. Die Wunden in der Seite des Jungen hatten sich nicht verändert, obwohl Damer fest damit gerechnet hatte. Es war alles sehr beunruhigend.

Den Hügel ein Stück weiter hinauf beugte sich der kahle Asha'man über eine stöhnende Beldeine, und seine Finger zuckten über sie hinweg, während er sein seltsames Heilgewebe webte. Er hatte in der vergangenen Stunde viel zu tun gehabt. Alivia konnte nicht aufhören, den Arm, der gebrochen und bis auf den Knochen verbrannt gewesen war, ungläubig anzustarren und ihn zu beugen und dehnen. Sarene ging auf unsicheren Beinen, aber das war nur die Müdigkeit. Sie war unten im Wald beinahe gestorben und diese Erfahrung stand ihr noch immer in die weit aufgerissenen Augen geschrieben. Weiße Schwestern waren nicht an solche Dinge gewöhnt.

Nicht jeder hatte so viel Glück gehabt. Verin und die Meervolk-Frau saßen neben der mit einem Umhang verhüllten Kumira; ihre Lippen bewegten sich im stummen Gebet für ihre Seele, und Nesune versuchte ungeschickt die schluchzende Daigian zu trösten, die den Leichnam des jungen Eben in den Armen hielt und ihn wie ein Baby wiegte. Grüne waren an leidvolle Erfahrungen gewöhnt, aber Cadsuane gefiel es nicht, zwei ihrer Leute für nicht mehr als ein paar angesengte Verlorene und einen toten Renegaten verloren zu haben.

»Sie ist sauber«, sagte Jahar zum wiederholten Male. Diesmal war Merise diejenige, die saß, während sein Kopf in ihrem Schoß ruhte. Ihre blauen Augen blickten so streng wie immer, aber sie streichelte zärtlich sein Haar. »Sie ist sauber.«

Cadsuane wechselte mit Merise über den Kopf des Jungen hinweg einen Blick. Damer und Jahar sagten übereinstimmend das Gleiche, der Makel war weg, aber wie konnten sie nur sicher sein, dass nicht eine Kleinigkeit zurückgeblieben war? Merise hatte ihr gestattet, eine Verknüpfung mit dem Jungen einzugehen, und sie konnte nichts von dem fühlen, was die anderen Grünen beschrieben hatten, aber wie sollten sie nur sicher sein können? *Saidin* war so fremdartig, dass sich in diesem verrückten Chaos alles Mögliche verbergen konnte.

»Ich will sofort aufbrechen, sobald die restlichen Behüter eingetroffen sind«, verkündete sie. Es gab zu viele Fragen, für die sie keine befriedigenden Antworten hatte, aber sie hatte jetzt den jungen al'Thor, und sie beabsichtigte nicht, ihn wieder zu verlieren.

Die Nacht brach herein. Oben auf dem Hügel wehte der Wind Staub über die Fragmente dessen, was einst ein *Ter'angreal* gewesen war. In der Tiefe lag die Gruft von Shadar Logoth geöffnet dar, um der Welt Hoffnung zu geben. Und auf dem fernen Tremalking verbreitete sich die Nachricht, dass die Zeit der Illusionen zu einem Ende gekommen war.

GLOSSAR

VORBEMERKUNG ZUR DATIERUNG

Der Tomanische Kalender (von Toma dur Ahmid entworfen) wurde ungefähr zwei Jahrhunderte nach dem Tod des letzten männlichen Aes Sedai eingeführt. Er zählte die Jahre nach der Zerstörung der Welt (NZ). Da aber in den Jahren der Zerstörung und in den darauf folgenden Jahren fast totales Chaos herrschte und dieser Kalender erst gut hundert Jahre nach dem Ende der Zerstörung eingeführt wurde, hat man seinen Beginn völlig willkürlich gewählt. Am Ende der Trolloc-Kriege waren so viele Aufzeichnungen vernichtet worden, dass man sich stritt, in welchem Jahr der alten Zeitrechnung man sich überhaupt befand. Tiam von Gazar schlug die Einführung eines neuen Kalenders vor, der am Ende dieser Kriege einsetzte und die (scheinbare) Erlösung der Welt von der Bedrohung durch Trollocs feierte. In diesem zweiten Kalender erschien jedes Jahr als so genanntes Freies Jahr (FJ). Innerhalb der zwanzig auf das Kriegsende folgenden Jahre fand der Gazareische Kalender weitgehend Anerkennung. Artur Falkenflügel bemühte sich, einen neuen Kalender durchzusetzen, der auf seiner Reichsgründung basierte (VG = Von der Gründung an), aber dieser Versuch ist heute nur noch den Historikern bekannt. Nach weitreichender Zerstörung, Tod und Aufruhr während des Hundertjährigen Krieges entstand ein vierter Kalender durch Uren din Jubai Fliegende Möwe, einem Gelehrten der Meerleute, und wurde von dem Panarchen Farede von Tarabon weiterverbreitet. Dieser Farede-Kalender zählt die Jahre der Neuen Ära (NÄ) von dem willkürlich angenommenen Ende des Hundertjährigen Krieges an und ist während der geschilderten Ereignisse in Gebrauch.

A'dam (aidam): Ein Gerät, mit dessen Hilfe man Frauen kontrollieren kann, die die Macht lenken, und das nur von Frauen benützt werden kann, die entweder selbst die Fähigkeit besitzen, mit der Macht umzugehen, oder die das zumindest erlernen können. Er verknüpft die beiden Frauen. Der von den Seanchanern verwendete Typus besteht aus einem Halsband und einem Armreif, die durch eine Leine miteinander verbunden sind; sämtliche Teile sind aus einem silbrigen Metall gefertigt. Falls ein Mann, der die Macht lenken kann, mithilfe eines *A'dam* mit einer Frau verknüpft wird, führt das wahrscheinlich zu beider Tod. Selbst die bloße Berührung eines *A'dam* durch einen Mann mit dieser Fähigkeit verursacht ihm große Schmerzen, falls dieser *A'dam* von einer Frau mit Zugang zur Wahren Quelle getragen wird.

Aes Sedai (Aies Sehdai): Träger der Einen Macht. Seit der Zeit des Wahnsinns sind alle überlebenden Aes Sedai Frauen. Von vielen respektiert und verehrt, misstraut man ihnen und fürchtet, ja, hasst sie weitgehend. Viele geben ihnen die Schuld an der Zerstörung der Welt und allgemein glaubt man, sie würden sich in die Angelegenheiten ganzer Staaten einmischen. Gleichzeitig aber findet man nur wenige Herrscher ohne Aes Sedai-Berater, selbst in Ländern, wo schon die Existenz einer solchen Verbindung geheim gehalten werden muss. Nach einigen Jahren, in denen sie die Macht gebrauchen, beginnen die Aes Sedai alterslos zu wirken, so dass auch eine Aes Sedai, die bereits Großmutter sein könnte, keine Alterserscheinungen zeigt, außer vielleicht ein paar grauen Haaren (*siehe auch:* Ajah; Amyrlin-Sitz).

Aiel (Aiiehl): Die Bewohner der Aiel-Wüste. Gelten als wild und zäh. Vor dem Töten verschleiern sie ihre Gesichter. Sie nehmen kein Schwert in die Hand, nicht einmal in tödlichster Gefahr, und sie reiten nur unter Zwang auf einem Pferd, sind aber tödliche Krieger, ob mit Waffen oder nur mit bloßen Händen. Die Aielmänner benützen für den Kampf die Bezeichnung »der Tanz« und »der Tanz der Speere«. Sie sind in zwölf Clans zersplittert: die Chareen, die Chodarra, die Daryne, die Goshien, die Miagoma, die Nakai, die Reyn, die Shaarad, die Shaido, die Shiande, die Taardad und die Tomanelle. Jeder Clan ist wiederum in Septimen eingeteilt. Manchmal sprechen sie auch von dem dreizehnten Clan, *dem Clan, den es nicht gibt,* den Jenn, die einst Rhuidean erbauten. Es gehört zum Allgemeinwissen, dass die Aiel einst den Aes Sedai den Dienst versagten und dieser Sünde wegen in die Aiel-Wüste verbannt wurden, und dass sie der Vernichtung anheim fallen, sollten sie noch einmal die Aes Sedai im Stich lassen (*siehe auch:* Aiel-Kriegergemeinschaften).

Aielkrieg (976–78 NÄ): Als König Laman von Cairhien den Avendoraldera fällte, überquerten vier Clans der Aiel das Rückgrat der Welt. Sie eroberten und brandschatzten die Hauptstadt Cairhien und viele andere kleine und große Städte im Land. Der Konflikt weitete sich schnell nach Andor und Tear aus. Im Allgemeinen glaubt man, die Aiel seien in der Schlacht an der Leuchtenden Mauer vor Tar Valon endgültig besiegt worden, aber in Wirklichkeit fiel König Laman in dieser Schlacht, und die Aiel, die damit ihr Ziel erreicht hatten, kehrten über das Rückgrat der Welt in ihre Heimat zurück.

Aiel-Kriegergemeinschaften: Alle Aiel-Krieger sind Mitglieder einer von zwölf Kriegergemeinschaften. Es sind die Schwarzaugen (*Seia Doon*), die Brüder des Adlers (*Far Aldazar Din*), die Läufer der Dämmerung (*Rahien Sorei*), die Messerhände (*Sovin Nai*), die Töchter des Speers (*Far Dareis Mai*), die Bergtänzer (*Hama N'dore*), die Nachtspeere (*Core Darei*), die Roten Schilde (*Aethan Dor*), die Steinhunde (*Shae'en M'taal*), die Donnergänger (*Sha'mad Conde*), die Blutabkömmlinge (*Tain Shari*) und die Wassersucher (*Duahde Mahdi'in*). Jede Gemeinschaft hat eigene Bräuche und manchmal auch ganz bestimmte Pflichten. Zum Beispiel fungieren die Roten Schilde als Polizei. Steinsoldaten werden häufig als Nachhut bei Rückzugsgefechten eingesetzt. Die Töchter des Speers sind gute Kundschafterinnen. Die Clans der Aiel bekämpfen sich auch gelegentlich untereinander, aber Mitglieder der gleichen Gemeinschaft kämpfen nicht gegeneinander, selbst wenn ihre Clans im Krieg miteinander liegen. So gibt es jederzeit, sogar während einer offenen kriegerischen Auseinandersetzung, Kontakt zwischen den Clans (*siehe auch:* Aiel).

Ajah: Gemeinschaften unter den Aes Sedai. Es gibt sieben Ajahs, die durch ihre Farben gekennzeichnet werden: Blau, Rot, Weiß,

Grün, Braun, Gelb und Grau. Bis auf den Amyrlin-Sitz gehört jede Aes Sedai einer von ihnen an. Jede Gruppe folgt ihrer eigenen Auslegung, was die Anwendung der Einen Macht betrifft sowie die eigentliche Aufgabe der Aes Sedai. Die Rote Ajah setzt all ihre Kräfte dazu ein, Männer, die die Macht lenken können, zu finden und zu dämpfen. Die Schwestern der Braunen entsagen allem Weltlichen und widmen ihr Dasein der Suche nach Wissen, während die Weißen größtenteils weder mit der Welt noch mit weltlichem Wissen etwas zu tun haben wollen und sich den Fragen der Philosophie und der Wahrheit widmen. Die Grüne Ajah (die während der Trolloc-Kriege auch Kampf-Ajah genannt wurde), hält sich für Tarmon Gai'don bereit. Die Gelben Schwestern widmen sich der Heilung von Krankheiten und die Blauen studieren die Rechtsprechung. Die Grauen sind Vermittler und stiften Frieden und Konsens. Die Existenz einer Schwarzen Ajah, die sich den Zielen des Dunklen König verschrieben hat, wird offiziell und vehement bestritten.

Amyrlin-Sitz, der: (1) Titel der Führerin der Aes Sedai. Auf Lebenszeit vom Turmrat, dem höchsten Gremium der Aes Sedai, gewählt; dieser besteht aus je drei Abgeordneten (die man Sitzende nennt, wie z. B. »Sitzende der Grünen«) der sieben Ajahs. Der Amyrlin-Sitz hat, jedenfalls theoretisch, die uneingeschränkte Macht über die Aes Sedai. Sie hat etwa den Rang einer Königin. Etwas weniger formell ist die Bezeichnung: die Amyrlin. (2) Thron der Führerin der Aes Sedai.

Angreal: Ein Überbleibsel aus dem Zeitalter der Legenden. Es erlaubt einer Person, die die Eine Macht lenken kann, einen stärkeren Energiefluss zu meistern, als das sonst ohne Hilfe und Lebensgefahr möglich wäre. Einige wurden zur Benutzung durch Frauen hergestellt, andere für Männer. Gerüchte über *Angreale,* die von beiden Geschlechtern benützt werden können, wurden nie bestätigt. Es ist heute nicht mehr bekannt, wie sie angefertigt wurden. Es existieren nur noch sehr wenige (*siehe auch: Sa'angreal, Ter'angreal*).

Asha'man: (1) In der Alten Sprache »Wächter«, immer ein Wächter von Gerechtigkeit und Wahrheit. (2) Die Bezeichnung der

Männer – sowohl allgemein als auch im Sinne eines Ranges –, die zur Schwarzen Burg in der Nähe von Caemlyn in Andor gezogen sind, um dort den Gebrauch der Einen Macht zu erlernen. Ihre Ausbildung konzentriert sich auf die Möglichkeiten, die Eine Macht als Waffe zu benutzen. Sobald sie gelernt haben, *Saidin,* die männliche Hälfte der Macht, zu ergreifen, wird von ihnen verlangt – eine weitere Abweichung von den Gepflogenheiten der Weißen Burg –, alle mühevollen Arbeiten mithilfe der Macht zu erledigen. Ein neu aufgenommener Rekrut wird Soldat genannt; er trägt einen schlichten schwarzen Mantel mit einem hohen Kragen nach der andoranischen Mode. Mit der Beförderung zum Geweihten erhält er das Recht, eine als Schwert bezeichnete silberne Anstecknadel am Mantelkragen zu tragen. Die Beförderung zum Asha'man beinhaltet das Recht, auf der dem Schwert gegenüberliegenden Kragenseite die aus Gold und rotem Emaille bestehende Anstecknadel in Form eines Drachen zu tragen. Obwohl viele Frauen – einschließlich der Ehefrauen – die Flucht ergreifen, wenn sie erfahren, dass ihr Mann die Macht lenken kann, sind eine stattliche Anzahl der Männer aus der Schwarzen Burg verheiratet, und sie benutzen eine Abart des Behüterbundes, um eine Verbindung zu ihren Frauen herzustellen. Dieser Bund wurde kürzlich so modifiziert, dass er Gehorsam erzwingt, und dazu benutzt, gefangene Aes Sedai gefügig zu machen.

Aufgenommene: Junge Frauen in der Ausbildung zur Aes Sedai, die eine bestimmte Stufe erreicht und einige Prüfungen bestanden haben. Normalerweise braucht man fünf bis zehn Jahre, um von der Novizin zur Aufgenommenen erhoben zu werden. Die Aufgenommenen sind in ihrer Bewegungsfreiheit weniger eingeschränkt als die Novizinnen, und es ist ihnen innerhalb bestimmter Grenzen sogar erlaubt, eigene Studiengebiete zu wählen. Eine Aufgenommene hat das Recht, einen Großen Schlangenring zu tragen, aber nur am dritten Finger ihrer linken Hand. Wenn eine Aufgenommene zur Aes Sedai erhoben wird, wählt sie ihre Ajah, erhält das Recht, deren Stola zu tragen und darf den Ring an jedem Finger oder auch gar nicht tragen, je nachdem, was die Umstände von ihr verlangen (*siehe auch:* Aes Sedai).

Behüter: Ein Krieger, der durch den Behüterbund mit einer Aes Sedai verbunden ist. Dies geschieht mithilfe der Einen Macht und er erhält dadurch besondere Fähigkeiten. Er hat stärkere Heilkräfte, kommt lange Zeit ohne Nahrung, Wasser und Schlaf aus und kann den Einfluss des Dunklen Königs auf größere Entfernung spüren. Behüter und Aes Sedai teilen durch den Bund gewisse physische und emotionelle Empfindungen. Solange ein Behüter am Leben ist, ist sich die mit ihm verbundene Aes Sedai dieser Tatsache bewusst – ganz egal, wie weit er von ihr entfernt ist –, und wenn er stirbt, wird sie den Augenblick und die Art seines Todes kennen. Die meisten Ajahs vertreten die Auffassung, dass eine Aes Sedai nur mit einem Behüter verbunden sein sollte, allerdings weigern sich die Roten Ajah, überhaupt einen Bund einzugehen, während die Grünen Ajah der Meinung sind, eine Aes Sedai sollte so viele Behüter haben, wie sie für richtig hält. Ein Behüter sollte den Bund freiwillig eingehen, aber es ist vorgekommen, dass ihm der Bund gegen seinen Willen aufgezwungen wurde. Was die Aes Sedai von der Verbindung haben, ist ein wohlgehütetes Geheimnis. Allen historischen Aufzeichnungen zufolge sind Behüter immer nur Männer gewesen, aber kürzlich ging eine Frau den Bund ein, bei dem es daraufhin zu gewissen anderen Eigenschaften kam (*siehe auch:* Birgitte)

Birgitte: Behüterin von Elayne Trakand, vermutlich die erste weibliche Behüterin überhaupt, eine Tatsache, die eine Reihe von größtenteils unerwarteten Schwierigkeiten mit sich bringt. Birgitte ist in Wahrheit die legendäre Heldin gleichen Namens, die zu jenen gehörte, die durch das Horn von Valere zurückgerufen werden sollten. Während eines Kampfes mit Moghedien wurde sie aus dem *Tel'aran'rhiod* in die Welt der Lebenden gerissen und nur das Eingehen des Bundes mit Elayne konnte ihr Leben retten. Abgesehen von ihrer Schönheit und ihrem Geschick mit dem Bogen ähnelt sie nur wenig den Legenden, die man über sie erzählt.

Blut, das: Bezeichnung der Seanchaner für ihren Adel. Man kann zum Blut sowohl erhoben als auch hineingeboren werden.

Corenne: In der Alten Sprache »Die Wiederkehr«. Die Seanchaner bezeichnen damit sowohl die Flotte aus Tausenden von Schiffen wie auch die Hunderttausende von Soldaten, Handwerkern und anderen Menschen, die Schiffe transportierten und den Vorläufern folgen, um das Land zu beanspruchen, das Artur Falkenflügels Nachfahren gestohlen wurde. (*siehe auch:* Hailene)

Da'covale: (1) In der Alten Sprache bezeichnet man damit eine Person, die einer anderen gehört oder ihr »Besitz« ist. (2) Bei den Seanchanern wird dieser Begriff häufig für Besitztümer und Sklaven verwendet. In Seanchan hat die Sklaverei eine lange und ungewöhnliche Geschichte, da Sklaven die Möglichkeit haben, zu Positionen mit großer Macht und öffentlicher Autorität aufzusteigen, darunter auch solche, in denen sie über freie Bürger bestimmen (*siehe auch: So'jhin*).

Damane: In der Alten Sprache »Die Gefesselten«. Frauen, die die Eine Macht lenken können, werden mithilfe eines *A'dam* unter Kontrolle gehalten und dienen den Seanchanern zu verschiedenen Zwecken, vor allem als Wunderwaffen im Krieg. Im ganzen Reich von Seanchan werden jedes Jahr junge Frauen geprüft, ob sie über die Fähigkeit verfügen, bis hin zu dem Alter, in dem sich die Gabe, die Macht gebrauchen zu können, in jedem Fall gezeigt hätte. Genauso wie die jungen Männer mit diesem Talent (die hingerichtet werden) werden die *Damane* aus den Familienbüchern und allen Bürgerlisten des Reiches gestrichen. Frauen, die dieses Talent besitzen, aber noch nicht zu *Damane* gemacht wurden, nennt man *Marath'damane,* »jene, die an die Leine gelegt werden müssen« (siehe auch: *A'dam; Marath'damane;* Seanchan; *Sul'dam*).

Der'morat: (1) In der Alten Sprache »Meisterbezwinger«. (2) Bezeichnung der Seanchaner für einen Tierbändiger und Ausbilder von Exoten beziehungsweise für jeden Ausbilder, wobei das Suffix einen langjährigen und fähigen Meister bezeichnet, so wie beispielsweise in *Der'morat'raken. Der'morat* können eine ziemlich hohe soziale Stellung erreichen; der höchste ist der *Der'sul'dam,* die Ausbilder der *Sul'dam,* die mit hohen Armeeoffizieren gleichzusetzen sind (*siehe auch: Morat*).

Drache, der: Ehrenbezeichnung für Lews Therin Telamon während des Schattenkrieges vor mehr als dreitausend Jahren. Als der Wahnsinn alle männlichen Aes Sedai befiel, tötete Lews Therin alle Angehörigen, die etwas von seinem Blut in sich trugen und jede Person, die er liebte. So bezeichnete man ihn anschließend als Brudermörder (*siehe auch:* Wiedergeborener Drache, Prophezeiungen des Drachen).

Erstschwester; Erstbruder: Diese Verwandschaftsbezeichnung bei den Aiel bedeutet einfach, die gleiche Mutter zu haben. Das ist für die Aiel eine engere Verwandtschaftsbeziehung, als vom gleichen Vater abzustammen.

Fain, Padan: Ehemaliger Schattenfreund, der mittlerweile etwas viel Schlimmeres als ein Schattenfreund ist. Er ist genauso sehr ein Feind der Verlorenen wie Rand al'Thors, den er leidenschaftlich hasst. Zuletzt fungierte er unter dem Namen Jeraal Mordeth als Berater von Lord Toram Riatin bei dessen Rebellion gegen den Wiedergeborenen Drachen in Cairhien.

Fäuste des Himmels: Leicht bewaffnete und gepanzerte seanchanische Infanterie, die auf den Rücken der geflügelten Kreaturen namens *To'raken* in die Schlacht ziehen. Es handelt sich ausschließlich um kleinwüchsige Männer und Frauen, was größtenteils an dem geringen Gewicht liegt, das ein *To'raken* tragen kann. Sie gelten allgemein als die zähesten verfügbaren Soldaten und werden hauptsächlich für Sturmangriffe eingesetzt, zum Beispiel auf die Nachhut des Feindes, sowie in solchen Fällen, in denen es darauf ankommt, Soldaten in kürzester Zeit an ihre Positionen zu bringen.

Gefährten: die Militärelite von Illian, die derzeit von dem Ersten Hauptmann Demetre Marcolin befehligt wird. Die Gefährten stellen die Leibwache für den König von Illian und bewachen Schlüsselstellungen des Landes. Darüber hinaus hat man die Gefährten in der Schlacht traditionellerweise dazu eingesetzt, die stärkste Position des Feindes anzugreifen, seine Schwäche auszunutzen und, falls nötig, den Rückzug des Königs zu decken. Im Gegensatz zu den meisten vergleichbaren Eliteeinheiten sind Ausländer nicht nur willkommen (mit Ausnahme von Tairenern, Altaranern und Murandianern), sie können sogar – genau wie normale Untertanen – in die höchsten Positionen aufsteigen, was ebenfalls sehr ungewöhnlich ist. Die Uniform der Gefährten besteht aus einem grünen Mantel, einem Brustharnisch, auf dem die Neun Bienen von Illian eingraviert sind, sowie einem konischen Helm mit einem Stangenvisier. Der Erste Hauptmann trägt an den Manschetten vier aufgestickte goldene Ringe und drei schmale goldene Federn auf dem Helm. Der Zweite Hauptmann trägt an den Manschetten drei aufgestickte goldene Ringe und am Helm drei goldene Federn mit grünen Spitzen. Leutnants tragen an den Manschetten zwei gelbe Ringe und zwei grüne Federn auf dem Helm, Unterleutnants einen gelben Ring und eine grüne Feder. Bannerträger tragen zwei unterbrochene gelbe Ringe an der Manschette und eine gelbe Feder, Fußsoldaten einen einzigen unterbrochenen gelben Ring.

Hailene: In der Alten Sprache »Vorläufer« oder »Jene, die vorher kommen«. Bezeichnung der Seanchaner für die gewaltige Expeditionsstreitmacht, die über das Aryth-Meer geschickt wurde, um die Länder auszuspionieren, die einst von Artur Falkenflügel beherrscht wurden. Seitdem sie unter dem Befehl der Hochlady Suroth steht und ihre Größe durch in den eroberten Ländern eingezogene Rekruten stark angeschwollen ist, hat die Hailene ihre ursprünglichen Ziele weit hinter sich gelassen.

Hanlon, Daved: Schattenfreund und ehemaliger Befehlshaber der Weißen Löwen, der in den Diensten des Verlorenen Rahvin stand, während dieser als Lord Gaebril Caemlyn beherrschte. Später führte Hanlon befehlsgemäß die Weißen Löwen nach Cairhien, um dort die Rebellion gegen den Wiedergeborenen Drachen voranzutreiben. Die Weißen Löwen wurden von einer »Blase des Bösen« vernichtet und Hanlon wurde zu bisher unbekannten Zwecken nach Caemlyn zurückbeordert.

Hierarchie des Meervolks: Das Atha'an Miere, das Meervolk, wird von der Herrin der Schiffe des Atha'an Miere beherrscht. Ihr zur Seite stehen die Windsucherinnen der Herrin der Schiffe sowie der Meister der Klingen. Den nächsten untergeordneten Rang bekleiden die Herrinnen der Wogen der einzelnen Clans, von denen jede ebenfalls über eine Windsucherin und einen

Schwertmeister verfügen. Die Herrin der Wogen des betreffenden Clans herrscht über die Segelherrinnen (die Schiffskapitäne), die den Befehl über die Schiffe haben und von ihren eigenen Windsucherinnen und Zahlmeistern unterstützt werden. Die Windsucherin der Herrin der Schiffe hat die Autorität über alle Windsucherinnen der Clan-Wellenherrinnen, von denen jede wiederum die Autorität über alle Windsucherinnen ihres Clans hat. Das Gleiche gilt für den Meister der Klingen, der die Autorität über alle Schwertmeister hat, denen wiederum die Zahlmeister ihres Clans unterstehen. Beim Meervolk ist Rang nicht erblich. Die Herrin der Schiffe wird auf Lebenszeit von den Ersten Zwölf des Atha'an Miere gewählt, den zwölf ältesten Herrinnen der Wogen. Die Herrin der Wogen des Clans wird wiederum von den zwölf ältesten Segelherrinnen ihres Clans gewählt, die man schlicht die Ersten Zwölf nennt – ein Begriff, der ebenfalls dazu benutzt wird, um die älteste Segelherrin vor Ort zu benennen. Sie kann von denselben Ersten Zwölf durch eine Abstimmung wieder abgesetzt werden. In der Tat kann bis auf die Herrin der Schiffe jeder wegen Gesetzesübertretungen, Feigheit oder anderen Verbrechen bis hinunter zum einfachen Deckmatrosen degradiert werden. Beim Tod einer Herrin der Wogen oder der Herrin der Schiffe muss ihre Windsucherin notwendigerweise einer Frau mit niederem Rang dienen und ihr eigener Rang verringert sich deswegen ebenfalls.

Ishara: Die erste Königin von Andor (zirka 994–1020 FJ). Nach dem Tod Artur Falkenflügels überzeugte Ishara ihren Gemahl, einen von Falkenflügels wichtigsten Generälen, die Belagerung von Tar Valon abzubrechen und sie mit so vielen Soldaten, wie er von dem Heer auf seine Seite ziehen konnte, nach Caemlyn zu begleiten. Wo viele andere versuchten, Falkenflügels ganzes Reich für sich zu erobern und scheiterten, nahm Ishara erfolgreich von einem kleinen Teil Besitz. Heutzutage weist fast jedes Adelshaus Andors etwas von Isharas Blut auf und der rechtmäßige Anspruch auf den Löwenthron hängt sowohl von der direkten Abstammung von ihr als auch von der nachgewiesenen Anzahl an Verbindungen zu ihr ab.

Kusinen: Selbst während der Trolloc-Kriege vor mehr als zweitausend Jahren (zirka 1000–1350 NZ) hielt die Weiße Burg ihren

Standard aufrecht und schickte Frauen fort, die nicht die nötigen Vorraussetzungen erfüllten. Eine Gruppe solcher Frauen, die sich davor fürchteten, während der Kriege nach Hause zurückzukehren, floh nach Barashta (in der Nähe des heutigen Ebou Dar), so weit von den Kämpfen entfernt, wie es nur möglich war. Sie bezeichneten sich als Kusinen, blieben im Untergrund und boten einen sicheren Hafen für all jene, die aus der Burg fortgeschickt wurden. Im Laufe der Zeit führte die Verbindung mit Frauen, denen man befohlen hatte, die Burg zu verlassen, zu Kontakten mit Ausreißerinnen, und obwohl man die wahren Gründe vermutlich nie erfahren wird, fingen die Kusinen an, auch Ausreißerinnen bei sich aufzunehmen. Sie unternahmen große Anstrengungen, dass diese Mädchen nichts über die Kusinen erfuhren, bis sie sicher sein konnten, dass die Aes Sedai sich nicht auf sie stürzen und sie zurückholen würden. Schließlich war allgemein bekannt, dass Ausreißerinnen früher oder später immer eingefangen wurden, und die Kusinen wussten ganz genau, dass man auch sie streng bestrafen würde, falls sie ihre Existenz nicht geheim hielten.
Allerdings wussten die Aes Sedai der Weißen Burg fast von Anfang an über sie Bescheid, doch die Kriege ließen keine Zeit übrig, sich um sie zu kümmern. Nach Beendigung der Kriege kam die Burg zu der Einsicht, dass es möglicherweise nicht in ihrem besten Interesse lag, die Kusinen zu vernichten. Im Gegensatz zu den Verlautbarungen der Burg war vielen Ausreißerinnen die Flucht gelungen, aber sobald die Kusinen ihnen halfen, wusste die Burg genau, in welche Richtung sie flohen, und nun holte sie neun von zehn zurück. Da die Kusinen in dem Bemühen, ihre Existenz und ihre Anzahl zu verbergen, Barashta (und später Ebou Dar) immer wieder verließen, um später wieder dorthin zurückzukehren, und nie länger als zehn Jahre an einem Ort blieben, damit niemand bemerkte, dass sie nicht wie andere Menschen alterten, kam die Burg zu dem Glauben, dass es nur wenige von ihnen gab, die niemals großes Aufsehen erregten. Um die Kusinen als Falle für Ausreißerinnen zu benutzen, entschied sich die Burg, sie im Gegensatz zu jeder ähnlichen Verbindung im Verlauf der Geschichte in Ruhe zu lassen. Tatsächlich ist sogar die Existenz der Kusinen ein Geheimnis, das allein den anerkannten Aes Sedai bekannt ist.

Die Kusinen haben keine Gesetze, sondern nur Regeln, die teilweise auf dem Regelwerk der Weißen Burg für Novizinnen und Aufgenommene basieren und teilweise auf der Notwendigkeit zur Geheimhaltung. Wie bei der Entstehungsgeschichte der Kusinen vielleicht zu erwarten ist, werden die Regeln bei allen Mitgliedern sehr streng eingehalten.
Kürzlich erfolgte offene Kontakte zwischen Aes Sedai und Kusinen sind zwar nur einer Hand voll Schwestern bekannt, haben jedoch zu schockierenden Erkenntnissen geführt, einschließlich der Tatsache, dass es doppelt so viele Kusinen wie Aes Sedai gibt. Darüber hinaus sind einige von ihnen mehr als hundert Jahre älter, als jede Aes Sedai seit Beginn der Trolloc-Kriege und auch schon zuvor geworden ist. Die Auswirkungen dieser Enthüllungen sowohl auf die Kusinen wie auf die Aes Sedai ist jedoch noch eine Sache der Spekulation (*siehe auch:* Nähkränzchen).

Legion des Drachen: Eine große Militärformation, die nur aus Infanterie besteht und dem Wiedergeborenen Drachen die Treue geschworen hat. Ihre Ausbildung liegt in den Händen von Davram Bashere, und zwar nach Vorschriften, die er selbst zusammen mit Mat Cauthon erarbeitet hat und die sich rigoros vom üblichen Einsatz der Fußsoldaten unterscheiden. Viele Männer melden sich als Freiwillige, aber ein großer Teil der Legion wird von Rekrutierungskommandos der Schwarzen Burg herangeschafft, die zuerst alle Männer, die bereit sind, dem Wiedergeborenen Drachen zu folgen, an einer Sammelstelle zusammenholen, und auch das erst, nachdem sie sie durch Wegetore in die Nähe von Caemlyn schaffen, um diejenigen herauszusieben, die man im Gebrauch der Einen Macht unterweisen kann. Der Rest – bei weitem der größere Teil – wird in Basheres Ausbildungslager geschickt.

Marath'damane: In der Alten Sprache »jene, die an die Leine gelegt werden müssen« und »eine, die man anleinen muss«. So bezeichnen die Seanchaner jede Frau, die die Macht lenken kann und nicht den Kragen einer *Damane* trägt (*siehe auch: Damane*).

Moiraine Damodred: Eine Aes Sedai der Blauen Ajah. Sie benützt nur selten ihren Familiennamen und hält ihre Beziehung zum

Hause Damodred meist geheim. Geboren 956 NÄ im Königlichen Palast von Cairhien. Nachdem sie 972 NÄ als Novizin in die Weiße Burg kam, machte sie dort rasch Karriere. Sie wurde nach nur drei Jahren zur Aufgenommenen erhoben und drei Jahre später, am Ende des Aielkriegs, zur Aes Sedai. Von diesem Zeitpunkt an begann sie ihre Suche nach dem jungen Mann, der – den Prophezeiungen der Aes Sedai Gitara Morose zufolge – während der Schlacht an der Leuchtenden Mauer am Abhang des Drachenbergs geboren wurde und der zum Wiedergeborenen Drachen bestimmt war. Sie war es auch, die Rand al'Thor, Mat Cauthon, Perrin Aybara und Egwene al'Vere von den Zwei Flüssen fortbrachte. Sie verschwand während eines Kampfes mit Lanfear in Cairhien in einem *Ter'angreal* und wurde, dem Anschein nach, genauso getötet wie die Verlorene.

Morat-: In der Alten Sprache »Tierbändiger«. Die Seanchaner bezeichnen damit die Männer und Frauen, die die Exoten abrichten; es gibt *Morat'raken, Raken*bändiger oder Reiter, die zwanglos auch Flieger genannt werden (*siehe auch: Der'morat*).

Nähkränzchen: Die Anführerinnen der Kusinen. Da keine Angehörige der Kusinen jemals erfahren hat, wie die Hierarchie der Aes Sedai funktioniert – das Wissen darüber wird erst dann weitergegeben, wenn eine Aufgenommene die Prüfung für die Stola bestanden hat –, legten sie keinen Wert auf die Stärke in der Macht, sondern maßen dem Alter ein größeres Gewicht zu; so nimmt die ältere Frau immer einen höheren Rang als die jüngere ein. Das Nähkränzchen (die Bezeichnung wurde gewählt, weil sie – wie der Begriff Kusine – unverfänglich ist) setzt sich daher aus den dreizehn ältesten in Ebou Dar wohnenden Kusinen zusammen und die Frau mit dem höchsten Alter und damit die Vorsitzende trägt den Titel Älteste. Nach den Regeln müssen alle zurücktreten, wenn die Zeit zum Weiterziehen gekommen ist, aber so lange sie in Ebou Dar beheimatet sind, haben sie die absolute Autorität über die Kusinen, und zwar in einem Maß, um das sie jeder Amyrlin-Sitz beneiden würde (*siehe auch:* Kusinen).

Ogier: (1) Eine nichtmenschliche Rasse. Typisch für Ogier sind ihre Größe (männliche Ogier werden im Durchschnitt zehn Fuß groß), ihre breiten, rüsselartigen Nasen und die langen, mit Haarbüscheln bewachsenen Ohren. Sie wohnen in Gebieten, die sie *Stedding* nennen. Nach der Zerstörung der Welt (von den Ogiern das Exil genannt) waren sie aus diesen *Stedding* vertrieben und das führte zu einer als »das Sehnen« bezeichneten Erscheinung: Ein Ogier, der sich zu lange außerhalb seines Stedding aufhält, erkrankt und stirbt schließlich. Sie sind in informierten Kreisen bekannt als extrem gute Steinbaumeister, die fast alle großen Städte der Menschen nach der Zerstörung erbauten. Sie selbst betrachten diese Kunst allerdings nur als etwas, das sie während des Exils erlernten und das nicht so wichtig ist wie das Pflegen der Bäume in einem *Stedding*, besonders der hochaufragenden Großen Bäume. Außer zu ihrer Arbeit als Steinbaumeister verlassen sie ihr *Stedding* nur selten und wollen mit der Menschheit nichts zu tun haben. Man weiß unter Menschen nur sehr wenig über sie und viele halten die Ogier sogar für bloße Legenden. Obwohl sie als friedliebend gelten und nur sehr schwer zu erregen sind, heißt es in einigen alten Berichten, sie hätten während der Trolloc-Kriege Seite an Seite mit den Menschen gekämpft. Dort werden sie als mörderische Gegner bezeichnet. Im Großen und Ganzen sind sie ungemein wissensdurstig, und ihre Bücher und Berichte enthalten oftmals Informationen, die bei den Menschen längst verloren gegangen sind. Die normale Lebenserwartung eines Ogiers ist etwa drei- oder viermal so hoch wie bei Menschen. (2) Jedes Individuum dieser nichtmenschlichen Rasse (*siehe auch: Stedding*).

Prophet: Die formelle Bezeichnung lautet Prophet des Lord Drachen. Einst war Masema Dagar ein schienarischer Soldat, der eine Offenbarung erlebte und entschied, dass er dazu auserwählt wurde, die Worte des Wiedergeborenen Drachen auf der Welt zu verbreiten. Er glaubt, dass es nichts Wichtigeres gibt, als die Tatsache anzuerkennen, dass der Wiedergeborene Drache das gestaltgewordene Licht ist und man willens ist, seinem irgendwann erschallenden Ruf zu folgen. Er und seine Anhänger sind zu jeder Gewalttat bereit, um andere zu zwingen, die glorreichen Taten des Wiedergeborenen Drachen zu preisen. Er hat seinem Namen entsagt, lässt sich nur noch als »der Prophet« ansprechen und hat große Teile von Ghealdan und Amadicia, die nun unter seiner Herrschaft stehen, ins Chaos gestürzt.

Prophezeiungen des Drachen: Ein nur unter den ausgesprochen Gebildeten bekannter Zyklus von Weissagungen, der auch selten erwähnt wird. Man findet ihn im größeren Karaethon Zyklus. Es wird dort vorausgesagt, dass der Dunkle König wieder befreit werde, und dass Lews Therin Telamon, der Drache, wiedergeboren werde, um in Tarmon Gai'don, der Letzten Schlacht gegen den Schatten, zu kämpfen. Es wird prophezeit, dass er die Welt abermals rettet und erneut zerstören wird (*siehe auch:* Drache).

Sa'angreal: Ein extrem seltenes Objekt, das einem Menschen erlaubt, die Eine Macht in viel stärkerem Maße als sonst möglich zu benützen. Ein *Sa'angreal* ähnelt einem *Angreal,* ist jedoch ungleich stärker. Die Menge der Einen Macht, die man mit einem *Sa'angreal* beherrschen kann, ist beträchtlich größer als die mithilfe eines *Angreals* kontrollierte. Das Verhältnis entspricht etwa der Macht, die man mit einem *Angreal* kontrolliert im Gegensatz zu der, die man ohne jedes Hilfsmittel lenkt. Sie sind Relikte des Zeitalters der Legenden. Es ist nicht mehr bekannt, wie sie angefertigt wurden. Wie die *Angreal* sind auch sie geschlechterspezifisch und können entweder nur von einer Frau oder einem Mann eingesetzt werden. Es gibt nur noch eine Hand voll davon, weit weniger sogar als *Angreale.*

Seanchan: Das Land, aus dem die Nachkommen der Streitmacht stammen, die Artur Falkenflügel über das Aryth-Meer sandte, um die dort gelegenen Länder zu erobern. Sie glauben, dass man aus Sicherheitsgründen jede Frau, die mit der Macht umgehen kann, durch einen *A'dam* kontrollieren muss. Aus dem gleichen Grund werden solche Männer getötet.

Sei'mosiev: In der Alten Sprache »gesenkter Blick«. Ist bei den Seanchanern die Rede davon, dass jemand *sei'mosiev* wurde, bedeutet das, dass er das »Gesicht verloren« hat (*siehe auch: Sei'taer*).

Sei'taer: In der Alten Sprache »offener Blick«. Die Seanchaner bezeichnen damit Ehre oder »Gesicht«, die Fähigkeit, jemandem ohne Scham in die Augen sehen zu können. Es ist möglich, *sei'taer* »zu haben«, was so viel bedeutet, dass man eine ehrenhafte Person ist, die einem anderen offen ins Gesicht sehen kann, so wie es möglich ist, *sei'taer* zu »gewinnen« oder zu »verlieren« (*siehe auch: sei'mosiev*).

Shen an Calhar: In der Alten Sprache »die Bande der Roten Hand«. (1) Eine legendäre Gruppe von Helden, die viele Abenteuer bestand und schließlich bei der Verteidigung von Manetheren starb, als das Land während der Trolloc-Kriege vernichtet wurde. (2) Eine Truppenformation, die eher zufällig von Mat Cauthon begründet wurde; sie ist ähnlich den Streitkräften organisiert, die es auf dem Höhepunkt der militärischen Kunst gab, den Tagen von Artur Falkenflügel und den unmittelbar darauf folgenden Jahrhunderten.

So'jhin: Die treffendste Übersetzung aus der Alten Sprache dürfte die Umschreibung »Erhabenheit unter Niederen« sein, obwohl es einige auch als »sowohl Himmel wie auch Tal« übersetzen. Mit *So'jhin* bezeichnen Seanchaner die Höheren Diener, deren Rang erblich ist. Sie sind *Da'covale,* Besitz, bekleiden jedoch Positionen von beträchtlicher Autorität und Macht. Selbst Angehörige des Blutes behandeln die *So'jhin* der Kaiserfamilie mit Vorsicht und sprechen die persönlichen *So'jhin* der Kaiserin als Gleichgestellte an (*siehe auch:* Blut, *Da'covale*).

Sul'dam: Wörtlich: »Trägerin der Leine«. Bezeichnung der Seanchaner für eine Frau mit der Fähigkeit, *Damane* – Frauen, die die Eine Macht lenken können – zu beherrschen und mithilfe eines *A'dam* unter Kontrolle zu halten. Junge Frauen werden von den Seanchanern im gleichen Alter und zur gleichen Zeit auf diese Fähigkeit hin überprüft wie die *Damane* selbst. Eine relativ ehrenvolle Position in der seanchanischen Gesellschaft. Man findet viel mehr *Sul'dam* als *Damane* (*siehe auch: A'dam; Damane;* Seanchan)

Stedding, das: Eine Ogier-Enklave. Viele *Stedding* sind seit der Zerstörung der Welt verlassen worden. In Erzählungen und Legenden werden sie als Zufluchtsstätte bezeichnet, und das aus gutem Grund. Auf eine heute nicht mehr bekannte Weise wurden sie abgeschirmt, sodass in ihrem Bereich die Eine Macht nicht angewendet werden kann und nicht einmal eine

Spur der Wahren Quelle wahrzunehmen ist. Versuche, von außerhalb eines *Stedding* mithilfe der Einen Macht in deren Innerem einzugreifen, blieben erfolglos. Kein Trolloc wird ohne Not ein Stedding betreten und selbst ein Myrddraal betritt es nur, wenn er dazu gezwungen ist, und dann auch nur zögernd und mit größter Abscheu. Sogar echte und hingebungsvolle Schattenfreunde fühlen sich in einem *Stedding* äußerst unwohl.

Tel'aran'rhiod: In der Alten Sprache: »die unsichtbare Welt« oder »die Welt der Träume«. Eine Welt, die man in Träumen manchmal sehen kann. Nach den Angaben der Alten durchdringt und umgibt sie alle möglichen Welten. Im Gegensatz zu anderen Träumen ist das, was dort mit lebendigen Dingen geschieht, völlig real. Wenn man dort also eine Wunde empfängt, ist diese beim Erwachen immer noch vorhanden, und einer, der dort stirbt, erwacht nie mehr. Ansonsten hat aber das, was dort geschieht, keinerlei Einfluss auf die wachende Welt. Viele Menschen können *Tel'aran'rhiod* kurze Augenblicke lang in ihren Träumen berühren, aber nur wenige haben je die Fähigkeit besessen, aus freien Stücken dort einzudringen, wenn auch einige *Ter'angreale* entdeckt wurden, die eine solche Fähigkeit unterstützen. Mithilfe eines solchen *Ter'angreals* können auch Menschen in die Welt der Träume eintreten, die nicht die Fähigkeit zum Gebrauch der Macht besitzen (*siehe auch: Ter'angreal*).

Ter'angreal: Gegenstände aus dem Zeitalter der Legenden, die die eine Macht verwenden oder bei deren Gebrauch helfen. Im Gegensatz zu *Angrealen* und *Sa'angrealen* wurde jeder *Ter'angreal* zu einem ganz bestimmten Zweck hergestellt. So verwandelt beispielsweise ein Eidstab den auf ihn geleisteten Eid zu etwas absolut Bindendem. Aes Sedai benutzen diverse *Ter'angreale,* aber bei vielen ist die ursprüngliche Anwendung in Vergessenheit geraten. Manche erfordern den Einsatz der Einen Macht, um zu funktionieren, andere wiederum auch nicht. Einige töten sogar oder zerstören die Fähigkeit einer Frau, die sie benützt, die Eine Macht zu lenken. Wie bei den *Angrealen* und *Sa'angrealen* ist nicht mehr bekannt, wie man sie herstellt. Dieses Geheimnis ging nach der Zerstörung der Welt verloren (*siehe auch: Angreal; Sa'angreal*).

Tiefenschau: (1) Die Fähigkeit, mithilfe der Einen Macht Krankheiten zu diagnostizieren. (2) Die Fähigkeit, mithilfe der Einen Macht Erzvorkommen aufzuspüren. Dies ist eine seit langem verschollene Fähigkeit der Aes Sedai, was womöglich auch der Grund dafür ist, dass der Name heute eine andere Fähigkeit bezeichnet.

Totenwache: Eliteeinheit des seanchanischen Kaiserreichs, in der sowohl Menschen wie auch Ogier dienen. Die menschlichen Mitglieder der Totenwache sind alle *Da'covale,* die als Sklaven geboren und in frühester Jugend ausgewählt wurden, um der Kaiserin, zu deren Besitz sie zählen, zu dienen. Bis zum Fanatismus loyal und von wildem Stolz erfüllt haben sie oftmals Raben auf die Schultern tätowiert, das Zeichen eines *Da'covale* der Kaiserin. Helme und Rüstung sind dunkelgrün und blutrot lackiert, die Schilde sind schwarz lackiert, und Speere und Schwerter haben schwarze Quasten (*siehe auch: Da'covale*).

Vereinigung: Als die von Artur Falkenflügel ausgesandten Heere unter dem Kommando seines Sohnes Luthair in Seanchan landeten, entdeckten sie einen sich in ständiger Veränderung befindlichen Flickenteppich aus Nationen, die permanent miteinander Krieg führten und die häufig von Aes Sedai beherrscht wurden. Ohne ein Gegenstück zur Weißen Burg kämpften die Aes Sedai mithilfe der Einen Macht um die Vergrößerung ihrer persönlichen Reiche. Sie bildeten kleine Gruppen und intrigierten ständig gegeneinander. Diese Intrigen drehten sich größtenteils um den Gewinn persönlicher Vorteile. Die daraus entstandenen Kriege unter den zahllosen Nationen ermöglichten den aus dem Osten über das Aryth-Meer eingedrungenen Heeren überhaupt erst, mit der Eroberung eines ganzen Kontinents zu beginnen, die später von ihren Nachkommen vollendet wurde. Diese Eroberung, in deren Verlauf die Nachkommen der ursprünglichen Soldaten nicht nur ihre Herrschaft auf ganz Seanchan ausdehnten, sondern zu Seanchanern wurden, dauerte länger als neunhundert Jahre und wird als die Vereinigung bezeichnet.

Verlorene: Name von dreizehn mächtigen Aes Sedai, sowohl Männer als auch Frauen, die während des Zeitalters der Legenden zum Schatten überliefen und in der Versiegelung des Stollens zum Gefängnis des Dunklen Königs gefangen wurden. Obwohl lange Zeit angenommen wurde, dass während des Schattenkrieges allein sie das Licht aufgaben, gab es in Wahrheit noch andere; diese dreizehn nahmen lediglich die höchsten Ränge ein. Die Verlorenen (die sich selbst die Auserwählten nennen) sind seit ihrem Erwachen in der neuen Zeit dezimiert worden. Die bekannten Überlebenden sind Demandred, Semirhage, Graendal, Mesaana, Moghedien sowie zwei andere, die in neuen Körpern wiedergeboren wurden und die neuen Namen Osan'gar und Aran'gar erhielten. Kürzlich erschien ein Mann, der sich Moridin nennt und bei dem es sich möglicherweise um einen weiteren toten Verlorenen handelt, der vom Dunklen König von jenseits des Grabes zurückgeholt wurde. Das Gleiche trifft vielleicht auf die Frau namens Cyndane zu, aber da Aran'gar ein Mann war, der als Frau zurückgebracht wurde, könnten sich die Spekulationen über Moridin und Cyndane als sinnlos erweisen, bevor man mehr erfahren hat.

Vorläufer: *siehe auch:* Hailene

Weise Frau: Bei den Aiel wählen die Weisen Frauen unter allen Frauen diejenigen aus, die zu dieser Tätigkeit berufen sind. Sie erlernen die Heilkunst, Kräuterkunde und anderes, ähnlich wie die Seherinnen. Sie besitzen große Autorität und Verantwortung sowie großen Einfluss auf die Septimen und die Clanhäuptlinge, obwohl diese Männer sie oft beschuldigen, dass sie sich ständig einmischen. Eine beträchtliche Anzahl von Weisen Frauen können – in unterschiedlicher Stärke – die Eine Macht lenken; sie spüren jede Aielfrau auf, die mit dem Funken geboren wurde oder lernen kann, die Macht zu benutzen. Allerdings herrscht unter den Aiel der Brauch, nicht über dieses Thema zu sprechen. So wie es ebenfalls Brauch ist, dass Weise Frauen jeden Kontakt mit Aes Sedai meiden, und zwar wesentlich konsequenter als die anderen Aiel. Weise Frauen stehen über allen Fehden und kriegerischen Auseinandersetzungen und dürfen dem *Ji'e'toh* zufolge weder verletzt noch auf sonstige Weise behindert werden. Würde eine Weise Frau an einem Kampf teilnehmen, wäre das eine grobe Verletzung jeglicher Sitten und Traditionen. Drei zurzeit lebende Weise Frauen sind Traumgängerinnen und verfügen über die Fähigkeit, *Tel'aran'rhiod* zu betreten und unter anderem mit anderen Menschen in ihren Träumen zu sprechen (*siehe auch:* Traumgänger; *Tel'aran'rhiod*).

Wiedergeborener Drache: Nach der Prophezeiung und den Legenden wird der Drache dann wiedergeboren werden, wenn die Menschheit in größter Not ist und er die Welt retten muss. Das ist nichts, worauf sich die Menschen freuen, denn die Prophezeiung besagt, dass die Wiedergeburt des Drachen zu einer neuen Zerstörung der Welt führen wird, außerdem erschrecken die Menschen bei dem Gedanken an Lews Therin Brudermörder, auch wenn er schon mehr als dreitausend Jahre tot ist (*siehe auch:* Drache).

Von **Robert Jordan** erschienen in der Reihe
HEYNE SCIENCE FICTION & FANTASY:

Im CONAN-Zyklus:
Conan der Verteidiger · 06/4163
Conan der Unbesiegbare · 06/4172
Conan der Unüberwindliche · 06/4203
Conan der Siegreiche · 06/4232
Conan der Prächtige · 06/4344
Conan der Glorreiche · 06/4345

Sonderausgabe: 06/4163, 4172, 4203
zusammen in einem Band unter dem Titel
›Conan der Große‹ · 06/5460

Das Rad der Zeit:
1. Roman: Drohende Schatten · 06/5026
2. Roman: Das Auge der Welt · 06/5027
3. Roman: Die große Jagd · 06/5028
4. Roman: Das Horn von Valere · 06/5029
5. Roman: Der Wiedergeborene Drache · 06/5030
6. Roman: Die Straße der Speere · 06/5031
7. Roman: Schattensaat · 06/5032
8. Roman: Heimkehr · 06/5033
9. Roman: Der Sturm bricht los · 06/5034
10. Roman: Zwielicht · 06/5035
11. Roman: Scheinangriff · 06/5036
12. Roman: Der Drache schlägt zurück · 06/5037
13. Roman: Die Fühler des Chaos · 06/5521
14. Roman: Stadt des Verderbens · 06/5522
15. Roman: Die Amyrlin · 06/5523

16. Roman: Die Hexenschlacht · 06/5524
17. Roman: Die zerbrochene Krone · 06/5525
18. Roman: Wolken über Ebou Dar · 06/5526
19. Roman: Der Dolchstoß · 06/5527
20. Roman: Die Schale der Winde · 06/5528
21. Roman: Der Pfad der Dolche · 06/5529
22. Roman: Neue Bündnisse · 06/5530
23. Roman: Kriegswirren · 06531
24. Roman: Das Herz des Winters · 06/9201
25. Roman: Die Herrschaft der Seanchaner · 06/9202
26. Roman: Flucht der Sklaven · 06/9203

Das Buch zum Zyklus DAS RAD DER ZEIT:
Robert Jordan & Teresa Patterson:
Die Welt von Robert Jordans ›Das Rad der Zeit‹ · 06/9000
(Hardcover-Ausgabe)

Robert Jordan & Teresa Patterson:
Die Welt von Robert Jordans ›Das Rad der Zeit‹ · 06/9170
(Broschierte Ausgabe). in Vorb.